中國古典文學基本叢書

辛棄疾集編年箋注

第四册

〔南宋〕辛棄疾 著
辛更儒 箋注

中華書局

辛棄疾集編年箋注卷一一

本卷爲詞，共四十七首。起宋光宗紹熙三年壬子（一一九二）正月，迄紹熙五年甲寅（一一九四）底。紹熙三年夏，稼軒起爲福建提刑。五年秋，罷福建安撫使歸信州。

長短句

好事近

席上和王道夫賦元夕立春〔一〕①

綵勝鬥華燈，平把東風吹却〔二〕②。喚取雪中明月，伴使君行樂。　紅旗鐵馬響春冰，老去此情薄③。惟有前村梅在，倩一枝隨着④。

【校】

〔一〕題，四卷本乙集作「元夕立春」。此據廣信書院本。

〔二〕「把」，四卷本作「地」。

【箋注】

①題，王道夫即王自中，信州守臣。本書卷一〇《清平樂・壽信守王道夫》詞（此身長健闋）已詳考其生平及守信起迄，此不多贅。按：王自中以紹熙二年知上饒，明年正月正在任内。此所謂席上，當指紹熙三年帶湖元夕宴請王自中之筵席。增訂《稼軒詞編年箋注》考云：「據陳垣氏《中西回史日曆》，紹熙二年之冬至爲十一月二十七日，是則紹熙三年正月十五恰應爲立春日也。」而《宋會要輯稿・運曆》二之三〇載：「紹熙二年十月十一日立冬，十一月二十七日冬至，三年正月十四日立春。」與鄧注所推算相差一日，不知何故。但稼軒以時人記時事，所載應不誤。

②「綵勝」二句，綵勝，已見本書卷九《蝶戀花・戊申元日立春席間作》詞（誰向椒盤簪綵勝闋）箋注。此二句言，綵勝欲與花燈鬥勝，却都被東風吹去。鬥者，比也，争也。平把，平謂憑空，把，做義，此謂都被風吹却也。下句謂元夕將只有雪中明月伴人行樂，可以見證此意也。

③「紅旗」二句，謂老來仕宦興致闌珊。紅旗鐵馬，均地方守臣出行儀仗。蘇軾《上元夜》詩：「前年侍玉輦，端門萬枝燈。璧月掛罘罳，珠星綴觚稜。去年中山府，老病亦宵興。牙旗穿夜市，鐵馬響春冰。」《施注蘇詩》卷三五注云：「中山府，定州也。《南部新書》云：『軍前大旗，謂之牙旗。』又先生《定州》詩云：『鐵騎曉出冰河裂。』二句正指帥定武軍時事。」《東坡全集》卷首《年譜》載：「紹聖元年甲戌，先生年五十九，知定州。」

④「惟有」二句，自嘲身在江湖，出行皆無舊日爲官時排場，元夕使從人折梅一枝，聊應景耳。

念奴嬌

和信守王道夫席上韻①

風狂雨横，是邀勒園林，幾多桃李②。待上層樓無氣力，塵滿欄干誰倚。就火添衣，移香傍枕，莫捲珠簾起。元宵過也，春寒猶自如此！爲問幾日新晴，鳩鳴屋上，鵲報簷前喜③。揩拭老來詩句眼，要看拍堤春水④。月下憑肩，花邊繫馬⑤，此興今休矣。溪南酒賤，光陰只在彈指⑥。

【箋注】

①題，據右詞「元宵過也」句，知右詞作於信守王自中席上，蓋當元夕立春之稍後也。

②「風狂」三句，風狂雨横，歐陽修《蝶戀花》詞：「雨横風狂三月暮，門掩黄昏，無計留春住。」邀勒，本意爲勒索，《續資治通鑑長編》卷一五一：「富弼言：『近見元昊所上誓書及表奏，……順却於元約事外，別有詰難邀勒，所宜多方容納。』」查稼軒同時人詩中，有李洪《慈感寺泛舟》詩：「春風邀勒梅都謝，夜雨淋浪柳尚妍。」此謂春風摧殘，使梅花都謝。而范成大有詩，題爲「雨後東郭排岸司申，梅開方及三分，戲書小絶，令一面開燕。」後二句爲：「司花好事相邀勒，不著笙歌不肯春。」此春風與司春之東君，不但可以迫使花落，也主張花開。而右詞作於元夕剛過，桃李未開，則所謂風雨邀勒者，必非使桃李敗謝，乃催開意也。蓋此處邀勒者，從索求意引申而出，有迫使之意，乃促其匆忙開花也。

③「爲問」三句，陸璣《詩疏》卷下：「鵓鳩灰色無繡項，陰則屏逐其匹，晴則呼之。語曰『天將雨，鳩逐婦』是也。」歐陽修《感春雜言》：「鳴鳩兮屋上，雀噪兮簷間。」《開元天寶遺事》卷四《靈鵲報喜》條：「時人之家，聞鵲聲者皆爲喜兆，故謂靈鵲報喜。」爲問，設問語，猶言當問。李適之《罷相作》詩：「爲問門前客，今朝幾箇來？」一本爲作借。

④拍堤春水，韓琦《上巳西溪同日清明》詩：「拍堤春水展輕紗，元巳清明景共嘉。」歐陽修《浣溪沙》詞：「堤上遊人逐畫船，拍堤春水四垂天。緑楊樓外出鞦韆。」

⑤「月下」二句，憑肩，並肩也。《楊太真外傳》卷下：「昔天寶十載，侍輦避暑驪山宮。秋七月，牽牛織女相見之夕，上憑肩而望，因仰天感牛女事，密相誓心。」花邊繫馬，吴大年《臨江仙・聞郡

守移傳薌林》詞：「竹裏行厨草草，花邊繫馬匆匆。使君移傳意何窮。兒童隨騎火，猿鶴避歌鐘。」

⑥「溪南」二句，溪南酒賤，溪指玉溪。信州治所在州南廣信門内。門外即玉溪，今稱信江。韓愈《醉後》詩：「人生如此少，酒賤且勤置。」曾鞏《北風》詩：「江頭酒賤且就醉，勿復著口問陶甄。」彈指，《弘明集》卷一二王謐《答桓太尉》：「况佛教喻一生於彈指，期要終於永劫。」《大佛頂首楞嚴經》卷五：「我觀世間六塵變壞，惟以空寂修於滅盡，身心乃能度百千劫，猶如彈指。」

又①

洞庭春晚，舊相傳恐是[一]，人間尤物②。收拾瑶池傾國豔，來向朱欄一壁③。透户龍香，隔簾鶯語④，料得肌如雪。月妖真態，是誰教避人傑[二]⑤？　酒罷歸對寒窗，相留昨夜，應是梅花發⑥。賦了高唐猶想像，不管孤燈明滅⑦。半面難期，多情易感，愁幾點星星髮[三]⑧。繞梁聲在，爲伊忘味三月⑨。

【校】

[一]「舊相傳」，廣信書院本原作「□舊傳」，此從文淵閣《四庫全書》本《稼軒詞》據《詞譜》改補。

〔二〕「人」，當是「仁」之誤。

〔三〕「愁幾」，「幾」字原闕，此據《六十名家詞》本補。文淵閣《四庫全書》本無「愁」字。

【箋注】

①題，右詞蓋再次《念奴嬌·再用前韻和洪莘之通判丹桂詞》（道人元是閑）韻，無題，無本事可考。據詞意，疑爲贈某一聞其聲未見其面之女子者。而詞中有「應是梅花發」語，則已入紹熙三年正月矣。

②「洞庭」三句，疑用洞庭龍女故事。《古今事文類聚》前集卷三四《洞庭君女》條略引如下：「唐柳毅下第，歸至涇陽，見一婦人牧羊，曰：『妾洞庭君小女也。嫁涇川次子，爲婢所惑，得罪舅姑，毀黜至此。聞君將還，敢寄尺牘於洞庭之陰。有大橘樹，君擊樹三，當有應者。』毅如其言，見千門萬户曰靈虛殿，一人被紫執圭，取書進之。洞庭君泣曰：『老夫之罪，使懦弱罹害。』言未畢，有赤龍長萬丈，擘天飛去，俄而祥風慶雲，幢節玲瓏。紅妝千百中，有一人即前寄書者。乃宴毅於碧雲宫，宴罷辭去。後再取盧氏，貌類龍女。妻曰：『予即洞庭君女也。涇上之辱，君能救之，兹奉閨房，永以爲報。』同歸洞庭，莫知其跡。」傳文甚長，見《太平廣記》卷四一九引《異聞集》。尤物，《左傳·昭公二十八年》：「夫有尤物，足以移人。苟非德義，則必有禍。」

③「收拾」二句，瑶池，《太平廣記》卷五六引《集仙録》：「西王母者，……母養羣品，天上天下，三

界十方女子之登仙者，得道者，咸所隸焉。所居宫闕，……金城千重，玉樓十二。瓊華之闕，光碧之堂，九層玄臺，紫翠丹房，左帶瑶池，右環翠水。」來向朱欄一壁，蓋謂某花自瑶池移來。

④「透户」二句，龍香，龍涎香。隔簾鶯，《梁書》卷二八《夏侯亶傳》：「晚年頗好音樂，有妓妾十數人，並無被服姿容。每有客，常隔簾奏之，時謂簾爲夏侯妓衣也。」

⑤「月妖」二句，袁郊《甘澤謡·素娥》條：「素娥者，武三思之姬人也。……左右有舉素娥者，曰相州鳳陽門宋媪女，善彈五絃，世之殊色。三思乃以帛三百段往聘焉。素娥既至，三思大悦，遂盛宴以出素娥。公卿大夫畢集，唯納言狄仁傑稱疾不來。三思怒，於座中有言。宴罷，有告仁傑者。明日謝謁三思曰：『某昨日宿疾暴作，不果應召，然不覩麗人，亦分也。他後或有良宴，敢不先期到門？』素娥聞之，謂三思曰：『梁公彊毅之士，非款狎之人，何必固抑其性？再燕不可無，請不召梁公也。』三思曰：『儻阻我燕，必族其家。』後數日復宴，客未來，梁公果先至。三思特延梁公坐於内寢，徐徐飲酒，待諸客，請先出素娥，略觀其藝。遂停杯設榻召之。有頃蒼頭出曰：『素娥藏匿，不知所在。』三思自入召之，皆不見，忽於堂奥隙中聞蘭麝芬馥，乃附耳而聽，即素娥語音也。細於屬絲，纔能認辨，曰：『請公不召梁公。今固召之，某不復生也。』三思問其繇，曰：『某非他怪，乃花月之妖，上帝遣來，亦以多言蕩公之心，將興李氏。今梁公乃時之正人，某固不敢見。某嘗爲僕妾，寧敢無情？願公勉事梁公，勿萌他志，不然武氏無遺種矣。』言訖更問，亦不應也。」梁公，狄仁傑追封梁國公。人傑，即仁傑。南宋人洪邁《容齋四筆》

卷一六《李嶠楊再思》條文淵閣《四庫全書》本作「來俊臣陷狄人傑等獄」、趙彦衛《雲麓漫鈔》卷一〇清鈔本作「狄人傑見白雲孤飛」，知人傑即狄仁傑也。

⑥「相留」二句，盧仝《有所思》：「相思一夜梅花發，忽到窗前疑是君。」

⑦「賦了」二句，賦了高唐猶想像，蘇軾《滿庭芳·佳人》詞：「報道金釵墜也，十指露春筍纖長。親曾見，全勝宋玉，想像賦高唐。」按：《唐摭言》卷一三《敏捷》載：「張祜客淮南，幕中赴宴。時杜紫微爲支使，南座有屬意之處，索骰子賭酒，牧微吟曰：『骰子巡巡裹手拈，無因得見玉纖纖。』祜應聲曰：『但知報道金釵落，髣髴還應露指尖。』」坡語出此。孤燈明滅，沈與求《戊申初寒偶作》詩：「舟行畏塗侵夜泊，孤燈明滅何處村。」

⑧「半面」三句，半面難期，《北齊書》卷三四《楊愔傳》：「聰記强識，半面不忘。」多情易感，黄庭堅《滿庭芳》詞：「鴛鴦頭白早，多情易感，紅蓼池塘。」星星髮，《藝文類聚》卷一七左思《白髮賦》：「星星白髮，生於鬢垂。」

⑨「繞梁」二句，繞梁聲在，《列子·湯問》：「昔韓娥東之齊，匱糧，過雍門，鬻歌假食。既去，而餘音繞梁欐，三日不絶，左右以其人弗去。」忘味三月，《論語·述而》：「子在齊聞《韶》，三月不知肉味。」韶，韶樂也。

最高樓　慶洪景盧内翰七十〔一〕①

金閨老，眉壽正如川②。七十且華筵。樂天詩句香山裏，杜陵酒債曲江邊③。問何如，歌窈窕，舞嬋娟④？　更十歲太公方出將，又十歲武公方入相〔二〕⑤。留盛事，看明年。直須腰下添金印，莫教頭上欠貂蟬。向人間，長富貴，地行仙⑥。

【校】

〔一〕題，四卷本乙集作「爲洪内翰慶七十」。《中興以來絶妙詞選》卷三作「洪内翰慶七十」。此從廣信書院本。

〔二〕「方」，四卷本、《絶妙詞選》作「才」。

【箋注】

①題，洪邁生於北宋宣和五年，至紹熙三年，爲壽七十，見錢大昕《洪文敏公年譜》。然洪邁生日諸書無考。右詞既作於本年，時邁子莘之尚在信州通判任，右詞必稼軒春間所作，因其子莘之之爲壽也。

②「金閨」二句，金閨老，謝朓《始出尚書省》詩：「惟昔逢休明，十載朝雲陛。既通金閨籍，復酌瓊筵醴。」江淹《文通集》卷一《別賦》：「雖淵雲之墨妙，嚴樂之筆精。金閨之諸彦，蘭臺之羣英。」閨一作門。《文選注》卷一六：「金閨，金馬門也。《史記》曰：『金門官者署，承明、金馬著作之庭。』東方朔曰：『公孫弘等待詔金馬門。』」眉壽如川，《詩·豳風·七月》：「爲此春酒，以介眉壽。」《疏》：「人年老者，必有豪毛秀出者，故知眉謂豪眉也。」《小雅·天保》：「如川之方至，以莫不增。」《箋》：「川之方至，謂其水縱長之時也，萬物之收皆增多也。」蘇軾《次韻鄭介夫二首》詩：「收取桑榆種梨棗，祝君眉壽似增川。」

③「樂天」二句，樂天詩句香山裏，《新唐書》卷一一九《白居易傳》：「東都所居履道里，疏沼種樹，構石樓，香山鑿八節灘，自號醉吟先生，爲之傳。暮節惑浮屠道尤甚，至經月不食葷，稱香山居士。嘗與胡杲、吉皎、鄭據、劉真、盧真、張渾、狄兼謨、盧貞燕集，皆高年不事者，人慕之，繪爲《九老圖》。居易於文章精切，然最工詩。」樂天，白居易字也。《明一統志》卷二九《河南府》：「香山寺在府城西南龍門，唐白居易記。龍門十寺，遊觀之盛，香山爲冠。」杜陵酒債曲江邊，杜甫《曲江二首》詩：「酒債尋常行處有，人生七十古來稀。」又《自京赴奉先縣詠懷五百字》詩：「杜陵有布衣，老大意轉拙。」康駢《劇談録》卷下《曲江》條：「曲江池本秦世隑洲，開元中疏鑿，遂爲勝境。其南有紫雲樓、芙蓉苑，其西有杏園、慈恩寺，花卉環周，煙水明媚，都人遊翫，盛於中和上巳之節。」

④「歌窈」二句，歌窈窕，歐陽修《定風波》詞：「粉面麗姝歌窈窕，清妙尊前。」蘇軾《赤壁賦》：「誦明月之詩，歌窈窕之章。」舞嬋娟，王安石《送春》詩：「武陵山下朝買船，風吹宿霧山花鮮。萬家笑語横青天，綺窗羅幕舞嬋娟。」

⑤「更十」二句，太公出將，《史記》卷三二《齊太公世家》：「吕尚蓋嘗窮困年老矣，以魚釣奸周西伯。……周西伯獵，果遇太公於渭之陽，與語大説，曰：『自吾先君太公曰：當有聖人適周，周以興，子真是邪？吾太公望子久矣。』故號之曰太公望。」注引《説苑》：「吕望年七十，釣於渭渚。」按：史未言太公師於周之年齡，亦未言及爲將與武王伐紂之年齡也。武公入相，《史記》卷三七《衛康叔世家》：「武公即位，修康叔之政，百姓和集。四十二年，犬戎殺周幽王，武公將兵往，佐周平戎，甚有功，周平王命武公爲公。」《國語·楚語》上：「昔衛武公，年數九十有五矣，猶箴儆於國曰：『自卿以下，至於師長，士苟在朝者，無謂我老耄而舍我，必恭恪於朝，朝夕以交戒我。』」注：「武公，衛僖公之子，共伯之弟，武公和也。」

⑥「直須」以下五句，金印、貂蟬均已見。地行仙，見本書卷八《水調歌頭·席上用王德和推官韻壽南澗》詞（上界足官府闋）箋注。

水調歌頭

題永豐楊少游提點一枝堂①

萬事幾時足，日月自西東②。無窮宇宙，人是一粟太倉中③。一葛一裘經歲，一鉢一瓶終日，老子舊家風④。更着一杯酒，夢覺大槐宫⑤。　記當年，嚇腐鼠，歎冥鴻⑥。衣冠神武門外，驚倒幾兒童⑦？休説須彌芥子，看取鯤鵬斥鷃，小大若爲同⑧。君欲論齊物⑨，須訪一枝翁。

【箋注】

①題，永豐楊少游，名歷均無考。提點，宋代諸路刑獄、坑冶鑄錢司均設提點官，然提點刑獄通稱提刑，此提點應即提點坑冶鑄錢公事之簡稱。南宋於江浙荆湖福建兩廣六路設坑冶鑄錢司，下設贛州、饒州兩分司。據右詞下片所載，楊少游早已掛冠居於永豐家中。然其名與一生事歷既無考，而其掛冠之日及其所居一枝堂，永豐方志亦未見記載。《稼軒詞編年箋注》於此詞《編年》考云：「《朱文公文集·旌忠愍節廟碑》云：『紹熙三年十月，王道夫請建旌忠愍節廟，旋召還。四年五月後，芮、潘兩令又更調而去。』又《與潘文叔明府書》：『辛幼安過此，極談佳政。』

陳亮《龍川文集·信州永豐縣社壇記》：『吾友潘友文文叔之始作永豐也，……稼軒辛幼安以爲文叔愛其民如古循吏，而諸公猶詰其驗，……』據知紹熙二、三年間潘氏正在永豐縣令任。疑稼軒於赴閩憲前曾有永豐之行，而此詞或即賦於其時也。」以稼軒右詞爲過永豐時所賦，甚確。然稼軒出仕閩憲，若從瓢泉起行，則應南下經紫溪入崇安。綜合此詞之後所載《浣溪沙》詞之廣信書院本與四卷本兩詞題，則知稼軒赴任之前乃自帶湖過永豐，然後自永豐赴瓢泉，途中經泉湖也。右詞即此行中所作，故次於《壬子春赴閩憲別瓢泉》詞之前。

②「萬事」二句，幾時足，趙善璙《自警編》卷五：「詩人類以棄官歸隱爲高，而謂軒冕榮貴爲外物，然鮮有能踐其言者。……予嘗於驛壁間，見人題兩句云：『人生待足何時足，未老得閑方是閑。』予深味其言，服其精當，而媿未能行也。此與夫所謂『一日看除目，三年損道心』者異矣。」日月自西東，程俱《癸巳歲除夜誦孟浩然歸終南舊隱詩有感戲效沈休文八詠體作·青陽逼歲除》詩：「萬化豈有極，一生常轉蓬。誰知元不動，日月自西東。」

③「無窮」二句，無窮宇宙，《王子安集》卷五《滕王閣序》：「天高地迥，覺宇宙之無窮；興盡悲來，識盈虚之有數。」一粟太倉中，《莊子·秋水》：「計中國之在海内，不似稊米之在太倉乎？」《赤壁賦》：「寄蜉蝣於天地，眇滄海之一粟。」

④「一葛」三句，一葛一裘，《昌黎文集》卷二一《送石洪處士赴河陽參謀序》：「先生居嵩邙瀍穀之間，冬一裘，夏一葛，朝夕飯一盂，蔬一盤，人與之錢則辭，請與出游，未嘗以事免，勸之仕則不

應。」一鉢一瓶，《景德傳燈録》卷二二《泉州後招慶和尚》條：「問：『如何是和尚家風？』師曰：『一瓶兼一鉢，到處是生涯。』」杜荀鶴《送僧赴黄山沐湯泉兼參禪宗長老》詩：「聞有湯泉獨去尋，一瓶一鉢一無金。」貫休《陳情獻蜀皇帝》詩：「一瓶一鉢垂垂老，千水千山得得來。」

⑤夢覺大槐宫，唐人傳奇，謂有吴楚游俠之士東平淳于棼者，家住廣陵郡東十里，所居宅南有大古槐一株。淳于生日，與羣豪飲其下，夢見二紫衣使者跪拜，謂槐安國王邀生。行數十里，有郛郭城堞車輿人物，至則以次女瑶芳奉事之，且拜南柯太守。凡二十年，郡政大理，生有五男二女。公主卒，生請解郡政，暫歸本里，遂梦醒。斜日未隱於西垣，餘尊尚湛於東牖。起尋夢中所至，槐下有蟻穴而已。見《太平廣記》卷四七五《淳于棼》條。

⑥「嚇腐」二句，嚇腐鼠，《莊子·秋水》：「鵷鶵發於南海，而飛於北海，非梧桐不止，非練實不食，非醴泉不飲。於是鴟得腐鼠，鵷鶵過之，仰而視之，曰：『嚇！』」冥鴻，見本書卷八《水調歌頭·和信守鄭舜舉蔗庵韻》詞（萬事到白髮）箋注。

⑦「衣冠」二句，衣冠神武門，見本書卷一〇《沁園春·戊申歲奏邸忽騰報謂余以病掛冠因賦此》詞（老子平生闋）箋注。驚倒兒童，蘇軾《送陳伯修察院赴闕》詩：「一日喧萬口，驚倒同舍兒。」吴則禮《有懷介然偶作因寄之》詩：「唤醒飽睡真痴絶，驚倒羣兒要語奇。」

⑧「休説」三句，須彌芥子，《維摩詰所説經·不思議品》：「維摩詰言：『諸佛菩薩有解脱名，不可思議。若菩薩住是解脱者，以須彌之高，内芥子中，無所增減。須彌山王本相如故，而四天

王、忉利諸天，不覺不知，己之所入，於此衆生，亦無所嬈。……我今略説菩薩不可思議解脱之力，若廣説者，窮劫不盡。』」鯤鵬斥鷃，《莊子·逍遥遊》：「窮髮之北，有冥海者，天池也。有魚焉，其廣數千里，未有知其修者，其名爲鯤。有鳥焉，其名爲鵬，背若泰山，翼若垂天之雲，摶扶摇羊角而上者九萬里，絶雲氣，負青天，然後圖南，且適南冥也。斥鷃笑之，曰：『彼且奚適也？我騰躍而上，不過數仞而下，翱翔蓬蒿之間，此亦飛之至也，而彼且奚適也？』此小大之辨也。」若爲，如何也。

⑨論《齊物》，《莊子》有《齊物論》篇，題下注：「夫自是而非彼，美己而惡人，物莫不皆然，然故是非雖異而彼我均也。」

浣溪沙

壬子春，赴閩憲，别瓢泉〔一〕①

細聽春山杜宇啼②，一聲聲是送行詩。朝來白鳥背人飛③。對鄭子真巖石卧，赴陶元亮菊花期〔二〕④。而今堪誦《北山移》⑤。

【校】

〔一〕題，四卷本丙集作「泉湖道中赴閩憲别諸君」。

〔二〕「赴」，四卷本作「趍」。

【箋注】

①題，壬子即紹熙三年。據右題，稼軒赴閩憲任蓋自瓢泉啓行。而四卷本丙集之題，有「泉湖道中赴閩憲，别諸君」語，蓋與上饒諸友相别於泉湖道中也。此泉湖，即淳熙十五年冬，稼軒送陳亮來訪投宿之吴氏四望樓所在地。見本書卷一〇《賀新郎·陳同父自東陽來過余》詞（把酒長亭説闋）箋注。泉湖村即今鉛山縣稼軒鄉之馬鞍山村，在瓢泉東北，爲上饒入鉛山之途中。

②「細聽」句，王安石《出城訪無黨因宿齋館》詩：「生涯零落歸心嬾，多謝慇懃杜宇啼。」郭祥正《客問》詩：「行止無勞問，空山杜宇啼。」

③「朝來」句，見本書卷一〇《鷓鴣天·席上再用韻》詞（水底明霞十頃光闋）箋注。張九成《二十六日復出城》詩：「吟餘尚多思，白鳥背人飛。」按：《毛詩草木鳥獸蟲魚疏》卷下：「鷺，水鳥也。好而潔白，故謂之白鳥。」此所謂白鳥，應即稼軒寓居帶湖之初，賦《盟鷗》之《水調歌頭》詞中之鷗鷺。稼軒寓居帶湖十年，一旦奉詔赴閩憲之任，不免有愧不如歸去之語，故自嘲白鳥背人而飛也。

④「對鄭」二句，《揚子·法言》卷四《問神》：「谷口鄭子真，不屈其志，而耕乎巖石之下，名震於京

師。」《高士傳》卷中《鄭樸》條：「鄭樸字子真，谷口人也。修道静默，世服其清高。成帝時，元舅大將軍王鳳以禮聘之，遂不屈。揚雄盛稱其德。……馮翊人刻石祠之，至今不絶。」按：《漢書》卷七二《王貢兩龔鮑傳》：「其後谷口有鄭子真，蜀有嚴君平，皆修身自保，非其服弗服，非其食弗食。成帝時，元舅大將軍王鳳以禮聘子真，子真遂不詘而終。」注引《三輔决録》：「子真名樸，君平名尊，則君平、子真皆其字也。」杜甫《九日曲江》詩：「晚來高興盡，摇蕩菊花期。」陶元亮菊花期，謂陶淵明九日把菊也。沈雄《古今詞話》之《詞話》卷上：「周雪客曰：稼軒對句，如『對鄭子真巖石卧，赴陶元亮菊花期』，生硬不可按歌。」按：此以單字領句入聯，稼軒偶一爲之，無不可。至劉後村，則多用於七律，方不足爲法也。

⑤「而今」句，《六臣注文選》卷四三孔稚珪《北山移文》題下注：「鍾山在都北，其先周彦倫隱於此山，後應詔出爲海鹽縣令，欲却過此山，孔生乃假山靈之意移之，使不許得至，故云《北山移文》。」《宋史》卷四五七《隱逸·种放傳》：「种放字明逸，河南洛陽人也。……父卒，數兄皆干進，獨放與母俱隱終南豹林谷之東明峰。結草爲廬，僅庇風雨，以講習爲業。……屢得召對。……放屢至闕下，俄復還山。人有詒書嘲其出處之跡，且勸以棄位居巖谷，放不答。……表徙居嵩山天封觀側，遣内侍就興唐觀基起第賜之，假踰百日，續給其奉。然猶往來終南，按視田畝。每行必給驛乘，在道或親詬驛吏，規算糧具之直，時議浸薄之。嘗曲宴，令羣臣賦詩，杜鎬以素不屬辭，誦《北山移文》以譏之。」王安石《松間》詩：「偶向松間覓舊題，野人休誦《北山

移》。」題下注：「被召將行作。」王明清《玉照新志》卷一：「章聖朝，种明逸抗疏辭歸終南舊隱，上命設燕禁中，令廷臣賦詩以寵其行，獨翰林學士杜鎬，辭以素不習詩，誦《北山移文》一遍。明逸不懌，云：『野人焉知大丈夫之出處哉？』熙寧中，王荆公進用，時有王一介中甫者，以詩詆之云：『草廬三顧動幽蟄，蕙帳一空生曉寒。』荆公不以爲忤，但賦絶句云：『莫向空山覓舊題，野人休誦《北山移》。丈夫出處非無意，猿鶴從來自不知。』」

臨江仙

和信守王道夫韻，謝其爲壽。時僕作閩憲〔一〕①

記取年年爲壽客，只今明月相隨②。莫教絃管便生衣。引壺觴自酌，須富貴何時③？　入手清風詞更好，細書白䌷烏絲④。海山問我幾時歸，棗瓜如可啖，直欲覓安期⑤。

【校】

〔一〕題，四卷本丁集作「和王道夫信守韻謝其爲壽時作閩憲」。此據廣信書院本。

【箋注】

①題，右詞爲紹熙三年五月作，時稼軒爲福建提刑。

②「記取」二句，爲壽客，龔明之《吴中紀聞》卷四《花客詩》條以菊爲壽客。明月相隨，高適《賦得還山吟送沈四山人》詩：「白雲勸盡杯中物，明月相隨何處眠。」

③「莫教」三句，絃管生衣，謂久疏歌舞，故絃管爲塵網所封。蘇軾《次韻劉貢父李公擇見寄二首》詩：「何人勸我此間來，絃管生衣甑有埃。」引壺觴自酌，《歸去來兮辭》：「攜幼入室，有酒盈尊。引壺觴以自酌，眄庭柯以怡顔。」須富貴何時，《漢書》卷六六《楊惲傳》：「人生行樂耳，須富貴何時？」

④「入手」二句，清風詞，《詩·大雅·烝民》：「吉甫作誦，穆如清風。」蘇籀《觀胡文恭樞密全集偶成一首》詩：「韜涵白圭玷，揮灑清風詞。」白蠒烏絲，蘇軾《文與可有詩見寄云待將一段鵝溪絹掃取寒稍萬尺長次韻答之》詩：「爲愛鵝溪白蠒光，掃殘雞距紫毫鋩。」《唐國史補》卷下：「宋、亳間有織成界道絹素，謂之烏絲欄、朱絲欄，又有繭紙。」入手，到手也。

⑤「海山」三句，海山問我，《太平廣記》卷四八《白樂天》條引《逸史》：「唐會昌元年，李師稷中丞爲浙東觀察使。有商客遭風飄蕩，不知所止，月餘至一大山，瑞雲奇花，白鶴異樹，盡非人間所覩。……至一院，扃鐍甚嚴，因窺之，衆花滿庭，堂有裀褥，焚香階下。客問之，答曰：此是白樂天院，樂天在中國未來耳。乃潛記之，遂别之歸。旬日至越，具白廉使，李公盡録以報白公。先是，白公平生惟修上乘業，及覽李公所報，乃自爲詩二首，以記其事，及答李浙東云：『近有人從海上回，海山深處見樓臺。中有仙籠開一室，皆言此待樂天來。』又曰：『吾學空門不學

仙，恐君此語是虚傳。海山不是吾歸處，歸即應歸兜率天。』」棗瓜，覓安期，《史記》卷二八《封禪書》：「少君言上曰：『祠竈則致物，致物而丹沙可化爲黄金，黄金成，以爲飲食器，則益壽，益壽而海中蓬萊仙者乃可見，見之以封禪，則不死黄帝是也。臣常游海上，見安期生，安期生食巨棗大如瓜，安期生仙者，通蓬萊中，合則見人，不合則隱。』於是天子始親祠竈，遣方士入海，求蓬萊安期生之屬，而事化丹沙諸藥齊爲黄金矣。」

賀新郎

三山雨中遊西湖，有懷趙丞相經始〔一〕①

翠浪吞平野②。挽天河誰來照影？卧龍山下③。煙雨偏宜晴更好，約略西施未嫁④。待細把江山圖畫⑤。千頃光中堆灎澦，似扁舟欲下瞿塘馬⑥。中有句，浩難寫⑦。　詩人例入西湖社⑧。記風流重來，手種緑陰成也〔二〕⑨。陌上遊人誇故國，十里水晶臺榭。更複道横空清夜⑩。粉黛中洲歌妙曲〔三〕，問當年魚鳥無存者⑪。堂上燕，又長夏⑫。

【校】

〔一〕題，四卷本丙集作「福州遊西湖」。此據廣信書院本。

〔二〕「陰成」，四卷本、四印齋本、《六十名家詞》本俱作「成陰」。

〔三〕「粉黛」句，「洲」，四卷本闕，據廣信書院本補。「妙」，廣信書院本作「何」，兹從四卷本改。

【箋注】

①題，三山，《輿地紀勝》卷一二八《福建路·福州》：「三山，南豐《道山亭記》：『城之中三山，西曰閩山，東曰九仙山，北曰粵王山，三山者鼎峙立。』」按：閩山又名烏石山。此三山乃稱郡城之名也。西湖，《輿地紀勝》同卷：「西湖，《元和志》云：『在閩縣西二里。』」〔乾隆〕《福州府志》卷五：「西湖在城西北三里。晉太守嚴高所鑿，引西諸山溪水注之。閩王審知築羅城及西北夾城，皆取土於湖旁。湖周至四十里。王璘因築臺爲水晶宫。宋淳熙中，帥守趙汝愚建閣湖上，仍舊名曰澄瀾。」趙丞相，即趙汝愚。《宋史》卷三九二《趙汝愚傳》：「趙汝愚字子直，漢恭憲王元佐七世孫，居饒之餘干縣。……汝愚早有大志，每曰『丈夫得汗青一幅紙，始不負此生』。擢進士第一，簽書寧國軍節度判官，召試館職，除秘書省正字。孝宗方鋭意恢復，始見即陳自治之策，孝宗稱善，遷校書郎。……遷著作郎知信州，易台州，除江西轉運判官，入爲吏部郎兼太子侍講，遷秘書少監兼權給事中。……以集英殿修撰帥福建。……進直學士制置四川兼知成都府。……光宗受禪，趣召，未至殿中侍御史范處義論其稽命，除知潭州，辭改太平州，進敷文閣學士知福州，紹熙二年召爲吏部尚書。」按：據《宋史》卷二一三《宰輔表》四，趙汝愚於紹熙

四年三月始除同知樞密院，其除右丞相，則在紹熙五年八月寧宗即位之後。右詞作於稼軒任福建提刑時，於時趙汝愚未爲丞相，丞相之稱必編集時所追改。又，趙汝愚第一次爲閩帥，在淳熙九年七月至十二年十二月。第二次則在紹熙元年十一月至二年十月。均見《淳熙三山志》卷二二。趙丞相經始，謂趙汝愚首次帥閩，倡議疏浚西湖事。〔同治〕《餘干縣志》卷一八劉光祖《宋丞相忠定趙公墓志銘》：「閩謀帥，公以集殿修撰出鎮。念當去國，孳孳以數千言進戒。……州有二湖附郭，田數萬畝，旱則湖可溉，潦則可泄，故無兇歲。或租其瀦水之澤，各封域之，官其入不之禁，湖以塞。公奏罷之，浚西湖，使與南湖通。築長堤，植杉柳，創六閘堰以時瀦泄，遂爲一方永遠之利。」《歷代名臣奏議》卷一〇八《集英殿修撰帥福建趙汝愚論福州便民事疏》：「契勘本州元有西湖，在城西三里，迤邐並城南流，接大壕，通南湖，瀦蓄水澤，灌溉民田，事載《閩中記》甚詳。父老相傳，舊時湖周回十數里，天時旱暵，則發其所聚，高田無乾涸之憂，時雨泛漲，則泄而歸浦，卑田無淹浸之患，民不知旱勞而長享豐年之利。……歲月浸久，填淤殆盡，各立封畛，以爲己物，或塞爲魚塘，或築成園圃，甚至於違法立券，相售如祖業然。……今來若不申明朝廷，誠恐向後轉見湮廢，難以興復，並湖之民，永被其害。欲乞聖慈特降指揮，行下本州，告示有田之家，許於農事之隙，稍循舊跡開浚，令附城爲壕，上下流注，雖未能盡復古來丈尺，庶幾西湖與南湖通接，負郭之田，盡沾水利而長享有年之效。」

②「翠浪」句，强至《依韻奉和經略司徒侍中過湫馬上始見終南》詩：「翠入重城朝自潤，勢吞平野

夏猶寒。」

③「挽天」二句，挽天河照影，杜甫《洗兵馬》：「安得壯士挽天河，净洗甲兵長不用。」張孝祥《西江月・蘄倅李君達才當靖康建炎之間以諸生起兵河東屢摧强敵蓋未知其事重爲感歎賦此》詞：「西湖西畔晚波平，袖手時來照影。」卧龍山，（乾隆）《福州府志》卷五：「卧龍山，去城五里，一名伏龍山，有三石如品字，名品石巖，石圓而聳，扣之則諸山響應，又名應石。有箋經臺、翠楚亭，遺愛亭。」

④「煙雨」二句，煙雨偏宜晴更好，蘇軾《飲湖上初晴後雨二首》詩：「水光瀲灩晴方好，山色空濛雨亦奇。欲把西湖比西子，淡妝濃抹總相宜。」約略，大概。

⑤把江山圖畫，黄庭堅《王厚頌二首》詩：「夕陽盡處望清閑，想見千巖細菊斑。人得交游是風月，天開圖畫即江山。」洪邁《容齋隨筆》卷一六《真假皆妄》條：「江山登臨之美，泉石賞翫之勝，世間佳境也，觀者必曰如畫。故有江山如畫、天開圖畫即江山、身在畫圖中之語。」

⑥「千頃」二句，《太平寰宇記》卷一四八《山南東道・夔州》：「灩澦堆周圍二十丈，在州西南二百步蜀江中心，瞿唐峽口。冬水淺，屹然露百餘尺，夏水漲，没數十丈。其狀如馬，舟人不敢進。又曰：猶與，言舟子取途不决水脈，故曰猶與。諺曰：『灩澦大如襆，瞿唐不可觸。灩澦大如馬，瞿唐不可下。灩澦如大鱉，瞿唐行舟絶。灩澦大如龜，瞿唐不可窺。』」按：福州西湖中亦有孤山，詞中灩澦或指此。

⑦「中有」二句，《朱文公文集》卷二七《與趙帥書》：「去冬見議開湖事，熹謂須先計所廢田若干，所溉田若干，所用工料若干，灼見利多害少，然後爲之。後來但見匆匆興役，至今議者猶以費多利少爲疑。浮説萬端，雖不足聽，然恐亦初計之未審也。大抵集衆思者易爲力，專己智者難爲功。此等事，但呼官吏之可與謀者條畫而算計之，其贏縮利害，可以一日而決，不必閉閤深念，徒弊精神而又未必盡乎利病之實也。」別集卷二《與林景伯書》：「趙帥進職因任，可喜。但聞開湖事，都下亦頗紛紛，人之多言，亦可畏也。」卷三《與林擇之書》：「趙帥久不得書，湖事想已畢。自此宜且安静，勿興功役爲佳，相見亦可力勸之也。」據此三書，可知當趙汝愚開湖經始之初，亦頗爲人言所議論。右詞所謂「中有句，浩難寫」，蓋指此也。

⑧「詩人」句，《都城紀勝·社會》條：「文士則有西湖詩社。此社非其他社集之比，乃行都士夫及寓居詩人，舊多出名士。」《夢粱録》卷一九《社會》：「文士有西湖詩社，此乃行都縉紳之士及四方寓流儒人，寄興適情，賦詠膾炙人口，流傳四方，非其他社集之比。」按：此臨安之西湖詩社，福州有無，史書無載。

⑨「記風」二句，趙汝愚淳熙九年帥閩時疏浚西湖，至紹熙元年再帥七閩，爲時已經八九年矣，前此所植杉柳，蓋已緑樹成陰。杜牧《歎花》詩：「狂風落盡深紅色，緑葉成陰子滿枝。」

⑩「陌上」三句，陌上遊人誇故國，蘇軾《陌上花三首》詩：「陌上花開蝴蝶飛，江山猶是昔人非。遺民幾度垂垂老，遊女長歌緩緩歸。」韓維《和微之宴張大夫家園》詩：「敢論懷黄誇故國，聊欣

垂白上華筵。」吴任臣《十國春秋》卷九一《閩嗣王世家》：「嗣王名延翰，字子逸，太祖長子也。……自稱大閩國王，立宮殿，置百官，威儀文物皆擬天子制，……自是驕淫奢侈，跨城西西湖築室十餘里，號曰水晶宮。每攜後庭游宴，從子城複道以出。」十里水晶臺榭，複道，《十國春秋》卷九四《惠宗后陳氏傳》：「后陳氏，福唐人也。……小字金鳳，冒姓陳，即惠宗后也。……太祖選良家女充後宮，時金鳳年十七，性度窈窕，善歌舞，太祖召爲才人，其寵幸與黄夫人比。嘗築水晶宮於西湖旁，列亭榭十餘里。金鳳時扈從，由子城複道中出遊。」《淳熙三山志》卷四：「舊記，西湖在州西三里，蓄水成湖，可蔭民田，僞閩又益廣之，迤邐南流，接城西大壕，直通南蓮池。父老相傳，閩時湖周回十數里，築室其上，號水晶宮。時攜後庭遊，不出莊陌，乃由子城複道，跨羅城而下，不數十步至其所。今宮跡猶存，民田其上，而湖盡爲民田及菱池矣。」

⑪「粉黛」二句，粉黛中洲歌，《十國春秋》卷九四《陳皇后傳》注引《外傳》：「三月上巳，延鈞修禊桑溪，金鳳偕後宮雜衣文錦，列坐水次，流觴娱暢。沉麝之氣，環珮之香，達於遠近。途中絲竹管絃，更番迭奏。端陽日，造綵舫數十於西湖，每舫載宮女二十餘人，衣短衣，鼓楫争先，延鈞御大龍舟以觀。金鳳作《樂遊曲》，使宮女同聲歌之。曲曰：『……西湖南湖鬥綵舟，青蒲紫蓼滿中洲。波渺渺，水悠悠，長奉君王萬歲遊。』」魚鳥無存，秦觀《鷓鴣天》詞：「一春魚鳥無消息，千里關山勞夢魂。」

⑫「堂上」二句，趙汝愚於紹熙二年十月被召，稼軒於三年春赴閩憲任，去年堂上之燕，至此又度一

長夏，故知右詞必作於此年夏也。

感皇恩①

露染武夷秋，千巒聳翠〔一〕。練色泓澄玉清水②。十分冰鑑，未吐玉壺天地③。精神先付與，人中瑞④。　青瑣步趨，紫微標致⑤。鳳翼看看九千里〔二〕⑥。任揮金椀⑦，莫負涼颸佳致。瑤臺人度曲，千秋歲⑧。

【校】

〔一〕「巒」，《詩淵》第四五七五頁原作「蠻」，乃筆誤，徑改。此詞諸本失收。

〔二〕「千」，原作「十」，徑改，詳見箋注。

【箋注】

①題，右詞無題，僅見載《詩淵》一書之壽諸通判詞中。據右詞首句，知所壽者或爲建寧府通判，或籍在建陽之任通判者。頗疑爲前者。《朱文公續集》卷一《答黄直卿書》：「牒試中間，辛憲、湯

倅過此，皆欲爲問，既而皆自有客，不復得開口。其僞冒者固不容復動念，知却劉倅之請，甚善。」此書爲紹熙三年秋，建陽牒試期間，稼軒巡部至此之時所作。書中所及湯倅、張倅，或爲建寧府通判，或爲福州通判，以二地之方志俱不見載，名已無考。疑其中一人或即稼軒右詞所壽者。

②練色，《後漢書》卷一〇六《循吏傳》：「天下已定，務用安静。……身衣大練，色無重綵。」《論衡·累害》：「清受塵，白取垢。青蠅所污，常在練素。」據此，知練色即白色也。

③「十分」二句，《東坡全集》卷一一五《元祐三年端午貼子詞·皇太后閤六首》：「水殿開冰鑑，瓊漿凍玉壺。」

④人中瑞，《舊唐書》卷一七六《鄭肅傳》：「子洎，咸通中累官尚書郎，出爲刺史。洎子仁規、仁表，俱有俊才，文翰高逸。……仁表擢第，後從杜審權、趙隲爲華州河中掌書記，入爲起居郎。仁表文章尤稱俊拔，然恃才傲物，人士薄之。自謂門地人物文章具美，嘗曰：『天瑞有五色雲，人瑞有鄭仁表。』」

⑤「青瑣」二句，青瑣步趨，《漢書》卷九八《元后傳》：「曲陽侯根，驕奢僭上，赤墀青瑣。」注：「青瑣，天子門制也。……青瑣者，刻爲連瑣文而以青塗之也。」《爾雅注疏·釋宫》：「堂下謂之步，門外謂之趨。」紫微，《舊唐書》卷八《玄宗紀》上：「十二月庚寅朔，大赦天下，改元爲開元。内外官賜勳一轉。改尚書左右僕射爲左右丞相，中書省爲紫微省。……開元元年十二月癸丑，

紫微令張説爲相州刺史。」

⑥「鳳翼」句，《文選》卷四五宋玉《對楚王問》：「故鳥有鳳而魚有鯤。鳳凰上擊九千里，絶雲霓，負蒼天，足亂浮雲，翺翔乎杳冥之上，夫蕃籬之鷃，豈能與之料天地之高哉？」

⑦「任揮」句，杜甫《崔駙馬山亭宴集》詩：「客醉揮金椀，詩成得繡袍。」

⑧「瑶臺」二句，蘇軾《賀新郎》詞，有「枉教人夢斷瑶臺曲。又却是，風敲竹。」《花草粹編》卷一四有注云：「《耆舊續聞》云：陸辰州云，此詞後擷用榴花事。晁以道家有東坡真跡，晁云：『東坡有妾名朝雲、榴花。朝雲死於嶺外，惟榴花獨存。觀浮花浪蕊都盡，伴君幽獨可見矣。』近觀顧景蕃續注，因悟白團扇、瑶臺曲，皆侍妾故事。東坡用此，乃知辰州得榴花事於晁氏爲不妄。」

鷓鴣天　三山道中①

抛却山中詩酒窠，却來官府聽笙歌②。閑愁做弄天來大，白髪栽埋日許多③。　新劍戟，舊風波④。天生予嬾奈予何⑤？此身已覺渾無事，却教兒童莫恁麽⑥。

【箋注】

①題，據「抛却」二句，知右詞爲稼軒任閩憲時所作也。

②「拋却」二句，白居易《霓裳羽衣歌》：「便除庶子拋却來，聞道如今各星散。今年五月至蘇州，朝鐘暮角催白頭。貪看案牘常侵夜，不聽笙歌直到秋。」蘇軾《浣溪沙·荷花》詞：「天氣乍涼人寂寞，光陰須得酒消磨。且來花裏聽笙歌。」

③「閑愁」二句，做弄，口語，同捉弄。《朱子語類》卷三《鬼神》：「人心平鋪著便好，若做弄便有鬼怪出來。」白髮栽埋，王安石《偶成二首》詩：「年光斷送朱顏老，世事栽培白髮生。」

④「新劍」二句，劍戟，《後漢書》卷八七《李雲傳》：「下有司逮雲，詔尚書都護劍戟送黄門北寺獄。」卷一〇七《周紆傳》：「召司隸校尉河南尹，詣尚書譴問，遣劍戟士收紆，送廷尉詔獄。」舊風波，林概《離席》詩：「往事一春空物態，閑情千里舊風波。」按：稼軒淳熙二年嘗任江西提刑，至淳熙八年自江西帥改任浙西提刑時被劾罷官，閑居十年。至紹熙間再任提刑，故謂之新劍戟、舊風波。

⑤「天生」句，《論語·述而》：「天生德於予，桓魋其如予何？」

⑥「此身」二句，此身已覺渾無事，蘇軾《歸宜興留題竹西寺》詩：「此生已覺都無事，今歲仍逢大有年。」莫恁麽，唐宋口語，莫如此，莫那樣。吴衡照《蓮子居詞話》卷四：「『此身已覺渾無事，且教兒童莫恁麽。』『恁麽』亦作『甚麽』，見《朱子語類》；亦作『什麽』，見《唐摭言》；亦作『只麽』，見黄山谷詩；亦作『者麽』，見《元典章》。皆『恁麽』之轉聲。」

水調歌頭

三山用趙丞相韻，答帥幕王君，且有感於中秋近事，併見之末章①

說與西湖客，觀水更觀山②。淡妝濃抹西子，喚起一時觀③。種柳人今天上，對酒歌翻《水調》，醉墨捲秋瀾④。老子興不淺⑤，歌舞莫教閑。　看尊前，輕聚散，少悲歡。城頭無限今古，落日曉霜寒。誰唱黃雞白酒⑥？猶記紅旗清夜，千騎夜臨關⑦。莫說西州路，且盡一杯看⑧。

【箋注】

①題，趙丞相韻，趙汝愚原詞不存，《永樂大典》卷二二六五湖字韻載林淳《定齋集》之《水調歌頭·次趙帥開西湖韻》詞三首，用韻與右詞全同，知趙氏原唱爲淳熙十年經始福州西湖開浚事而賦。今蔡戡《定齋集》卷二〇亦有《水調歌頭》一首，題爲「送趙帥鎮成都」，蓋步趙汝愚舊韻送其帥蜀所作，而稼軒右詞，則爲任閩憲時，追次原韻所作。帥幕王君，疑即王次春。楊萬里《誠齋集》卷一一九《朝請大夫將少監趙公行狀》，載趙像之後任福建提刑時事，有云：「拜福建路提點刑獄公事。建臺之始，風采一新。浦城縣獄有以平民爲大辟者，其人誣伏，其獄未上，公平反之。劾

其令，免所居官，一路讋服。又劾帥屬王次春於遏密中呼營妓歌舞飲酒，其人甚口，人皆爲公危之，公不顧也，竟墮其語穽而去。」趙像之任閩憲，爲繼盧彦德者，其到任當在紹熙五年歲初，可參本卷《滿江紅・盧國華由閩憲移漕建安》詞（宿酒醒時闋）並《清平樂・壽趙民則提刑》詞（詩書萬卷闋）箋注。此中之帥屬王次春，應即稼軒詞題中之「帥幕王君」。所謂「遏密」，當指國喪中禁絶音樂歌舞一類活動也，紹熙五年六月太上皇孝宗崩逝，至七月寧宗即位。《趙公行狀》所載「帥屬王次春於遏密中呼營妓歌舞飲酒」事，應即發生於此期間。王次春，錢塘人，乾道八年壬辰黄定榜進士，見（雍正）《浙江通志》卷一二五。王氏其他事歷别無可考。右詞作於紹熙三年九月，其時閩帥林枅遽卒，題中「中秋近事」，當即詞之下片「猶記」四句所云云也。

②「説與」二句，西湖客，即王次春也。觀水更觀山，黄庭堅《題胡逸老致虚庵》詩：「觀水觀山皆得妙，更將何物污靈臺。」曾幾《發宜興》詩：「觀水觀山都廢食，聽風聽雨不妨眠。」

③「淡妝」二句，淡妝句，見前《賀新郎・三山雨中遊西湖有懷趙丞相經始》詞（翠浪吞平野闋）箋注。一時觀，謂同時觀也。

④「種柳」三句，種柳人，謂趙汝愚。前《賀新郎・三山雨中遊西湖有懷趙丞相經始》詞題注引劉光祖《宋丞相忠定趙公墓志銘》，載趙汝愚前守福州，浚西湖，植杉柳事。自紹熙二年趙汝愚召爲吏部尚書之後，至稼軒賦右詞之時，其所居皆在行在所，故謂之「人今天上」。醉墨捲秋瀾，何薳《春渚紀聞》卷六《牛酒帖》條：「先生在東坡，每有勝集，酒後戲書，以娯坐客，見於傳録者多

矣。獨畢少董所藏一帖，醉墨瀾翻，而語特有味云。」

⑤老子興不淺，見本書卷七《水調歌頭·淳熙己亥自湖北漕移湖南》詞（折盡武昌柳闋）箋注。

⑥「誰唱」句，李白《南陵别兒童入京》詩：「白酒新熟山中歸，黄雞啄黍秋正肥。呼童烹雞酌白酒，兒女歌笑牽人衣。」蘇軾《秋興三首》詩：「黄雞白酒雲山約，此計當時已浩然。」

⑦「猶記」二句，此記林枅事，即題中所謂「中秋近事」也。蓋紅旗千騎，皆用太守巡行事。白居易《劉十九同宿》（時淮寇初破）詩：「紅旗破賊非吾事，黄紙除書無我名。惟共嵩陽劉處士，圍棋賭酒到天明。」紅旗，見本卷《好事近·席上和王道夫賦元夕立春》詞（綵勝鬥華燈闋）箋注。千騎，見本書卷六《滿江紅·再用前韻》詞（照影溪梅闋）箋注。杜甫《秦州雜詩二十首》：「無風雲出塞，不夜月臨關。」

⑧「莫説」二句，莫説西州路，《晉書》卷七九《謝安傳》：「安雖受朝寄，然東山之志，始末不渝，每形於言色。及鎮新城，盡室而行，造泛海之裝，欲須經略粗定，自江道還東。雅志未就，遂遇疾篤，上疏請量宜旋旆。……詔遣侍中慰勞，遂還都。聞當輿入西州門，自以本志不遂，深自慨失，因悵然謂所親曰：『昔桓温在時，吾常懼不全。忽夢乘温輿行十六里，見一白雞而止。乘温輿者，代其位也。十六里止，今十六年矣。白雞主酉，今太歲在酉，吾病殆不起乎？』乃上疏遜位。……尋薨，時年六十六。……羊曇者，太山人，知名士也，爲安所愛重。安薨後，輟樂彌年，行不由西州路。嘗因石頭大醉，扶路唱樂，不覺至州門。左右白曰：『此西州門。』曇悲感

不已，以馬策扣扉，誦曹子建詩曰：『生存華屋處，零落歸山丘。』慟哭而去。」按：右四句涉及稼軒任福建提刑時與福建安撫使林枅之關係，一旦林枅病卒，帥憲緊張關係即告結束。《稼軒詞編年箋注》右詞之《編年》爲余所增補，其涉及右詞之本事有云：「稼軒任閩憲，閩帥爲林枅（此據《三山志》卷二二《郡守》）。朱熹《答劉晦伯書》有云：『林帥固賢，然近聞其與憲司不協，……抑爲州者固得以捍制使者，而使者果樹不可以察縣耶？……使渠自作監司，能堪此耶？』黄榦《與晦庵朱先生書》亦云：『劉仲則來訪，云渠見攝帥幕，帥於同列多不相下，……渠欲得先生道其姓名於辛憲。……』據上引二書，知稼軒按行州縣，且亦爲林枅所牽制，帥幕劉仲則至欲因朱熹以結識稼軒，則稼軒於林氏任帥時未必得與王姓幕僚相唱酬也。又據後章『西州路』二句，疑此詞作於本年九月林氏卒後稼軒攝帥之際。『西州路』爲羊曇悼謝安故實，詞題答王君者，殆指此二句。」《淳熙三山志》卷二二：「紹熙三年九月，枅卒。」所言大致應是，故再附記於此。

水調歌頭

壬子三山被召，陳端仁給事飲餞席上作〔一〕①

長恨復長恨，裁作《短歌行》②。何人爲我楚舞，聽我楚狂聲〔二〕③？余既滋蘭九畹，又樹蕙之百畮，秋菊更餐英④。門外滄浪水，可以濯吾纓⑤。一杯酒，問何似，身後名⑥？人間萬事，毫髮常重泰山輕⑦。悲莫悲生離別，樂莫樂新相識⑧，兒女古今情。富貴非吾事，歸與白鷗盟⑨。

【校】

〔一〕題，四卷本丙集作「壬子被召端仁相餞席上作」，〔乾隆〕《福建通志》卷七八作「三山被召陳端仁飲餞」。此從廣信書院本。

〔二〕「狂」，《四庫》本作「歌」。

【箋注】

①題，壬子，紹熙三年。據以下《西江月》詞題「癸丑正月四日，自三山被召，經從建安，席上和陳安行舍人韻」，知稼軒在閩憲任上被召，在紹熙三年歲杪。陳端仁給事，即陳峴，本書卷二《論經界鈔鹽札子》已有涉及。《宋史》無傳，事跡散見諸書。《建炎以來朝野雜記》乙集卷一三《蜀帥聘幣不入私家者三人》條：「先是，陳端仁爲帥，馮廷式爲成都漕。端仁有聘幣，廷式例以元物易封而報之，端仁大恨。至用他事劾廷式於朝，壽皇知之而不信也。」查《宋會要輯稿·職官》七二之三五：「淳熙九年七月十七日，四川制置使兼知成都府陳峴放罷，以侍御史張大經論其紹納

趨附，貪墨無厭。」因知陳峴字端仁。而《淳熙三山志》卷二九載：「紹興二十七年丁丑王十朋榜，陳峴，誠之之子，字改仁。」謂之字改仁，當誤。陳峴於淳熙元年五月知平江府，二年二月改兩浙運判，五年七月被召，見《吴郡志》卷七、一一。淳熙六年使金賀正旦，見《宋史》卷三五《孝宗紀》三。淳熙七年爲給事中，見《宋史》卷四七〇《佞幸・張説傳》。淳熙八年爲福建提舉市舶，見《宋史》卷一八三《食貨志》下五。樓鑰《攻媿集》卷二八《繳陳峴差知静江府》：「峴之處家，醜聲甚彰，棄妻之訟，人憤其冤。峴之居官，污聲尤著。帥蜀之跡，最不可掩。前後章疏，指陳實事，臣不敢復論。頃除鄂渚守臣，公議尚且不容，隨即寢罷。桂林重鎮，控制南方，非有才具，不足以應事機，非有廉節，不足以服遠民，其可使峴居之乎？閑廢雖久，衆尚齗齗。臣若不言，亦必有論之者。」樓鑰任詞臣，在紹熙三年。據知陳峴自淳熙九年罷蜀帥之後，至紹熙三年始終閑居於家，中間一度被命知鄂州，旋遭論劾，隨即寢罷。其經歷與稼軒大體爲近，然陳峴乃有用之才，故稼軒以「人間萬事，毫髮常重泰山輕」爲之惜也。

②「長恨」二句，長恨復長恨，《後漢書》卷一〇《馬皇后紀》：「欲令瞑目之日，無所復恨，何意老志復不從哉？萬年之日長恨矣。」《短歌行》，《樂府詩集》卷三〇魏武帝《短歌行二首》六解引《古今樂録》，謂王僧虔《技録》云：「《短歌行・仰瞻》一曲，魏氏遺令，使節朔奏樂，魏文製此辭，自撫箏和歌。」又引《樂府解題》曰：「《短歌行》，魏武帝『對酒當歌，人生幾何』，晉陸機『置酒高堂，悲歌臨觴』，皆言當及時爲樂也。」

③「何人」二句，爲我楚舞，《史記》卷五五《留侯世家》：「召戚夫人，指示四人者，曰：『我欲易之，彼四人輔之，羽翼已成，難動矣，吕后真而主矣。』戚夫人泣，上曰：『爲我楚舞，吾爲若楚歌。』歌曰：『鴻雁高飛，一舉千里。羽翮已就，横絶四海。横絶四海，當可奈何？雖有矰繳，尚安所施？』歌數闋，戚夫人嘘唏流涕，上起去，罷酒。」楚狂聲，《論語·微子》：「楚狂接輿，歌而過孔子，曰：『鳳兮鳳兮，何德之衰？往者不可諫，來者猶可追。已而已而，今之從政者殆而。』」

④「余既」三句，《楚辭·離騷》：「余既滋蘭之九畹兮，又樹蕙之百晦。……朝飲木蘭之墜露兮，夕餐秋菊之落英。」

⑤「門外」二句，《孟子·離婁》上：「有孺子歌曰：『滄浪之水清兮，可以濯我纓。滄浪之水濁兮，可以濯我足。』孔子曰：『小子聽之，清斯濯纓，濁斯濯足矣，自取之也。』」餘參本書卷八《六幺令·再用前韻》詞（倒冠一笑閬）箋注。

⑥「一杯」三句，見本書卷八《水龍吟·次年南澗用前韻爲僕壽》詞（玉皇殿閣微涼閬）箋注。

⑦「毫髮」句，《莊子·齊物論》：「天下莫大於秋毫之末，而太山爲小。」《漢書》卷六二《司馬遷傳》：「人固有一死，死有重於太山，或輕於鴻毛，用之所趨異也。」曾丰《贈筆工周永年》詩：「借不中書非所歉，秋毫元重泰山輕。」

⑧「悲莫」二句，《楚辭·九歌·少司命》：「悲莫悲兮生别離，樂莫樂兮新相知。」

⑨「富貴」二句，富貴非吾事，《歸去來兮辭》：「富貴非吾願，帝鄉不可期。懷良辰以孤往，或植杖而耘耔。」歸與白鷗盟，黄庭堅《登快閣》詩：「萬里歸船弄長笛，此心吾與白鷗盟。」

水龍吟

過南劍雙溪樓〔一〕①

舉頭西北浮雲，倚天萬里須長劍②。人言此地，夜深長見，斗牛光焰③。我覺山高，潭空水冷，月明星淡④。待燃犀下看，憑欄却怕，風雷怒，魚龍慘⑤。　峽束蒼江對起〔二〕，過危樓欲飛還斂⑥。元龍老矣，不妨高卧，冰壺涼簟⑦。千古興亡，百年悲笑，一時登覽。問何人又卸，片帆沙岸〔三〕，繫斜陽纜？

【校】

〔一〕題，王詔校刊本、四印齋本、《六十名家詞》本「劍」作「澗」，《中興絶妙詞選》卷三「過」作「題」。

〔二〕「蒼」，《唐宋名賢百家詞》四卷本乙集、《中興絶妙詞選》作「滄」，汲古閣景鈔四卷本原作「蒼」，後塗去「蒼」，未改。

〔三〕「岸」，《中興絶妙詞選》作「際」。

【箋注】

①題，南劍，《輿地紀勝》卷一三三《福建路》：「南劍州，劍浦郡軍事。三國以前並同建寧府，三國孫吴置建安郡，以南平屬焉。晉武平吴，易南平縣爲延平縣，宋明帝廢延平縣，五代王審知以爲延平鎮。審知之子延翰改爲永平鎮。……南唐分延平、劍浦、富沙三縣，置劍州。皇朝平江南，地歸版圖，續以利州路亦有劍州，乃加爲南劍州，隸福建路。」雙溪樓，《輿地紀勝》同卷《南劍州》：「雙溪閣在劍津之上。陳瓘詩云：『歲久謾傳龍變化，潭深誰覿劍鋒鋩。』」（弘治）《八閩通志》卷七四：「南平縣雙溪樓，在府城東。……雙溪閣在府城外劍津上。」按：稼軒右題所言雙溪樓，應即在劍溪之雙溪閣。李綱《梁溪集》卷七《雙溪閣》詩云：「淩虚高閣枕雙溪，四出飛簷鳥翼齊。山鎖煙光青合匝，水分丁字碧淒迷。蟠虬舊化張公劍，翥鳳今留魯國題。放逐因能窮勝賞，登臨那惜醉如泥。」《讀史方輿紀要》卷九七《福建・延平府》：「劍溪在城東南，即建江也，自建寧府南流至此，亦曰劍津，……又爲東溪。……又有西溪，源出汀州府境。……東西二溪合流，俗呼丁字水。」因知雙溪樓即雙溪閣，《通志》及延平各志均誤爲二也。右詞作年，詞題未有確載。《稼軒詞編年箋注》謂在閩中按部時所作，不確。查稼軒赴閩憲，自福州赴召，以及自太府卿赴閩帥、行部至建寧府，罷閩帥返上饒，皆途經南劍州。則右詞非必行部所作。據右詞「潭空水冷」句，知右詞當作於冬季。詞中充滿進取之語，乃稼軒紹熙四年冬自閩中被召歸時所作也。蓋此次入見，乃宋光宗即位後稼軒首次朝覲，入見中奏進《論荆襄上流爲東南重地》

札子，用以激勵光宗有所作爲。札子論及天下離合大勢，與詞中「千古興亡，百年悲笑」語合，知必爲先後所作也。

②「舉頭」二句，西北浮雲，《古詩十九首》：「西北有高樓，上與浮雲齊。」曹丕《雜詩》：「西北有浮雲，亭亭如車蓋。」倚天長劍，《古文苑》卷二宋玉《大言賦》：「至宋玉曰：『方地爲車，圓天爲蓋。長劍耿耿倚天外。』」《莊子·説劍》：「上抉浮雲，下絶地紀，此劍一用，匡諸侯，天下服矣。」

③「人言」三句，《晉書》卷三六《張華傳》：「初，吴之未滅也，斗牛之間常有紫氣。……及吴平之後，紫氣愈明。華聞豫章人雷焕妙達緯象，乃要焕宿，屏人曰：『可共尋天文，知將來吉凶。』因登樓仰觀，焕曰：『僕察之久矣，惟斗牛之間頗有異氣。』華曰：『是何祥也？』焕曰：『寶劍之精，上徹於天耳。』……問曰：『在何郡？』焕曰：『在豫章豐城。』華曰：『欲屈君爲宰，密共尋之，可乎？』焕許之。華大喜，即補焕爲豐城令。焕到縣，掘獄屋基，入地四丈餘，得一石函，光氣非常。中有雙劍，並刻題，一曰龍泉，一曰太阿。其夕，斗牛間氣不復見焉。……遣使送一劍並土與華，留一自佩。……華得劍，寶愛之，常置坐側。……華誅，失劍所在。焕卒，子華爲州從事，持劍行經延平津，劍忽於腰間躍出，墮水，使人没水取之，不見劍，但見兩龍各長數丈蟠縈，有文章，没者懼而反。須臾光彩照水，波浪驚沸，於是失劍。華歎曰：『先君化去之言，張公終合之論，此其驗乎？』」《嘉靖》《延平府志》卷二：「劍潭，一名劍津，又名龍津，在郡

城東南，建寧、邵武二水合流之所。晉雷焕得二劍於豐城，一與張華留，一自佩。華死失劍所在，其後焕子佩劍經此，劍躍入水化爲龍，即其處也。」

④「我覺」三句，山高，〔嘉靖〕《延平府志》卷二載南平縣劍津里有九峰山，爲郡境諸峰之冠。所謂潭空者，即劍潭也。曹操《短歌行》：「月明星稀，烏鵲南飛。」

⑤「待燃」四句，《晉書》卷六七《温嶠傳》：「嶠借資蓄，具器用，而後旋於武昌。至牛渚磯，水深不可測。世云其下多怪物，嶠遂燬犀角而照之，須臾，見水族覆火，奇形異狀，或乘馬車著赤衣者。嶠其夜夢人謂己曰：『與君幽明道别，何意相照也？』」《文苑英華》卷一二五李子卿《興唐寺聖容瑞光賦》：「殷爾而風雷怒，嚣然而雲霧蒸。」魚龍即《晉書》之水族。元王惲《送劉侍御》詩有「燃犀牛渚魚龍惨，霜落吴江草樹寒」句。

⑥「峽東」二句，峽東蒼江對起，杜甫《秋日夔府詠懷奉寄鄭監李賓客一百韻》詩：「峽束滄江起，巖排古樹圓。」欲飛還斂，張衆父《寄興園池鶴上劉相公》詩：「欲飛還斂翼，詎敢望乘軒。」按：此二句之峽東，當指嵢峽。〔嘉靖〕《延平府志》卷二：「嵢峽，在郡城南長安北里，兩岸青山迴合，溪流轉折而去。」

⑦「元龍」三句，元龍、高卧，見本書卷六《水龍吟·登建康賞心亭》詞（楚天千里清秋闋）箋注。冰壺涼簟，黄庭堅《避暑李氏園二首》詩：「荷氣竹風宜永日，冰壺涼簟不能回。」

西江月

癸丑正月四日，自三山被召，經從建安，席上和陳安行舍人韻①

風月亭危致爽，管絃聲脆休催②。主人只是舊情懷，錦瑟旁邊須醉③。　玉殿何須儂去，沙堤正要公來④。看看紅藥又翻階⑤，趁取西湖春會。

【箋注】

①題，癸丑爲紹熙四年。建安，《輿地紀勝》卷一二九《福建路·建寧府》：「建寧府，建州建安郡，建寧軍節度。……國朝平江南，初屬江南轉運使，其後隸兩浙南路，尋以隸福建路，又陞爲建寧軍。中興以來，以孝宗潛邸，陞爲建寧府。」同卷又載，建寧府爲福建路轉運司、提舉常平茶事司治所。陳安行舍人，名居仁。樓鑰《攻媿集》卷八九《華文閣直學士奉政大夫致仕贈金紫光禄大夫陳公行狀》：「本貫興化軍莆田縣崇業鄉孝義里，陳公居仁字安行，年六十有九狀。……公以建炎己酉生於奉化。……取漕薦，紹興二十一年登進士科。……隆興元年，孝宗修《高廟聖政》，妙選僚屬。時參政范公成大爲和劑局，與公皆自莞庫中兼檢討官。二年考滿，當改秩，既已進卷，丞相壽春魏公使金，公嘗學事之，辟公爲書狀官。……除樞密院檢詳諸房文字，……三

年至中書門下省檢正諸房公事。……借吏部尚書，差淳熙十一年賀金國生辰國信使正。……使還，除起居郎。入謝，上曰：卿端静自文，將處卿以清要久矣。……會西掖暫闕，即令攝事。曰：『朕亟欲觀陳某詞命。』兼同詳定一司敕令。……明年春，兼權中書舍人。……遭内艱，……服闋，除集英殿修撰知鄂州。……紹熙三年，進焕章閣待制，……秩滿，移建寧府。」按：據〔嘉靖〕《建寧府志》卷五《守臣題名》，紹熙三年知建寧府爲鄭僑、陳居仁，另據《淳熙三山志》卷二二《守臣題名》，鄭僑於紹熙三年十一月知福州。因知陳居仁之知建寧府，亦必在紹熙三年十一月十二月間。稼軒紹熙四年正月赴召途中過建寧府時，陳居仁正在郡守任上，因次韻賦此詞。

②「風月」二句，風月亭危，據《輿地紀勝》及〔弘治〕《八閩通志》卷七三《建寧府宮室》所載，建寧府治中有碧雲樓、建安堂、玉仙堂等，無名亭者，僅一幔亭在府治後，則風月非亭名，言郡圃樓高也。致爽，《世説新語·簡傲》：「王子猷作桓車騎參軍，桓謂王曰：『卿在府久，比當相料理。』初不答，直高視，以手版拄頰云：『西山朝來，致有爽氣。』」管絃聲脆，白居易《小曲新詞二首》：「霽色鮮宫殿，秋聲脆管絃。」

③「錦瑟」句，杜甫《曲江對雨》詩：「何時詔此金錢會，暫醉佳人錦瑟傍。」

④「沙堤」句，見本書卷一〇《水調歌頭·送施樞密聖與帥江西》詞（相公倦台鼎閑）箋注。

⑤「看看」句，謝朓《直中書省》詩：「紅藥當階翻，蒼苔依砌上。」看看，眼看。

又

用韻，和李兼濟提舉①

且對東君痛飲，莫教華髮空催。瓊瓌千字已盈懷，消得津頭一醉②。休唱《陽關》別去，只今鳳詔歸來。五雲兩兩望三台③，已覺精神聚會。

【箋注】

①題，李兼濟提舉，《朱文公續集》卷二《答蔡季通書》：「北方之傳果爾，趙已罷去。蓋新用李兼濟爲諫官，一章便行，未知誰代其任，此可深慮。」趙即趙汝愚，罷去指其罷相。《宋史》卷三七《寧宗紀》一：「慶元元年二月戊寅，以右正言李沐言，罷趙汝愚爲觀文殿大學士知福州。」同書卷三九二《趙汝愚傳》：「侂胄欲逐汝愚而難其名，或教之曰：『彼宗姓，誣以謀危社稷，則一網無遺。』侂胄然之，擢其黨將作監李沐爲正言。沐，彦穎之子也。嘗求節度使於汝愚，不得，奏汝愚以同姓居相位，將不利於社稷，乞罷其政。汝愚出浙江亭待罪，遂罷右相，除觀文殿學士知福州。臺臣合詞乞寢出守之命，遂以大學士提舉洞霄宫。」按：李沐，爲湖州德清人李彦穎字秀叔之子，彦穎《宋史》卷三八六有傳，謂其淳熙初簽書樞密院事、參知政事。又謂「子沐，慶元

中與一時臺諫排趙汝愚，善類一空，公論醜之」。是則兼濟應即李沐之字。又按：《趙汝愚傳》謂李沐求節度使於汝愚，此語大謬。韓侂胄自以迎立寧宗有功，嘗求節度使於宰相趙汝愚而不得，遂立僞學僞黨論以逐趙、朱，此十年黨禍之起源也。李沐何人，焉能求節鉞於趙汝愚？此《宋史·趙汝愚傳》剪裁舊史文字不當，移韓侂胄事於李沐所致此誤也。《稼軒詞編年箋注》引此而不爲之辨，僅謂李沐「即慶元黨事之首難者」，又言「李氏在黨案未發之先，固亦甚負時譽之一人也」。《寶慶會稽續志》卷二《提舉題名》載：「李沐，紹熙二年四月十七日以朝奉郎到任，當年九月十六日改江東提舉。」（乾隆）《福建通志》卷二一《提舉題名》，李沐在陳圮之後，與張濤、宋之端俱紹熙間任。而陳圮紹熙元年十一月尚在福建提舉任上，見《宋會要輯稿·職官》七三之三。是其自江東提舉改福建提舉自在紹熙二年九月之後，稼軒紹熙四年正月被召途經建寧府時，李沐正在提舉任上，福建提舉常平司置司建安，因得賦此詞。

②「瓊瓌」二句，瓊瓌，見本書卷七《水調歌頭·和趙景明知縣韻》詞（官事未易了闋）箋注。消得，經受得。

③「五雲」句，杜甫《送李八秘書赴杜相公幕》詩：「南極一星朝北斗，五雲多處是三台。」《晉書》卷一一《天文志》：「三台六星，兩兩而居。起文昌，列抵太微，一曰天柱，三公之位也。在人曰三公，在天曰三台，主開德宣符也。」

賀新郎

和前韻〔一〕①

覓句如東野。想錢塘風流處士，水仙祠下②。更憶小孤煙浪裏〔二〕，望斷彭郎欲嫁③。是一色空濛難畫。誰解胸中吞雲夢，試呼來草賦看司馬。須更把，上林寫④。　雞豚舊日漁樵社⑤。問先生：帶湖春漲，幾時歸也？爲愛琉璃三萬頃，正卧水亭煙榭⑥。對玉塔微瀾深夜〔三〕⑦。雁鶩如雲休報事，被詩逢敵手皆勍者⑧。春草夢，也宜夏⑨。

【校】

〔一〕題，四卷本丙集無此三字。此從廣信書院本。

〔二〕「憶」，四卷本作「隱」。

〔三〕「溦」，四卷本作「微」。按：兩字通用。《六十名家詞》本作「瀓」。

【箋注】

①題，和前韻，右詞爲和同調《三山雨中遊西湖》詞而作。《稼軒詞編年箋注》以爲右詞作於紹熙三

年夏，甚誤。蓋下片有「問先生：帶湖春漲，幾時歸也」等語，明爲紹熙四年春稼軒在臨安行在所任太府卿時所作，故移置於此。

②「覓句」三句，覓句如東野，蘇軾《書林逋詩後》：「詩如東野不言寒，書似西臺差少肉。」東野，孟郊字也。孟郊作詩艱奇苦澀，爲韓愈所敬重。錢塘風流處士，指林逋。而蘇軾與稼軒皆謂林逋詩亦如東野。水仙祠，《咸淳臨安志》卷三二：「三賢堂，孤山竹閣舊有白樂天、林和靖、蘇東坡三像，後廢。乾道五年周安撫淙，即水仙王廟之東廡祠焉。」卷七一：「水仙王廟，在西湖第三橋北。」田汝成《西湖遊覽志餘》卷八：「和靖祠堂，舊在孤山故廬，後徙蘇堤三賢祠中，此蓋因子瞻詩語爲之也。詩云：『吴儂生長湖山曲，呼吸湖光飲山渌。不論世外隱君子，傭兒販婦皆冰玉。先生可是絶俗人，神清骨冷無由俗。我不識君曾夢見，瞳子瞭然光可燭。遺篇妙字處處有，步繞西湖看不足。詩如東野不言寒，書似西臺差少肉。平生高節已難繼，將死微言猶可録。自言不作封禪書，更肯悲吟白頭曲。我笑吴人不好事，好作祠堂傍修竹。不然配食水仙王，一盞寒泉薦秋菊。』此詩景慕和靖甚切，但祠堂修竹亦不失體，而遽以吴人不好事病之，頗牽强矣。」

③「更憶」二句，小姑、彭郎，《歸田録》卷下：「江南有大小孤山，在江水中，嶷然獨立。而世俗轉孤爲姑，江側有一石磯，謂之澎浪磯，遂轉爲彭郎磯，云彭郎者，小姑婿也。」蘇軾《李思訓畫長江絶島圖》詩：「舟中賈客莫漫狂，小孤前年嫁彭郎。」《渭南文集》卷四五《入蜀記》：「過澎浪

磯、小孤山。二山東西相望，小孤屬舒州宿松縣。……又有別祠在澎浪磯，屬江州彭澤縣。三面臨江，倒影水中，亦占一山之勝。舟過磯，雖無風亦浪湧，蓋以此得名也。昔人詩有『舟中估客莫漫狂，小姑前年嫁彭郎』之句，傳者因謂小孤廟有彭郎像，澎浪廟有小姑像，實不然也。」小姑山在江西彭澤縣北大江之中，彭郎磯在江北岸。此蓋因臨安西湖之孤山而聯想耳。

④「誰解」四句，吞雲夢，《文選》卷七司馬相如《子虛賦》：「臣聞楚有七澤，嘗見其一，未覩其餘也。臣之所見蓋特其小小者耳，名曰雲夢。雲夢者，方九百里，其中有山焉。其山則盤紆岪鬱，隆崇嵂崒，岑崟參差，日月蔽虧。……且齊東陼鉅海，南有琅邪，觀乎成山，射乎之罘，浮渤澥，游孟諸，邪與肅慎爲鄰，右以暘谷爲界，秋田乎青丘，徬徨乎海外，吞若雲夢者八九於其胸中，曾不蔕芥。」呼來草賦看司馬，《史記》卷一一七《司馬相如傳》：「蜀人楊得意爲狗監，侍上，上讀《子虛賦》而善之，曰：『朕獨不得與此人同時哉？』得意曰：『臣邑人司馬相如自言爲此賦。』上驚，乃召問相如。相如曰：『有是，然此乃諸侯之事，未足觀也，請爲天子游獵賦。』賦成奏之，上許令尚書給筆札。……推天子諸侯之苑囿，其卒章歸之於節儉，因以風諫奏之天子，天子大說。其辭曰：『……楚則失矣，齊亦未爲得也。……君未睹夫巨麗也，獨不聞天子之上林乎？』」按：司馬相如既作《子虛賦》，復奏《上林賦》，此藉喻既已詠福州西湖，又詠寫杭州西湖也。解，能也。

⑤「雞豚」句，韓愈《南溪始泛三首》詩：「願爲同社人，雞豚燕春秋。」

⑥「爲愛」二句，琉璃三萬頃，杜甫《渼陂行》：「天地黤慘忽異色，波濤萬頃堆琉璃。」水亭煙樹，程垓《南歌子》詞：「水亭煙樹晚涼中，又是一鈎新月静房櫳。」

⑦「對玉」句，澂，應即微字。蘇軾《江月五首》詩：「一更山吐月，玉塔卧微瀾。正似西湖上，湧金門外看。」鄧廣銘《稼軒詞編年箋注》謂：「辛詞此句即用蘇詩意，謂福州西湖亦似杭州西湖也。『玉塔』非實指某塔，乃指月有在水中之倒影而言。查慎行注蘇詩，謂玉塔指惠州豐湖旁之大聖塔，非是。陸游《入蜀記》七月十六日：『是夜月白如晝，影入溪中，摇蕩如玉塔，始知東坡玉塔卧微瀾之句爲妙也。』又元好問《濟南雜詩》：『白煙消盡凍雲凝，山月飛來夜氣澄。且向波間看玉塔，不須橋畔覓金繩。』此均可證知玉塔爲指月在水中倒影爲達詁也。」鄧先生又在《增訂三版題記》中説：「在注釋稼軒作於福州的《賀新郎》（覓句如東野闋）中的『對玉塔微瀾深夜』句時，……據此可知『玉塔』乃指月在水中之倒影。遂使蘇詩辛詞俱獲確解。繼又指明查慎行注蘇詩謂玉塔指惠州豐湖旁之大聖塔之非是，這也解除了讀者的另一誤解。當時有一讀者自福州來信説，《淳熙三山志》卷七《公廨》門載：『澄瀾閣，舊西湖樓基，待制趙公汝愚創建。』澄亦作澂，則辛詞中之『微瀾』或即原作『澂瀾』云云。今既知辛詞此句確由蘇詩脱化而來，又知『玉塔』確爲月在水中之倒影，則澂瀾閣之説自無法成立，因玉塔無法卧樓閣中也。」按：上述話語皆指鄧先生對上海古籍出版社所聘審稿之陳振鵬先生對「玉塔微瀾」句之解釋而言。然無論原注與陳之修訂意見，皆謂此詞之玉塔微瀾指福州西湖之月影，與此詞作於臨安實不符。蓋稼軒

此句所寫即杭州西湖之月影，而非福州西湖。

⑧「雁鶩」二句，雁鶩如雲，謂衆多文書吏。《昌黎文集》卷一三《藍田縣丞廳壁記》：「丞之職，所以貳令於一邑，無所不當問。其下主簿尉，主簿尉乃有分職。丞位高而偪，例以嫌不可否事。文書行吏抱成案詣丞，卷其前，鉗以左手，右手摘紙尾，雁鶩行以進。」休報事，韓愈《柳巷》詩：「吏人休報事，公作送春詩。」皆勍者，《左傳·僖公二十二年》：「子魚曰：『君未知戰。勍敵之人，隘而不列，天贊我也。阻而鼓之，不亦可乎？猶有懼焉。且今之勍者，皆吾敵也。』」

⑨「春草」二句，見本書卷一〇《鷓鴣天》詞（木落山高一夜霜閱）箋注。

水調歌頭

題張晉英提舉玉峰樓①

木末翠樓出，詩眼巧安排②。天公一夜，削出四面玉崔嵬③。疇昔此山安在？應爲先生見晚〔一〕，萬馬一時來④。白鳥飛不盡，却帶夕陽回⑤。　勸公飲〔二〕，左手蟹，右手杯⑥。人間萬事變滅，今古幾池臺。君看莊生達者，猶對山林皋壤，哀樂未忘懷⑦。我老尚能賦，風月試追陪。

【校】

〔一〕「晚」，四卷本丁集作「挽」。

〔二〕「公」，王詔校刊本、四印齋本作「君」。

【箋注】

①題，張晉英提舉，名濤，常州武進人。《咸淳毗陵志》卷一一：「紹興三十二年上舍釋褐，賜出身，張濤。」《夷堅志》支乙卷八《駱將仕家》條：「淳熙癸卯歲，張晉英濤自西外宗教授入爲敕令删定官，挈家到都城，未得官舍，僦冷水巷駱將仕屋暫處。」癸卯爲淳熙十年。〔乾隆〕《福建通志》卷二一《提舉常平茶鹽公事》：「陳杞、李沐、張濤、宋之端，俱紹熙間任。」《攻媿集》卷三九《福建提舉張濤提點坑冶鑄錢制》：「敕，具官某，國家分道遣使，各揚乃職。惟貨泉之寄，總六道百郡之權，歸於一大有司，視漢之鍾官辯銅其重甚矣，非得通儒，不以輕畀。以爾抱負不凡，詞章精贍，出入朝行，見謂老成。使於二部，皆有聲績。舉以命汝，其爲朕謹調度，察姦欺，使邦財阜通，朕豈久汝於外哉！」此當爲紹熙五年事。《宋會要輯稿·選舉》二二之九載紹熙元年正月，張濤爲宗正丞，同門二二之一三則載慶元二年正月，張濤爲左司郎中。蔡戡《定齋集》卷一七《張晉英侍郎挽詩》：「當代推耆舊，如公能幾人。典刑唐閣老，風采漢廷臣。直筆書青史，巍冠侍紫宸。壺公非不遇，猶未究經綸。（其一）賈傳年方少，詞場屢策勳。賢關馳雋譽，仕路

藹清芬。德望三朝重，聲名四海聞。仙遊向何許，地下亦修文。（其二）」其平生事歷，可考者僅此，卒年無載。玉峰樓，（乾隆）《福建通志》卷六三《建寧府·建安縣》：「玉峰樓在宋提舉司後，城壕之北。舊有多美樓、悠然堂，皆提舉王秬所作。紹熙四年，提舉張濤合而一之，作玉峰樓。樓下有室，提舉周頡扁其前曰思賢，吴挺扁其後曰歲寒。又臨濠有醒心亭，倚樓有緑静亭。」右詞應爲紹熙四年秋自行在出爲福建安撫使途中過建安時所賦。福建路提舉司在建安，已見本卷《西江月·癸丑正月四日自三山被召經從建安席上和陳安行舍人韻》詞（風月亭危致爽閿）箋注。

②「詩眼」句，蘇軾《僧清順新作垂雲亭》詩：「天功争向背，詩眼巧增損。」

③玉崔嵬，王安石《次韻和甫詠雪》詩：「奔走風雲四面來，坐看山壟玉崔嵬。」釋覺範《次韻空印遊山九首》詩：「萬層翠巘玉崔嵬，獨自憑闌日幾回。」

④「疇昔」三句，此山安在，見晚，《史記》卷一一二《平津侯主父列傳》：「主父偃者，齊臨菑人也。學長短縱横之術，晚乃學《易》、《春秋》、百家言，游齊諸生間，莫能厚遇也。……上書闕下，朝奏，暮召入見。……是時，趙人徐樂、齊人嚴安，俱上書言世務各一事。……書奏天子，天子召見三人，謂曰：『公等皆安在？何相見之晚也！』」一時來，謂一同來也。

⑤「白鳥」二句，飛不盡，郭祥正《金山行》：「鳥飛不盡暮天碧，漁歌忽斷蘆花風。」帶夕陽，黄滔《别友人》詩：「鳥帶夕陽投遠樹，人銜臘雪往邊沙。」余靖《山館》詩：「樹藏秋色老，禽帶夕陽

歸。」

⑥「左手」二句，見本書卷八《水調歌頭·湯朝美司諫見和用韻爲謝》詞（白日射金闕）箋注。

⑦「君看」三句，《莊子·知北遊》：「聖人處物不傷物，不傷物者，物亦不能傷也。唯無所傷者，爲能與人相將迎。山林與？皋壤與？使我欣欣然而樂與？樂未畢也，哀又繼之。哀樂之來，吾不能禦；其去，弗能止。悲夫，世人直謂物逆旅耳。」

瑞鶴仙

南劍雙溪樓〔一〕①

片帆何太急②？望一點須臾，去天咫尺。舟人好看客③。似三峽風濤，嵯峨劍戟④。溪南溪北，正遐想幽人泉石。看漁樵指點危樓，却羨舞筵歌席。　歎息。山林鐘鼎⑤，意倦情遷，本無欣戚。轉頭陳跡。飛鳥外，晚煙碧。問誰憐舊日，南樓老子，最愛月明吹笛⑥。到而今撲面黃塵，欲歸未得。

【校】

〔一〕題，王詔校刊本、四印齋本、《六十名家詞》本「劍」作「澗」，《中興絶妙詞選》卷三「南」上有「題」字。

【箋注】

①題，右詞當爲紹熙四年秋稼軒自太府卿出爲福建安撫使，赴任過南劍州劍津雙溪樓時所作。《淳熙三山志》卷二二《郡守題名》：「辛棄疾，紹熙四年八月，以朝散大夫集英殿修撰知。」

②「片帆」句，蘇軾《南康望湖亭》詩：「八月渡長湖，蕭條萬象疏。秋風片帆急，暮靄一山孤。許國心猶在，康時術已虚。岷峨家萬里，投老得歸無。」

③「舟人」句，《唐摭言》卷一三《矛楯》條：「令狐趙公鎮維揚，處士張祜常與狎讌。公固視祜，改令曰：『上水船，風又急。帆下人，須好立。』祜應聲答曰：『上水船，船底破。好看客，莫倚桅。』」蘇軾《送楊傑》詩：「過江風急浪如山，寄語舟人好看客。」

④「似三」二句，此謂三溪之險。韓愈《昌黎文集》卷二一《送區册序》：「陽山，天下之窮處也。陸有丘陵之險，虎豹之虞。水有江流悍急，横波之石廉利侔劍戟，舟上下失勢，破碎淪溺者，往往有之。」〔嘉靖〕《延平府志》卷二：「三溪，在郡城南。西溪，……東溪，……南流一百二十里，至劍潭，遂合流而下，俗呼爲丁字水者，曰南溪。又九十里與尤溪合，直抵福州而入於大海，謂之三溪。」

⑤山林鐘鼎，見本書卷八《水調歌頭・席上用王德和推官韻壽南澗》詞（上界足官府闋）箋注。

⑥「問誰」三句，南樓在武昌，本書卷七《水調歌頭・淳熙己亥自湖北漕移湖南》詞（折盡武昌柳闋）

箋注可參。月明吹笛，黄庭堅《念奴嬌·八月十八日同諸生步自永安城樓……客有孫彦立善吹笛援筆作樂府長短句文不加點》詞：「老子平生，江南江北，最愛臨風笛。孫郎微笑，坐來聲噴霜竹。」

西江月　三山作①

貪數明朝重九，不知過了中秋。人生有得許多愁，只有黄花如舊。　萬象亭中殢酒，九仙閣上扶頭②。城鴉喚我醉歸休，細雨斜風時候③。

【箋注】

①題，右詞亦帥閩時所作也。詞中所及萬象亭、九仙閣，皆帥府燕寢之亭閣可知。紹熙五年七月二十九日，稼軒在閩帥任上爲諫官劾罷，當不及在福州過重九也，因知右詞必紹熙四年九月初所作。

②「萬象」二句，萬象亭，《淳熙三山志》卷七《府治》：「萬象亭，燕堂之北。紹興十四年葉觀文夢得創，十六年薛殿撰弼修，立石。」韓元吉《南澗甲乙稿》卷一《萬象亭賦》序：「紹興十有三年，

石林先生自建康留鑰移帥長樂。惟公以文章道學伯天下，推其緒餘，見於政事。時閩人歲饑，餘盜且擾。曾未易歲，既懷且威，倉廩羡贏，野無燧煙，民飽而歌。乃闢府治燕寢後，築臺建亭，盡攬四山之勝，字曰萬象。公時以宴閑臨之，命賓客觴酒賦詩，以紀一時之盛。」九仙閣，《淳熙三山志》卷七《府治》：「九仙樓，樓下東衣錦閣，西五雲閣，舊小廳之西南有清風樓、爽心閣，即此也。樓舊有之閣，嘉祐八年元給事絳創，熙寧間更名九仙樓、賞心閣。宣和元年孫龍圖竢於閣西增名五雲，五年俞提刑向權州事，以余太宰典鄉郡，於閣東更賞心名衣錦。」許渾《送別》詩：「莫殢酒杯閑過日，碧雲深處是佳期。」白居易《早飲湖州酒寄崔使君》詩：「一榼扶頭酒，泓澄瀉玉壺。」

③「城鴉」二句，城鴉喚我醉，李彭《遠明閣飲》詩：「滕閣風流今未遠，南樓氣味喚仍回。城鴉欲曙衆客醉，木末闌干懸斗魁。」細雨斜風，李羣玉《南莊春晚二首》詩：「南村小路桃花落，細雨斜風獨自歸。」

滿江紅

和盧國華①

漢節東南，看驅馬光華周道②。須信是七閩還有，福星來到③。庭草自生心意足，榕陰不動秋光好④。問不知何處着君侯？蓬萊島。　還自笑，人今老。空有恨，縈懷抱。

記江湖十載，厭持旌纛⑤。濩落我材無所用，易除殆類無根潦⑥。但欲搜好語謝新詞，羞瓊報⑦。

【箋注】

①題，盧國華，〔同治〕《麗水縣志》卷一〇：「盧彦德字國華，知廣德軍建平縣。舊籍有絶户物力錢，抑民代輸絹匹，民苦之，多逃亡。彦德至，大搜隱漏，所入三倍於舊，遂以充賦。削虚户二千有餘，逃者復歸。兩守蜀郡，再歷憲漕，並歷聲績。召爲户部郎官，除福建轉運判官，官至朝請大夫。」〔雍正〕《浙江通志》卷一二五：「紹興二十四年甲戌張孝祥榜，盧彦德，麗水人。」《益國文忠公集》卷一四五《同諸司列薦陳自修蘇森奏狀（紹熙三年）》：「宣義郎通判潭州蘇森，文定轍四世孫，開爽練達，恪守家法。作邑佐州，吏事甚長。昨本路提刑盧彦德兼權帥漕，首以名聞。」陳傅良有《送盧郎中國華赴閩憲》詩：「相望千里馬牛風，聯事湖湘各已翁。造次便呼兒女見，綢繆略與弟兄同。百年又是梅花發，萬事何如荔子紅。欲附使軺嗟不及，却憐身在俊躔中。」此是陳傅良紹熙三年底在湖南轉運判官任上送别湖南提刑盧彦德改福建提刑時所作，而周必大是年以前宰相判潭州。《止齋集》卷一四又有《福建提刑盧彦德奏泉州同安縣尉鍾安老增强盜希賞本州録事參軍從政郎鄭繼功符同結録更不駁正繼功特降兩資放罷制》。右詞爲紹熙四年秋稼軒帥閩時和福建提刑盧彦德之詞。

②「漢節」二句，漢節，《漢書》卷六《武帝紀》：「泰山琅邪羣盜徐勃等阻山攻城，道路不通，遣直指使者暴勝之等衣繡衣，杖斧，分部逐捕。」同書卷九〇《酷吏傳》：「乃使光禄大夫范昆、諸部都尉及故九卿張德等，衣繡衣，持節，虎符發兵以興擊。」周道，《詩・檜風・匪風》：「匪風發兮，匪車偈兮。偈偈疾驅，非有道之車。顧瞻周道，中心怛兮。」考證謂「周道，適周之道」。

③「須信」二句，七閩，《周禮・職方氏》：「掌天下之圖，以掌天下之地，辨其邦國都鄙，四夷、八蠻、七閩、九貉、五戎、六狄之人民，與其財用九穀、六畜之數，要周知其利害。」疏：「以閩爲正叔熊居濮，如蠻，後子從分爲七種，故謂之七閩也。」福星，秦觀《淮海集》卷三六《鮮于子駿行狀》：「及二聖臨御，圖任老成。於是拜温公爲門下侍郎，起范公帥環慶，復除公爲京東轉運使。温公曰：『子駿不當使外，顧東土承使者聚斂之後，民不聊生，煩子駿往救之耳。』比公行，又謂所親曰：『福星往矣，安得百子駿，布在天下乎？』」按：子駿名侁。

④「榕陰」句，《淳熙三山志》卷四二《物産》：「槦，州以南爲多，至劍、建則無之，以其擁腫不中繩墨，名以槦。或曰其蔭覆寬廣，宜以榕名。慶曆中王守詩云：『清陰隨日遠，翠影共煙浮。廣蔭均榮賤，安人異品流。幄帷臨大道，冠蓋俯高樓。避暑疑無夏，當風別得秋。』熙寧中程大卿師孟多命植此，自爲詩：『三樓相望枕城隅，臨去重栽木萬株。試問國人行往處，不知還憶使君無。』」

⑤「記江」二句，杜甫《冬狩行》：「飄然時危一老翁，十年厭見旌旗紅。」稼軒於乾道八年知滁州，此後屢任提刑、漕使、安撫使，至淳熙八年被劾罷，十年間行跡遍東南。

⑥「濩落」二句，濩落我材無所用，《莊子·逍遥遊》：「魏王貽我大瓠之種，我樹之成，而實五石，以盛水漿，其堅不能自舉也。剖之以爲瓢，則瓠落無所容。非不呺然大也，吾爲其無用而掊之。」王先謙《莊子集解》卷一：「瓠落，猶廓落也。……平淺不容多物。」蘇軾《蒜山松林中可卜居余欲僦其地地屬金山故作此詩與金山元長老》詩：「魏王大瓠無人識，種成何啻實五石。不辭破作兩大尊，只憂水淺江湖窄。我材濩落本無用，虚名驚世終何益。」殆類，猶如也。無根潦，韓愈《符讀書城南》詩：「潢潦無根源，朝滿夕已除。」注：「潢，積水。潦，暴疾之水。」

⑦瓊報，《詩·衛風·木瓜》：「投我以木桃，報之以瓊瑶。非報也，永以爲好也。」

菩薩蠻　和盧國華提刑〔二〕①

旌旗依舊長亭路，尊前試點鶯花數②。何處捧心顰？人間别樣春③。　功名君自許，少日聞雞舞④。詩句到梅花，春風十萬家。時籍中有放自便者。

【校】

〔一〕題，四卷本丙集無題，此從廣信書院本。

【箋注】

①題，右詞乃紹熙四年冬所作。時帥府點檢樂籍，伎女有放出自便者，盧彦德賦詞以賀，稼軒和而答之。《侯鯖録》卷八載：「錢唐一官妓，性善媚惑，人號曰九尾野狐。東坡先生適是邦，闕守權攝，九尾野狐者，一日下狀解籍，遂判云：『五日京兆，判斷自由。九尾野狐，從良任便。』復有一名娼亦援此例，遂判云：『敦召南之化，此意誠可佳。空冀北之羣，所請宜不允。』」可知宋代歌妓除籍，須由郡守核準。

②「旌旗」二句，旌旗句謂帥守巡視。尊前句謂點檢樂籍。

③「何處」二句，捧心顰，《莊子·天運》：「西施病心而矉其里，其里之醜人，見而美之，歸亦捧心而矉其里。其里之富人見之，堅閉門而不出，貧人見之，挈妻子而去之走。」别樣春，彭汝礪《老兒挈幼小將及鄧因寄君時弟》詩：「阿那含果多生葉，優鉢羅花别樣春。」

④聞雞舞，見本書卷一〇《賀新郎·同父見和再用韻答之》詞（老大那堪説）箋注。

定風波

三山送盧國華提刑，約上元重來〔一〕①

少日猶堪話別離，老來怕作送行詩。極目南雲無過雁〔二〕②。君看。梅花也解寄相思③。　無限江山行未了④。父老〔三〕。不須和淚看旌旗。後會丁寧何日是〔四〕？須記。春風十里放燈時〔五〕⑤。

【校】

〔一〕題，四卷本丙集作「送盧提刑約上元重來」。此從廣信書院本。

〔二〕「過雁」，廣信書院本原作「雁過」，此從四卷本、四印齋本。雁爲押韻字。

〔三〕「老」，原本、王詔校刊本、《六十名家詞》本俱作「母」，茲據四卷本、四印齋本改。

〔四〕「是」，四卷本原闕。

〔五〕「里」，四卷本作「日」。

【箋注】

①題，據本卷以下《滿江紅》詞題，知盧彦德乃自閩憲改除閩漕。《止齋集》卷一八原有《新除福建提刑盧彦德改江東提刑制》，制詞雖由陳傅良起草，然據右詞及以下諸詞題，知盧彦德改除江東提刑未赴，旋即改除福建路轉運判官。自福州移司建安，故有此送别詞。據詞中「梅花」、「春風」語，知在紹熙四年冬，時稼軒帥閩。

②「極目」句，《藝文類聚》卷二〇陸機《思親賦》：「悲桑梓之悠曠，愧烝嘗之弗營。指南雲以寄款，望歸風而效誠。」江總《於長安歸還揚州九月九日行薇山亭賦韻》詩：「心逐南雲逝，形隨北雁來。故鄉籬下菊，今日幾花開。」杜甫《贈王二十四侍御契四十韻》詩：「書成無過雁，衣故有懸鶉。」

③「梅花」句，盧仝《有所思》詩：「相思一夜梅花發，忽到窗前疑是君。」

④無限江山，李煜《浪淘沙》詞：「獨自莫憑闌，無限江山。别時容易見時難。」

⑤「後會」三句，後會丁寧，柳永《夜半樂》詞：「到此因念繡閣輕拋，浪萍難駐，後約丁寧竟何據。」春風十里，杜牧《贈别二首》詩：「春風十里揚州路，捲上珠簾總不如。」

又

再用韻。時國華置酒，歌舞甚盛

莫望中州歎黍離，元和盛德要君詩①。老去不堪誰似我？歸臥。青山活計費尋思②。　誰築詩壇高十丈？直上。看君斬將更搴旗③。歌舞正濃還有語：記取。鬢髯不似少年時。

【箋注】

①「莫望」二句：黍離，《詩·王風》之篇名也。《毛詩序》：「黍離，閔宗周也。周大夫行役，至於宗周，過故宗廟，宫室盡爲禾黍。閔周室之顛覆，彷徨不忍去，而作是詩也。」箋：「宗周，鎬京也，謂之西周，周王城也。」元和盛德要君詩，《東雅堂昌黎集注》卷一《元和聖德詩並序》，於題下注：「此詩元和二年作。《憲宗紀》：永貞元年八月即位，明年正月改元元和。楊惠琳據夏州叛。三月辛巳，夏州兵馬使周承全斬惠琳，傳首以獻。九月辛亥，高崇文奏收成都，擒劉闢以獻。十月壬午淄青李師道、十一月戊申武寧張愔皆受命。二年正月己丑朔，上親獻太清宫太廟。辛卯，祀昊天上帝於郊丘，還宫，大赦天下。公時爲國子博士，分教東都，此詩所以作也。」

②「老去」三句，老去不堪，李新《攤破浣溪沙》詞：「幾度珠簾捲上鈎，折花走馬向揚州。老去不堪尋往事，上心頭。」吴芾《拙者有重陽詩以陽字韻歲和一篇復繼前作》詩：「老去不堪逢節物，愁來聊復近壺觴。」誰似我，釋皎然《七言山居示靈澈上人》詩：「外物寂中誰似我，松聲草色共無機。」青山活計，活計爲口語，生活、生涯也。《壽親養老新書》卷二引趙龍圖《自詠·念奴嬌》云：「吾今老矣，好歸來，了取青山活計。」

③「看君」句，《史記》卷九九《劉敬叔孫通列傳》：「漢王方蒙矢石争天下，諸生寧能鬥乎？故先言斬將搴旗之士。」同書卷一二九《貨殖列傳》：「壯士在軍，攻城先登，陷陣却敵，斬將搴旗，前蒙矢石，不避湯火之難者，爲重賞使也。」

又

自和

金印纍纍佩陸離，河梁更賦斷腸詩①。莫擁旌旗真箇去。何處？玉堂元自要論思②。　且約風流三學士③。同醉。春風看試幾槍旗④。從此酒酣明月夜。耳熱。那邊應是説儂時⑤。

【箋注】

①「金印」二句，金印纍纍，見本書卷一〇《瑞鶴仙·壽上饒倅洪莘之》詞（黄金堆到斗闕）箋注。佩陸離，《楚辭·離騷》：「高余冠之岌岌兮，長余佩之陸離。」注：「陸離，猶參差衆貌也。」河梁詩，《藝文類聚》卷二九載李陵《贈蘇武》詩：「攜手上河梁，遊子暮何之。徘徊岐路側，悢悢不能辭。」李白《涇川送族弟錞》詩：「愧無海嶠作，敢闕河梁詩。」

②「莫擁」三句，莫擁旌旗，王建《寄杜侍御》詩：「學通儒釋三千卷，身擁旌旗二十年。」玉堂論思，蘇軾《次韻蔣穎叔》詩：「豈敢便爲雞黍約，玉堂金殿要論思。」

③「且約」句，《澠水燕談録》卷五：「初，歐陽文忠公與趙少師概同在中書，嘗約還政。後再相會及告老，趙自南京訪文忠公於潁上文忠公所居之西堂曰會老。仍賦詩，以志一時盛事。時翰林吕學士公著方牧潁，職兼侍讀及龍圖，特置酒於堂，宴二公。文忠親作口號，有『全馬玉堂三學士，清風明月兩閑人』之句。」按：歐陽修詩題爲《會老堂致語》，見《文忠集》卷一三一。

④「春風」句，葉夢得《避暑録話》卷下：「草茶極品惟雙井，顧渚亦不過各有數畝。……近歲寺僧求之者多，不暇精擇，不及劉氏遠甚。余歲求於劉氏，過半斤則不復佳。蓋茶味雖均，其精者在嫩芽。取其初萌如雀舌者，謂之槍；稍敷而爲葉者，謂之旗。旗非所貴，不得已，取一槍一旗，猶可，過是則老矣。此所以爲難得也。」

⑤「從此」三句，酒酣、耳熱，《漢書》卷六六《楊惲傳》：「家本秦也，能爲秦聲。婦趙女也，雅善鼓

瑟。奴婢歌者數人，酒後耳熱，仰天拊缶，而呼烏烏。」又，《藝文類聚》卷二六曹丕《與吴質書》：「每至觴酌流行，絲竹並奏，酒酣耳熱，仰而賦詩。當此之時，忽然不自知樂也。」民間口語相傳，謂被人念叨即兩耳發熱。

滿江紅

盧國華由閩憲移漕建安〔一〕，陳端仁給事同諸公餞别，余爲酒困，卧青涂堂上，三鼓方醒。國華賦詞留别〔二〕，席上和韻。青涂，端仁堂名也①

宿酒醒時，算只有清愁而已。人正在青涂堂上，月華如洗。紙帳梅花歸夢覺，蓴羹鱸鱠秋風起②。問人生得意幾何時，吾歸矣。　君若問，相思事，料長在，歌聲裏。這情懷只是，中年如此③。明月何妨千里隔，顧君與我如何耳〔三〕④！向尊前重約幾時來？江山美。

【校】

〔一〕「盧國」句，四卷本丙集作「盧憲移漕建寧」，此從廣信書院本。

〔二〕「國華」，四卷本作「盧」。

〔三〕「如何」，四卷本作「何如」。

【箋注】

①題，陳端仁給事，生平已見。青涂堂，劉克莊《後村先生大全集》卷三七《四和宿囊山》詩之第二首：「白公自號老居士，疏傅史稱賢大夫。膾鯽不妨留客飲，擘麟何必享天厨。清池澡沐端溪石，素壁彰施洛社圖。帝賜後村奎畫在，作堂安用扁青涂。」自注：「陳端仁給事家有青涂堂。」

②「紙帳」二句，紙帳梅花，朱敦儒《鷓鴣天》詞：「添老大，轉癡頑，謝天教我老來閑。道人還了鴛鴦債，紙帳梅花醉夢間。」林洪《山家清事・梅花紙帳》條：「法用獨牀，傍植四黑漆柱，各掛以半錫瓶，插梅數枝。後設黑漆板，約二尺，自地及頂，欲靠以清坐。左右設横木，亦可掛衣。角安斑竹書貯一，藏書三四，掛白麈，以上作大方目，頂用細白楮衾作帳罩之，前安小踏牀於左，植緑漆小荷葉一，冥香鼎，燃紫藤香，中只用布單、楮衾、菊枕、蒲褥，乃相稱『道人還了鴛鴦債，紙帳梅花醉夢間』之意。古語云服藥千朝，不如獨宿一宵。儻未能以此爲戒，宜亟移去梅花，毋污之。」高濂《遵生八箋》卷八《紙帳》條：「用藤皮繭紙纏於木上，以索纏緊，勒作皺紋，不用糊，以綫折縫縫之。頂不用紙，以稀布爲頂，取其透氣。或畫以梅花，或畫以蝴蝶，自是分外清致。」蓴羹，見本書卷六《木蘭花慢・滁州送范倅》詞（老來情味減闋）箋注。

③「這情」二句，見本書卷七《水調歌頭·淳熙己亥自湖北漕移湖南》詞（折盡武昌柳闋）箋注。

④「明月」二句，明月千里隔，《文選》卷一三謝莊《月賦》：「美人邁兮音塵闕，隔千里兮共明月。」

顧君與我如何耳，《漢書》卷四〇《陳平傳》：「吕嬃常以平前爲高帝謀執樊噲，數讒平，曰：『爲丞相不治事，日飲醇酒戲婦人。』平聞，日益甚。吕太后聞之私喜，面質吕嬃於平前曰：『鄙語曰：兒婦人口不可用。顧君與我何如耳？無畏吕嬃之譖。』」

鷓鴣天①

點盡蒼苔色欲空，竹籬茅舍要詩翁②。花餘歌舞歡娱外，詩在經營慘澹中③。聽軟語，笑衰容，一枝斜墜翠鬟鬆④。淺顰深笑誰堪醉〔一〕？看取蕭然林下風〔二〕⑤。

【校】

〔一〕「深笑」，四卷本丙集作「輕笑」。

〔二〕「蕭」，廣信書院本作「瀟」，此從四卷本改。

【箋注】

①題，右詞無題，寫閑適之情，當作於紹熙五年春。

②「點盡」二句，點盡，謂花落遍也。秦觀《滿庭芳》詞：「憑闌久，金波漸轉，白露點蒼苔。」色欲空，謂無花也。竹籬茅舍，王安石《清平樂》詞：「雲垂平野，掩映竹籬茅舍。」要詩翁，孫覿《送智海上人》詩：「苦要詩翁談生活，穿雲涉水到西徐。」稼軒「要詩翁」，亦張孝祥《浣溪沙》詞「暮雨不堪巫峽夢，西風莫障庾公塵。扁舟湖海要詩人」意。

③「花餘」二句，杜甫《丹青引》：「詔謂將軍拂絹素，意匠慘澹經營中。」花餘，同下句詩在相對舉，餘，多也。

④翠鬟鬆，秦觀《阮郎歸》詞：「宮腰裊裊翠鬟鬆，夜堂深處逢。」

⑤「看取」句，《世説新語・賢媛》：「謝遏絶重其姊，張玄常稱其妹，欲以敵之。有濟尼者並遊張、謝二家，人問其優劣，答曰：『王夫人神情散朗，故有林下風氣。顧家婦清心玉映，自是閨房之秀。』」蘇軾《題王逸少帖》詩：「謝家夫人淡丰容，蕭然自有林下風。」看取，猶且看，取，語助。

又

用韻賦梅。三山梅開時，猶有青葉甚盛，余時病齒〔一〕①

病繞梅花酒不空，齒牙牢在莫欺翁②。恨無飛雪青松畔，却放疏花翠葉中。冰作骨，玉爲容，當年宮額鬢雲鬆〔二〕③。直須爛醉燒銀燭，橫笛難堪一再風④。

【校】

〔一〕題，廣信書院本「用」後有「前」字，無「甚盛」字，兹從四卷本丙集改。

〔二〕「當」，廣信書院本作「常」，此據四卷本改。

【箋注】

①題，余時病齒，王執中《鍼灸資生經》卷六《牙疼》條載：「辛幼安舊患傷寒，方愈，食青梅，既而牙疼甚。有道人爲之灸，屈手大指本節後陷中，灸三壯。初灸，覺病牙癢；再灸，覺牙有聲；三壯疼止。今二十年矣，恐陽溪穴也。」注：「治齒痛，手陽明脈入齒縫中，左疼灸右，右疼灸左。」王執中字叔權，温州瑞安人，乾道五年進士，官至將作丞。見〔弘治〕《温州府志》卷一三。此書作者首刊於澧州，據右引「二十年」語，知在嘉定初，其所言稼軒牙疼一事，一本「幼安」作「帥」。因知此事在稼軒爲閩帥期間。與右詞題中記事吻合，蓋可信也。陽溪穴，《醫宗金鑑》卷八一：「從合谷穴循行手腕中上側兩筋間，陷中，張大指，次指取之，陽溪穴也。」按：所謂三壯，據《説郛續》卷一四都卬《三餘贅筆》，艾一灼謂之一壯。

②「病繞」二句，酒不空，《後漢書》卷一〇〇《孔融傳》：「及退閑職，賓客日盈其門。常歎曰：『坐上客常滿，尊中酒不空，吾無憂矣。』」齒牙牢在，韓愈《贈劉師服》詩：「羨君齒牙牢且潔，大肉硬餅如刀截。」

③「當年」句，宫額謂壽陽公主梅花妝，見本書卷九《洞仙歌·紅梅》詞（冰姿玉骨閿）箋注。秦觀《河傳》詞：「常記那回，小曲闌干西畔。鬢雲鬆，羅襪剗。」

④「直須」二句，燒銀燭，蘇軾《海棠》詩：「只恐夜深花睡去，更燒高燭照紅妝。」横笛，《白孔六帖》卷六二《笛》：「發山陽之聲，《折楊柳》、《落梅花》之曲。」一再風，黄庭堅《寺齋睡起》詩：「桃李無言一再風，黄鸝唯見緑匆匆。」此言梅花不禁風吹。

又

桃李漫山過眼空，也曾惱損杜陵翁〔一〕①。若將玉骨冰姿比，李蔡爲人在下中②。　尋驛使，寄芳容，隴頭休放馬蹄鬆③。吾家籬落黄昏後，剩有西湖處士風④。

【校】

〔一〕「曾」，王詔本、四印齋本、《六十名家詞》本俱作「宜」，此從廣信書院本。

【箋注】

①「桃李」二句，桃李漫山，蘇軾《寓居定惠院之東雜花滿山有海棠一株土人不知貴也》詩：「江城地瘴蕃草木，只有名花苦幽獨。嫣然一笑竹籬間，桃李漫山總粗俗。」惱損杜陵翁，杜甫《江畔獨步尋花七絶句》：「江上被花惱不徹，無處告訴只顛狂。」又，《漫興九首》有云：「手種桃李非無主，野老牆低還是家。恰似春風相欺得，夜來吹折數枝花。」又云：「腸斷春江欲盡頭，杖藜徐步立芳洲。顛狂柳絮隨風舞，輕薄桃花逐水流。」皆言其惱春情懷。

②「若將」二句，玉骨冰姿，蘇軾《西江月·梅花》詞：「玉骨那愁瘴霧，冰肌自有仙風。」稼軒亦用指梅花。李蔡在下中，《史記》卷一〇九《李將軍列傳》：「廣之從弟李蔡，與廣俱事孝文帝。景帝時，蔡積功勞至二千石，孝武帝時至代相，以元朔五年爲輕車將軍，從大將軍擊右賢王有功中率，封爲樂安侯。元狩二年中，代公孫弘爲丞相。蔡爲人在下中，名聲出廣下甚遠，然廣不得爵邑，官不過九卿。而蔡爲列侯，位至三公。」按：此以桃李與梅花比。

③「尋驛」三句，驛使寄梅，已見本書卷四《沁園春·送趙景明知縣東歸再用前韻》詞（佇立瀟湘）箋注。馬蹄鬆，范成大《早晴發廣安軍晚宿萍池村莊》詩：「泥乾馬蹄鬆，路坦亭堠速。」

④「吾家」二句，吾家謂帶湖新居。籬落、黄昏，皆指林逋詠梅詩。林逋《梅花三首》詩：「雪後園林纔半樹，水邊籬落忽横枝。」《山園小梅二首》詩：「疏影横斜水清淺，暗香浮動月黄昏。」剩有，即總有、頗有。西湖處士即林逋。

又①

指點齋尊特地開，風帆莫引酒船回②。方驚共折津頭柳，却喜重尋嶺上梅③。　催月上，唤風來，莫愁瓶罄耻金罍④。只愁畫角樓頭起，急管哀絃次第催⑤。

【箋注】

①題，右詞無題，據詞中語意，疑爲稼軒仕閩時所作，故次於此。

②「指點」二句，齋尊，疑即高齋尊酒。引酒船回，《史記》卷二八《封禪書》：「此三神山者，其傳在渤海中，去人不遠，患且至，則船風引而去。」參本書卷八《水調歌頭·九日遊雲洞和韓南澗尚書韻》詞（今日復何日闋）箋注。蘇軾《寄吴德仁兼簡陳季常》詩：「稽山不是無賀老，我自興盡回酒船。」

③「方驚」二句，唐宋折柳送人，尋梅寄人，皆常用典故，疑右詞之嶺上，乃尋常之嶺頭，並非指庾嶺而言也。

④「莫愁」句，《詩·小雅·蓼莪》：「瓶之罄矣，維罍之耻。」

⑤「只愁」二句，畫角樓頭，蔡襄《廣陵》詩：「樓頭畫角催殘日，城上寒鴉噪晚風。」急管哀絃，劉敞《劉永年部署清燕堂》詩：「椎牛釃酒捐長日，急管哀絃舞豔姝。」

瑞鶴仙

賦梅①

雁霜寒透幕②。正護月雲輕，嫩冰猶薄。溪奩照梳掠。想含香弄粉，豔妝難學〔一〕。玉肌瘦弱，更重重龍綃襯着③。倚東風一笑嫣然，轉盼萬花羞落④。寂寞。家山何在？雪後園林，水邊樓閣⑤。瑶池舊約，鱗鴻更仗誰託〔二〕⑥。粉蝶兒只解，尋桃覓柳〔三〕，開遍南枝未覺⑦。但傷心冷落黄昏〔四〕，數聲畫角⑧。

【校】

〔一〕「想含」二句，「香」，《古今合璧事類備要》别集卷二二、《全芳備祖》前集卷一作「章」。「豔」，《絶妙好詞箋》卷一作「靚」。此從廣信書院本。

〔二〕「鱗鴻」，《花草粹編》卷二二、《六十名家詞》俱作「鄰翁」。

〔三〕「桃」，《全芳備祖》、《絶妙好詞》作「花」。

〔四〕「落」，《絶妙好詞》作「淡」。

【箋注】

①題，右題詠梅，作年無考，據下片「家山」以下諸語，知爲稼軒仕宦時所作。稼軒同調詞共三首，右詞次於《壽上饒倅洪莘之》詞（黄金堆到斗闌）之後，仕閩所作《南劍雙溪樓》詞（片帆何太急闋）之前，知亦在閩地所作，因編置於紹熙五年春。

②雁霜，謝朓《宣城集》卷一《臨楚江賦》：「明沙宿莽，石路相懸。於是霧隱行，雁霜眇。」《爾雅翼》卷一七《雁》：「今北方有白雁，似鴻而小，色白，秋深乃來，來則霜降，河北謂之霜信。蓋白露降五日而鴻雁來，寒露五日而候雁來，候雁之來在霜降前十日，所以謂之霜信也。唐杜甫詩曰：『故國霜前白雁來。』蓋謂此爾。」韓偓《半醉》詩：「雲護雁霜籠淡月，雨連鶯曉落殘梅。」

③重重龍綃，《述異志》卷上：「南海有龍綃宫，泉先織綃之處。綃有白之如霜者。」蘇鶚《杜陽雜編》卷上：「載寵姬薛瑶英，攻詩書，善歌舞。仙姿玉質，肌香體輕，雖旋波、摇光、飛燕、緑珠不能過也。……及載納爲姬，處金絲之帳，却塵之褥。……衣龍綃之衣，一襲無一二兩，摶之不盈一握。載以瑶英體輕不勝重衣，故於異國以求是服也。惟賈至、楊公南與載友善，故往往得見歌舞。至因贈詩曰：『舞怯銖衣重，笑疑桃臉開。方知漢武帝，虚築避風臺。』」

④「倚東」二句，一笑嫣然，《文選》卷一九宋玉《登徒子好色賦》：「東家之子，增之一分則太長，減

之一分則太短。……嫣然一笑，惑陽城，迷下蔡。」萬花羞落，《新五代史》卷一五《唐家人傳》：「淑妃王氏，邠州餅家子也，有美色，號花見羞。」

⑤「雪後」二句，雪後園林，見前《鷓鴣天》詞（桃李漫山過眼空闋）箋注。按：此二句疑指稼軒故鄉濟南舊居語。

⑥「瑶池」二句，瑶池，已多見。鱗鴻，鯉魚、鴻雁，皆信使也。

⑦「開遍」句，黄庭堅《虞美人·宜州見梅作》詞：「天涯也有江南信，梅破知春近。夜闌風細得香遲，不道曉來開遍向南枝。」

⑧數聲畫角，釋惠洪《鳳棲梧》詞：「爆暖釀寒空杳杳，江城畫角催殘照。」劉弇《海山樓晚望》詩：「城上兩三聲畫角，天涯千萬里斜暉。」

念奴嬌

戲贈善作墨梅者〔一〕①

江南盡處，墮玉京仙子，絶塵英秀②。彩筆風流偏解寫，姑射冰姿清瘦③。笑殺春工，細窺天巧，妙絶應難有。丹青圖畫，一時都愧凡陋。　還似籬落孤山，嫩寒清曉，祇欠香沾袖④。淡竚輕盈誰付與，弄粉調朱纖手⑤。疑是花神，揭來人世，占得佳名久⑥。松篁佳韻，倩君添做三友⑦。

【校】

〔一〕題，《唐宋名賢百家詞》本四卷本乙集作「贈妓，善作墨梅」，汲古閣景鈔本「妓」作「奴」，又塗去右旁而未改。此從廣信書院本。

【箋注】

①題，右詞贈畫墨梅者，據首句「江南盡處」，知作於福州。蓋閩地最近嶺南，故稱爲江南盡處。因編置於此。

②「江南」三句，江南盡處，釋惠洪《桐川王野夫相訪洞山既去作此兼簡直夫》詩：「江南盡處山作堆，雨餘青碧數峰開。」玉京仙子，李紳《重臺蓮》詩：「終恐玉京仙子識，却將歸種碧池峰。」晏殊《漁家傲》詞：「待得玉京仙子到，憑向道，紅顏只合長年少。」

③「姑射」句，見本書卷八《蝶戀花·用趙文鼎提舉送李正之提刑韻送鄭元英》詞（莫向樓頭聽漏點闋）箋注。

④「還似」三句，《詩話總龜》卷二一引《冷齋夜話》：「衡州花光仁老，以墨寫梅花，魯直歎曰：

『如嫩寒春曉，行孤山籬落間，但欠香耳。』」按：今本《冷齋夜話》闕此條。

⑤「弄粉」句，周邦彦《丹鳳吟》詞：「弄粉調朱柔素手，問何時重握。」按：稼軒所贈畫者，應爲一女子。

⑥「揭來」二句，揭，或作發語辭，或作副詞，《詩詞曲語辭匯釋》作來到解，愚意此詞作副詞却解爲當。即如此二句，乃疑是花神却來人世也。占得佳名，羅隱《金錢花》詩：「占得佳名繞樹芳，依依相伴向秋光。」

⑦「松篁」二句，梅與松竹稱歲寒三友，在宋代已形之圖畫。

又

題梅〔一〕①

疏疏淡淡，問阿誰堪比，太真顔色〔二〕②？笑殺東君虚占斷，多少朱朱白白③！雪裏温柔，水邊明秀，不借春工力。骨清香嫩，迥然天與奇絶④。嘗記寶籞寒輕⑤，瑣窗人睡起。玉纖輕摘。漂泊天涯空瘦損，猶有當年標格。萬里風煙，一溪霜月，未怕欺他得。不如歸去，閬苑有箇人憶〔三〕⑥。

【校】

〔一〕題，廣信書院本作「韻梅」，四卷本乙集作「梅」，此從王詔校刊本、四印齋本、《六十名家詞》本。

〔二〕「太」，廣信書院本、四卷本作「天」，此從王詔校刊本、四印齋本、《六十名家詞》本。

〔三〕「閬苑」句，廣信書院本、王詔校刊本、四印齋本、《六十名家詞》本「苑」作「風」，此從四卷本。「憶」，廣信諸本俱作「惜」，此從四卷本。

【箋注】

①題，右題梅之作，據下片「漂泊天涯」句，知爲仕宦閩地所作，故一併附著於此。

②「疏疏」三句，疏疏淡淡，晁補之《鹽角兒·亳社觀梅》詞：「占溪風，留溪月，堪羞損山桃如血。直饒更疏疏淡淡，終有一般情别。」阿誰，誰人，俗語，流行於魏晉南北朝間。《能改齋漫録》卷二《阿誰停待》條：「《傳燈録》：『宗風嗣阿誰。』阿誰，俗語也。《龐統傳》：『向者之論，阿誰爲是？』」太真，楊玉環也。

③「笑殺」二句，朱朱白白，韓愈《感春三首》詩：「晨遊百花林，朱朱兼白白。」殺，同煞。占斷，占領、包攬。

④天與奇絶，黄庭堅《劉邦直送水仙花》詩：「得水能仙天與奇，寒香寂寞動冰肌。」天與，謂天賦

與也。

⑤寶籞，顧野王《重修玉篇》卷一四：「籞，魚吕切，《説文》曰：『禁苑也。』《漢書》注：『籞者，折竹以繩，綿連禁籞，使人不得往來。』」

⑥閬苑，《太平廣記》卷五六引《集仙録·西王母》條：「位配西方，母養羣品。天上天下三界十方女子之登仙者、得道者，咸所隸焉。所居宫闕在龜山、春山西那之都，崑崙之圃，閬風之苑，金城千重，玉樓十二。」

行香子

三山作〔一〕①

好雨當春，要趁歸耕。况而今已是清明②。小窗坐地③，側聽簷聲。恨夜來風，夜來月，夜來雲。　花絮飄零，鶯燕丁寧④，怕妨儂湖上閑行。天心肯後⑤，費甚心情？放霎時陰，霎時雨，霎時晴。

【校】

〔一〕題，四卷本丙集作「福州作」。

【箋注】

①題，右詞首聯言及要趁當春歸耕之意，自應作於紹熙五年。紹熙四年春稼軒在行在任太府卿，秋除閩帥，則右詞作於五年春無可疑矣。稼軒於紹熙四年底所作《與曾無玷札子》，已萌生退歸之意。此札子之末曾言及：「棄疾求閑得劇，衰病不支。冠蓋如雲，朝求夕索。少失其意，風波洶湧，平陸江海。吁，可畏哉！棄疾至日前，欲先遣孥累西歸，單騎留此，即上祠請。或者謂送故迎新，耗蠹屬耳，理有未安。少俟來春，當伸此請，故應有望於門下宛轉成就之賜也。」可知紹熙五年春間，蓋其心情極爲闌珊低落之時也。

②「好雨」三句，好雨當春，杜甫《春夜喜雨》詩：「好雨知時節，當春乃發生。」《稼軒詞編年箋注》於此句之後引梁啓超《稼軒年譜》紹熙五年之大段考證，謂右詞云：「發端云：『好雨當春，要趁歸耕，况而今已是清明。』直出本意，文義甚明。次云：『小窗坐地，側聽簷聲。恨夜來風，夜來月，夜來雲。』謂受讒迫擾，不能堪忍也。下半闋云：『花絮飄零，鶯語丁寧，怕妨儂湖上閑行。』尚慮有種種牽制，不得自由歸去也。次云：『天心肯後，費甚心情。放霎時陰，霎時雨，霎時晴。』謂只要俞旨一允，萬事便了。却是君意難測，然疑間作，令人悶殺也。此詩人比興之怕，意内言外，細繹自見。先生雖功名之士，然其所惓惓者，在雪大恥，復大讎，既不得所藉手，則區區專閫虛榮，殊非所願。……蓋已知報國夙願不復能償，而厭棄此官抑甚矣。」梁氏所説，大體爲是，因亦彙録於此。

③「小窗」句，坐地，《稼軒詞編年箋注》謂地字爲語助詞，坐地即坐着。按：《晉書》卷一〇〇《蘇峻傳》：「裸剥士女，皆以壞席苫草自鄣，無草者坐地，以土自覆。」《南史》卷五一《梁宗室傳》：「或遇風雨，仆卧中路，坐地號慟。」《朱子語類》卷一〇四《自論爲學工夫》：「道理須是日中理會，夜裏却去静處，坐地思量，方始有得。」史書皆席地而坐之義，而口語則凡坐，皆可云坐地。

④「鶯燕」句，杜甫《絶句漫興九首》詩：「即遣花開深造次，便覺鶯語太丁寧。」楊巨源《早春即事呈劉員外》詩：「馬蹄經歷應須遍，鶯語丁寧已怪遲。」

⑤天心肯後，梁啓超解爲「只要俞旨一允」，則肯後，亦應允了之意也。

好事近①

春意滿西湖，湖上柳黄時節。瀕水霧窗雲户，貯楚宫人物②。一年管領好花枝，東風共披拂。已約醉騎雙鳳，翫三山風月。

【箋注】

①題，右詞僅見於《稼軒詞抄存》卷四，無題。據「翫三山風月」語，知爲帥閩所作，因置於紹熙五年

春。

②楚宫人物，此詞既遊西湖所作，其所能聯想之楚宫，或即因湖中孤山而及，疑即三峽巫山縣之楚宫。《太平寰宇記》卷一四八《山南東道·夔州·巫山縣》：「楚宫在縣西北二百步，在陽臺古城内，即襄王所遊之地。陽雲臺高一百二十丈，南枕長江。楚宋玉賦云：遊陽雲之臺，望高堂之觀。即此。」楚宫人物，謂宋玉也。李商隱《過楚宫》詩：「巫峽迢迢舊楚宫，至今雲雨暗丹楓。微生盡戀人間樂，只有襄王憶夢中。」

添字浣溪沙

三山戲作①

記得瓢泉快活時，長年耽酒更吟詩。驀地捉將來斷送，老頭皮②。　繞屋人扶行不得，閑窗學得鷓鴣啼③。却有杜鵑能勸道：不如歸④！

【箋注】

①題，右詞乃稼軒爲閩帥時所作。蓋其萌生棄官歸去之念始於爲帥時，可參本書卷五《與曾無玷札子》箋注。而右詞有「不如歸」之語，可考也。《稼軒詞編年箋注》皆次於爲閩憲時應誤，稼軒

何得於起復之初便有不如歸去之感耶？

②「記得」四句，快活，宋人俗語。孔平仲《談苑》卷四：「太祖大燕，雨暴作，上不悦。趙普奏曰：『外面百姓正望雨，官家大燕何妨？只是損得此陳設，濕得此樂官衣裳，但令雨中作雜劇更可笑，此時雨難得，百姓快活時，正好飲酒燕樂。』太祖大喜，宣令雨中作樂。」斷送老頭皮，趙德麟《侯鯖録》卷六：「真宗東封，訪天下隱者，得杞人楊璞，能爲詩，召對，自言不能。上問：『臨行有人作詩送卿否？』璞言：『獨臣妻有詩一首云：更休落魄貪杯酒，亦莫猖狂愛詠詩。今日捉將官裏去，這回斷送老頭皮。』上大笑，放還山。」《東坡全集》卷一〇二《志林》貪字作耽。

③「繞屋」二句，繞屋人扶，王禹偁《聞鴞》詩：「翩翾雜鳥雀，繞屋率爲常。」杜甫《暮秋枉裴道州手札率爾遣興寄遞呈蘇渙侍御》詩：「附書與裴因示蘇，此生已愧須人扶。」鷓鴣啼，鷓鴣鳴叫若行不得也哥哥。

④「却有」二句，不如歸，杜鵑鳴叫聲也。

最高樓

吾擬乞歸，犬子以田產未置止我，賦此罵之〔一〕①

吾衰矣，須富貴何時②？富貴是危機③。暫忘設醴抽身去，未曾得米棄官歸④。穆先生，陶縣令，是吾師。待葺箇園兒名佚老，更作箇亭兒名亦好⑤。閑飲酒，醉吟詩。

千年田换八百主，一人口插幾張匙⑥？咄豚奴，愁産業，豈佳兒〔二〕⑦！

【校】

〔一〕題，廣信書院本、小草齋本作「名了」。此從四卷本乙集、王詔校刊本、四印齋本、《六十名家詞》本。

〔二〕「咄豚」三句，廣信書院本作「便休休，更説甚，是和非」，四卷本「便」作「休」。此據《花草粹編》卷一六、王詔校刊本、《六十名家詞》本改。

【箋注】

①題，稼軒欲辭官而歸，事見前《行香子·三山作》詞（好雨當春閿）箋注。題中所及「犬子以田産未置止我」事，考稼軒至紹熙五年，除長子辛稹、次子辛秬皆已成人外，其三子辛稏年僅十三歲，其四子辛穮、五子辛穰或僅數歲而已。辛秬生於紹興二十九年，至此已三十八歲，辛稹當在四十歲上下，以購置田産爲由止稼軒不得辭歸者，即此二子也。

②「吾衰」二句，吾衰矣，《論語·述而》：子曰：「甚矣吾衰也，久矣吾不復夢見周公。」須富貴何時，見本書卷七《水調歌頭·淳熙己亥自湖北漕移湖南》詞（折盡武昌柳閿）箋注。

③「富貴」句，《晉書》卷八五《諸葛長民傳》：「長民弟黎民，輕狡好利，固勸之曰：『黥、彭異體而

勢不偏全，劉毅之誅，亦諸葛氏之懼，可因裕未還以圖之。』長民猶豫未發，既而歎曰：『貧賤常思富貴，富貴必履危機。今日欲爲丹徒布衣，豈可得也？』」蘇軾《宿州次韻劉涇》詩：「晚覺文章真小技，早知富貴有危機。」

④「暫忘」二句，暫忘設醴抽身去，《漢書》卷三六《楚元王傳》：「初，元王敬禮申公等。穆生不嗜酒，元王每置酒，常爲穆生設醴。及王戊即位，常設，後忘設焉。穆生退曰：『可以逝矣。醴酒不設，王之意怠，不去，楚人將鉗我於市。』稱疾卧。」未曾得米棄官歸，《宋書》卷九三《隱逸・陶潛傳》：「以爲彭澤令，公田悉令吏種秫稻。妻子固請種秔，乃使二頃五十畝種秫，五十畝種秔。郡遣督郵至，縣吏白，應束帶見之。潛歎曰：『我不能爲五斗米，折腰向鄉里小人。』即日解印綬去職，賦《歸去來》。」

⑤「待葺」二句，名佚老，劉攽《中山詩話》：「陳文惠堯佐以使相致仕，年八十。有詩云：『青雲岐路遊將偏，白髮光陰得最多。』構亭號佚老，後歸政者往往多效之。」按：佚老語出《莊子・大宗師》：「夫大塊載我以形，勞我以生，佚我以老，息我以死。」《淳熙三山志》卷七：「嘉祐八年，元給事絳於逍遥堂西作流觴亭，亭西北作佚老庵。」名亦好，戎昱《長安秋夕》詩：「遠客歸去來，在家貧亦好。」喻良能有亦好園、亦好亭，其《香山集》中多詠之，如卷八《八月十四日亦好亭遲月不至分韻得秋字》、卷一二《題亦好亭集句》詩。

⑥「千年」二句，千年田換八百主，《景德傳燈録》卷一一《韶州靈樹如敏禪師》條：「有僧問：

『……如何是和尚家風？』師云：『千年田，八百主。』僧云：『如何是千年田，八百主？』師云：『郎當屋舍勿人修。』』一人口插幾張匙，范成大《丙午新正書懷十首》詩：「窮巷閑門本閴然，强將爆竹聒階前。人情舊雨非今雨，老境增年是減年。口不兩匙休足穀，身能幾屐莫言錢。埽除一室空諸有，龐老家人總解禪。」自注：「吳諺云：『一口不能著兩匙。』」《黄氏日抄》卷六七：「《丙午新正》詩，石湖年六十一矣。有云：『人情舊雨非今雨，老境增年是減年。口不兩匙休盡穀，生能幾屐莫言錢。』自此皆退閑消遣之作矣。」

⑦「咄豚」三句，豚奴猶言豚兒。按：明人編《花草粹編》所引稼軒詞，皆來源於宋人所編《稼軒集》，其作「咄豚奴」而不作「便休休」諸語，當有其來歷。《稼軒詞編年箋注》取後者，並謂「末三句俱作『咄豚奴，愁産業，豈佳兒』，當是後人以詞中未有罵之内容而妄改」，語不確。

滿江紅①

老子當年，飽經慣花期酒約②。行樂處輕裘緩帶，繡鞍金絡③。明月樓臺簫鼓夜，梨花院落鞦韆索④。共何人對飲五三鍾？顔如玉。　　嗟往事，空蕭索。懷新恨，又飄泊。但年來何待，許多幽獨？海水連天凝遠望，山風吹雨征衫薄。向此際羸馬獨騣騣⑤，情懷惡。

【箋注】

①題，右詞僅見於《稼軒詞抄存》卷四，他本不載，調下無題。據「海水連天」語，知作於福州，因次於此。

②花期酒約，劉弇《試院次韻奉酬趙達夫記室惜春之什》詩：「愁城恨壘挨排到，酒約花期賭當遲。」

③「行樂」二句，輕裘緩帶，《晉書》卷三四《羊祜傳》：「以祜爲都督荆州諸軍事。……祜在軍，常輕裘緩帶，身不被甲。鈴閤之下，侍衛者不過十數人。」繡鞍金絡，鮑照《代結客少年場行》：「驄馬金絡頭，錦帶佩吴鈎。」駱賓王《上吏部侍郎帝京篇》：「寶蓋雕鞍金絡馬，蘭窗繡柱玉盤龍。」

④「明月」二句，簫鼓夜，張孝祥《水調歌頭・桂林集句》詞：「家種黄柑丹荔，户拾明珠翠羽，簫鼓夜沉沉。」梨花院落，晏殊《無題》詩：「梨花院落溶溶月，柳絮池塘淡淡風。」

⑤「向此」句，吕陶《和義夫出文谷》詩：「羸馬駸駸不厭驅，望中天勢接晴蕪。」

清平樂

壽趙民則提刑。時新除，且素不喜飲①

詩書萬卷，合上明光殿②。案上文書看未遍，眉裏陰功早見③。十分竹瘦松堅，看君自是長年。若解尊前痛飲，精神便是神仙④。

【箋注】

①題，趙民則提刑，名像之，宋宗室，寓居筠州高安。《紹興十八年同年小録》：「第三十三人，趙像之字民則，小名壽卿，小字行成，年二十一，三月十七日生。……本貫玉牒所。」楊萬里《誠齋集》卷一一九《朝請大夫將作少監趙公行狀》：「公諱像之，字民則，秦悼王之六世孫也，今居高安。……登紹興十八年之乙科，年二十有一，爲宗子第三人。授修職郎撫州司户參軍。……再轉潭之攸縣令。……後帥張公孝祥至，得公箋記，手之不釋，以示幕下士曰：『吾當薦士，無出趙令右者矣。』即剡薦書，且招公入府，爲十日飲。……詔侍從舉宗室文學政事可謂中外之用者各二人，吏部尚書蕭公燧，首以公應詔，除知郢州。公見孝宗，論事剴切。……未幾，即拜福建路提點刑獄公事。建臺之始，風采一新。浦城縣獄有以平民爲大辟者，其人誣伏，其獄未上，公

平反之，劾其令，免所居官，一路讋服。」〔雍正〕《江西通志》卷七一：「趙像之字明則，高安人，紹興進士。授臨川司户，較藝廬陵，得周益公、楊誠齋爲門生，仕至軍器少監。像之爲詩文平淡簡遠，雖持節秉旄，而家猶貧焉。」按：趙像之除閩憲，乃繼盧彦德之後，當在紹熙五年初。右詞則在紹熙五年三月其生日之前所賦，蓋壽其六十七歲誕辰也。題中謂趙氏「素不喜飲」。然據楊萬里所著《行狀》，其在乾道初張孝祥帥湖南時，亦嘗應邀爲帥幕十日飲，則非素不能飲，因年老止酒不飲耳。

②「詩書」二句，詩書萬卷，屢見。明光殿，《三輔黄圖》卷二：「桂宫，漢武帝造，周回十餘里。《漢書》曰：『桂宫有紫房，複道通未央宫。』《關輔記》云：『桂宫在未央北，中有明光殿。土山複道，從宫中西上城。』」應劭《漢官儀》：「尚書郎給青縑白綾，被以錦被，……給尚書史二人，女侍史二人，皆選端正從直，女侍執香燒爐，從入臺中護衣，奏事明光殿。」

③眉裏陰功，蘇軾《送蔡冠卿知饒州》詩：「知君決獄有陰功，他日老人酬魏顆。」按：趙像之在閩憲任上治獄之功，應即楊萬里《行狀》中所著浦城之獄諸事。

④「十分」四句，十分，特别也。仲并《上孟郡王生辰三首》詩：「飽參平日安心法，自是長年却老方。」若解，若能也。

一枝花

醉中戲作①

千丈擎天手，萬卷懸河口②。黄金腰下印，大如斗③。更千騎弓刀，揮霍遮前後④。百計千方久。似鬥草兒童，贏箇他家偏有⑤。　算枉了，雙眉恁長皺。白髮空回首。那時閑説向⑥，山中友。看丘隴牛羊⑦，更辨賢愚否？且自栽花柳。怕有人來，但只道今朝中酒⑧。

【箋注】

①題，據「千騎弓刀」句，知右詞爲稼軒在閩帥任上所作。因編次於此。

②「千丈」二句，擎天手，王十朋《狄仁傑》詩：「武火方炎李欲灰，忠良何力可能回。斗南人有擎天手，爲向虞淵取日來。」懸河口，《晉書》卷五〇《郭象傳》：「郭象字子玄，少有才理，好老莊，能清言。太尉王衍每云：『聽象語，如懸河瀉水，注而不竭。』」晁補之《復用前韻答唐公唐公有一日紙貴傳都城之句且訟其不知我也並呈魯直成季明略》詩：「諸公辯壯懸河口，唾落紛紛珠百斗。」

③「黄金」二句，見本書卷六《西江月・爲范南伯壽》詞（秀骨青松不老闋）箋注。

④「更千」二句，千騎弓刀，千騎爲郡守之稱，屢見。晁補之《摸魚兒・東皋寓居》詞：「青綾被，莫憶金閨故步，儒冠曾把身誤。弓刀千騎成何事？荒了邵平瓜圃。」揮霍，《北堂書鈔》卷一五三《零雪揮霍》條：「陸機《感時賦》云：『敷層雲之葳蕤，墜零雪之揮霍。冰冽冽而寢興，風漫漫而妄作。』」揮霍，輕捷揮灑狀。

⑤「似鬥」二句，鬥草，高承《事物紀原》卷九：「《荆楚歲時記》曰：『競採百藥，謂百草以蠲除毒氣，故世有鬥草之戲。』」兒童贏，魏野《春日述懷》詩：「妻喜栽花活，兒誇鬥草贏。」劉弇《輦下春懷十絶呈趙達夫》詩：「數歇賣花聲過耳，誰家鬥草事關身。」

⑥説向，説與也。

⑦丘隴牛羊，《古樂苑》卷五〇載《樂辭》：「愛惜加窮袴，防閑託守宫。今日牛羊上丘隴，當年近前面發紅。」黄生《義府》卷下《窮袴》條謂：「晉無名氏《樂辭》：……蓋女子幼時情事尚帶羞澀，至盛年則不復然。譬之丘隴牛羊，所便其進前，惟恐不速矣。以其爲上隴之牛羊，此窮袴守宫之所不能已也。」

⑧中酒，《漢書》卷四一《樊噲傳》：「項羽既饗軍士，中酒。」注：「張晏曰：『酒酣也。』師古曰：『飲酒之中也，不醉不醒，故謂之中。』」

賀新郎

又和①

碧海桑成野〔一〕②。笑人間江翻平陸，水雲高下③。自是三山顔色好，更着雨婚煙嫁。料未必龍眠能畫④。擬向詩人求幼婦，倩諸君妙手皆談馬⑤。須進酒，爲陶寫。　回頭鷗鷺瓢泉社⑥。莫吟詩莫抛尊酒，是吾盟也⑦。千騎而今遮白髮，忘却滄浪亭榭⑧。但記得灞陵呵夜⑨。我輩從來文字飲，怕壯懷激烈須歌者⑩。蟬噪也，緑陰夏。

【校】

〔一〕「桑成野」，《六十名家詞》本、四印齋本作「成桑野」，此從廣信書院本及王詔校刊本。

【箋注】

①題，右詞爲和紹熙三年夏所作同調《三山雨中遊西湖有懷趙丞相經始》詞而作，據「千騎而今」句，知作於紹熙五年夏。蓋稼軒爲憲時有懷趙汝愚經營西湖修浚事而賦遊湖詞，至四年春在臨安有和詞，至此再帥福州而賦三和詞，已一再用其韻。《稼軒詞編年箋注》將三詞均置於爲憲

時，甚誤。

②「碧海」句，滄海成桑田，見本書卷一〇《醉花陰·爲人壽》詞（黄花漫説年年好闋）箋注。

③「笑人」二句，江翻平陸，陶潛《停雲》詩：「停雲靄靄，時雨濛濛。八表同昏，平陸成江。」水雲高下，黄裳《延平閣閑望十首》詩：「歌管東西誰共樂，水雲高下自相通。」袁默《與剛中適甫遊惠山》詩：「雨過山前翠欲飛，水雲高下正含暉。」

④「自是」三句，顔色好，《能改齋漫録》卷八《葛敏修用陳况詩》條：「唐吴融亦有『深感卞峰顔色好，晚雲纔散又當門』之句。」按：此詩《笠澤叢書》卷一作陸龜蒙作，題爲《自遣》。着，使、讓也。雨婚煙嫁，謂煙雨混合狀。龍眠居士，北宋畫家李公麟自號。李公麟字伯時，舒州人，《宋史》卷四四四《文苑》六有傳。《宣和畫譜》卷七：「李公麟字伯時，舒城人也。熙寧中登進士第。……公麟少閲視，即悟古人用筆意，作真行書有晉宋楷法風格，繪事尤絶，爲世所寶。博學精識，用意至到。……尤工人物，能分别狀貌，使人望而知其廊廟館閣、山林草野、閭閻臧獲、臺輿皂隸，至於動作態度、顰伸俯仰、小大美惡，與夫東西南北之人，才分點畫，尊卑貴賤，咸有區别。……從仕三十年，未嘗一日忘山林，故所畫皆其胸中所藴。……官至朝奉郎致仕，卒於家。至今四方士大夫稱之不名，以字行，又自號龍眠居士。」

⑤「擬向」二句，求幼婦，見本書卷九《定風波·再和前韻藥名》詞（仄月高寒水石鄉闋）箋注。皆談馬，吴處厚《青箱雜記》卷七：「徐鉉父延休，博物多學，嘗事徐温爲義興縣令。縣有後漢太尉

許胾廟，廟碑即許劭記。歲久字多磨滅，至開元中，許氏諸孫重刻之。碑陰有八字云：『談馬礪畢，王田數七。』時人不能曉。延休一見，爲解之曰：『談馬即言午，言午，許字。礪畢必石卑，石卑，碑字。王田乃千里，千里，重字。數七是六一，六一，立字。』此亦楊修辯虀臼之比也。」

⑥鷗鷺瓢泉社，稼軒寓居帶湖期間，嘗賦盟鷗之《水調歌頭》，又有題瓢泉之《水龍吟》諸詞，當時文士頗多唱和，故可謂之鷗鷺瓢泉之詞社。

⑦「莫吟」二句，莫吟詩，稼軒寓居帶湖之初，嘗賦《水調歌頭》，和李子永提幹，題中有「余詩尋醫久矣」語。淳熙末年，又於送范廓之之《醉翁操》詞題中著明廓之「行有日，請予作詩以贈，屬予避謗，持此戒甚力，不得如廓之請」，此所謂「莫吟詩」之爲盟也。莫抛尊酒，白居易《詠懷》詩：「蘇杭自昔稱名郡，牧守當今當好官。兩地江山踏得遍，五年風月詠將殘。幾時酒盞曾抛却，何處花枝不把看？白髮滿頭歸得也，詩情酒興漸闌珊。」

⑧遮白髮，王禹偁《病中書事上集賢錢侍郎五首》詩：「猶賴紫垣直，聊遮白髮多。」滄浪亭樹，《吴郡志》卷一四：「滄浪亭在郡學之南，積水彌數十畝，傍有小山，高下曲折，與水相縈帶。《石林詩話》以爲錢氏時廣陵王元璙池館，或云其近戚中吴軍節度使孫承佑所作。既積土爲山，因以瀦水。慶曆間蘇舜欽子美得之，傍水作亭曰滄浪。」蘇舜欽《學士集》卷一三《滄浪亭記》：「予以罪廢，無所歸，扁舟南遊，旅於吴中，始僦舍以處。……一日過郡學東，顧草樹鬱然，崇阜廣水，不類乎城中。……予愛而徘徊，遂以錢四萬得之，構亭北碕，號滄浪焉。」此以喻指帶湖新居也。

⑨灞陵呵夜，見本書卷九《八聲甘州・夜讀李廣傳不能寐因念晁楚老楊民瞻約同居山間戲用李廣事賦以寄之》詞（故將軍飲罷夜歸來闋）箋注。

⑩「我輩」二句，文字飲，韓愈《醉贈張秘書》詩：「長安衆富兒，盤饌羅羶葷。不解文字飲，惟能醉紅裙。」壯懷激烈，岳飛《滿江紅》詞：「怒髮衝冠，憑闌處瀟瀟雨歇。抬望眼仰天長嘯，壯懷激烈。」

鷓鴣天①

欲上高樓去避愁②，愁還隨我上高樓。經行幾處江山改，多少親朋盡白頭③？　歸休去，去歸休，不成人總要封侯④。浮雲出處元無定，得似浮雲也自由。

【箋注】

①題，右詞廣信書院本未載，僅見四卷本之丁集，無題。據詞中「經行幾處」二句，疑作於紹熙五年秋七月宋光宗禪位寧宗之際，因憂疑時局而慮及出處，遂作此詞，故編次於此。

②避愁，庾信《愁賦》：「閉門欲驅愁，愁終不肯去。深藏欲避愁，愁已知人處。」

③「經行」二句，江山改，陶潛《擬古九首》詩：「種桑長江邊，三年望當採。枝條始欲茂，忽值山河

改。」盡白頭，王建《醉後憶山中故人》詩：「暗想山中伴，如今盡白頭。」

④不成，不一定。

小重山　三山與客泛西湖〔一〕①

綠漲連雲翠拂空。十分風月處，着衰翁②。垂楊影斷岸西東。君恩重，教且種芙蓉③。　十里水晶宮④。有時騎馬去，笑兒童。殷勤却謝打頭風⑤。船兒住，且醉浪花中。

【校】

〔一〕題，四卷本丙集作「與客遊西湖」。

【箋注】

①題，據右詞「教且種芙蓉」語，疑爲紹熙五年七月底聞爲右正言黄艾論劾罷閩帥時所作。《宋會要輯稿·職官》七三之五八：「紹熙五年七月二十九日，知福州辛棄疾放罷，以臣僚言其殘酷

貪饕，姦贓狼藉。」《後村先生大全集》卷一四九《黄柳州墓志銘》：「父艾，刑部侍郎，贈少師，爲紹熙名臣。……初，少師公在諫垣，論擊辛卿棄疾，辛銜切骨。」

②「緑漲」三句，翠拂空，虞儔《和孫尉登空翠堂鼓琴酌茗有懷冷令二首》詩：「樓畔晴嵐翠拂空，天教我輩一尊同。」十分，特别也。着，安置也。

③「君恩」二句，君恩重，趙抃《宿房公湖偶成》詩：「浙東歸去君恩重，乞得蓬萊與鑑湖。」種芙蓉，《四朝聞見録》乙集《張于湖》條：「張烏江人，寓居蕪湖，捐己田百畝，匯而爲池。圜種芙蕖、楊柳，鷺鷗出没，煙雨變態，扁堂曰歸去來。」

④十里水晶宫，見本卷《賀新郎・三山雨中遊西湖有懷趙丞相經始》詞（翠浪吞平野闋）箋注。

⑤打頭風，《猗覺寮齋雜記》卷上：「風之逆舟，人謂之打頭風。坡云：『卧聽三老白事，半夜南風打頭。』元云：『江喧過雲雨，船泊打頭風。』過雲雨亦俗諺。」按：歐陽修《歸田録》卷二謂打有考擊之義，應讀如滴耿反，即頂音。蓋打頭風即迎頭吹打之風也，不必作拘泥解釋。

柳梢青　三山歸途，代白鷗見嘲①

白鳥相迎，相憐相笑，滿面塵埃。華髮蒼顔，去時曾勸，聞早歸來②。　而今豈是高懷，爲千里蓴羹計哉③？好把《移文》，從今日日，讀取千回④。

【箋注】

①題，《宋會要輯稿·職官》七三之五八：「紹熙五年七月二十九日，知福州辛棄疾放罷，以臣僚言其殘酷貪饕，姦贓狼藉。」右詞即稼軒罷閩帥後，於歸上饒途中所作。白鷗，稼軒寓居帶湖時與之訂盟者。紹熙三年春，稼軒赴閩憲任，曾作《浣溪沙》詞，有「細聽春山杜宇啼，一聲聲是送行詩。朝來白鳥背人飛」語。右自作白鷗見嘲語爲詞也。

②「華髮」三句，華髮蒼顔，張元幹《蝶戀花》詞：「時把青銅閑自照，華髮蒼顔，一任旁人笑。」聞早，趁早，及早也。

③「而今」二句，稼軒之去閩帥而歸，乃爲言者論劾所致，非出自身陳請，故自嘲非是高懷，亦非爲千里蓴羹而歸也。千里蓴羹，見本書卷七《六幺令·用陸氏事送玉山令陸德隆侍親東歸吴中》詞（酒羣花隊闋）箋注。

④「好把」三句，《移文》謂《北山移文》。好，宜也。

沁園春

再到期思卜築〔一〕①

一水西來，千丈晴虹，十里翠屏②。喜草堂經歲，重來杜老③；斜川好景，不負淵明④。

老鶴高飛，一枝投宿⑤，長笑蝸牛戴屋行。平章了，待十分佳處，著箇茅亭。青山意氣峥嶸，似爲我歸來嫵媚生⑥。解頻教花鳥，前歌後舞⑦；更催雲水，暮送朝迎。酒聖詩豪，可能無勢，我乃而今駕馭卿⑧。清溪上，被山靈却笑，白髮歸耕⑨。

【校】

〔一〕「再到」，廣信書院本原闕，此據四卷本乙集。

【箋注】

①題，右詞乃自閩帥罷任歸來後所作，以題中有「再到期思卜築」語，知非作於寓居帶湖時期。又據詞中「喜草堂經歲，重來杜老」，以及「爲我歸來嫵媚生」諸語，知稼軒歸來後，曾先事經營鉛山草堂，則可知，其期思溪五堡洲之居，蓋於紹熙五年秋冬著手修建，其事必非待到明年慶元元年，故次右詞於此。《菱湖辛氏族譜》卷首《僑居目類》載《期思位》：「惟叶公五世孫稼軒公，由濟南寓京口，復卜上饒帶湖，因遭回禄，徙居鵝湖之西期思渡瓜山五寶洲中，今屬廣信府鉛山縣崇義鄉十都。」

②「一水」三句，一水西來，〔同治〕《鉛山縣志》卷三：「桐木水源於桐木關下，合東坑、西坑出清

潭，出王村流入祝公橋下水口。至雞公灣東流入下渠，由梧桐灣過沙阪繞石塘，達崩洪。而厚田至九都，而胡村阪北流及鵝湖山下，復西流過縣北關，繞城西下清風峽，及下篁碧水會，乃過梅溪出楊林港入於信河。」按：所謂桐木關水，即鉛山河。紫溪源於縣西南一百四十里，與鉛山河匯於五堡洲，繞今永平鎮北入於信江。其環繞五堡洲北至期思渡横畈村段，乃自西南流向東北，故稼軒謂之「一水西來」，其即詞中之期思溪。所謂「千丈晴虹」者，蓋指圍繞五堡洲西側之紫溪水，其環彎之勢如雨後之虹。又，本書卷一〇《沁園春·期思舊呼奇獅》詞「向晴波忽見，千丈虹霓」，指期思溪上所建新橋，亦通。另據實地考察，期思溪東北流段，山脈起伏，連綿數里，青翠如屏，即右詞之所稱「十里翠屏」者。《菱湖辛氏族譜·期思世系》謂之期思嶺，即今當地人謂横畈後山者，然未見舊志記載。

③「喜草」二句，杜甫有《草堂》詩，爲廣德二年作。草堂在成都浣花里，楊子琳之亂，甫去草堂，亂後復歸也。《補注杜詩》卷一〇：「公以寶應元年秋，避成都之亂，去草堂，入梓州，殆是草堂方畢工而遂去也。是年七月，徐知道反，大將赴朝廷，謂嚴武以召，去爲京兆尹。廣德二年，武再鎮蜀，公復往依之。於是始歸草堂。」杜甫離草堂往梓州，至重歸草堂，前後相隔一年之久。詩中有「舊犬喜我歸，低徊入衣裾。鄰舍喜我歸，沽酒攜胡蘆。大官喜我來，遣騎問所須。城郭喜我來，賓客隘村墟。天下尚未寧，健兒勝腐儒」諸語。

④「斜川」二句，《陶淵明集》卷二有《遊斜川》詩，序云：「辛丑正月五日，天氣澄和，風物閑美，與

二三鄰曲，同遊斜川。臨長流，望曾城，魴鯉躍鱗於將夕，水鷗乘和以翻飛。彼南皐者，名實舊矣，不復乃爲嗟歎。若夫曾城，傍無依接，獨秀中臯。遥想靈山，有愛嘉名。欣對不足，率爾賦詩。悲日月之遂往，悼吾年之不留。各疏年紀鄉里，以記其時日。」

⑤「老鶴」二句，老鶴高飛，《唐才子傳》卷七：「盧延讓字子善，范陽人也，有卓絶之才。……《贈元上人》云：『高僧解語牙無水，老鶴能飛骨有風。』」一枝投宿，《莊子·逍遥遊》：「鷦鷯巢於深林，不過一枝。偃鼠飲河，不過滿腹。」

⑥「青山」二句，意氣峥嶸，趙鼎臣《送宋宏甫出守邠州》詩：「今年别我西入關，意氣峥嶸喜動顔。」嫵媚生，《新唐書》卷九七《魏徵傳》：「徵曰：『臣以事有不可，故諫，若不從輒應，恐遂行之。』帝曰：『第即應須别陳論，顧不得。』徵曰：『昔舜戒羣臣：爾無面從，退有後言。若面從可，方别陳論，此乃後言，非稷卨所以事堯舜也。』帝大笑曰：『人言徵舉動疏慢，我但見其嫵媚耳。』徵再拜曰：『陛下導臣使言，所以敢然，若不受，臣敢數批逆鱗哉？』」

⑦「解頻」二句，《太平御覽》卷四六七引《尚書大傳》：「惟丙午，王還師，師乃鼓譟，師乃慆。前歌後舞。」蘇軾《再用前韻》詩：「麻姑過君急灑掃，鳥能歌舞花能言。」

⑧「酒聖」三句，酒聖詩豪，黄庭堅《和舍弟中秋月》詩：「少年氣與節物競，詩豪酒聖難争鋒。」可能無勢，駕馭卿，《陶淵明集》卷五《晉故征西大將軍長史孟府君傳》：「君諱嘉，字萬年，江夏鄂人也。……再爲江州别駕、巴丘令、征西大將軍譙國桓温參軍。君色和而正，温甚重之。……

門無雜賓，嘗會神情獨得，便超然命駕，徑之龍山，顧景酣宴，造夕乃歸。温從容謂君曰：『人不可無勢，我乃能駕御卿。』」可能，作當然或應當解。

⑨「被山」二句，《文選》卷四三《北山移文》：「世有周子，雋俗之士。既文既博，亦玄亦史。然而學道東魯，習隱南郭。偶吹草堂，濫巾北岳。誘我松桂，欺我雲壑。雖假容於江皋，乃纓情於好爵。其始至也，將欲排巢父，拉許由，傲百氏。……及其鳴騶入谷，鶴書赴隴，形馳魄散，志變神動。爾乃眉軒席次，袂聳筵上。焚芰製而裂荷衣，抗塵容而走俗狀。至於還飈入幕，寫霧出楹。蕙帳空兮夜鶴怨，山人去兮曉猨驚。昔聞投簪逸海岸，今見解蘭縛塵纓。於是南嶽獻嘲，北隴騰笑。列壑争譏，攢峰竦誚。慨游子之我欺，悲無人以赴弔。」《稼軒詞編年箋注》謂其「所嘲、笑、譏、誚者皆針對周顒之雖假步於山扃，實情投於魏闕也。今稼軒自福建安撫使罷任而再至期思卜築，爲先官後隱，與周顒之先隱後官不同，故山靈只能笑其白髮歸耕也」。

浣溪沙

席上趙景山提幹賦溪臺，和韻〔一〕①

臺倚崩崖玉滅瘢〔二〕②，青山却作捧心顰③。遠林煙火幾家村。　引入滄浪魚得計，展成寥闊鶴能言④。幾時高處見層軒？

【校】

(一)題，四卷本丙集作「偶趙景山席上用賦溪臺和韻」，此從廣信書院本。

(二)「瘢」，王詔校刊本、《六十名家詞》本、四印齋本俱作「痕」。下闋首句同此。近人夏敬觀於《跋毛鈔本稼軒詞》中云：「稼軒詞往往以鄉音叶韻，全集中不勝枚舉。……如《浣溪沙》之『臺倚崩崖玉滅瘢』句，……用元寒韻之瘢、言、軒，與真諄韻顰、村同叶，殆其鄉音如此。……三本瘢皆作痕，匪特不典，且忘言、軒亦在元寒韻，此類妄爲竄改之跡實不可掩。」甚是。

【箋注】

①題，趙景山提幹，名籍不詳。〔乾隆〕《鉛山縣志》卷五載宋代提點坑冶司檢踏官凡十人，趙師晛爲最後一人，不知其即趙景山否。王質《雪山集》卷一四《趙景山程德紹視旱有詩成編》詩：「相隨騎尾紫游韁，各佩牛腰古錦囊。過眼風煙都領略，聚頭燈火更平章。鵲枝賦罷驕橫槊，蚓鼎聯成倦倚牆。三讀軒渠仍伎癢，亦撩草夢到池塘。」方岳《秋崖集》卷三八《跋趙景山村田集》：「宋魏諸王孫，率以詩名後世，至唐盛矣。賀、白其巨擘也。怒鯨橫騖，捲海倒流，而其盛止於詩。本朝出其才與天下共麟趾之，彥滋盛獨，詩乎哉？四靈清語不枯，秀語不迂，抑紫芝其尤也。續遺響於寂寥，發妙彈於孤曠，將從村田叟問之。」其事歷別無可考。坑冶司設幹辦公事、檢法官等屬官。溪臺，〔乾隆〕《廣信府志》卷五：「溪山臺，府城外南屏山，下臨高溪，今

廢。」又：「百花莊，城南南山巔，宋太守張良朋創，上有溪山臺，曾南豐所嘗遊歷地。」疑即右詞之溪臺。據廣信書院本次第，右詞在同調詞中位列瓢泉諸詞中，作年最晚當在慶元間，《稼軒詞編年箋注》列於帶湖諸作中，非是，因移置稼軒重歸上饒之後。

②玉滅瘢，《漢書》卷九九上《王莽傳》：「始莽就國，南陽太守以莽貴重，選門下掾宛孔休守新都相。休謁見莽，莽盡禮自納，休亦聞其名，與相答。後莽疾，休候之，莽緣恩意，進其玉具寶劍，欲以爲好。休不肯受。莽因曰：『誠見君面有瘢，美玉可以滅瘢，欲獻其瑑耳。』即解其瑑，休復辭讓，莽曰：『君嫌其賈邪？』遂椎碎之，自裹以進休，休乃受。」注：「瘢，創痕也。」

③捧心顰，《莊子·天運》：「西施病心而矉其里，其里之醜人見而美之，歸亦捧心而矉其里。其里之富人見之，堅閉門而不出。貧人見之，挈妻子而去之走。彼知美矉，而不知矉之所以美。」

④「引入」二句，魚得計，《莊子·徐無鬼》：「於蟻棄知，於魚得計，於羊棄意。」鶴能言，見本書卷一〇《最高樓·送丁懷忠教授入廣》詞（相思苦閿）箋注。

又

妙手都無斧鑿瘢，飽參佳處却成顰①。恰如春入浣花村②。筆墨今宵光有豔，管絃從此悄無言。主人席次兩眉軒③。

【箋注】

①「飽參」句，韓愈《將至韶州先寄張端公使君借圖經》詩：「曲江山水聞來久，恐不知名訪倍難。願借圖經將入界，每逢佳處便開看。」蘇軾《夜直玉堂攜李之儀端叔詩百餘首讀至夜半書其後》詩：「玉堂清冷不成眠，伴直難呼孟浩然。暫借好詩消永夜，每逢佳處輒參禪。」

②「恰如」句，杜甫《蕭八明府實處覓桃栽》詩：「奉乞桃栽一百根，春前爲送浣花村。河陽縣裏雖無數，濯錦江邊未滿園。」《補注杜詩》卷二一：「上元元年作。……此必經營草堂乘就時求之，不然亦是上元二年歲下作。」

③「主人」句，《文選》卷四三《北山移文》：「爾乃眉軒席次，袂聳筵上。」《六臣注文選》卷四三：「軒舉也，舉眉謂喜也，次側也。」

蘇武慢　雪①

帳暖金絲，杯乾雲液，戰退夜風飀飒〔一〕②。障泥繫馬，掃路迎賓③，先借落花春色。歌竹傳觴，探梅得句，人在玉樓瓊室④。喚吴姬學舞，風流輕薄，弄嬌無力⑤。　塵世换老盡青山，鋪成明月，瑞物已三尺⑥。豐登意緒，婉娩光陰⑦，都作暮寒堆積。回首驅羊舊節，入蔡奇兵⑧，等閑陳跡。總無如現在，尊前一笑，坐中贏得。

【校】

〔一〕「風」，《稼軒詞抄存》卷四原闕，據朱孝臧校本知空一字，徑補風字。

【箋注】

①題，右詞僅見《稼軒詞抄存》，他本俱不見載。據「塵世换」一語，疑爲紹熙五年冬所作。蓋稼軒於是年秋被劾罷閩帥，重歸上饒。因次於此。

②「帳暖」三句，帳暖金絲，蘇鶚《杜陽雜編》卷上：「載寵姬薛瑶英，攻詩書，善歌舞，仙姿玉質，肌香體輕。雖旋波、摇光、飛燕、緑珠不能過也。瑶英之母趙娟，亦本岐王之愛妾也。後出爲薛氏之妻，生瑶英，而幼以香啗之，故肌香也。及載納爲姬，處金絲之帳，却塵之褥。」雲液，見本書卷六《滿江紅·中秋寄遠》詞（快上西樓闋）箋注。戰退、風飈颯，《耆舊續聞》卷六：「華山狂子張元，天聖間坐累終身，嘗作雪詩云：『七星仗劍攪天池，倒捲銀河落地機。戰退玉龍三百萬，斷

鱗殘甲滿天飛。』」《文選》卷一〇潘岳《征西賦》：「吐清風之飂戾，納歸雲之鬱蓊。」

③「障泥」二句，障泥，見本書卷八《蝶戀花·繼楊濟翁韻餞范南伯知縣歸京口》詞（淚眼送君傾似雨闋）箋注。掃路迎賓，《開元天寶遺事》卷一《掃雪迎賓》條：「巨豪王元寶每至冬月大雪之際，令僕夫自本家坊巷口掃雪爲徑路，躬親立於坊巷前，迎揖賓客，就本家具酒炙宴樂之，爲暖寒之會。」

④「人在」句，王珪《和景彝正月二十八日偶書》詩：「未有燕回羅幕上，不知人在玉樓間。」

⑤「喚吴」三句，吴姬學舞，釋齊己《和李書記》詩：「吴姬舞雪非真豔，漢后題詩是怨紅。」嬌無力，白居易《長恨歌》：「侍兒扶起嬌無力，始是新承恩澤時。」

⑥「塵世」三句，塵世换、老盡青山，歐陽修《夢中作》詩：「棋罷不知人换世，酒闌無奈客思家。」蔡松年《念奴嬌》詞：「雲海茫茫人换世，幾度梨花寒食。」周紫芝《吴師魯挽詞》：「少日詞華豹一斑，暮年白髮老青山。」瑞物三尺，《文選》卷一三謝惠連《雪賦》：「盈尺則呈瑞於豐年，袤丈則表沴於陰德。」注：「《左氏傳》曰：『凡平地尺爲大雪。』毛萇《詩傳》曰：『豐年之冬，必有積雪。』」

⑦「婉娩」句，《禮記·内則》：「女子十年不出，姆教婉娩聽從。」注：「婉謂言語也，娩之言媚也，媚謂容貌也。」《稼軒詞編年箋注》謂「猶言光陰明媚，或大好光陰也」。此言是。

⑧「回首」二句，驅羊舊節，《漢書》卷五四《蘇武傳》：「單于愈益欲降之，乃幽武，置大窖中，絶不

飲食。天雨雪，武卧齧雪，與旃毛并咽之，數日不死，匈奴以爲神。乃徙武北海上無人處，使牧羝，羝乳，乃得歸。别其官屬常惠等，各置他所。武既至海上，廩食不至，掘野鼠，去草實而食之，杖漢節牧羊，卧起操持，節旄盡落，積五六年。」入蔡奇兵，《舊唐書》卷一三三《李愬傳》：「愬益知賊中虚實，陳許節度使李光顔勇冠諸軍，賊遂以精卒抗光顔，由是愬乘其無備，十月將襲蔡州。其月七日，使判官鄭澥告師期於裴度，十日夜以李祐率突將三千爲先鋒，李忠義副之。愬自帥中軍三千，田進誠以後軍三千殿而行。初出文成栅，衆請所向，愬曰：『東六十里止。』至賊境曰張柴砦，盡殺其戍卒，令軍士少息，繕羈靮甲胄，發刃彀弓，復建旆而出。是日陰晦雨雪，大風裂旗旆，馬慄而不能躍。士卒苦寒，抱戈僵仆者道路相望。其川澤梁徑險夷，張柴已東，師人未嘗蹈其境，皆謂投身不測。初至張柴，諸將請所止，愬曰：『入蔡州，取吴元濟也。』」

辛棄疾集編年箋注卷一二

按：本卷詞，共七十七首。起宋寧宗慶元元年乙卯（一一九五）正月，迄慶元三年丁巳（一一九七）底，自上饒移居鉛山瓢泉期間所賦。

長短句

祝英臺近

與客飲瓢泉，客以泉聲喧静爲問。余醉，未及答，或者以「蟬噪林逾静」代對，意甚美矣。翌日，爲賦此詞以褒之〔一〕①

水縱橫，山遠近，拄杖占千頃。老眼羞明〔二〕，水底看山影②。試教水動山摇，吾生堪笑，似此箇青山無定③。　一瓢飲④，人問翁愛飛泉〔三〕，來尋箇中静。繞屋聲喧，怎做静中境〔四〕⑤。我眠君且歸休⑥，維摩方丈，待天女散花時問⑦。

【校】

〔一〕題，四卷本丁集「未及答」之前闕「醉」字，「以褒之」作「褒之也」，此從廣信書院本。

〔二〕「明」，四卷本作「將」。

〔三〕「問」，《六十名家詞》本作「間」。

〔四〕「境」，《六十名家詞》本作「鏡」。

【箋注】

①題，右詞之作，當在慶元元年初。紹熙五年秋七月，稼軒罷閩帥。九月，以御史中丞謝深甫論劾，稼軒降職。十二月，謝深甫再劾稼軒。此兩次論劾，均見於《宋會要輯稿·職官》七三之一九：「紹熙五年九月二十七日，朝散大夫集英殿修撰辛棄疾降充秘閣修撰，朝議大夫煥章閣待制提舉江州興國宫馬大同降充集英殿修撰，罷祠。以御史中丞謝深甫言，二人交結時相，敢爲貪酷，雖已黜責，未快公論。……十二月九日，中書舍人陳傅良與宫觀，以御史中丞謝深甫言其芘護辛棄疾，依託朱熹。」此慶元黨禁之前奏也。右詞上片「水底看山影。試教水動山摇，吾生堪笑，似此箇青山無定」云云，即當此風雨欲來之際，正不知其前途有何凶險者之言也。故以稼軒瓢泉詞作之開篇編次於此。杜甫《甘林》詩：「喧静不同科，出處各天機。」白居易《答劉戒之

早秋别墅見寄》詩：「城中與山下，喧静闇相思。」《梁書》卷五〇《王籍傳》：「除輕車湘東王諮議參軍，隨府會稽。郡境有雲門天柱山，籍嘗遊之，或累月不反。至若邪溪，賦詩，其略云：『蟬噪林逾静，鳥鳴山更幽。』當時以爲文外獨絶。」

②「老眼」二句，羞明，《詩人玉屑》卷六《點石化金》條：「王君玉謂人曰：『詩家不妨間用俗語，尤見工夫。雪止未消者，俗謂之待伴，嘗有《雪》詩：待伴不禁鴛瓦冷，羞明常怯玉鈎斜。待伴、羞明，皆俗語，而採拾入句，了無痕類，此點瓦礫爲黄金手也。』」《銀海精微》卷下：「車前飲，《治肝經》：『積熱，上攻眼目，逆順生翳，血灌瞳人，羞明怕日，多淚，宜服之。』」水底看山，蕭愨《春日曲水》詩：「山頭望水雲，水底看山樹。」

③青山無定，原謂青山在水中動蕩不已。吴則虞釋此諸句云：「此詞假禪理以言遭際也。……山光既在水中，水動則山摇，山亦飄盪不定，不覺失笑。青山也不能鎮静而自爲摇動；轉悟吾生正如青山之摇動而不能鎮静。此中意境，應有所寄，恐指屢次落職，出處無常而言。」

④一瓢飲，見本書卷九《水龍吟·題瓢泉》詞（稼軒何必長貧閿）箋注。

⑤怎做静中境，吕希哲《雜記》卷下：「子進居先公之喪，在舊第極北小堂中誦經。籬之外即李氏故宅，今衆家居之，歌哭鬥氣，與夫雞犬牛馬之聲喧然雜入於耳。子進聽之，如聽谷響焉，不以入心。所以能爾者，以我無預於彼之利害休戚故也。若夫室中之聲，亦如是者，其得道之人乎？」程俱《初秋偶題》詩：「宜搜静中境，安得此佳句。」

⑥「我眠」句，見本書卷八《醜奴兒》詞（此生自斷天休問闋）箋注。

⑦「維摩」二句，見本書卷一〇《江神子·聞蟬蛙戲作》詞（簟鋪湘竹帳籠紗闋）箋注。

水龍吟

用些語再題瓢泉，歌以飲客，聲韻甚諧，客皆爲之釂〔一〕①

聽兮清珮瓊瑶些。明兮鏡秋毫些②。君無去此，流昏漲膩，生蓬蒿些③。虎豹甘人，渴而飲汝，寧猿猱些④？大而流江海，覆舟如芥，君無助，狂濤些⑤！路險兮山高些。愧余獨處無聊些〔二〕⑥。冬槽春盎，歸來爲我，製松醪些⑦。其外芳芬〔三〕，團龍片鳳，煮雲膏些⑧。古人兮既往，嗟余之樂，樂簞瓢些⑨。

【校】

〔一〕題，四卷本乙集「皆」字闕，此從廣信書院本。

〔二〕「愧」，廣信書院本原即此字，各本俱同。《稼軒詞編年箋注》改作「塊」，乃誤判此字。

〔三〕「芳芬」，王詔校刊本、《六十名家詞》本、四印齋本作「芬芳」。

【箋注】

①題，稼軒於淳熙末寓居帶湖期間曾作《水龍吟·題瓢泉》詞（稼軒何必長貧闋），見本書卷九。右詞謂「再題瓢泉」，蓋自閩中歸來後，感慨世路仕途之險惡，認定松醪雲膏之芳芬，故再作此詞。則右詞當作於慶元元年春。所謂些語，《楚辭·招魂》，句尾皆用些字。沈括《夢溪筆談》卷三《辯證》：「楚詞《招魂》尾句皆曰些，今夔峽湖湘及南北江獠人，凡禁呪句尾皆稱些（蘇箇反），此乃楚人舊俗，即梵語薩嚩訶也（薩音桑葛反，嚩無可反，訶從去聲），三字合言之，即些字也。」釂，音爵，飲酒盡杯也。

②「聽兮」二句，清珮瓊瑶，謂山水注入瓢泉之水聲。柳宗元《河東集》卷二九《至小丘西石潭記》：「從小丘西行百二十步，隔篁竹，聞水聲，如鳴珮環。」明兮鏡秋毫，《孟子·梁惠王》：「明足以察秋毫之末，而不見輿薪。」

③「君無」三句，君無去此，《楚辭·招魂》：「魂兮歸來，君無上天些。」流昏漲膩，杜牧《樊川集》卷一《阿房宫賦》：「渭流漲膩，棄脂水也。」蘇軾《浣溪沙·端午》詞：「輕汗微微透碧紈，明朝端午浴芳蘭。流香漲膩滿晴川。」生蓬蒿，《戰國策·秦策》五：「王一日山陵崩，子傒立，士倉用事，王后之門，必生蓬蒿。」劉長卿《南楚懷古》詩：「君看章華宫，處處生蓬蒿。」

④「虎豹」三句，虎豹甘人，《楚辭·招魂》：「虎豹九關，啄害下人些。……魂兮歸來，君無下此幽都些。土伯九約，其角觺觺些。……參目虎首，其身若牛些。此皆甘人，歸來歸來，恐自遺災

些。」注：「甘美也，災害也，言此物食人以爲甘美，往必自害不旋踵也。」猿猱飲，《管子·牧民》：「墜岸三仞，人之所大難也，而猿猱飲焉。」注：「猿遇墜岸而能飲，喻智者逢禍而能息也。」

⑤「大而」四句，此言瓢泉不須流入江海，以推波助瀾，顛覆舟楫。覆舟如芥，《莊子·逍遥遊》：「水之積也不厚，則負大舟也無力。覆杯水於坳堂之上，則芥爲之舟。置杯焉則膠，水淺而舟大也。」

⑥獨處無聊，《説郛》卷二五《遁齋閑覽·作邀僧夜話詩》條：「許義方妻劉氏，每以端潔自許。義方嘗出經年，忽一日歸，語其妻曰：『獨處無聊，得無時與鄰里親戚往還乎？』劉曰：『自君之出，惟閉户自守，足未嘗履閾。』」

⑦「冬槽」三句，冬槽春盎，槽，謂酒坊。盎，五齊之一，酒名，見《周禮·天官冢宰》。韓維《伏蒙三哥以某再領許昌賦詩爲寄謹依嚴韻》詩：「預裝白酒留春盎，旋剪紅葩出洛城。」松醪，亦酒名。李商隱《志喜》詩：「慢行成酩酊，鄰壁有松醪。」《李義山詩集注》卷一：「《本草》：『松葉、松節、松膠，皆可爲酒，能已疾。』裴鉶《傳奇》酒名松醪春。」《東坡志林》卷五：「裴鉶作《傳奇》，記裴航事，亦有酒名松醪春，乃知唐人名酒，多以春。」《東坡全集》卷三三有《中山松醪賦》。

⑧「團龍」二句，團龍片鳳，龍團、鳳團茶。蔡絛《鐵圍山叢談》卷六：「建溪龍茶，始江南李氏，號

北苑龍焙者，在一山之中間，其周遭則諸茶地也。居是山號正焙，一出是山之外，則曰外焙。正焙外焙，色香必迥殊，此亦山秀地靈所鍾之有異色已？龍焙又號官焙，始但有龍鳳大團二品而已。仁廟朝，伯父君謨名知茶，因進小龍團，爲時珍貴，因有大團小團之別。」張舜民《畫墁録》：「至本朝，建溪獨盛，採焙製作，前世所未有也。士大夫珍尚鑑別，亦過古先。丁晉公爲福建轉運使，始製爲鳳團，後又爲龍團，貢不過四十餅，專擬上供，雖近臣之家，徒聞之而未嘗見也。」按：以片鳳稱鳳團茶，僅見於此詞。煮雲膏，《雲笈七籤》卷一〇五《清靈真人裴君傳》：「授裴君流星夜光之章，十明之符，食黄琬紫精之粭，飲月華雲膏，於是與五夫人夕夕共遊，此所謂奔月之道矣。」白居易有詩，題爲「聞微之江陵卧病，以大通中散、碧腴垂雲膏寄之，因題四韻」。

⑨樂簞瓢，見本書卷九《水龍吟·題瓢泉》詞（稼軒何必長貧閿）箋注。

鷓鴣天

送元濟之歸豫章〔一〕①

欹枕婆娑兩鬢霜，起聽簷溜碎喧江②。那邊玉筯銷啼粉〔二〕，這裏車輪轉別腸③。詩酒社，水雲鄉，可堪醉墨幾淋浪〔三〕④？畫圖却似歸家夢，千里河山寸許長⑤。

【校】

〔一〕題，四卷本乙集作「送元省幹」，此從廣信書院本。

〔二〕「筯」，廣信書院本原作「筋」，此據四卷本改。

〔三〕「堪」，《六十名家詞》本作「看」。

【箋注】

①題，元濟之，或名汝楫。《歷代名臣奏議》卷一四七《吏部尚書趙汝愚奏薦張漢卿元汝楫狀》：「承節郎元汝楫，嘗監復州酒稅，課亦登辦。時郡中公使庫有煮醞酸腐，太守責令酒務變賣，汝楫辭曰：『在城拍户，困於省額，不聊生矣，豈能認無用之酒，陪無名之錢乎？』堅拒不受。太守怒，押汝楫下簽廳供責，吏稍侵之，汝楫曰：『我直彼曲，何供之有？』遂取印曆，一抹而歸，今躬耕畎畝蓋二十餘年矣。……伏望聖慈，特將駕漢卿、汝楫並與堂除差遣一次，仍令吏部取索印紙，重别换給。」按：濟之與楫有聯，濟之當即汝楫之字也。趙汝愚以紹熙二年九月自知福州召爲吏部尚書。元汝楫自監復州酒稅辭歸，當在乾道末或淳熙初年，後經趙汝愚薦舉，堂除省幹，故四卷本題爲「送元省幹」。此或爲紹熙間事。右詞殆送其自省幹任滿歸豫章時所作。以次首有「二月東湖」語，故次於慶元元年春正月。省幹，宋代泛指隸屬於尚書省之低級官吏。

如《夷堅志》甲卷六《資聖土地》條，謂徐以寧以吉州監贍軍酒庫，爲人稱徐省幹。史浩《鄮峰真隱漫録》卷三九《六老會致語》亦有監場省幹語。而周必大《益國文忠公集》卷一六五《歸廬陵日記》，載隆興元年罷官出國門，相送者有范至能省幹。參以《攻媿集》卷八九《華文閣直學士奉政大夫贈金紫光禄大夫陳公行狀》，知范成大自和劑局管庫官兼聖政所檢討官，故亦稱爲省幹。

②「欹枕」二句，婆娑兩鬢，孫覿《致政中奉胡公挽詞》：「此翁矍鑠丹心在，老子婆娑兩鬢催。」簷溜碎喧江，孟郊《雨中寄孟刑部幾道聯句》：「簷瀉碎江喧，街流淺溪邁。」

③「那邊」二句，玉筯，淚水。參見本書卷六《菩薩蠻》詞（江摇病眼昏如霧闋）箋注。車輪轉別腸，《太平御覽》卷二五《古樂府歌詩》：「秋風蕭蕭愁殺人，出亦愁，入亦愁。胡地多飈風，樹木何修修！離家日趨遠，衣帶日趨緩。心思不能言，腸中車輪轉。」孟郊《遠遊聯句》：「別腸車輪轉，一日一萬周。」

④醉墨淋浪，蘇軾《和張子野見寄三絶句》詩：「狂吟跌宕無風雅，醉墨淋浪不整齊。」

⑤「畫圖」二句，《稼軒詞編年箋注》：「意謂畫家能將千里江山縮寫於寸幅之中，亦猶離家千里之旅客可於夢中迅速返抵家鄉也。」

江神子　送元濟之歸豫章

亂雲擾擾水潺潺，笑溪山，幾時閑？更覺桃源，人去隔仙凡。桃源乃王氏酒壚，與濟之送别處〔一〕①。萬壑千巖樓外雪②，瓊作樹，玉爲欄。倦遊回首且加餐③。短篷寒，畫圖間。見説嬌顰，擁髻待君看④。二月東湖湖上路，官柳嫩，野梅殘⑤。

【校】

〔一〕小注，四卷本丙集闕，此從廣信書院本。

【箋注】

①「更覺」二句及小注，桃源、人去隔仙凡，劉義慶《幽明録》：「漢明帝永平五年，剡縣劉晨、阮肇共入天台山取穀皮，迷不得返。經十餘日，……漸見蕪菁葉從山腹流出，甚鮮新，復一杯流出，有胡麻糝。相謂曰：『此處去人徑不遠。』度出一大溪，溪邊有二女子，資質妙絶。見二人持杯出，便笑曰：『劉、阮二郎捉向所流杯來。』晨、肇既不識之，二女便呼其姓，如似有舊。相見忻

喜，問：『來何晚？』即因要還家。……有羣女來，各持三五桃子，笑而言：『賀女婿來。』酒酣作樂，劉、阮忻怖交並。至暮，令各就一帳宿，女往就之。言聲清婉，令人忘憂。至十日後欲求還去，女云：『君已來此，乃宿福所招，與仙女交接，流俗何所樂哉？』遂住半年。……晨、肇求歸不已，……集會奏樂，共送劉、阮，指示還路，既出，親舊零落，邑屋全異，無復相識。問得七世孫，傳聞上世入山，迷不得歸。」曹唐《劉晨阮肇遊天台》詩：「不知何地歸依處，須就桃源問主人。」按：據小注語，此所謂桃源，蓋指永豐縣西南博山寺之王氏酒壚。本書卷八《江神子·博山道中書王氏壁》詞（一川松竹任橫斜闋）有句：「比着桃源溪上路，風景好，不争多。」然元濟之來訪，稼軒送之歸豫章，而與之作别於帶湖東南之博山，令人不解。蓋博山南即永豐溪，於上饒西匯於信江。稼軒或與之作博山之遊，尋便登舟上溯，亦可歸豫章也。

②萬壑千巖，見本書卷九《洞仙歌·訪泉於奇師村得周氏泉爲賦》詞（飛流萬壑闋）箋注。

③「倦遊」句，張元幹《水調歌頭·癸酉虎丘中秋》詞：「倦遊回首，向來雲卧兩星周。」杜甫《揚旗》詩：「吾徒且加餐，休適蠻與荆。」

④「見説」二句，《趙飛燕外傳》所附《伶玄自叙》：「哀帝時，子于老休，買妾樊通德。通德，嫕之弟子，不周之子也，有才色，知書，慕司馬遷《史記》，頗能言趙飛燕姊弟故事。子于閑居，命言，厭厭不倦。子于語通德曰：『斯人俱灰滅矣，當時疲精力，馳騖嗜欲蠱惑之事，寧知終歸荒田野草乎？』通德占袖顧視燭影，以手擁髻，悽然泣下，不勝其悲。」

⑤「二月」三句，東湖，見本書卷七《鷓鴣天·離豫章别司馬漢章大監》詞（聚散匆匆不偶然闋）箋注。官柳、野梅，杜甫《西郊》詩：「市橋官柳細，江路野梅香。」

行香子①

歸去來兮，行樂休遲。命由天富貴何時②。百年光景，七十者稀。奈一番愁，一番病，一番衰。　名利奔馳，寵辱驚疑，舊家時都有些兒③。而今老矣，識破關機。算不如閑，不如醉，不如癡。

【箋注】

①題，右詞無題，據詞意，知爲閩中歸來之後所作，故次於此。

②「歸去」三句，歸去來兮，陶潛辭賦名。休遲，歐陽修《阮郎歸》詞：「情似舊，賞休遲，看看壠上吹。」命由天富貴何時，《論語·顔淵》：「死生有命，富貴在天。」《漢書》卷六六《楊惲傳》：「人生行樂耳，須富貴何時？」

③「寵辱」二句，《老子》：「寵辱若驚，貴大患若身。何謂寵辱？辱爲下，得之若驚，失之若驚，是

謂寵辱若驚。」舊家時，舊時，前時。

浣溪沙

別成上人，并送性禪師〔一〕①

梅子熟時到幾回〔二〕②，桃花開後不須猜③。重來松竹意徘徊④。慣聽禽聲應可譜〔三〕，飽觀魚陣已能排⑤。晚雲挾雨喚歸來〔四〕⑥。

【校】

〔一〕「成」，《六十名家詞》本作「澄」，此從廣信書院本、四卷本乙集。

〔二〕「熟」，廣信書院本作「生」，此從四卷本。

〔三〕「應」，四卷本作「渾」。

〔四〕「雲」，王詔校刊本、《六十名家詞》本、四印齋本作「風」。

【箋注】

①題，成上人，疑即成禪師。《羅湖野録》卷一、《五燈會元》卷一四皆有記載。然不詳是否即與稼

軒交遊之成上人。若作澄上人，則王之道《相山集》卷三《題澄上人頤庵》詩：「春風入城郭，古寺花開時。廣庭積雨過，紅紫初紛披。偶逢頤庵人，强丐頤庵詩。是庵清而虚，底事名爲頤。南陵有徐子，頃嘗吏於斯。作字妙羲獻，學易深坎離。慎言與節飲，卦象不可欺。君看命名意，往往只在兹。」王之道即淳熙八年彈劾稼軒之監察御史王藺之父，年輩略早於稼軒。然頤庵澄上人事歷亦不詳。上人者，本爲佛弟子之稱。性禪師，周孚《蠹齋鉛刀編》卷三〇《銘性上人朴庵文》，王灼《頤庵文集》卷三亦有《送性上人》詩，《北磵集》卷六則有《吴江性上人擬濠上游》詩，事歷均不詳。右詞作年無考，據韓淲和章稱稼軒爲辛卿，及稼軒右詞之「重來」語，則應在自閩地歸來之後所作，或即其歸來之初，因次於此。

②「梅子」句，《景德傳燈録》卷七：「明州大梅山法常禪師者，襄陽人也。姓鄭氏，幼歲從師於荆州玉泉寺，初參大寂，問如何是佛，大寂云：『即心即佛。』師即大悟。唐貞元中，居於天台山餘姚南七十里梅子真舊隱。……大寂聞師住山，乃令一僧到問云：『和尚見馬師得箇什麽，便住此山？』師云：『馬師向我道即心即佛，我便向遮裏住。』僧云：『馬師近日佛法又别。』師云：『作麽生别？』僧云：『近日又道非心非佛。』師云：『遮老漢惑亂人未有了日，任汝非心非佛，我只管即心是佛。』其僧回，舉似馬祖，祖云：『大衆，梅子熟也。』（僧問禾山大梅，恁麽道意作麽生，云真師子兒。）自此學者漸臻，師道彌著。」《五燈會元》卷三於「梅子熟也」後有「龐居士聞之，欲驗師實，特去相訪，纔相見，士便問：『久嚮大梅，未審梅子熟也未？』師曰：『熟也。你

向甚麽處下口？』」士曰：『百雜碎。』師伸手曰：『還我核子來。』」云云，可補《傳燈録》未著。按：此馬師、馬祖即大寂也。

③「桃花」句，《景德傳燈録》卷一一：「福州靈雲志勤禪師，本州長溪人。初在潙山，因桃花悟道，有偈曰：『三十年來尋劍客，幾逢落葉抽幾枝。自從一見桃花後，直到如今更不疑。』」

④「重來」句，劉言史《贈成鍊師四首》詩：「花冠蕊帔色嬋娟，一曲清簫淩紫煙。不知今日重來意，更住人間幾百年。」

⑤魚陣，謂魚羣變化，如同戰陣。皮日休《報恩寺南池聯句》詩：「坐來魚陣變，吟久菊香多。」

⑥「晚雲」句，王安石《江上》詩：「江北秋陰一半開，晚雲含雨却低徊。」吴幵《優古堂詩話·二十八字媒》條：「『白藕作花風已秋，不堪殘睡更回頭。晚雲帶雨歸飛急，去作西窗一夜愁。』此趙德麟細君王氏所作也。德麟既鰥居，因見此篇，遂與之爲親。余以爲二十八字媒也。」

【附録】

韓滮仲止和詞

浣溪沙　和辛卿壁間韻

只恐山靈俗駕回，海鷗飛下莫驚猜。機心消盡重徘徊。　宿雨乍晴千澗落，曉雲微露兩山排。新苗時冀好風來。（《澗泉詩餘》）

又

種梅菊〔一〕①

百世孤芳肯自媒，直須詩句與推排②。不然喚近酒邊來〔二〕。　自有淵明方有菊〔三〕，若無和靖即無梅。只今何處向人開。

【校】

〔一〕題，廣信書院本原闕，此據四卷本乙集補。

〔二〕「近」，《六十名家詞》本作「起」。

〔三〕「淵明」，廣信書院本、《六十名家詞》本原作「陶潛」，此據四卷本改。

【箋注】

①題，右詞廣信書院本次第，與前詞並列，大體上應爲慶元二年之前尚在帶湖時所作，故彙編於慶元元年。

②「百世」二句，肯，豈也。推排，口語，估算、考評。南宋晚期賈似道曾行使經界推排法。

浪淘沙

賦虞美人草①

不肯過江東②，玉帳匆匆。只今草木憶英雄〔一〕③。唱着虞兮當日曲④，便舞春風。　兒女此情同，往事朦朧。湘娥竹上淚痕濃⑤，舜蓋重瞳堪痛恨〔二〕，羽又重瞳⑥！

【校】

〔一〕「只」，四卷本乙集、《全芳備祖》後集卷一一、《花草粹編》卷九作「至」，此從廣信書院本。

〔二〕「蓋」，《全芳備祖》、《花草粹編》、《六十名家詞》本作「目」。

【箋注】

①題，右詞作年無考，依廣信書院本次第，作年應在慶元之初。虞美人草，《夢溪筆談》卷五《樂律》：「高郵人桑景舒，性知音，聽百物之聲，悉能占其災福，尤善樂律。舊傳有虞美人草，聞人作《虞美人曲》，則枝葉皆動，他曲不然。景舒試之，誠如所傳，乃詳其曲聲，曰：『皆吴音也。』他日取琴試用吴音製一曲，對草鼓之，枝葉亦動。……今《虞美人操》盛行於江湖間，人亦莫知

其如何者爲吴音。」《朱子語類》卷八七《小戴禮》：「如虞美人草，聞人歌《虞美人》詞與吴詞則自動。」《蜀中廣記》卷六一：「虞美人草，亦謂之舞草，獨莖三葉，狀如決明。一葉在莖端，兩葉居莖半而相對。人或近之，抵掌謳曲，必動揺如舞也。《酉陽雜俎》、《益州草木記》以爲雅州名山縣，出行人唱《虞美人曲》，則應拍而舞。《蜀志補罅》以爲潼川州紫蓋山出，動中音節，移植他所則否。唐人舊曲云：『帳中草草軍情變，月下旌旗亂。攬衣推枕愴離情，遠風吹下楚歌聲正三更。烏騅欲上重相顧，豔態花無主。手中蓮鍔凛秋霜，九泉歸去是仙鄉恨茫茫。』按此屬詠虞美人事，而宋景文獨以虞當作娱，意其草柔纖爲歌氣所動，故或動揺美人，以爲娱樂耳。」

②「不肯」句，《史記》卷七《項羽本紀》：「於是項王乃欲東渡烏江。烏江亭長檥船待，謂項王曰：『江東雖小，地方千里，衆數十萬人，亦足王也。願大王急渡，今獨臣有船，漢軍至，無以渡。』項王笑曰：『天之亡我，我何渡爲？且籍與江東子弟八千人渡江而西，今無一人還，縱江東父兄憐而王我，我何面目見之？縱彼不言，籍獨不愧於心乎？』」李清照《烏江》詩：「生當作人傑，死亦爲鬼雄。至今思項羽，不肯過江東。」

③「玉帳」句至此，《碧雞漫志》：「曾子宣夫人魏氏作《虞美人草行》，有云：『三軍散盡旌旗倒，玉帳佳人坐中老。香魂夜逐劍光飛，青血化爲原上草。』」

④「唱着」句，《項羽本紀》：「項王軍壁垓下，兵少食盡，漢軍及諸侯兵圍之數重。夜聞漢軍四面皆楚歌，項王乃大驚曰：『漢皆已得楚乎？是何楚人之多也！』項王則夜起飲帳中，有美人名

虞，常幸從，駿馬名騅，常騎之。於是項王乃悲歌忼慨，自爲詩曰：『力拔山兮氣蓋世，時不利兮騅不逝。騅不逝兮可奈何？虞兮虞兮奈若何！』歌數闋，美人和之，項王泣數行下。」

⑤「湘娥」句，見本書卷八《蝶戀花·客有和燕語人啼人乍遠之句用爲首句》詞（燕語鶯啼人乍遠闋）箋注。

⑥「舜蓋」二句，《項羽本紀》：「吾聞之周生曰：『舜目蓋重瞳子。』又聞項羽亦重瞳子。羽豈其苗裔邪？何興之暴也！」

虞美人　賦虞美人草

當年得意如芳草，日日春風好。拔山力盡忽悲歌，飲罷虞兮從此奈君何①。人間不識精誠苦，貪看青青舞。蘙然斂衼却亭亭〔一〕，怕是曲中猶帶楚歌聲②。

【校】

〔一〕「蘙然」句，「衼」，《全芳備祖》後集卷一一作「袓」，「亭亭」，《全芳備祖》作「無音」。

【箋注】

①「拔山」二句，見上闋《浪淘沙·賦虞美人草》詞（不肯過江東闋）箋注。

②「怕是」句，《項羽本紀》於「美人和之」語後注引《楚漢春秋》，謂虞美人之歌爲：「漢兵已略地，四面楚歌聲。大王意氣盡，賤妾何聊生？」

玉樓春①

風前欲勸春光住，春在城南芳草路。未隨流落水邊花，且作飄零泥上絮②。　鏡中已有星星誤③，人不負春春自負。夢回人遠許多愁，只在梨花風雨處。

【箋注】

①題，右詞無題，與下一首皆即事之作，以詞有「春在城南」語，知尚居於帶湖時，姑次於慶元元年春。

②「未隨」二句，水邊花，黄庭堅《木蘭花令·庾元鎮四十兄庭堅四十年翰墨故人庭堅假守當塗元鎮窮不出入州縣席上作樂府長句勸酒》詞：「庾郎三九常安樂，使有萬錢無處著。徐熙小鴨水邊花，明月清風都占却。」泥上絮，《冷齋夜話》卷六《東坡稱賞道潛詩》條：「東吳僧道潛有標

致，……坡移守東徐，潛往訪之，館於逍遥堂，士大夫争欲識面。東坡饌客罷，與俱來，而紅妝擁隨之。東坡遣一妓前，乞詩，潛援筆而成，曰：『寄語巫山窈窕娘，好將魂夢惱襄王。禪心已作沾泥絮，不逐春風上下狂。』一座大驚，自是名聞海内。」

③星星誤，《藝文類聚》卷一七左思《白髮賦》：「星星白髮，生於鬢垂。雖非青蠅，穢我光儀。」嚴維《書情獻相公》詩：「年來白髮欲星星，誤却生涯是一經。」

又

三三兩兩誰家女〔一〕①？聽取鳴禽枝上語。提壺沽酒已多時，婆餅焦時須早去②。醉中忘却來時路，借問行人家住處。只尋古廟那邊行，更過溪南烏桕樹③。

【校】

〔一〕「女」，廣信書院本原作「婦」，此據四卷本丙集改。

【箋注】

①「三三」句，張詠《二月二日游寶歷寺馬上作》詩：「春游千萬家，美女顔如花。三三兩兩映花

立，飄飄似欲乘煙霞。」柳永《夜半樂》詞：「岸邊兩兩三三，浣紗遊女。」

②「提壺」二句，黄庭堅《演雅》詩：「提壺猶能勸沽酒，黄口只知貪飯顆。」任淵《山谷内集詩注》卷一：「提壺，鳥名。梅聖俞《四禽言》曰：『提壺蘆，沽美酒，風爲賓，樹爲友。山花撩亂目前開，勸爾今朝千萬壽。』」婆餅焦，亦禽言。釋道潛《千頃廨院觀司馬才仲遺墨次韻》詩：「濛濛春雨暗村橋，竹裏禽啼婆餅焦。」

③烏桕樹，（同治）《鉛山縣志》卷五《物産》：「烏桕，樹高數仞，葉似梨杏，五月開細花，黄白色，冬月結白子，可以壓油燃燈，爲利甚溥。」

添字浣溪沙①

日日閑看燕子飛，舊巢新壘畫簾低。玉曆今朝推戊己，住銜泥〔一〕②。　先自春光留不住③，那堪更着子規啼。一陣晚香吹不斷，落花溪。

【校】

〔一〕「住」，王詔校刊本、《六十名家詞》本、四印齋本作「却」，此從廣信書院本。

【箋注】

①題，右詞無題，與賞山茶同調詞皆家居生活之作，因次於慶元元年。

②「玉曆」二句，李石《續博物志》卷六：「燕銜土避戊己日，則巢固而不傾。」《爾雅翼》卷一五《燕》：「燕之來去皆避社。又戊己日不取土，以戊己字書其巢上，則去之，豈社主於土？戊己又土位，土尅水，燕之所爲避歟？《説文》：燕作巢，避戊己。」

③先自，本自，已自。

又〔一〕 與客賞山茶，一朵忽墮地，戲作①

酒面低迷翠被重，黄昏院落月朦朧②。墮髻啼妝孫壽醉，泥秦宫③。　試問花留春幾日，略無人管雨和風。瞥向緑珠樓下見，墜殘紅④。

【校】

〔一〕調，四卷本丙集作「浣溪沙」，此從廣信書院本。

【箋注】

①題，山茶，〔乾隆〕《上饒縣志》卷三：「山茶開於雪時，有單葉千葉之異，別有深紅者，名寶珠。」

②「酒面」二句，酒面低迷，酒面謂山茶之紅花。翠被謂緑葉。謝逸《菩薩蠻》詞：「花影轉廊腰，紅添酒面潮。」低迷，模糊。黄昏院落，指帶湖篆岡。本書卷一〇《踏莎行·庚戌中秋後二夕帶湖篆岡小酌》詞：「夜月樓臺，秋香院宇，笑吟吟地人來去。」

③「墮髻」二句，《後漢書》卷六四《梁冀傳》：「冀妻孫壽，爲襄城君兼食陽翟租，歲入五千萬，加賜赤紱，比長公主。壽色美而善爲妖態，作愁眉啼妝、墮馬髻、折腰步、齲齒笑，以爲媚惑。冀亦改易輿服之制作，……壽性鉗忌，能制御冀，冀甚寵憚之。……冀愛監奴秦宫，官至太倉令，得出入壽所。壽見宫，輒屏御者，託以言事，因與私焉。宫内外兼寵，威權大震。」泥，同昵。軟纏之意。白居易《遣悲懷三首》詩：「顧我無衣搜藎篋，泥他沽酒拔金釵。」

④「暫向」二句，《晉書》卷三三《石崇傳》：「時趙王倫專權，崇甥歐陽建與倫有隙。崇有妓曰緑珠，美而豔，善吹笛。孫秀使人求之，崇時在金谷别館，方登涼臺，臨清流，婦人侍側。使者以告崇，盡出其婢妾數十人以示之。……使者曰：『君侯服御麗則麗矣，然本受命指索緑珠，不識孰是？』崇勃然曰：『緑珠吾所愛，不可得也。』……崇竟不許，秀怒，乃勸倫誅崇、建。崇、建亦潛知其計，乃與黄門郎潘岳陰勸淮南王允、齊王冏以圖倫、秀。秀覺之，遂矯詔收崇及潘岳、歐陽建等。崇正宴於樓上，介士到門，崇謂緑珠曰：『我今爲爾得罪。』緑珠泣曰：『當效死於官

前。』因自投於樓下而死。」

又 答傅巖叟酬春之約〔一〕①

春意纔從梅裏過，人情都向柳邊來。咫尺東家還又有，海棠開。

豔杏妖桃兩行排，莫攜歌舞去相催②。次第未堪供醉眼，去年栽③。

【校】

〔一〕題，四卷本丙集作「偶作」，此從廣信書院本。

【箋注】

①題，傅巖叟，名爲棟，鉛山人。陳文蔚《克齋集》中涉及傅巖叟之處頗多，卷一〇《傅講書生祠堂記》載：「鉛山傅巖叟，幼親師學，肄儒業，抱負不凡，壯而欲行愛人利物之志，命與時違，抑而弗信。……遇歲歉若霖潦，鄰里艱食，則捐金粟以賑之。……歲己未，穀頻年不熟，民間嗷嗷。州家以爲憂，檄永豐丞林君汝臯至邑勸分。父老相率詣林自言，謂公不待勸分，先已捐直發廩，

且能遍諭鄉之諸豪，謂閉糴非所以恤災。林以是深相歸重。會先是，邑之多士亦以白令尹，父老之言益信，即以事聞之郡，郡聞之臺。既覈得其實，則轉以申省。時稼軒辛公有時望，欲諷廟堂奏官之。巖叟以非其志辭，辛不能奪，議遂寢。節目具存，尚可覆也。……人感之深，即其所居之側玉虛道宫闢室，肖容而表敬焉。……巖叟雖無軒冕之榮，開徑延賓，竹深荷浄，暇時勝日，飲酒賦詩，自適其適，不知有王公之貴，豈非憂人之憂，故能樂己之樂，是不可以不書，因亦附見云。巖叟名爲棟，嘗爲鄂州州學講書。嘉定四年歲重光協洽閏月戊子，上饒陳某記。」右詞爲傅巖叟報謝春約詞之答詞，據「去年」句，知尚作於鉛山營建居第之初。因次於慶元元年春。

②「豔杏」二句，豔杏妖桃，柳永《剔銀燈》詞：「豔杏夭桃，垂楊芳草，各鬥雨膏煙膩。」歌舞相催，李白《過汪氏别業二首》詩：「酒酣欲起舞，四座歌相催。」

③「次第」二句，供醉眼，劉敞《閏月朔日寄府公給事二首》詩：「韶華供醉眼，未負黑頭翁。」自注：「紅翠，府公宅歌舞者名。」次第，匆匆也。《詩詞曲語辭匯釋》謂此二句「意言去年新栽之桃杏，匆匆急就，未堪供賞也」。

又

用韻謝傅巖叟瑞香之惠①

句裏明珠字字排，多情應也被春催②。怪得名花和淚送③，雨中栽。赤腳未安芳斛穩，蛾眉早把橘枝來④。報道錦薰籠底下，麝臍開⑤。

【箋注】

①題，〔雍正〕《浙江通志》卷一〇三：「瑞香花，譜出明州，又名睡香，處處庭院植之。王十朋《瑞香花》詩：『長向春前臘後開，要將風味鬥梅魁。』」

②「多情」句，歐陽澈《春意五絶》詩：「多情苦被春催柳，帶眼無端覺屢移。」

③「怪得」句，李德裕《會昌一品集》别集卷九《平泉山居草木記》後，引《劇談録》：「有題平泉詩曰：『隴右諸侯供語鳥，日南太守送名花。』」陳師道《謝王立之送花》詩：「過雨生泥風作塵，馬蹄聲裏度芳辰。城南居士風流在，時送名花與報春。」怪得，難怪。

④「赤腳」二句，赤腳謂婢，蛾眉謂侍女。韓愈《寄盧仝》詩：「一奴長鬚不裹頭，一婢赤腳老無齒。」芳斛，未見，疑爲斛形插花器具。

⑤「報道」二句，《咸淳臨安志》卷五八：「瑞香，舊真覺院有此花。東坡詩云：『幽香結淺紫，來自孤雲峰。骨香不自知，色淺意殊深。』云云。今馬塍種最多，大者名錦薰籠。」釋覺範《次韻真覺大師瑞香花》詩：「淺色鬧花堂，清寒薰夜香。應持燕尾剪，破此麝臍囊。」

菩薩蠻①

淡黄弓樣鞋兒小②，腰肢只怕風吹倒。驀地管絃催，一團紅雪飛③。　曲終嬌欲訴，定憶梨園譜④。指日按新聲，主人朝玉京。

【箋注】

①題，《菩薩蠻》二首，右無題，廣信書院本未收，見於四卷本之乙丙二集，皆爲席間主人侍姬而作者。據「朝玉京」句，殆所送者爲赴行在之人。其作年疑莫能考，故次於止酒之前。

②弓樣鞋兒小，舒亶《卜算子·荅》詞：「留得佳人蓮步痕，宫樣鞋兒小。」向子諲《菩薩蠻》詞：「襪兒窄剪鞋兒小，文鴛並影雙雙好。」按：弓樣鞋，舞鞋也。《宋史全文》卷一〇：「治平元年六月戊午，淮陽郡王府翊善王陶爲潁王府翊善，淮陽郡王府記室參軍韓維爲諸王府記室參軍，侍講孫思恭爲諸王府侍講。潁王性謙虚，眷禮宫僚，遇維尤厚。一日侍王坐，近侍以弓樣靴進，維進曰：『王安用舞靴？』王亟令毁去。」《庶齋老學叢談》卷中下：「曹東畎赴省，陸行良苦，以詞自慰其足云：『……我去轉得官歸，恁時賞你，穿對朝靴。安排你在轎兒裏，更選箇弓樣

鞋，夜間伴你。』」後於稼軒之詩人劉克莊，其《同孫季蕃游浄居庵》詩亦有「弓樣展來靴尚窄，黛痕剃出頂新涼」句，可知宋代之弓樣鞋，如上絃月，頭上翹，便於舞蹈旋轉，非元明以後女子纏足之尖頭鞋也。

③「驀地」二句，《西湖遊覽志餘》卷一六：「與淑真同時有魏夫人者，亦能詩，嘗置酒以邀淑真，命小鬟隊舞，因索詩，以飛雪滿羣山爲韻。淑真醉中，援筆賦五絶云：『管絃催上錦裀時，體態輕盈祇欲飛。』」

④梨園譜，《唐會要》卷三四：「開元二年，上以天下無事，聽政之暇，於梨園自教法曲，必盡其妙，謂之皇帝梨園弟子。」

又

贈周國輔侍人①

畫樓影蘸清溪水，歌聲響徹行雲裏。簾幕燕雙雙，緑楊低映窗。　曲中特地誤，要試周郎顧②。醉裏客魂消，春風大小喬③。

【箋注】

①題，周國輔，應爲上饒人。《福建金石志》卷一一《韓元豹等烏石山題名》：「潁川韓元豹德文、

浚儀趙崇復仁翁、延平余談原中、廬陵周必賢君舉、上饒周瑋德輔，暇日把酒道山，小憩竹石之下，坐待月華，一笑而去。僧妙觀同遊。嘉定壬申重陽復前七日。」壬申爲嘉定五年。疑上饒之周德輔，或即國輔之兄弟行。

②「曲中」二句，見本書卷九《菩薩蠻·雙韻賦摘阮》詞（阮琴斜掛香羅綬闋）箋注。

③「春風」句，《三國志·吴書》卷九《周瑜傳》：「以瑜恩信著於廬江，出備牛渚，後領春穀長頃之策，欲取荆州，以瑜爲中護軍，領江夏太守，從攻晥，拔之。時得橋公兩女，皆國色也。策自納大橋，瑜納小橋。」注引《江表傳》：「策從容戲瑜曰：『橋公二女雖流離，得吾二人作婿，亦足爲歡。』」疑此周國輔侍女，亦如大小橋，同爲姊妹也。

蘭陵王

賦一丘一壑①

一丘壑，老子風流占却②。茅簷上，松月桂雲，脈脈石泉逗山脚③。尋思前事錯，惱殺，晨猿夜鶴④。終須是，鄧禹輩人，錦繡麻霞坐黄閣⑤。長歌自深酌。看天闊鳶飛，淵静魚躍⑥，西風黄菊香噴薄。悵日暮雲合，佳人何處？紉蘭結佩帶杜若⑦。入江海曾約〔一〕⑧。

遇合，事難託⑨。莫擊磬門前，荷蕢人過⑩。仰天大笑冠簪落⑪。待説與窮達，不須疑着。古來賢者，進亦樂，退亦樂⑫。

【校】

〔一〕「曾」，《六十名家詞》本、《四庫全書》本俱作「會」，此從廣信書院本。

【箋注】

①題，一丘一壑，猶言一山一水。《漢書》卷一〇〇上《叙傳》：「班氏之先與楚同姓，令尹子文之後也。……穉生彪，彪字叔皮，幼與從兄嗣共遊學，家有賜書，内足於財，好古之士，自遠方至。父黨揚子雲以下莫不造門。嗣雖修儒學，然貴老、嚴之術。桓生欲借其書，嗣報曰：『若夫嚴子者，絶聖棄智，修生保真，清虚澹泊，歸之自然。獨師友造化，而不爲世俗所役者也。漁釣於一壑，則萬物不奸其志。棲遲於一丘，則天下不易其樂。不絓聖人之罔，不齅驕君之餌，蕩然肆志，談者不得而名焉，故可貴也。』」《晉書》卷四九《謝鯤傳》：「每與畢卓、王尼、阮放、羊曼、桓彝、阮孚等縱酒，敦以其名高，雅相賓禮，嘗使至都，明帝在東宮見之，甚相親重，問曰：『論者以君方庾亮，自謂何如？』答曰：『端委廟堂，使百僚準則，鯤不如亮，一丘一壑，自謂過之。』」據詞中「尋思」、「惱殺」三句，知右詞作於閩中一行歸來未久。則右詞當作於瓢泉居第再次卜築

之後，應在慶元元年秋。另據詞中「脈脈石泉」語，知稼軒所謂一丘一壑，應即指瓢泉所對之瓜山與五堡洲之間紫溪水，亦即《祝英臺近》詞「水縱横，山遠近，拄杖占千頃」數語所涵蓋之瓢泉居址也。吴則虞謂爲「帶湖所作之樓名」，誤。

②「老子」句，占却，占盡，謂占盡風流也。

③「脈脈」句，石泉，瓢泉也。逗，近也，到也。杜甫《將别巫峽贈南卿兄瀼西果園四十畝》詩：「殘生逗江漢，何處狎樵漁。」逗，一作逼。《杜詩詳注》卷二一：「《説文》：『逗，投合也。』」龔頤正《芥隱筆記·老杜用受字進字逗字》條：「老杜『受』字『進』字『逗』字，最用工夫。……『殘生逗江漢』、『遠逗錦江波』。陰鏗詩，有『行舟逗遠樹』。」

④晨猿夜鶴，見本書卷七《沁園春·帶湖新居將成》詞（三徑初成閿）箋注。

⑤「鄧禹」二句，《後漢書》卷四六《鄧禹傳》：「光武即位於鄗，使使者持節，拜禹爲大司徒。……禹時年二十四。」《南齊書》卷四七《王融傳》：「融自恃人地，三十内望爲公輔。直中書省，夜歎曰：『鄧禹笑人。』」可參本書卷六《滿江紅·送徐撫幹衡仲之官三山》詞（絶代佳人閿）箋注。錦繡麻霞坐黄閣，李賀《秦宫詩》：「禿衿小袖調鸚鵡，紫繡麻霞踏哮虎。」一本「麻霞」作「麻韍」。《箋注評點李長吉歌詩》卷三：「言踏虎，則麻霞必履舄屬。《説文》：『鞋跟曰韍。』……《唐文粹》，兩本作『霞』，一本作『韍』。夏商以草爲鞋，周以麻。」黄閣，三公府廳事。此三句謂黄閣非我等所坐，只有鄧禹輩人才能坐上公輔之位也。

⑥「看天」二句，《詩·大雅·旱麓》：「鳶飛戾天，魚躍於淵。豈弟君子，遐不作人。」

⑦「悵日」三句，日暮雲合，江淹《休上人怨别》詩：「西北秋風至，楚客心悠哉。日暮碧雲合，佳人殊未來。」紉蘭結佩帶杜若，《楚辭·離騷》：「扈江離與辟芷兮，紉秋蘭以爲佩。」注：「紉，索也，蘭，香草也，秋蘭芳佩飾也。」又同書《九歌·湘君》：「采芳洲兮杜若，將以遺兮下女。」同書《山鬼》：「君思我兮不得閑，山中人兮芳杜若。」杜若一名杜蘅，香草。

⑧「入江」句，《東坡全集》卷五一《上皇帝書》：「驅鷹犬而赴林藪，語人曰：『我非獵也。』不如放鷹犬而獸自馴。操網罟而入江海，語人曰：『我非漁也。』不如捐網罟而人自信。」

⑨「遇合」二句，遇合，《史記》卷一二五《佞幸列傳》：「諺曰：『力田不如逢年，善仕不如遇合。』固無虚言，非獨女以色媚，而仕宦亦有之。」難託，王安石《君難託》詩：「嫁時羅衣羞更著，如今始悟君難託。君難託，妾亦不忘舊時約。」

⑩「莫擊」二句，《論語·憲問》：「子擊磬於衛，有荷蕢而過孔氏之門者，曰：『有心哉，擊磬乎！』既而曰：『鄙哉硜硜乎！莫己知也，斯己而已矣。深則厲，淺則揭。』子曰：『果哉，末之難矣。』」注：「蕢，草器也。」

⑪「仰天」句，《史記》卷一〇八《滑稽列傳》：「威王八年，楚大發兵加齊，齊王使淳于髡之趙，請救兵，齎金百斤，車馬十駟。淳于髡仰天大笑，冠纓索絶。……髡曰：『……臣見其所持者狹，而所欲者奢，故笑之。』」

⑫「待説」句至此，《莊子·讓王》：「古之得道者，窮亦樂，通亦樂，所樂非窮通也。道德於此，則窮通爲寒暑風雨之序矣。」

卜算子　飲酒不寫書①

一飲動連宵，一醉長三日②。廢盡寒温不寫書〔一〕，富貴何由得③？　請看冢中人，冢似當年筆〔二〕④。萬札千言只恁休，且進杯中物⑤。

【校】

〔一〕「温」，四卷本丁集作「暄」，此從廣信書院本。

〔二〕「年」，《六十名家詞》本作「時」。

【箋注】

①題，右詞及同調皆用「且進杯中物」爲結句之二詞，當作於同時，即慶元元年冬。稼軒於慶元二年冬移居瓢泉五堡洲居地，其時正因病止酒。而因酒致疾，當即慶元元年冬及慶元二年春間

事，因次三詞於此。

②「一飲」二句，一飲連宵，白居易《和祝蒼華（蒼華髮神名）》詩：「痛飲困連宵，悲吟饑過午。」一醉三日，韋莊《中酒》詩：「一醉不知三日事，任他童稺作漁樵。」

③「廢盡」二句，寒温，《世説新語·品藻》：「王黄門兄弟三人，俱詣謝公。子猷、子重多説俗事，子敬寒温而已。」吴坰《五總志》：「崇寧乙酉，先子責居荆南，張才叔還自英州，感慨道舊之餘，詢諸故人，才叔曰：『魯直每有書來，寒温而已。』」據此得知，古人或相見，或通書信，噓問寒温乃最基本禮節。慶元改元以來，韓侂胄控制政權，貶逐趙汝愚，推行黨禁，以打擊趙、朱一黨。稼軒當此之際，乃斷絶同當權者之聯繫，雖託之爲飲酒不寫書，實因政見之不同耳。富貴何由得，杜甫《題柏學士茅屋》詩：「富貴必從勤苦得，男兒須讀五車書。」謂富貴乃從勤苦讀書而得，蓋古時事。近自慶元以來，士大夫附和黨禁學禁，取媚韓侂胄以取富貴者衆，固與富貴必自勤苦得有異矣。

④「請看」二句，《唐國史補》卷中：「長沙僧懷素好草書，自言得草聖三昧，棄筆堆積，埋於山下，號曰筆冢。」《太平廣記》卷二〇七引《尚書故實》：「永公住吴興永欣寺，積學書，後有禿筆頭十甕，每甕皆數千。人來覓書並請題額者如市，所居户限爲穿穴，乃用鐵葉裹之，謂爲鐵門限。後取筆頭瘞之，號爲退筆冢。」

⑤「萬札」二句，陶潛《責子》詩：「天運苟如此，且進杯中物。」只恁，只此。

又 飲酒成病

一箇去學仙，一箇去學佛。仙飲千杯醉似泥①，皮骨如金石。　不飲便康强，佛壽須千百。八十餘年入涅槃②，且進杯中物。

【箋注】

①醉似泥，《能改齋漫録》卷七《醉如泥》條：「後漢周澤，時人爲之語曰：『生世不諧，作太常妻。一歲三百六十日，三百五十九日齋，一日不齋醉如泥。』按稗官小説，南海有蟲無骨，名曰泥。在水中則活，失水則醉如一堆泥然。」李白《襄陽歌》：「傍人借問笑何事，笑殺山公醉似泥。」

②「八十」句，釋迦牟尼本古印度迦毗羅衛國浄飯王之子，二十九歲出家修道，覺悟成佛。八十歲時於拘尸那迦城示寂。佛家謂死爲涅槃。《法藏碎金録》卷四：「涅槃者，亦梵語也。原其理，得寂滅樂，非世間悦樂之樂也。」《景德傳燈録》卷一《釋迦牟尼佛》：「爾時世尊至拘尸那城，告諸大衆：『吾今背痛，欲入涅槃。』即往熙連河側娑羅雙樹下，右脇累足，泊然宴寂。」

又 飲酒敗德〔一〕

盗跖儻名丘，孔子還名跖〔二〕。跖聖丘愚直到今〔三〕，美惡無真實〔四〕①。　簡策寫虚名〔五〕，螻蟻侵枯骨。千古光陰一霎時，且進杯中物。

【校】

〔一〕題，《六十名家詞》本作「飲酒」，此從廣信書院本。

〔二〕「還」，王詔校刊本、《六十名家詞》本、四印齋本作「如」。

〔三〕「到」，四卷本丁集作「至」。

〔四〕「無真實」，《六十名家詞》本作「元無別」。

〔五〕「策」，四卷本作「册」。

【箋注】

①「盗跖」四句，《莊子·盗跖》：「孔子與柳下季爲友，柳下季之弟名曰盗跖。盗跖從卒九千人，

横行天下，侵暴諸侯，穴室樞户，驅人牛馬，取人婦女，貪得忘親，不顧父母兄弟，不祭先祖，所過之邑，大國守城，小國入保，萬民苦之。……往見盜跖。……盜跖大怒曰：『……今子修文武之道，掌天下之辯，以教後世。縫衣淺帶，矯言僞行，以迷惑天下之主而欲求富貴焉。盜莫大於子，天下何故不謂子爲盜丘，而乃謂我爲盜跖？』」

醜奴兒①

近來愁似天來大②，誰解相憐？誰解相憐，又把愁來做箇天。　都將今古無窮事，放在愁邊。放在愁邊，却自移家向酒泉③。

【箋注】

①題，右詞無題，據詞意，知爲止酒之前痛飲潦倒之作，故次於此。

②愁似天來大，廖行之《點絳唇・和梁從善》詞：「過客情那可，愁似天來大。」

③移家向酒泉，《漢書》卷二八下《地理志》下：「酒泉郡。武帝太初元年開。……其水若酒，故曰酒泉也。……舊俗傳云，城下有金泉，泉味如酒。」杜甫《飲中八仙歌》：「汝陽三斗始朝天，道

逢麴車口流涎，恨不移封向酒泉。」

水龍吟

愛李延年歌、淳于髡語，合爲詞，庶幾《高唐》、《神女》、《洛神賦》之意云①

昔時曾有佳人，翩然絶世而獨立。未論一顧傾城，再顧又傾人國，寧不知其，傾城傾國，佳人難得〔一〕。看行雲行雨，朝朝暮暮，陽臺下，襄王側②。堂上更闌燭滅，記主人留髡送客。合尊促坐，羅襦襟解，微聞薌澤③。當此之時，止乎禮義，不淫其色④。但啜其泣矣，啜其泣矣，又何嗟及⑤？

【校】

〔一〕「佳人難得」，「人」後廣信書院本原有「再」字，此據四卷本丙集删。

【箋注】

①題，李延年歌，即「北方有佳人」之歌，見《漢書》卷九七《外戚傳》，可參本書卷七《滿江紅・席間

和洪景盧舍人兼簡司馬漢章大監》詞（天與文章閿）箋注。淳于髡語，見以下箋注。《高唐》、《神女賦》，皆宋玉所作。《洛神賦》，爲曹植作。右詞檃括李延年《佳人歌》與淳于髡語，當必作於止酒期之前痛飲潦倒之際，故附於《卜算子》三詞之後。

②「看行」四句，《文選》卷一七宋玉《高唐賦》：「昔者楚襄王與宋玉遊於雲夢之臺，望高唐之觀，其上獨有雲氣崒兮直上，忽兮改容，須臾之間，變化無窮。……昔者先王嘗遊高唐，怠而晝寢，夢見一婦人曰：『妾巫山之女也，爲高唐之客，聞君遊高唐，願薦枕席。』王因幸之。去而辭曰：『妾在巫山之陽，高丘之阻。旦爲朝雲，暮爲行雨。朝朝暮暮，陽臺之下。』旦朝視之，如言，故爲立廟，號曰朝雲。」注：「朝雲行雨，神女之美也。」

③「堂上」句至此，《史記》卷一二六《滑稽列傳》：「淳于髡者，齊之贅婿也。長不滿七尺，滑稽多辯，數使諸侯，未嘗屈辱。……威王八年，楚大發兵加齊，齊王使淳于髡之趙請救兵，齎金百斤，車馬十駟。淳于髡仰天大笑。冠纓索絶。……楚聞之，夜引兵而去。威王大説，置酒後宮，召髡賜之酒，問曰：『先生能飲幾何而醉？』髡對曰：『臣飲一斗亦醉，一石亦醉。』威王曰：『先生飲一斗而醉，惡能飲一石哉？其説可得聞乎？』髡曰：『……若乃州閭之會，男女雜坐，行酒稽留，六博投壺，相引爲曹，握手無罰，目眙不禁，前有墮珥，後有遺簪，髡竊樂此飲，可八斗而醉二參。日暮酒闌，合尊促坐，男女同席，履舄交錯，杯盤狼藉，堂上燭滅，主人留髡而送客，羅襦襟解，微聞薌澤，當此之時，髡心最歡，能飲一石。』」

④「止乎」二句，《毛詩·周南·關雎序》：「至於王道衰，禮義廢，政教失，國異政，家殊俗，而變風變雅作矣。……故變風發乎情，止乎禮義。發乎情，民之性也。止乎禮義，先王之澤也。……《周南》、《召南》，正始之道，王化之基，是以《關雎》樂得淑女以配君子，憂在進賢，不淫其色。哀窈窕，思賢才，而無傷善之心焉，是《關雎》之義也。」

⑤「但啜」三句，《詩·王風·中谷有蓷》：「中谷有蓷，暵其濕矣。有女仳離，啜其泣矣。啜其泣矣，何嗟及矣。」

賀新郎

和徐斯遠下第謝諸公載酒相訪韻〔一〕①

逸氣軒眉宇②。似王良輕車熟路，驊騮欲舞③。我覺君非池中物，咫尺蛟龍雲雨④。時與命猶須天付〔二〕⑤。蘭珮芳菲無人問，歎靈均欲向重華訴⑥。空壹鬱〔三〕，共誰語⑦。

兒曹不料揚雄賦。怪當年《甘泉》誤說，青葱玉樹⑧。風引船回滄溟闊，目斷三山伊阻⑨。但笑指吾廬何許，門外蒼官三百輩〔四〕，盡堂堂八尺鬚髯古⑩。誰載酒，帶湖去？

【校】

〔一〕題，廣信書院本「相訪」二字原闕，此據四卷本丁集補。

〔二〕「付」，廣信書院本原作「賦」，此據四卷本改。

〔三〕「壹」，《六十名家詞》本作「鬱」，此從廣信書院本。

〔四〕「三」，四卷本作「千」。

【箋注】

①題，此謂徐斯遠因落第後，諸友載酒相訪，有回謝之詞，故次其韻。其事在何年，《稼軒詞編年箋注》謂據劉宰文推知在慶元二年。查慶元二年丙辰爲省試之年。劉宰《漫塘集》卷一九《送洪季揚揚祖教授横州序》：「紹熙庚戌，余與嚴陵洪叔誼兄弟同登進士第。慶元乙卯，又與叔誼同校文上饒，事竟，復同塗歸。」其校文上饒在慶元元年。卷六《回艾節幹慶長書》又載：「徐斯遠尚友好學，安貧守道，不愧古人。頃歲校文上饒，惟以親得此人爲喜，所惠詩文三册。」則徐斯遠領鄉薦必在慶元元年秋，翌年赴行在省試不利，遂歸上饒，其或在慶元二年春。右詞即徐斯遠落第後所作。徐斯遠名文卿，玉山人。《直齋書録解題》卷一五：「《蕭秋詩集》一卷，玉山徐文卿斯遠作。《蕭秋詩》四言九章，章四句，趙蕃昌甫而下和者十三人，紹熙辛亥也。趙汝談履常亦與焉。後三十三年，嘉定癸未，乃序而刻之。文卿晚第進士，未授官而死，有詩見《江湖集》。」方回《瀛奎律髓》卷二三《雨後到南山村家》詩後跋：「樟丘徐文卿字斯遠，信州玉山人，嘉定四年進士。與趙昌父、韓仲止聲名伯仲。前詩中四句俱雅淡，後詩五六工。」徐斯遠與趙蕃、韓淲

並稱，語見《朱子語類》卷一四〇《論文》下：「或問趙昌父、徐斯遠、韓仲止，曰：『昌父較愻惻。』又問三兄詩文，曰：『斯遠詩文雖小，畢竟清。』（文蔚）」又見劉宰《回艾節幹慶長書》，謂三人爲「信上三君子」。《水心集》卷一二《徐斯遠文集序》：「斯遠盡平生，文纔二十餘首，首輒精善，疑其親自料揀，應留者止此爾。……斯遠有物外不移之好，負山林沉痼之疾，而師友問學，小心抑畏，異方名聞之士，未嘗不遐歎長想，千里而同席也。……斯遠與趙昌父、韓仲止扶植遺緒，固窮一節，難合而易忤，視榮利如土梗，以文達志，爲後生法。凡此皆强於善者之所宜知也。」

②「逸氣」句，《魏書》卷七二《路思令傳》：「思略弟思令，字季儁。……時天下多事，思令乃上疏曰：『……竊以比年以來，將帥多是寵貴子孫，軍幢統領亦皆故義託附、貴戚子弟，未經戎役。至於銜杯躍馬，志逸氣浮，軒眉攘腕，便以攻戰自許。及臨大敵，怖懼交懷，雄圖鋭氣，一朝頓盡。』」

③「似王」二句，王良輕車熟路，《淮南子·覽冥訓》：「昔者王良、造父之御也，上車攝轡，馬爲整齊而斂諧，投足調均，勞逸若一，心怡氣和，體便輕畢。安勞樂進，馳騖若滅。左右若鞭，周旋若環，世皆以爲巧，然未見其貴者也。」注：「王良，晉大夫御無恤子良也。所謂御良也。一名孫無政，爲趙簡子御。」韓愈《昌黎集》卷二一《送石洪處士赴河陽參謀序》：「先生居嵩、邙、瀍、穀之間，冬一裘，夏一葛，朝夕飯一盂，蔬一盤。……與之語道理，辨古今事當否，論人高下，事後

當成敗，若河决下流而東注，若駟馬駕輕車就熟路，而王良、造父爲之先後也。」驊騮，《荀子·性惡》：「驊騮、騹驥、纖離、緑耳，此皆古之良馬也。然而前必有銜轡之制，後有鞭策之威，加之以造父之馭，然後一日而致千里也。」驊騮，爲周穆王八駿之一。

④「我覺」二句，《三國志·吴書》卷九《周瑜傳》：「劉備以梟雄之姿，而有關羽、張飛熊虎之將，必非久屈爲人用者。愚謂大計宜徙備置吴，盛爲築宫室，多其美女玩好，以娱其耳目，分此二人，各置一方，使如瑜者得挾與攻戰，大事可定也。今猥割土地以資業之，聚此三人俱在疆埸，恐蛟龍得雲雨，終非池中物也。」

⑤「時與」句，韓愈《駑驥》詩：「駑駘謂騏驥，餓死余爾羞。有能必見用，有德必見收。孰云時與命，通塞皆自由。」曹松《言懷》詩：「此道須天付，三光幸不私。」蘇軾《與毛令方尉游西菩寺二首》詩：「人生此樂須天付，莫遣兒郎取次知。」

⑥「蘭珮」二句，《楚辭·離騷》：「名余曰正則兮，字余曰靈均。……扈江離與辟芷兮，紉秋蘭以爲佩。……佩繽紛其繁飾兮，芳菲菲其彌章。……濟沅湘以南征兮，就重華以陳詞。」

⑦「空壹」二句，壹鬱，同抑鬱。《文選》卷六〇賈誼《弔屈原賦》：「已矣，國其莫吾知兮，子獨壹鬱其誰語？」共誰語，韓愈《送文暢師北遊》詩：「詭製怛巾襪，幽窮共誰語。」曾鞏《送歐陽員外歸覲滁州舍人》詩：「深秋影雖清，孤懷共誰語。辱子問吾廬，煇如就賓廡。」

⑧「兒曹」三句，兒曹，謂左思輩。不料，有不知不明之義。左思於《三都賦序》中妄評揚雄諸賦，猶

如考官不知徐斯遠程文之妙，故藉左思事以貶之。則不料，乃謂其不能明了其賦也。青葱玉樹，揚雄《甘泉賦》語。《揚子雲集》卷五《甘泉賦》：「翠玉樹之青葱兮，璧馬犀之瞵㻞。」《文選》卷四左思《三都賦序》：「然相如賦《上林》而引盧橘夏熟，揚雄賦《甘泉》而陳玉樹青葱，班固賦《西都》而歎以出比目，張衡賦《西京》而述以遊海若，假稱珍怪，以爲潤色。若斯之類，匪啻於兹。考之果木，則生非其壤，校之神物，則出非其所。於辭則易爲藻飾，於義則虚而無徵。」王灼《碧雞漫志》：「按《國史纂異》：『雲陽縣多漢離宫，故地有樹似槐而葉細，土人謂之玉樹。』揚雄《甘泉賦》『玉樹青葱』，左思以爲『假稱珍怪』者，實非也，似之而已。予謂雲陽既有玉樹，即《甘泉賦》中未必假稱。」

⑨「風引」二句，《史記》卷二七《封禪書》：「自威、宣、燕昭，使人入海求蓬萊、方丈、瀛州，此三神山者，其傳在渤海中，去人不遠，患且至，則船風引而去。蓋嘗有至者，諸仙人及不死之藥皆在焉。其物禽獸盡白，而黄金銀爲宫闕，未至，望之如雲，及到，三神山反居水下，臨之，風輒引去，終莫能至云。」

⑩「門外」二句，蒼官，樊宗師《絳守居園池記》：「東騫窮角池研雲曰柏，有柏蒼官，青士擁列，與槐朋友。」王安石《紅梨》詩：「歲晚蒼官纔自保，日高青女尚横陳。」蒼官謂松柏。鬢髯古，蘇軾《同王勝之遊蔣山》詩：「夾路蒼髯古，迎人翠麓偏。」《三月二十日開園三首》詩：「鬱鬱蒼髯真道友，絲絲紅萼是鄉人。」小注：「蒼髯松也，紅萼海棠。」

【附録】

黄機幾叔和詞

乳燕飛　次徐斯遠韻寄稼軒

興潑元同宇。唤君來浮君大白，爲君起舞。滿袖斑斑功名淚，百歲風吹急雨。愁與恨憑誰分付？醉裏狂歌空漫觸，且休歌只倩琵琶訴。人不語，絃自語。　詩成更將君自賦。渺樓頭煙迷碧草，雲連芳樹。草樹那能知人意？悵望關河夢阻。有心事箋天天許。繡帽輕裘真男子，政何須紙上分今古。未辨得，賦歸去。（《竹齋詩餘》）

按：黄機生平無考。僅岳珂《桯史》卷二《劉改之詩詞》條載：「廬陵劉改之過，以詩鳴江西，厄於韋布，放浪荆楚，客食諸侯間。開禧乙丑，過京口，余爲饟幕庾吏，因識焉。廣漢章以初升之、東陽黄幾叔機、敷原王安世遇、英伯邁，皆寓是邦，暇日，相與蹠奇弔古，多見於詩。」

西江月①

粉面都成醉夢，霜髯能幾春秋②。來時誦我《伴牢愁》，一見尊前似舊③。　詩在陰何側畔，字居羅趙前頭④。錦囊來往幾時休，已遣蛾眉等候⑤。

【箋注】

①題，右詞無題，疑爲稼軒妻范氏病歿所作。稼軒續娶范氏，事在乾道九年或淳熙元年。蓋乾道八年稼軒守滁州，始與范如山交往，而其女弟遂歸稼軒。范氏卒於慶元二年移居鉛山之前，右詞當爲追憶之作。《稼軒詞編年箋注》以爲遣去歌者，然其下片既謂之能詩善書，恐非侍女歌伎身份，又謂已遣蛾眉等候，則其身份自明，絶非侍女，屬悼亡之作無疑矣。

②「粉面」二句，都成醉夢，錢起《哭辛霽》詩：「音徽寂寂空成夢，容範朝朝無見時。」《鑑誡録》卷五《徐后事》條引蜀僧遠公《傷廢國》詩：「兩朝帝業都成夢，陵樹蒼蒼噪暮鴉。」能幾春秋，吴芾《同日和黄繁昌韻》詩：「君若更辭花下醉，問君能有幾春秋。」

③「來時」二句，疑爲憶范氏來歸時情景，言其相見之初，即誦我《伴牢愁》之作，知其能與自己同甘共苦者。蓋以之爲知音也。《漢書》卷八七上《揚雄傳》：「又怪屈原文過相如，至不容，作《離騷》自投江而死，悲其文，讀之未嘗不流涕也。以爲君子得時則大行，不得時則龍蛇，遇不遇命也，何必湛身哉？乃作書，往往摭《離騷》文而反之，自岷山投諸江流，以弔屈原，名曰《反離騷》。又旁《離騷》作重一篇名曰《廣騷》，又旁《惜誦》以下至《懷沙》一卷，名曰《畔牢愁》。」注：「畔，離也，牢，聊也，與君相離，愁而無聊也。」《稼軒詞編年箋注》引此傳後加按云：「稼軒此句當即用揚雄事，誤『畔』爲『伴』，蓋傳鈔傳刻致然。」查晁補之《雞肋集》卷三六《離騷序・變離騷序》上：「雄又旁《離騷》作《廣騷》，旁《惜誦》而下作《畔牢愁》，雄誠與原異，既反之，何爲復旁

之？」因知後人蓋以《畔牢愁》爲旁《九章》之作，乃推廣相和《九章》之義，非反之也。則《漢書》注畔爲離之非是。故唐宋人《畔牢愁》多有作《伴牢愁》者。杜牧《寄浙東韓八評事》詩：「夢寐幾回逐蛺蝶，文章應解《伴牢愁》。」宋人如林逋、劉跂、秦觀、趙鼎、李洪諸人詩亦皆作《伴牢愁》，可知非稼軒之誤，亦非傳鈔傳刻人之誤也。

④「詩在」二句，陰何側畔，杜甫《解悶》詩十二首：「陶冶性靈存底物，新詩改罷自長吟。孰知二謝將能事，頗學陰何苦用心。」陰即陰鏗，何謂何遜，南朝詩人。羅趙前頭，《晉書》卷三六《衛恒傳》：「恒字巨山，少辟司空齊王府，轉太子舍人、尚書郎、秘書丞、太子庶子、黄門郎。恒善草隸書，爲《四體書勢》曰：『……羅叔景、趙元嗣者，與伯英並，時見稱於西州，而矜巧自與，衆頗惑之。故英自稱，上比崔杜不足，下方羅趙有餘。』」蘇軾《次韻孫莘老見贈時莘老移廬州因以别之》詩：「襲黄側畔難言政，羅趙前頭且眩書。」按：據本書卷九《定風波·大醉自諸葛溪亭詞》(昨夜山公倒載歸闋)中「起向緑窗高處看，題徧，劉伶元自有賢妻」語，知范氏善書，而能詩則未見。

⑤「錦囊」二句，此憶帶湖閑居期間稼軒遊歷上饒附近山水，凡所賦詠，得范氏助力頗多之情景。蓋稼軒寓居帶湖七八年間，長年累月遊山玩水，賦詩作歌，每次歸來，范氏皆如李賀之母，早遣蛾眉相迎候，爲之董理詩囊。《新唐書》卷二〇三《文藝》下《李賀傳》：「爲人纖瘦，通眉，長指爪，能疾書。每旦日出，騎弱馬，從小奚奴，背古錦囊。遇所得，書投囊中。未始先立題，然後爲

詩。如他人牽合程課者，及暮歸，足成之，非大醉弔喪，日率如此，過亦不甚省。母使婢探囊中，見所書多，即怒曰：『是兒要嘔出心乃已耳？』」稼軒用李賀事，知詞中「已遣蛾眉等候」者，必其夫人范氏無疑也。餘可參本書卷八《江神子·和人韻》詞（梨花着雨晚來晴闋）箋注。

添字浣溪沙

簡傅巖叟〔一〕①

總把平生入醉鄉，大都三萬六千場②。今古悠悠多少事，莫思量。　微有寒些春雨好〔二〕③，更無尋處野花香。年去年來還又笑，燕飛忙。

【校】

〔一〕題，四卷本丙集無題，此從廣信書院本。

〔二〕「寒些」，王詔校刊本、《六十名家詞》本、四印齋本俱作「些寒」。

【箋注】

①題，據次闋小注，知右詞蓋慶元二年止酒之初所作。其具體時間則應在此年春二三月間。

②「大都」句，王楙《野客叢書》卷一七《周孔醒醉》條：「僕嘗效程子山作酒榜，其間一聯云：『一月二十有九日，笑人世之太狂；百年三萬六千場，容我生之長醉。』」餘參本書卷一〇《鵲橋仙·壽余伯熙察院》詞（豸冠風采閲）箋注。大都，不過。

③寒些：《楚辭·招魂》：「冬有突夏，夏室寒些。」

又

用前韻謝傅巖叟饋名花鮮蕈①

楊柳温柔是故鄉，紛紛蜂蝶去年場②。大率一春風雨事③，最難量。　滿把攜來紅粉面，堆盤更覺紫芝香④。幸自麴生閒去了⑤，又教忙。纔止酒。

【箋注】

①題，此謝傅巖叟相送名花鮮蕈，必止酒之初，且遣去歌者時所作也。

②「楊柳」二句，楊柳温柔，韓愈《鎮州初歸》詩：「別來楊柳街頭樹，擺撼春風祇欲飛。還有小園桃李在，留花不發待郎歸。」《唐語林》卷六：「韓退之有二妾，一曰絳桃，一曰柳枝，皆能歌舞。……柳枝後踰垣遁去，家人追獲。及《鎮州初歸》詩曰：『別來楊柳街頭樹，擺弄春風只欲

飛。……』自是專寵絳桃矣。」按：右詞以楊柳爲温柔鄉，疑即用韓詩意。紛紛蜂蝶，朱淑真《鷓鴣天》詞：「獨倚闌干晝日長，紛紛蜂蝶鬥輕狂。」

③「大率」句，郭祥正《雨中喜君儀要温老希聖同見過二首》詩：「萬里鄉園别，一春風雨多。」大率，大概。

④紫芝香，沈佺期《送韋商州弼》詩：「故交從此去，遥憶紫芝香。」紫芝，靈芝也。

⑤麯生，見本書卷九《菩薩蠻·送曹君之莊所》詞（人間歲月堂堂去闋）箋注。

歸朝歡

靈山齊庵菖蒲港，皆長松茂林，獨野櫻花一株，山上盛開，照映可愛。不數日，風雨催敗殆盡。意有感，因效介庵體爲賦，且以《菖蒲緑》名之。丙辰歲三月三日也〔一〕①

山下千林花太俗，山上一枝看不足。春風正在此花邊，菖蒲自蘸清溪緑②。與花同草木，問誰風雨飄零速？莫悲歌〔二〕，夜深巖下，驚動白雲宿③。病怯殘年頻自卜，老愛遺篇難細讀〔三〕④。苦無妙手畫於菟，人間雕刻真成鵠⑤。夢中人似玉，覺來更憶腰如束⑥。許多愁，問君有酒，何不日絲竹⑦？

【校】

〔一〕題，四卷本丙集「靈山」二字闕，「櫻」作「梅」，此從廣信書院本。

〔二〕「悲」，四卷本作「怨」。

〔三〕「篇」，四卷本作「編」。

【箋注】

①題，靈山，〔乾隆〕《上饒縣志》卷二：「靈山在城西北七十里，道書列爲第三十三福地，邑之鎮山也。山有七十二峰，高數百丈，綿亘數百里。上有龍池，東北峰挺立，宛如人形，下有石井石室。西峰絶頂有葛仙壇遺址，溪五派，西流入上饒江。」齊庵，上饒地方志無載。據《上饒志》所載，靈山七十二峰名俱在，與齊庵名接近者，最西爲齊眉峰，應即稼軒右題之齊庵所在。《縣志》謂齊眉峰「兩峰並峙，如列眉」。按：靈山諸庵院，皆以峰名命名。如《縣志》卷首《縣治圖》及卷二之七十二峰所載，即有翠峰庵、雲仙庵、仙臺庵、員山庵、中臺庵、東臺庵、西臺庵等，皆以峰名庵。齊眉峰下亦應有齊眉庵，稼軒所謂齊庵必指此而言。其位置應在今上饒縣茗洋關水庫附近。因其地爲橫峰縣芩港水之上游，故右詞有「菖蒲港長松茂林」及野櫻花之描述。野櫻花，徐光啓《農政全書》卷五八：「野櫻桃，生鈞州山谷中，樹高五六尺，葉似李，葉更尖，開白花，似李

子花，結實比櫻桃又小，熟則色鮮紅，味甘微酸。」介庵體，謂稼軒好友趙彦端之詞體。趙彦端以介庵爲號，本書卷六《水調歌頭·壽趙漕介庵》詞（千里渥洼種闋）箋注可參。右詞自注丙辰歲三月三日，慶元二年也。

②「菖蒲」句，《救荒本草》卷三《菖蒲》條：「菖蒲一名堯韭，一名昌陽。……今池澤處處有之，葉似蒲而匾有脊，一如劍刃。其根盤屈有節，狀如馬鞭。榦大根傍引三四小根，一寸九節者良，節尤密者佳。……又一種名蘭蓀，又謂溪蓀，根形氣色，極似石上菖蒲，葉正如蒲，無脊，俗謂之菖蒲，生於水次，失水則枯。」趙彦端《看花回》詞：「最好是風梳雨沐，看波面垂楊蘸緑。」

③「夜深」二句，陶潛《擬古九首》詩：「青松夾路生，白雲宿簷端。」

④「老愛」句，遺篇，《南澗甲乙稿》卷二一《直寶文閣趙公墓志銘》謂趙彦端有遺集十卷，自號《介庵居士集》。《直齋書録解題》卷一八：「《介庵集》十卷，左司郎官趙彦端德莊撰，乾、淳間名士也。嘗宰餘干，趙忠定其邑人，初冠多士，德莊在朝，往謁謝。德莊語之曰：『謹勿以一魁先置胸中。』可謂名言。」趙彦端卒於淳熙二年，至慶元二年，已二十一年矣。

⑤「苦無」二句，《後漢書》卷五四《馬援傳》：「初，兄子嚴、敦，並喜譏議，而通輕俠客。援前在交阯還，書誡之曰：『……龍伯高敦厚周慎，口無擇言。謙約節儉，廉公有威，吾愛之重之，願汝曹效之。杜季良豪俠好義，憂人之憂，樂人之樂，清濁無所失，父喪致客，數郡畢至。吾愛之重之，不願汝曹效也。效伯高不得，猶爲謹敕之士，所謂刻鵠不成尚類鶩者也。效季良不得，陷爲

天下輕薄子，所謂畫虎不成反類狗者也。』」《左傳·宣公四年》：「楚人謂乳穀，謂虎於菟。」

⑥「夢中」二句，人似玉，趙彦端《虞美人·劉帥生日》詞：「酒中倒卧南山緑，起舞人如玉。」腰如束，《文選》卷一九宋玉《登徒子好色賦》：「眉如翠羽，肌如白雪。腰如束素，齒如含貝。」秦觀《贈女冠暢師》詩：「瞳人剪水腰如束，一幅烏紗裹寒玉。」

⑦「許多」三句，中年傷於哀樂，正賴絲竹陶寫，見《世説新語·言語》。可參本書卷七《水調歌頭·淳熙己亥自湖北漕移湖南周總領王漕趙守置酒南樓席上留别》詞（折盡武昌柳闋）箋注。

沁園春

靈山齊庵賦。時築偃湖未成①

疊嶂西馳，萬馬回旋，衆山欲東②。正驚湍直下，跳珠倒濺；小橋横截，闕月初弓。老合投閑③，天教多事，檢校長身十萬松④。吾廬小，在龍蛇影外，風雨聲中⑤。　争先見面重重。看爽氣朝來三數峰〔一〕⑥。似謝家子弟，衣冠磊落⑦；相如庭户，車騎雍容⑧。我覺其間，雄深雅健，如對文章太史公⑨。新堤路，問偃湖何日，煙水濛濛。

【校】

〔一〕「數」，《六十名家詞》本作「四」，此從廣信書院本。

【箋注】

①題，靈山齊眉兩峰之間有溪流，即涔港溪之上流。稼軒於慶元二年春欲在此攔河築堤形成偃塞湖。此役築而未成，抑欲築不成，皆不可考。然右詞歇拍既有「新堤路」三字，則是已動工築堤，奈工程浩大，人力財力不足，遂不得不放棄也。今茗洋關水庫即在其地修建，湖面浩淼，遠非當年稼軒設計之規模。

②「疊嶂」三句，蘇軾《遊徑山》詩：「衆峰來自天目山，勢若駿馬奔平川。中塗勒破千里足，金鞭玉鐙相回旋。」

③「老合」句，白居易《履道西門二首》詩：「亦知軒冕榮堪戀，其奈田園老合歸。」韓愈《昌黎文集》卷一二《進學解》：「動而得謗，名亦隨之。投閑置散，乃分之宜。」

④「檢校」句，《昌黎文集》卷三三《唐故正議大夫尚書左丞孔公墓志銘》：「孔世三十八，吾見其孫，白而長身。寡笑與言，其尚類也，莫與之倫。」杜牧《樊川集》卷一《晚晴賦》：「行者如迎，偃者如醉。高者如達，低者如跂。松數十株，切切交風。如冠劍大臣，國有急難，庭立而議。竹林外裹兮，十萬丈夫，甲刃摐摐。」檢校，檢閱也。葉嘉瑩教授論及右詞此句，認爲以長身加於十萬松之上，是直欲將十萬松視爲十萬長身勇武之壯士，乃稼軒自憾不能指揮十萬大軍去恢復中原之悲慨。可參其《論辛棄疾詞》，見其與繆鉞先生合著之《靈溪詞說》。

⑤龍蛇影外，風雨聲中，《詩話總龜》後集卷二八引《王直方詩話》：「或有稱《詠松》句，云『影搖千

尺龍蛇動，聲撼半天風雨寒』者，一僧在坐，曰：『未若雲影亂鋪地，濤聲寒在空。』或以語聖俞，聖俞曰：『言簡而意不遺，當以僧語爲優。』」按：龍蛇影，風雨聲，均狀雨中松影松聲也。白居易《長慶集》卷四三《草堂記》：「夾澗有古松老杉，大僅十人圍，高不知幾百尺，修柯戛雲，低枝拂潭，如幢豎，如蓋張，如龍蛇走。」前《歸朝歡》詞題謂：「靈山齊庵菖蒲港，皆長松茂林。」

⑥「争先」二句，争先見面，陳師道《寄鄧州杜侍郎紘》詩：「南陽老幼如雲屯，連日城東候使君。後者排前旁捷出，争先見面作慇懃。」爽氣朝來，《世説新語·簡傲》：「王子猷作桓車騎參軍，桓謂王曰：『卿在府久，比當相料理。』初不答，直高視，以手版拄頰云：『西山朝來，致有爽氣。』」

⑦「似謝」二句，《晉書》卷七九《謝玄傳》：「安嘗戒約子侄，因曰：『子弟亦何豫人事，而正欲使其佳？』諸人莫有言者，玄答曰：『譬如芝蘭玉樹，欲使其生於庭階耳。』」磊落，謂衣冠錯落也。

⑧「相如」二句，《史記》卷一一七《司馬相如列傳》：「相如之臨邛，從車騎，雍容閑雅甚都。」

⑨「雄深」二句，《新唐書》卷一六八《柳宗元傳》：「宗元少時嗜進，謂功業可就。既坐廢，遂不振。然其才實高，名蓋一時。韓愈評其文曰：『雄深雅健，似司馬子長，崔、蔡不足多也。』」子長，漢太史公司馬遷字，故稼軒謂「如對文章太史公」。楊萬里《誠齋集》卷八〇《江西宗派詩序》：「東坡云：『江瑶柱似荔子。』又云：『杜詩似太史公書。』不惟當時聞者嘸然，陽應曰諸而已。」

陳模《懷古録》卷中《論稼軒詞》有云：「賦築偃湖云：『疊嶂西馳，……』且説松而及謝家子弟、相如車騎、太史公文章，自非脱落故常者，未及闖其堂奥。」

又

弄溪賦①

有酒忘杯，有筆忘詩②，弄溪奈何？看縱横斗轉，龍蛇起陸③；崩騰决去，雪練傾河。嫋嫋東風，悠悠倒影〔一〕，摇動雲山水又波。還知否，欠菖蒲攢港，緑竹緣坡④。長松誰剪嵯峨，笑野老來耘山上禾。算只因魚鳥，天然自樂；非關風月，閑處偏多。芳草春深，佳人日暮，濯髮滄浪獨浩歌⑤。徘徊久，問人間誰似〔二〕，老子婆娑⑥？

【校】

〔一〕「影」，四卷本乙集作「景」，此從廣信書院本。

〔二〕「問人間誰似」，《六十名家詞》本作「人間有誰似」。

【箋注】

①題，廣信書院本右詞緊次於前《靈山齊庵賦》，知爲同時所作。弄溪，未詳，疑亦在靈山，或即涔港溪也。

②「有酒」二句，《莊子·外物》：「筌者所以在魚，得魚而忘筌。蹄者所以在兔，得兔而忘蹄。言者所以在意，得意而忘言。吾安得夫忘言之人，而與之言哉？」

③「龍蛇」句，《陰符經解》：「天發殺機，龍蛇起陸。人發殺機，天地反覆。」《舊五代史》卷一三《朱暄等傳贊》：「夫雲雷構屯，龍蛇起陸。勢均者交鬥，力敗者先亡。」按：龍蛇起陸，喻豪傑乘時而起也。

④「欠菖」二句，菖蒲攢港，前《歸朝歡》詞即詠靈山齊庵菖蒲港，右詞詠弄溪，弄溪必在菖蒲港。緑竹緣坡，《古文苑》卷一七黄香《責髯奴詞》：「我觀人鬚，長而復黑，冉弱而調，離離若緣坡之竹，鬱鬱若春田之苗。」

⑤「芳草」三句，芳草春深，錢起《仲春宴王補闕城東小池》詩：「王孫興至幽尋好，芳草春深景氣和。」李羣玉《湘陰江亭却寄友人》詩：「幽花夜落騷人浦，芳草春深帝子祠。」佳人日暮，見本卷《蘭陵王·賦一丘一壑》詞（一丘壑闋）箋注。濯髮滄浪，見本書卷八《六幺令·再用前韻》詞（倒冠一笑闋）箋注。

⑥「人間」二句，《文選》卷一九宋玉《神女賦》：「既姽嫿於幽静兮，又婆娑乎人間。」《晉書》卷六六

《陶侃傳》：「未亡一年，欲遜位歸國，佐吏等苦留之。及疾篤，將歸長沙，軍資器仗、牛馬舟船，皆有定簿。封印倉庫，自加管鑰，以付王愆期，然後登舟，朝野以爲美談。將出府門，顧謂愆期曰：『老子婆娑，正坐諸君輩。』」

又

將止酒，戒酒杯使勿近〔一〕①

杯汝來前〔二〕，老子今朝，點檢形骸②。甚長年抱渴〔三〕，咽如焦釜；於今喜睡〔四〕，氣似奔雷③？汝說劉伶〔五〕，古今達者，醉後何妨死便埋④。渾如許〔六〕，歎汝於知己，真少恩哉⑤！　更憑歌舞爲媒。算合作人間鴆毒猜〔七〕⑥。況怨無小大〔八〕，生於所愛；物無美惡，過則爲災⑦。與汝成言，勿留亟退，吾力猶能肆汝杯⑧。杯再拜，道麾之即去，召亦須來〔九〕⑨。

【校】

〔一〕題，《中興絶妙詞選》卷三「使勿近」三字闕，此從廣信書院本。

〔二〕「來前」，王詔校刊本、《六十名家詞》本、四印齋本作「前來」。

〔三〕「渴」，《中興絶妙詞選》作「病」。

〔四〕「睡」，廣信書院本原作「眩」，此從四卷本丙集改。《六十名家詞》本作「溢」。

〔五〕「汝」，《六十名家詞》本作「漫」。

〔六〕「許」，四卷本、《中興絶妙詞選》作「此」。

〔七〕「人間」，四卷本、《中興絶妙詞選》作「平居」。

〔八〕「况怨」句，「怨」，《中興絶妙詞選》作「愁」，《六十名家詞》本作「疾」。「小大」，四卷本作「大小」。

〔九〕「召亦」，四卷本作「召則」，《中興絶妙詞選》作「召即」，《六十名家詞》本作「有召」。

【箋注】

①題，右詞皆告酒杯語，令其勿近前，作於止酒初始。稼軒之止酒，尚在上饒帶湖，起於慶元二年春間。《添字浣溪沙·用前韻謝傅巖叟饋名花鮮蕈》詞上半闋有云：「楊柳温柔是故鄉，紛紛蜂蝶去年場。大率一春風雨事，最難量。」詞之歇拍有小注云：「纔止酒。」可以爲證。則右詞自當作於本年三月間。

②「杯汝」三句，杯汝來前，此效韓愈《昌黎文集》卷一二《進學解》語意。《進學解》云：「國子先生晨入太學，招諸生立館下，誨之曰：……言未既，有笑於列者，曰：『先生欺余哉！……暫爲

御史，遂竄南夷；三年博士，冗不見治。命與仇謀，取敗幾時？冬暖而兒號寒，年登而妻啼飢。頭童齒豁，竟死何裨？不知慮此，而反以教人爲？』先生曰：『吁，子來前！夫大木爲杗，細木爲桷。……』」點檢形骸，《莊子·德充符》：「今子與我遊於形骸之內，而子索我於形骸之外，不亦過乎？」韓愈《贈劉師服》詩：「丈夫命存百無害，誰能點檢形骸外。」

③「甚長」四句，抱渴，《歷代名臣奏議》卷四二孔文仲《對策》：「其尊之也，若抱渴而需飲；其賤之也，若辭闇而即明。」焦釜，《戰國策·齊策》：「且夫救趙之務，宜若奉漏甕沃焦釜。」李流謙《偶成》詩：「小溪淺涸如焦釜，一雨朝來萬馬犇。」按：流謙與稼軒同時，未知右詩與稼軒詞孰爲先後。犇雷，陳與義《後三日再賦》詩：「不奈長安小車過，睡鄉深處作奔雷。」劉伶《酒德頌》：「兀然而醉，慌爾而醒。靜聽不聞雷霆之聲，熟視不見泰山之形。」見《世說新語·文學》注所引。

④「汝說」三句，《世說新語·文學》：「劉伶著《酒德頌》，意氣所寄。」注引《名士傳》：「伶字伯倫，沛郟人。肆意放蕩，以宇宙爲狹。常乘鹿車，攜一壺酒，使人荷鍤隨之，云：『死便掘地以埋。』土木形骸，遨遊一世。」

⑤「渾如」三句，《昌黎文集》卷三六《毛穎傳》：「太史公曰：……穎始以俘見，卒見任使。秦之滅諸侯，穎與有功，賞不酬勞，以老見疏，秦真少恩哉！」渾如許，果然如此。

⑥「更憑」二句，《楚辭·離騷》：「吾令鴆爲媒兮，鴆告余以不好。」《後漢書》卷七八《霍諝傳》：

「霍諝字叔智，魏郡鄴人也。少爲諸生，明經，有人誣諝舅宋光於大將軍梁商者，以爲妄刊章文，坐繫洛陽詔獄。掠考困極，諝時年十五，奏記於商曰：『……豈有觸冒死禍，以解細微，譬猶療饑於附子，止渴於酖毒，未入腸胃，已絶咽喉，豈可爲哉？』」算，總括詞，略同蓋、當。

⑦過則爲災，《左傳·昭公元年》：「六氣曰陰陽風雨晦明也，分爲四時，序爲五節，過則爲菑。」

⑧「與汝」三句，成言，《左傳·襄公二十七年》：「壬戌，楚公子黑肱先至，成言於晉。丁卯，宋向戌如陳，從子木成言於楚。」注：「時令尹子木止陳，遣黑肱就晉大夫成盟，載之言，兩相然可。」吾力猶能肆，《論語·憲問》：「公伯寮愬子路於季孫，子服景伯以告，曰：『夫子固有惑志於公伯寮，吾力猶能肆諸市朝。』」

⑨麾之即去，召亦須來，《史記》卷一二〇《汲鄭列傳》：「最後病，莊助爲請告，上曰：『汲黯何如人哉？』助曰：『使黯任職居官，無以踰人。然至其輔少主，守城深堅，招之不來，麾之不去，雖自謂賁、育，亦不能奪之矣。』上曰：『然。古有社稷之臣，至如黯，近之矣。』」

水調歌頭

將遷居不成，有感，戲作。時以病止酒，且遣去歌者，末章及之〔一〕①

我亦卜居者，歲晚望三閭②。昂昂千里，泛泛不作水中鳧③。好在書攜一束，莫問家徒四壁，往日置錐無④？借車載家具，家具少於車⑤。舞鳥有，歌亡是，飲子虛⑥。二三子者愛我，此外故人疏⑦。幽事欲論誰共？白鶴飛來似可，忽去復何如⑧。衆鳥欣有託，吾亦愛吾廬⑨。

【校】

〔一〕題，廣信書院本「有感」二字原闕，此據四卷本丙集補。

【箋注】

①題，遷居，稼軒於慶元二年秋冬之際遷居鉛山，右詞有「遷居不成」之語，當在慶元二年春季。且云「以病止酒」，又云「遣去歌者」，亦是年春夏間事。

②「我亦」二句，王逸《楚辭章句》卷六：「《卜居》者，屈原之所作也。屈原履忠貞之性而見嫉妬，念讒佞之臣承君順非而蒙富貴，己執忠直而身放棄，心迷意惑，不知所爲，乃往至太卜之家，稽問神明，决之蓍龜，卜已居世，何所宜行，冀聞異筴以定嫌疑，故曰卜居也。」《史記》卷八四《屈原賈生列傳》：「屈原至於江濱，被髮行吟澤畔，顏色憔悴，形容枯槁。漁父見而問之曰：『子非三閭大夫歟，何故而至此？』」《集解》：「《離騷序》曰：『三閭之職，掌王族三姓曰昭、屈、

景。』」

③「昂昂」二句，《楚辭・卜居》：「寧昂昂若千里之駒乎？將氾氾若水中之鳧乎？與波上下，偷以全吾軀乎？」

④「好在」三句，書攜一束，韓愈《示兒》詩：「我始來京師，止攜一束書。辛勤三十年，以有此屋廬。」家徒四壁，《史記》卷一一七《司馬相如列傳》：「飲卓氏，弄琴，文君竊從户窺之，心悦而好之，恐不得當也。既罷，相如乃使人重賜文君侍者，通殷勤，文君夜亡奔相如。相如乃與馳歸，家居徒四壁立。」置錐無，《荀子・王霸》：「仲尼無置錐之地。」《景德傳燈録》卷一一《袁州仰山慧寂禪師》：「師問香嚴：『師弟近日見處如何？』嚴曰：『某甲卒，説不得。』乃有偈曰：『去年貧，未是貧。今年貧，始是貧。去年無卓錐之地，今年錐也無。』師曰：『汝只得如來禪，未得祖師禪。』」好在，幸好也。

⑤「借車」二句，孟郊《借車》詩：「借車載家具，家具少於車。借者莫彈指，貧窮何足嗟。百年徒役走，萬事盡隨花。」按：本年稼軒帶湖居第雪樓燬於火，故前謂之「家徒四壁」，此謂之「家具少於車」也。

⑥「舞烏」三句，《司馬相如列傳》：「相如以子虛，虛言也，爲楚稱。烏有先生者，烏有此事也，爲齊難。無是公者，無是人也，明天子之義，故空藉此三人爲辭，以推天子諸侯之苑囿，其卒章歸之於節儉，因以風諫奏之天子，天子大説。其辭曰：『楚使子虛使於齊，齊王悉發境内之士，備

車騎之衆，與使者出田。田罷，子虚過詫烏有先生，而無是公在焉。』」按：稼軒謂當此之際，平日之歌舞痛飲，皆化爲烏有也。

⑦「二三」二句，二三子者，《論語・述而》：「子曰：二三子以我爲隱乎？吾無隱乎爾。吾無行，而不與二三子者，是丘也。」故人疏，東方朔《七諫・怨思》：「故人疏而日忘兮，新人近而俞好。」

⑧「幽事」三句，欲論誰共，杜甫《秋日夔州詠懷寄鄭監李賓客一百韻》詩：「共誰論昔事，幾處有新阡。」白鶴飛來，稼軒寓居帶湖之初，作《水調歌頭・盟鷗》詞，有「凡我同盟鷗鷺，今日既盟之後，來往莫相猜。白鶴在何處，嘗試與偕來」語，見本書卷八。此因雪樓焚燬，欲遷新居，故又提白鶴，而有相疑之語也。

⑨「衆鳥」二句，陶潛《讀山海經》詩：「孟夏草木長，繞屋樹扶疏。衆鳥欣有託，吾亦愛吾廬。」此謂歌者皆有所歸也。

杏花天①

牡丹昨夜方開徧，畢竟是今年春晚。荼蘼付與薰風管，燕子忙時鶯嬾。多病起日長人倦，不待得酒闌歌散。副能得見茶甌面〔一〕，却早安排腸斷②。

【校】

〔一〕「副」，《六十名家詞》本、四印齋本作「甫」，此從廣信書院本。

【箋注】

①題，右詞無題。據「多病起」以下各句，知亦止酒期間所作，時在慶元二年晚春，因並嘲牡丹詞附次於此。

②「副能」二句，副能，又作甫能，《詩詞曲語辭匯釋》解作方纔，《稼軒詞編年箋注》所釋與之相同。據毛滂《最高樓·散後》詞之下片：「分散去輕如雲與夢，剩下了許多風與月，侵枕簟，冷簾櫳。副能小睡還驚覺，略成輕醉早醒鬆。」及秦觀《鷓鴣天》詞下片：「無一語，對芳尊，安排腸斷到黄昏。甫能炙得燈兒了，雨打梨花深閉門。」則此副能當作剛剛解。安排腸斷，疑指設酒也。

又

嘲牡丹

牡丹比得誰顏色，似宫中太真第一①。漁陽鼙鼓邊風急，人在沉香亭北②。買栽池館多何益？莫虛把千金抛擲③。若教解語應傾國〔一〕，一箇西施也得④。

【校】

〔一〕「應傾」，四卷本乙集作「傾人」，此從廣信書院本。

【箋注】

①「似宫」句，太真，唐玄宗貴妃楊氏未進幸前，衣道士服，號太真，既見，動移上意，宫中呼爲娘子，禮數實同皇后。見《舊唐書》卷五一《后妃傳》。李白《宫中行樂詞八首》：「宫中誰第一，飛燕在昭陽。」

②「漁陽」二句，漁陽鼙鼓，白居易《長恨歌》：「漁陽鼙鼓動地來，驚破霓裳羽衣曲。」沉香亭北，見本書卷九《念奴嬌・賦白牡丹和范廓之韻》詞（對花何似關）箋注。

③「買栽」二句，買栽池館，羅鄴《牡丹》詩：「落盡春紅始著花，花時比屋事豪奢。買栽池館恐無地，看到子孫能幾家。」把千金抛擲，《本事詩・情感》：「李相紳鎮淮南，張郎中又新罷江南郡。……張與楊虔州齊名友善，楊妻李氏即鄘相之女，有德無容，楊未嘗意，敬待特甚，張嘗語楊曰：『我少年成美名，不憂仕矣。唯得美室，平生之望斯足。』楊曰：『必求是，但與我同好，必

諧君心。』張深信之，既婚，殊不愜心。……張色解，問君室何如，曰：『特甚。』張大笑，遂如初。張既成家，乃詩曰：『牡丹一朵直千金，將謂從來色最深。今日滿闌開似雪，一生辜負看花心。』」

④「若教」二句，解語傾國，《開元天寶遺事》卷三《解語花》條：「明皇秋八月，太液池有千葉白蓮，數枝盛開，帝與貴戚宴賞焉。左右皆歎羨，久之，帝指貴妃示於左右曰：『争如我解語花？』」羅鄴《牡丹花》詩：「若教解語應傾國，任是無情亦動人。」一箇西施，《唐摭言》卷一〇《海叙不遇》條：「盧汪門族甲於天下，因官家於荆南之塔橋。舉進士二十餘上，不第，滿朝稱屈。嘗賦一絶，頗爲前輩所推，曰：『惆悵興亡繫綺羅，世人猶自選青娥。越王解破夫差國，一箇西施已太多。』」以上之解，皆能也。解語，猶言能言能語。一箇西施也得，也得一個西施。

謁金門①

歸去未？風雨送春行李。一枕離愁頭徹尾②，如何消遣是？　遥想歸舟天際③，緑鬢瓏璁慵理。好夢未成鶯唤起，粉香猶有殢④。

【箋注】

①題，右詞無題。據詞意，似爲止酒期間别姬之作。以其始於慶元二年春季，因亦次於「遷居不

成」詞作之後。

②頭徹尾，《二程遺書》卷一八：「不誠無物，誠者物之終始，猶俗説徹頭徹尾，不誠更有甚物也？」

③「遥想」句，謝朓《之宣城出新林浦向板橋》詩：「天際識歸舟，雲中辨江樹。」黄庭堅《和答元明黔南贈别》詩：「歸舟天際常回首，從此頻書慰斷腸。」

④「粉香」句，猶有殢，謂有所留滯也。張伯端《悟真篇注疏》原序：「如其未明本性，則猶殢於幻形。」

鵲橋仙

贈人①

風流標格，惺鬆言語，真箇十分奇絶②。三分蘭菊七分梅〔一〕，鬥合就一枝風月③。笙簧未語，星河易轉，涼夜厭厭留客④。只愁酒盡各西東，更把酒推辭一霎。

【校】

〔一〕「七」，四卷本乙集原作「十」，徑改。右詞各本失收，無從參校。

【箋注】

①題，右詞題謂「贈人」，據詞中語意，知即止酒之初，遣去歌者之作。以下姑將此類别姬詞彙集於此。

②「風流」三句，風流標格，蘇軾《荷華媚·荷花》詞：「霞苞霓荷碧，天然地别是風流標格。」惺鬆言語，周邦彦《望江南》詞：「無箇事，因甚斂雙蛾？淺淡梳妝疑見畫，惺鬆言語勝聞歌，何況會婆娑。」惺鬆，清輕也。十分，特别也。

③「三分」二句，右詞蓋爲遣去之所有歌者置酒之作，故有三分七分云云之語，鬥合，謂拼湊，組合也。

④厭厭留客，《詩·小雅·湛露》：「厭厭夜飲，不醉無歸。」厭厭，安也。

又

送粉卿行①

轎兒排了，擔兒裝了，杜宇一聲催起。從今一步一回頭，怎睚得一千餘里②？　舊時行處，舊時歌處，空有燕泥香墜。莫嫌白髮不思量，也須有思量去裏③。

【箋注】

①題，粉卿，應即阿卿，歌者名。本書卷九《滿江紅》詞（莫折荼蘼闋）題爲「稼軒居士花下與鄭使君惜別，醉賦，侍者飛卿奉命書」，稼軒送鄭如崈赴知衡州任爲淳熙十五年事，至慶元二年已歷九年，知粉卿者，頗爲稼軒所寵愛，而亦在遣中。飛卿亦即阿卿、粉卿。蓋皆暱稱也。

②睚得，《朱子語類》卷一三六《歷代》：「謝安之與苻堅，如近世陳魯公之於完顏亮，幸而睚得它死耳。」睚，目光有怨恨之意。然《詩詞曲語辭匯釋》謂「睚，猶捱也。今人所云捱時候、捱工夫之捱」。此與《語類》用意合。待考。

③「也須」句，須，應該。思量去裏，謂思量之去處。《二程遺書》卷二上《元豐己未吕與叔東見二先生語》：「今日卓然不爲此學者，惟范景仁與君實爾。然其所執理，有出於禪學之下者。一日做身主不得，爲人驅過去裏。」《二程外書》卷一二《傳聞雜記》：「温公初起時，欲用伊川。伊川曰：『帶累人去裏。使韓、富在時，吾猶可以成事。』」《道山清話》：「或曰：『他運既當限，只得此來，怎奈何朝廷去裏？』」

西江月

題阿卿影像①

人道偏宜歌舞，天教只入丹青。喧天畫鼓要他聽，把着花枝不應。何處嬌魂瘦影，向來軟語柔情。有時醉裏喚卿卿，却被傍人笑問。

【箋注】

①題，阿卿既爲粉卿、飛卿之同名，故詞中亦稱之爲卿卿。

臨江仙

侍者阿錢將行，賦錢字以贈之①

一自酒情詩興嬾，舞裙歌扇闌珊②。好天良夜月團團③。杜陵真好事，留得一錢看④。歲晚人欺程不識，怎教阿堵留連⑤？楊花榆莢雪漫天⑥。從今花影下，只看緑苔圓⑦。

【箋注】

①題，侍者阿錢，《書史會要》卷六《宋》：「田田、錢錢，辛棄疾二妾也。皆因其姓而名之，皆善筆札，常代棄疾答尺牘。」

②「一自」二句，酒情詩興嬾，白居易《詠懷》詩：「白髮滿頭歸得也，詩情酒興漸闌珊。」舞裙歌扇，

黄庭堅《鷓鴣天・坐中有眉山隱客史應之和前韻即席答之》詞：「身健在，且加餐，舞裙歌板盡情歡。黄花白髮相牽挽，付與傍人冷眼看。」趙彦端《芰荷香・席上用韻送程德遠罷金溪》詞：「樂事從今一夢，縱錦囊空在，金椀誰揮？舞裙歌扇，故應閑瑣幽閨。」

③「好天」句，柳永《女冠子》詞：「好天良夜，無端惹起千愁萬緒。」《少年遊》詞：「好天良夜，深屏香被，怎忍便相忘。」韓愈《夕次壽陽驛題吴郎中詩後》：「不見園花兼巷柳，馬頭惟有月團團。」

④「杜陵」二句，杜甫《空囊》詩：「囊空恐羞澀，留得一錢看。」

⑤「歲晚」二句，程不識，《史記》卷一〇七《魏其武安侯列傳》：「彊與俱飲，酒酣，武安起爲壽，坐皆避席伏。已，魏其侯爲壽，獨故人避席耳，餘半膝席。灌夫不悦，起行酒，至武安，武安膝席曰：『不能滿觴。』夫怒，因嘻笑曰：『將軍貴人也，屬之。』時武安不肯行酒，次至臨汝侯，臨汝侯方與程不識耳語，又不避席。夫無所發怒，乃罵臨汝侯曰：『生平毀程不識不直一錢，今日長者爲壽，乃效女兒呫囁耳語！』武安謂灌夫曰：『程、李俱東西宫衛尉，今衆辱程將軍，仲孺獨不爲李將軍地乎？』灌夫曰：『今日斬頭陷胸，何知程、李乎？』」按：魏其侯即竇嬰，武安侯爲田蚡，臨汝侯乃灌賢，而程不識，武帝時與李廣俱爲衛尉。廣未央衛尉，不識長樂衛尉。阿堵，《世説新語・規箴》：「王夷甫雅尚玄遠，常嫉其婦貪濁，口未嘗言錢字。婦欲試之，令婢以錢繞牀不得行，夷甫晨起，見錢閡行，呼婢曰：『舉却阿堵物。』」

⑥「楊花」句，韓愈《晚春》詩：「楊花榆莢無才思，惟解漫天作雪飛。」文彦博《行及白馬寺奉留守相公手翰且云名園例惜好花以俟同賞因成小詩》：「公書苦惜春光晚，柳絮榆錢撲面飛。」榆莢又稱榆錢。

⑦綠苔圓，《初學記》卷二七：「《廣志》曰：『空室無人行，則生苔蘚。或青或紫，一名圓蘚，一名綠錢。』」

又

諸葛元亮席上見和，再用韻〔一〕①

夜雨南堂新瓦響，三更急雨珊珊②。交情莫作碎沙團〔二〕。死生貧富際，試向此中看③。記取他年《耆舊傳》，與君名字牽連④。清風一枕晚涼天⑤。覺來還自笑，此夢倩誰圓⑥？

【校】

〔一〕題，四卷本丁集「諸葛」二字闕，此從廣信書院本。

〔二〕「碎」，四卷本作「細」。

【箋注】

①題，諸葛元亮，僅知爲信州弋陽縣人，本書卷二《和諸葛元亮韻》詩、卷九《水龍吟·用瓢泉韻戲陳仁和兼簡諸葛元亮且督和詞》(被公驚倒瓢泉闋)箋注皆有考證。

②「夜雨」二句，夜雨南堂新瓦響，蘇軾《南堂五首》詩：「他年雨夜困移牀，坐厭愁聲點客腸。一聽南堂新瓦響，似聞東塢小荷香。」雨珊珊，張耒《春詞二首》詩：「一陣春寒花上起，畫廊連夜雨珊珊。」

③「交情」三句，交情、碎沙團，蘇軾《二人再和亦再答之》詩：「親友如摶沙，放手還復散。」死生貧富，《史記》卷一二〇《汲鄭列傳》贊：「夫以汲黯之賢，有勢則賓客十倍，無勢則否，况衆人乎？下邽翟公有言，始，翟公爲廷尉，賓客闐門。及廢，門外可設雀羅。翟公復爲廷尉，賓客欲往，翟公乃大署其門曰：『一死一生，乃知交情。一貧一富，乃知交態。一貴一賤，交情乃見。』汲鄭亦云，悲夫！」

④「記取」二句，《耆舊傳》，《郡齋讀書志》後志卷一：「《襄陽耆舊記》五卷，右晉習鑿齒撰。前載襄漢人物，中載其山川城邑，後載其牧守。《隋·經籍志》曰《耆舊記》，《唐·藝文志》曰《耆舊傳》，觀其書記録叢脞，非傳體也，名當從《經籍志》云。」按：《三國志·蜀書》卷五《諸葛亮傳》注引《襄陽記》，所記皆諸葛亮隱居襄陽城西二十里隆中之事。名字牽連，元亮當爲諸葛氏之字，其名無考。以其字與諸葛亮名同，故謂之名字牽連。

⑤「清風」句，李綱《夢室》詩：「清風一枕北窗下，遊徧江南多少山。」韓琦《再題觀魚軒》詩：「重到觀魚面北軒，正當游泳晚涼天。」

⑥「此夢」句，吴箕《常談》：「《傳燈録》：『潙山謂仰山云：我適來得一夢，汝試爲我原看。』原，或作圓。《南唐近事》：『馮僎舉進士，時有徐文，幼能圓夢。』山谷詩：『松風佳客共，茶夢小僧圓。』」按：圓夢，謂占卜夢境也。

又　再用圓字韻

窄樣金杯教換了〔一〕，房櫳試聽珊珊①。莫教秋扇雪團團②。古今悲笑事，長付後人看。

記取桔槔春雨後，短畦菊艾相連③。拙於人處巧於天。君看流水地，難得正方圓④。

【校】

〔一〕「教換」，《六十名家詞》本、文淵閣《四庫全書》本《稼軒詞》作「休教」，此從廣信書院本。

【箋注】

①「窄樣」二句，窄樣金杯，謂小酒杯也。呂本中《海陵夜作》詩：「想渠當此夜長時，撫劍雖長酒杯窄。」陸游《過林黄中食柑子有感學宛陵先生體詩》：「故山饒氛霧，可使酒杯窄。」房櫳，《漢書》卷九七下《孝成班倢伃傳》：「廣室陰兮帷幄暗，房櫳虚兮風泠泠。」注：「櫳，疏檻也。」此指窗櫺。二句言止酒之後，小酒杯亦棄置不用，近來只坐窗間静聽雨聲珊珊也。

②「莫教」句，《十國春秋》卷五〇：「慧妃徐氏，青城人，幼有才色，父國璋納於後主，後主嬖之，拜貴妃，别號花蕊夫人。又升號慧妃，嘗與後主登樓，以龍腦末塗白扇，墜地，爲人所得，蜀人争效其制，名曰雪香扇。」餘參本書卷一〇《朝中措·九日小集時楊世長將赴南宫》詞（年年團扇怨秋風闋）箋注。

③「記取」二句，桔槔，余靖《和邃卿張學士暑夕》詩：「荃葛野裳交羽扇，桔槔鄰圃響蔬畦。」桔槔，水車也。菊艾，指艾葉菊，范成大《范村菊譜》：「艾葉菊，心小葉單，緑葉尖長，似蓬艾。」

④「拙於」三句，拙於人處巧於天，《能改齋漫録》卷一四《有機事必有機心》條：「《莊子》曰：子貢過漢陰，一丈人方爲圃畦，鑿隧而入井，抱甕而出灌。子貢曰：『有機於此，日浸百畦。』園者笑曰：『夫有機事，必有機心，吾羞不爲。』劉向《説苑》曰：衛有五丈夫，負缶入井灌韭，終日一區。鄧析過，下車教曰爲機事，後輕前重，命曰桔槔。終日灌百區。五丈夫曰：『吾師言，有機智之巧，必有機智之心，我不爲也。』」流水地，見本書卷一《偶作》詩箋注。

鷓鴣天①

一夜清霜變鬢絲，怕愁剛把酒禁持②。玉人今夜相思不？想見頻將翠枕移。真箇恨，未多時，也應香雪減些兒③。菱花照面須頻記，曾道偏宜淺畫眉④。

【箋注】

①題，右詞無題，然亦遣送歌者侍者之作，故一併附次於此。

②「一夜」二句，一夜清霜變鬢絲，謝邁《與江君佐遊五福寺觀竹二首》詩：「一夜清霜羣木落，獨留孤節與君看。」朱熹《送建陽陳丞伯厚還鄉》詩：「括蒼雲壑入秋夢，閩嶺風霜侵鬢絲。」酒禁持，秦觀《阮郎歸》詞：「日長早被酒禁持，那堪更別離。」剛把，纔把。

③「也應」句，蘇軾《三部樂·情景》詞：「今朝置酒强起，問爲誰減動，一分香雪？」

④「菱花」二句，菱花，《爾雅翼》卷六：「昔人取菱花六觚之象以爲鏡。」淺畫眉，本書卷七《鷓鴣天》詞（尊俎風流有幾人闋）揭拍二句云：「玉人好把新妝樣，淡畫眉兒淺注唇。」知淡眉爲時世妝也。

玉樓春

客有游山者，忘攜具，而以詞來索酒，用韻爲答。余時以病不往〔一〕①

山行日日妨風雨，風雨晴時君不去。牆頭塵滿短轅車②，門外人行芳草路。城南東野應聯句，好記琅玕題字處③。也應竹裏着行厨，已向甕間防吏部〔二〕④。

【校】

〔一〕題，四卷本乙集「余時以病」作「時余有事」，此從廣信書院本。

〔二〕「間」，四卷本作「頭」，王詔校刊本、《六十名家詞》本、四印齋本作「邊」。

【箋注】

①題，此止酒期内事。據詞中「芳草路」句，則猶在慶元二年夏間。

②「牆頭」句，自言久不出行。《能改齋漫録》卷六《短轅車》條：「《晉書·王導傳》：『蔡謨曰，但見短轅犢車，長柄麈尾。』按《後漢·馬援傳》：『乘下澤車。』注云：『行澤者欲短轂，行山者欲

長轂。短轂則利，長轂則安。』短轂者，短轅也，蓋本於《周禮·冬官》車人爲車云。」羅虬《比紅兒》詩：「重門深掩幾枝花，未勝紅兒莫大誇。玉柄不能探物理，可能虚上短轅車。」

③「城南」二句，城南東野聯句，韓愈、孟郊《城南聯句》見載《昌黎集》卷八。琅玕題字處，韓愈《贈張十八助教》詩：「喜君眸子重清朗，攜手城南歷舊遊。忽見孟生題竹處，相看淚落不能收。」

④「也應」二句，竹裏行厨，杜甫《嚴公仲夏枉駕草堂兼攜酒饌得寒字》詩：「竹裏行厨洗玉盤，花邊立馬簇金鞍。」甕間防吏部，《世説新語·任誕》：「畢茂世云：『一手持蟹螯，一手持酒杯，拍浮酒池中，便足了一生。』」注引《晉中興書》：「畢卓字茂世，新蔡人。少傲達，爲胡毋輔之所知。太興末，爲吏部郎，嘗飲酒廢職。比舍郎釀酒熟，卓因醉夜至其甕間，取飲之。主者謂是盜，執而縛之。知爲吏部也，釋之，卓遂引主人燕甕側，取醉而去。」蘇軾《成伯家宴造坐無由輒欲效顰而酒已盡入夜不欲煩擾戲作小詩求數酌而已》詩：「隔籬不喚鄰翁飲，抱甕須防吏部來。」前言出行當備具，後言索酒已盡也。

又

再和

人間反覆成雲雨，鳧雁江湖來又去①。十千一斗飲中仙，一百八盤天上路②。舊時楓落吴江句〔一〕，今日錦囊無着處③。看封關外水雲侯，剩按山中詩酒部④。

【校】

〔一〕「落」，四卷本乙集作「葉」，此從廣信書院本。

【箋注】

①「人間」二句，反覆成雲雨，杜甫《貧交行》：「翻手作雲覆手雨，紛紛輕薄何須數。」韓愈《寄崔二十六立之》詩：「由來人間事，翻覆不可知。」鳧雁江湖，沈與求《八月十七日扁舟渡錢塘江》詩：「鳧雁江湖真我輩，龍蛇山澤定何人。」

②「十千」二句，十千一斗，白居易《自勸》詩：「十千一斗猶賒飲，何况官供不著錢。」彭汝礪《再用前韻呈察院學士》詩：「其力十百倍凡鉛，功成不數飲中仙。」按：杜甫有《飲中八仙歌》。一百八盤天上路，黄庭堅《次韻楙宗送别二首》詩：「一百八盤天上路，去年明日送流人。」《渭南文集》卷四八《入蜀記》六：「二十四日早，抵巫山。縣在峽中，亦壯縣也。市井勝歸峽二郡，隔江，南陵山極高大，有路如綫，盤屈至絶頂，謂之一百八盤，蓋施州正路。黄魯直詩云：『一百八盤攜手上，至今歸夢繞羊腸。』即謂此也。」

③「舊時」二句，楓落吴江，《舊唐書》卷一九〇上《文苑·鄭世翼傳》：「鄭世翼，鄭州滎陽人也。……弱冠有盛名，武德中，歷萬年丞、揚州録事參軍，數以言辭忤物，稱爲輕薄。時崔信明自謂文章獨步，多所淩轢。世翼遇諸江中，謂之曰：『嘗聞楓落吴江冷。』信明欣然示百餘篇，世翼覽之未終，曰：『所見不如所聞。』投之於江，信明不能對，擁楫而去。」按：楓落吴江句，借言舊日所作堪被人輕視之詩詞。錦囊無着處，見本卷《西江月》詞（粉面都成醉夢闌）箋注。無着處，謂其所作今亦無人爲之整理也。

④「看封」二句，《職官分紀》卷五〇：「陳有郡王、嗣王、藩王、開國郡公、開國縣公、侯、伯、子、男、沐食侯、鄉亭侯、關内侯、關外侯，凡十三等。」稼軒既自嘲被放逐，僅能受封爲關外水雲侯。關外侯既爲末等，且所管乃爲水與雲等自由自在之物，而山中之詩酒部，仍爲其所屬，知皆戲謔語也。看，將也。看與剩對舉，剩乃待、緩之意。《稼軒詞編年箋注》謂「『剩』作『多』解。宋代各路使臣按視所屬州邑，稱曰按部」。謂作多解不確。客來索酒，稼軒以病不往，故雖封爲關外水雲侯，然猶應待按或緩按山中詩酒部也。

沁園春

城中諸公載酒入山，余不得以止酒爲解，遂破戒一醉，再用韻①

杯汝知乎？酒泉罷侯，鴟夷乞骸②。更高陽入謁，都稱虀臼③；杜康初筮，正得雲雷④。細數從前，不堪餘恨〔一〕，歲月都將麯櫱埋⑤。君詩好，似提壺却勸，沽酒何哉⑥？君言病豈無媒，似壁上雕弓蛇暗猜⑦。記醉眠陶令，終全至樂；獨醒屈子，未免沉菑⑧。欲聽公言，慚非勇者，司馬家兒解覆杯⑨。還堪笑，借今宵一醉，爲故人來。用邴原事〔二〕⑩。

【校】

〔一〕「餘」，四卷本丙集作「余」，此從廣信書院本。

〔二〕小注，四卷本闕。

【箋注】

①題，右詞爲止酒期間所作，乃用《將止酒戒酒杯使勿近》詞之韻者。據「城中諸公載酒入山」語，此詞之作，尚在未移居鉛山之前。蓋稼軒帶湖居址雪樓，即在上饒城近靈山門内之伎山上，雖經焚燬，仍必居於附近，故知右詞乃慶元二年秋移居之前所賦。解，釋也。

②「酒泉」二句，酒泉，見本卷《醜奴兒》詞（近來愁似天來大闋）箋注。蓋杜詩有「恨不移封向酒泉」語，而自家既已止酒，則酒泉侯業已省罷。鴟夷，酒器。乞骸，退休也。《漢書》卷九二《游俠·

陳遵傳》載揚雄《酒箴》：「鴟夷滑稽，腹如大壺。盡日盛酒，人復借酤。常爲國器，託於屬車。出入兩宫，經營公家。繇是言之，酒何過乎？」注：「鴟夷，韋囊，以盛酒，即今鴟夷縢也。」《史記》卷一一二《平津侯主父列傳》：「君不幸罹霜露之病，何恙不已？乃上書歸侯，乞骸骨，是章朕之不德也。」

③「更高」二句，高陽入謁，高陽謂酈食其。《史記》卷九七《酈生陸賈列傳》：「初，沛公引兵過陳留，酈生踵軍門上謁，曰：『高陽賤民酈食其，竊聞沛公暴露，將兵助楚討不義，敬勞從者，願得望見，口畫天下便事。』使者入通，沛公方洗，問使者曰：『何如人也？』使者對曰：『狀貌類大儒，衣儒衣，冠側注。』沛公曰：『爲我謝之，言我方以天下爲事，未暇見儒人也。』使者出謝曰：『沛公敬謝先生，方以天下爲事，未暇見儒人也。』酈生瞋目按劍，叱使者曰：『走復入言沛公，吾高陽酒徒也，非儒人也。』」虀臼，見本書卷九《定風波·再和前韻藥名》詞（仄月高寒水石鄉闋）箋注。《曹娥碑》之「虀臼」二字，射辭字。此二句謂酒徒辭酒也。

④「杜康」二句，杜康，古釀酒者。《周易·屯卦》：「象曰：雲雷，屯，君子以經綸。」注：「始於險難，至於大亨，利貞。」此二句言，釀酒之杜康筮卜，得大亨之屯，乃造酒飲酒者終受歡迎之象也。

⑤「歲月」句，麯糵，《尚書·説命》下：「若作酒醴，爾惟麯糵。」注：「酒醴須麯糵以成。」

⑥「似提」二句，見本卷《玉樓春》詞（三三兩兩誰家女闋）箋注。

⑦「似壁」句，見本書卷八《水調歌頭・嚴子文同傅安道和前韻因再和謝之》詞（寄我五雲字闋）箋注。

⑧「記醉」四句，醉眠陶令，見本書卷八《醜奴兒》詞（此生自斷天休問闋）箋注。獨醒屈子，見本書卷八《臨江仙・即席和韓南澗韻》詞（風雨催春寒食近闋）箋注。

⑨「欲聽」三句，非勇者，《史記》卷六七《仲尼弟子列傳》：「伐小越而畏彊齊，非勇也。夫勇者不避難。」司馬家兒，謂晉元帝。《世説新語・規箴》：「元帝過江，猶好酒，王茂弘與帝有舊，常流涕諫，帝許之，命酌酒一酣，從是遂斷。」注引鄧粲《晉紀》：「上身服儉約，以先時務。性素好酒，將渡江，王導深以諫，帝乃令左右進觴，飲而覆之，自是遂不復飲。克己復禮，官修其方，而中興之業隆焉。」解覆杯，能覆杯也。

⑩「還堪」三句及小注，《三國志・魏書》卷一一《邴原傳》：「太祖征吴，原從行，卒。」注引《原别傳》：「原舊能飲酒，自行之後，八九年間，酒不向口。單步負笈，苦身持力。至陳留則師韓子助，潁川則宗陳仲弓，汝南則交范孟博，涿郡則親盧子幹。臨别，師友以原不飲酒，會米肉送原。原曰：『本能飲酒，但以荒思廢業，故斷之耳。今當遠别，因見貺餞，可一飲燕。』於是共坐飲酒，終日不醉。」

臨江仙

和葉仲洽賦羊桃①

憶醉三山芳樹下，幾曾風韻忘懷。黄金顔色五花開。味如盧橘熟，貴似荔枝來②。

聞道商山餘四老，橘中自釀秋醅③。試呼名品細推排④。重重香肺腑〔一〕，偏殢聖賢杯⑤。

【校】

〔一〕「肺腑」，四卷本丁集作「腑臟」，此從廣信書院本。

【箋注】

①題，葉仲洽，陳文蔚《克齋集》卷一四《和葉仲洽喜雨》詩：「一旱不問下與高，風吹日炙同煎熬。悲鳴鴻雁不飲啄，向人終日聲嗷嗷。千里赤地天不管，毫髮微功矜桔槔。乘除自古有成説，霖潦一春多發洩。渴苗欲死俟沾溉，到此翻令成澤竭。不眠耿耿抱幽恨，離畢中宵起占月。仰天浩嘆如何理，引手欲挽天河水。鵝湖作鎮縣東隅，山巔忽有雲峰起。朝隮何事故要勒，雨未崇朝還又止。農家與苗相爲命，情不願蘇惟願死。愁腸欲斷成寸寸，頃刻風雷驚動散。爲霖三日

澤已均，發墨千山雲不斷。騷人賦詩喜欲狂，自寫長箋幾脱腕。東西倒懸今少解，懽情隨雨亦滂沛。祇愁西北望雲霓，虎狼久矣爲民害。請看麟史書伐邢，一日興師當問罪。詩成聊寫閔雨志，畎畝拳拳有深愛。」葉仲洽姓字僅見於此，據右詩「鵝湖」諸語，知葉氏殆鉛山縣人，名及生平俱無可考。羊桃，范成大《桂海虞衡志·志果》：「五稜子，形甚詭異，瓣五出，如田家碌碡狀。味酸，久則微甘，閩中謂之羊桃。」張世南《遊宦紀聞》卷五：「三山荔子，丹時最可觀。……果中又有黄澹子、金斗子、菩提果、羊桃，皆他處所無。又作楊桃。」《淳熙三山志》卷四一：「《臨海異物志》：『楊桃其色青黄，核如棗核，生晉安侯官縣，可蜜藏之。有五瓣，或謂之五瓣子。』」《嘉定赤城志》卷三六：「楊桃，《臨海異物志》云：『色青黄，其核以棗，蓋今山棗，又一名羊桃。《本草》云藤梨，或名獼猴桃。』」據右詞「憶醉」句，知作於帥閩歸來之後，以次闋有「近來渾止酒」語，故次於慶元二年秋止酒期内。

②「味如」二句，盧橘熟，《文選》卷八司馬相如《上林賦》：「於是乎盧橘夏熟，黄甘橙榛。」注：「《伊尹書》曰：『箕山之東，青鳥之所有，盧橘夏熟。』」《爾雅翼》卷一二《盧橘》：「張勃《吴録》，以爲建安郡中有橘，冬月於樹上覆裹之，至明年春夏，色變青黑，味尤絶美，以爲相如所引盧橘，盧，黑色也。」荔枝來，《新唐書》卷七六《后妃·玄宗貴妃楊氏傳》：「妃嗜荔枝，必欲生致之，乃置騎傳送，走數千里，味未變已至京師。」杜牧《過華清宫絶句三首》詩：「一騎紅塵妃子笑，無人知是荔枝來。」

③「聞道」二句，牛僧孺《玄怪録》卷三《巴邛人》條：「有巴邛人，不知姓名，家有橘園。因霜後，諸橘盡收，餘有兩大橘，如三斗盎，巴人異之，即令攀橘下。輕重亦如常橘，剖開，每橘有二老叟，鬚眉皤然，肌體紅潤，皆相對象戲。身長尺餘，談笑自若，剖開後亦不驚怖，但與決賭。……又有一叟曰：『……橘中之樂，不減商山，但不得深根固蔕，爲愚人摘下耳。』」

④細推排，《續資治通鑑長編》卷三九〇：「免役法根究人户家業，以緡錢率之。又官司有故爲假借之意，故難得其實。今鄉村人户，只是分爲五等，推排家業之大概，易得其實也。兼等第亦不須特行排定，緣著令鄉村，三年一次造簿，只可申戒州縣，遇依條造簿年歲，子細推排等第，不可漏落。」此推排，應爲推算排定之意。

⑤「偏殢」句，《三國志·魏書》卷二七《徐邈傳》：「魏國初建，爲尚書郎。時科禁酒，而邈私飲至於沉醉。校事趙達問以曹事，邈曰：『中聖人。』達白之太祖，太祖甚怒。渡遼將軍鮮于輔進曰：『平日醉客謂酒清者爲聖人，濁者爲賢人。邈性修慎，偶醉言耳。』竟坐得免刑。後領隴西太守，轉爲南安。文帝踐阼，歷譙相、平陽、安平太守，潁川典農中郎將，所在著稱，賜爵關内侯。車駕幸許昌，問邈曰：『頗復中聖人不？』邈對曰：『昔子反斃於穀陽，御叔罰於飲酒，臣嗜同二子，不能自懲，時復中之。然宿瘤以醜見傳，而臣以醉見識。』帝大笑。」殢，極困也。

又

冷雁寒雲渠有恨，春風自滿余懷。更教無日不花開①。未須愁菊盡，相次有梅來。　多病近來渾止酒，小槽空壓新醅②。青山却自要安排：不須連日醉，且進兩三杯。

【箋注】

①「更教」句，《漁隱叢話》前集卷二九引《西清詩話》：「歐公守滁陽，築醒心、醉翁兩亭於琅琊幽谷，且命幕客謝某者，雜植花卉其間。謝以狀問名品，公即書紙尾云：『淺深紅白宜相間，先後仍須次第栽。我欲四時攜酒去，莫教一日不花開。』其清放如此。」

②「多病」二句，多病止酒，黄庭堅《王立之以小詩送並蔕牡丹戲答》詩：「多病廢詩仍止酒，可憐雖在與誰同。」小槽壓新醅，羅隱《江南行》：「水國多愁又有情，夜槽壓酒銀船滿。」蘇轍《放榜後次韻毛守見招》詩：「佳句徑蒙探古錦，小槽仍報滴新醅。」王庭珪《雪中以酒送歐陽廣明袁叔明》詩：「小槽新壓甕頭春，盛欲招呼雪閉門。」

玉樓春　戲賦雲山①

何人半夜推山去，四面浮雲猜是汝②。常時相對兩三峰，走遍溪頭無覓處。　西風瞥起雲橫度，忽見東南天一柱③。老僧拍手笑相誇：且喜青山依舊住。

【箋注】

①題，雲山，今名雲頂山，在石塘鎮與紫溪之間，今屬紫溪鄉。山上有雲頂庵。此據鉛山當地人考察得知，舊志未載。

②「何人」二句，半夜推山去，《莊子·大宗師》：「夫藏舟於壑，藏山於澤，謂之固矣。然而夜半有力者，負之而走，昧者不知也。」黄庭堅《湖口人李正臣蓄異石九峰東坡先生名曰壺中九華……感歎不足因次前韻》詩：「有人夜半持山去，頓覺浮嵐暖翠空。」四面浮雲，李邦直《題惠山寺》詩：「氣如蒸炊出山背，倏忽四面浮雲奔。」釋覺範《次韻雲庵老人題妙用軒》詩：「風揭松聲去，雲推山色來。」

③「西風」二句，歐陽修《百子坑賽龍》詩：「四山雲霧忽晝合，瞥起直上拏空虚。」瞥起，疾起也。

東南天一柱，英將鄉東北有天柱山，雖爲鉛山之東南，然距雲山遠，右詞恐非指此。

又

用韻答傅巖叟、葉仲洽、趙國興〔一〕①

青山不解乘雲去〔二〕，怕有愚公驚着汝②。人間踏地出租錢③，借使移將無着處。三星昨夜光移度，妙語來題橋上柱④。黄花不插滿頭歸⑤，定向白雲遮且住。

【校】

〔一〕題，四卷本丁集作「用韻答仲洽、國興、巖叟」，此從廣信書院本。

〔二〕「解」，四卷本作「會」。

【箋注】

①題，趙國興，即趙士礽之孫，趙不迂之子侄輩，其名或即善鄭，詳見本書卷二《和趙國興知録贈琴》詩箋注。

②「青山」二句，《列子・湯問》：「太行、王屋二山，方七百里，高萬仞，本在冀州之南，河陽之北。

北山愚公者，年且九十，面山而居，懲山北之塞，出入之迂也，聚室而謀曰：『吾與汝畢力平險，指通豫南，達於漢陰，可乎？』雜然相許。……遂率子孫荷擔者三夫，叩石墾壤，箕畚運於渤海之尾。鄰人京城氏之孀妻有遺男，始齓，跳往助之，寒暑易節，始一反焉。河曲智叟笑而止之曰。……愚公長息曰：『汝心之固，固不可徹，曾不若孀妻弱子。雖我之死，有子存焉，子又生孫，孫又生子，子又有子，子又有孫，子子孫孫無窮匱也。而山不加增，何苦而不平？』河曲智叟亡以應。操蛇之神聞之，懼其不已也，告之於帝，帝感其誠，命夸娥氏二子負二山，一厝朔東，一厝雍南，自此冀之南，漢之陰，無隴斷焉。」

③人間踏地出租錢，《新唐書》卷五四《食貨志》：「武宗即位，鹽鐵轉運使崔珙又增江淮茶税，是時茶商所過州縣有重税，或掠奪舟車，露積雨中，諸道置邸以收税，謂之踏地錢，故私販益起。」蘇軾《魚蠻子》詩：「人間行路難，踏地出賦租。」

④「三星」二句，三星，《詩·唐風·綢繆》：「綢繆束薪，三星在天。今夕何夕，見此良人。」按：三星謂參星，即心星也。此用指傅、葉、趙三客也。題橋上柱，《太平御覽》卷七三：「昇仙橋，在成都縣北十里，即司馬相如題橋柱，曰：『不乘駟馬高車，不復過此橋。』」《華陽國志》卷三：「城北十里有昇仙橋，有送客觀。司馬相如初入長安，題其門曰：『不乘高車駟馬，不過汝下也。』」《水經注》卷三三所載與此同，惟又載：「後入邛蜀，果如志焉。」

⑤「黄花」句，杜牧《九日齊山登高》詩：「人世難逢開口笑，菊花須插滿頭歸。」

又

無心雲自來還去，元共青山相爾汝①。霎時迎雨障崔嵬，雨過却尋歸路處。　　侵天翠竹何曾度，遥見屹然星砥柱。今朝不管亂雲深，來伴仙翁山下住。

【箋注】

①「無心」二句，無心雲自來還去，王安石《即事二首》詩：「雲從鍾山起，却入鍾山去。借問山中人，雲今在何處。雲從無心來，還向無心去。無心無處尋，莫覓無心處。」杜甫《醉時歌》：「忘形到爾汝，痛飲真吾師。」相爾汝，韓愈《聽穎師彈琴》詩：「昵昵兒女語，恩怨相爾汝。」按：爾汝，《孟子·盡心》下：「人能充無受爾汝之實，無所往而不爲義也。」爾汝原爲輕賤之稱，引申有親近之義。

又

瘦筇倦作登高去，却怕黄花相爾汝〔一〕。嶺頭拭目望龍安〔二〕①，更在雲煙遮斷處。思量落帽人風度，休説當年功紀柱②。謝公直是愛東山，畢竟東山留不住③。

【校】

〔一〕「怕」，《六十名家詞》本作「把」，此從廣信書院本。

〔二〕「安」，《六十名家詞》本作「山」。

【箋注】

①「嶺頭」句，龍安，〔乾隆〕《鉛山縣志》卷一五：「華嚴寺，縣東十里。唐昭宗時建，舊名龍安院，後更今名，有著作郎袁谷碑，歲久傾圮。」〔同治〕《鉛山縣志》卷七《寺觀》：「華嚴寺，在縣東十里。唐光化中建龍安院，宋治平四年改賜今名。」《克齋集》卷一七《公美約同遊龍安寺僧留小飲歸途一絶》詩：「幾年無便到招提，沙路徐行趁碧溪。花竹禪房成小款，笑談不覺到斜西。」

按：龍安院，其遺址在今永平鎮東稼軒鄉（詹家）西北四里湖村畈。

②「思量」二句，落帽人風度，見本書卷七《沁園春・送趙景明知縣東歸再用前韻》詞（佇立瀟湘闋）箋注。功紀柱，《水經注》卷三六：「俞益期箋曰：『馬文淵立兩銅柱於林邑岸北，有遺兵十餘家不反，居壽泠岸南而對銅柱，悉姓馬，自婚姻，今有二百户。交州以其流寓，號曰馬流，言語飲食，尚與華同。山川移易，銅柱今復在海中，正賴此民以識故處也。』《林邑記》曰：『建武十九年，馬援樹兩銅柱於象林南界，與西屠國分漢之南疆也。土人以之流寓，號曰馬流，世稱漢子孫也。』」《嶺外代答》卷二《占城國》：「占城，漢林邑也，境上有馬援銅柱。」

③「謝公」二句，謝公愛東山，東山留不住，見本書卷六《念奴嬌・登建康賞心亭呈史留守致道》詞（我來弔古闋）箋注。

漢宮春

即事①

行李溪頭，有釣車茶具，曲几團蒲②。兒童認得，前度過者籃輿③。時時照影，甚此身徧滿江湖？悵野老行歌不住，定堪與語難呼④。一自東籬摇落，問淵明歲晚，心賞何如。梅花政自不惡⑤，曾有詩無？知翁止酒，待重教蓮社人沽⑥。空悵望風流已矣，江山特地愁余⑦。

【箋注】

①題，右詞有「梅花不惡」語，又有「止酒」語，知即慶元二年底所賦。

②「行李」三句，《新唐書》卷一九六《隱逸·陸龜蒙傳》：「初，病酒，再朞乃已。其後客至，挈壺置杯，不復飲。不喜與流俗交，雖造門不肯見，不乘馬，升舟設蓬席，齎束書、茶竈、筆牀、釣具往來。時謂江湖散人，或號天隨子、甫里先生。自比涪翁、漁父、江上丈人。」按：陸龜蒙《甫里集》卷五有《漁具》詩，其序云：「天隨子漁於海山之顔有年矣，矢漁之具，莫不窮極其趣。……今擇其任詠者作十五題以諷。噫，矢魚之具也如此，余既歌之矣。矢民之具也如彼，誰其嗣之？」漁具中有釣車，釣車即纏繞釣綫之釣輪。而卷六有《和茶具十詠》，即茶塢、茶人、茶筍、茶籯、茶舍、茶竈、茶焙、茶鼎、茶甌、煮茶。曲几團蒲，見本書卷九《滿江紅·病中俞山甫教授訪別病起寄之》詞（曲几團蒲鬩）箋注。行李，行人也。

③籃輿，《通雅》卷三五《器用》：「篼輿，編輿也。晉以來謂之籃輿，或曰擔子，猶兜子也。」

④「悵野」二句，《列子·天瑞》：「林類年且百歲，底春被裘，拾遺穗於故畦，並歌並進。孔子適衛，望之於野，顧謂弟子曰：『彼叟可與言者，試往訊之。』子貢請行，逆之壠端，面之而歎曰：

『先生曾不悔乎，而行歌拾穗？』林類行不留，歌不輟。子貢叩之不已，乃仰而應曰：『……死之與生，一往一反，故死於是者，安知不生於彼？故吾知其不相若矣，吾又安知營營而求生非惑乎？亦又安知吾今之死，不愈昔之生乎？』」

⑤自不惡，《北史》卷二三《于栗磾傳》：「帝益器重之，歎曰：『元儼決斷威恩，深自不惡。』」

⑥「知翁」二句，《陶淵明集》卷三有《止酒》詩。《説郛》卷五七《東林蓮社十八高賢傳·不入社諸賢傳》：「陶潛字淵明，一字元亮，晉大司馬侃之曾孫。少懷高尚，著《五柳先生傳》以自況。……嘗往來廬山，使一門生二兒舁籃輿以行。時遠法師與諸賢結蓮社，以書招淵明，淵明曰：『若許飲則往。』許之，遂造焉，忽攢眉而去。」

⑦「空悵」二句，《太平御覽》卷三二引《續晉陽秋》：「陶潛九月九日無酒，宅邊東籬下，菊叢中，摘盈把，坐其側。未幾，望見白衣人至，乃王弘送酒也，即便就醉而後歸。」特地，特别。

驀山溪

趙昌父賦一丘一壑，格律高古，因效其體①

飯疏飲水，客莫嘲吾拙。高處看浮雲，一丘壑中間甚樂②。功名妙手，壯也不如人③。今老矣，尚何堪？堪釣前溪月。　病來止酒，辜負鸕鷀杓④。歲晚念平生，待都與鄰翁細說⑤。人間萬事，先覺者賢乎？深雪裏，一枝開，春事梅先覺⑥。

【箋注】

①題，趙昌父，本書卷二《和趙昌父問訊新居之作》詩箋注已引《宋史》卷四四五《文苑傳》七，略述其生平。劉宰《漫塘集》卷三二《章泉趙先生墓表》：「先生姓趙氏，諱蕃，字昌父。其先自杭徙汴，由汴而鄭，南渡居信之玉山。曾祖暘，朝散大夫直龍圖閣，提舉江州太平觀。……龍圖歿葬玉山之章泉，先生因家焉，故世號章泉先生。用龍圖致仕恩，入仕饒之浮梁尉、福之連江簿，皆不赴。爲吉之太和簿、辰之司理參軍，最後監衡之安仁贍軍酒庫，已至，未上而歸，遂奉祠家居，積祠庭之考至三十有三。今天子御極之元年，歲在乙酉，宰相以先生名聞，有旨除太社令，三辭不拜，特改奉議郎直秘閣，主管建昌軍仙都觀。又三辭，不允，越三年，差主管華州雲臺觀。蓋先生自乙酉至是歲，辭官不獲，屢上休致之請，皆不允，而先生請不已。明年夏四月，始得旨，轉承議郎依前直秘閣致仕，又閱月，而先生逝矣，實紹定某年某月某日，壽八十有七。」按：右《墓表》之乙酉，乃理宗寶慶元年，越三年爲紹定元年，明年即紹定二年，趙蕃卒於是年五月。據本書卷二《和趙昌父問訊新居之作》詩箋注，趙蕃自衡州奉祠，即隨劉清之爲清江之遊，其事在淳熙十五年。其歸玉山，當在劉清之淳熙十六年九月卒後（《宋名臣言行録》外集卷一四）。故「三十有三」一語乃指其自衡州歸清江至嘉定十七年，共三十三年間奉祠之數，至理宗即位，則以太

社令召矣。而右詞既謂賦稼軒期思之一丘一壑，顯然當作於慶元二年稼軒移居鉛山之後，詞中又有「深雪裏，一枝開，春事梅先覺」語，知作詞時已至慶元三年初春。趙蕃爲稼軒移居五堡洲新居，已賦詩矣，又賦瓢泉之一丘一壑詞，稼軒謂之格律高古，則其不但以詩名世，詞作格調亦甚高古，惜今但見其詩，其詞則惟存二首，見於《中興以來絶妙詞選》卷四，並此原詞皆無從考見。一丘一壑，見本卷《蘭陵王·賦一丘一壑》詞（一丘壑閿）箋注。

②「飯疏」四句，飯疏飲水、浮雲，《論語·述而》：「子曰：飯疏食，飲水，曲肱而枕之，樂亦在其中矣。不義而富且貴，於我如浮雲。」按：此自許退居山林之語也。《中興以來絶妙詞選》卷四：「趙昌甫名蕃，號章泉，負天下重望，屢召不起。劉後村所謂『一生官職監南岳，四海詩名仰玉山』者此也。」按：劉克莊原詩題爲《寄趙昌父》，見載於《後村先生大全集》卷一，爲後村嘉定八年前後所作。全詩云：「世上久無遺逸禮，此翁白首不彈冠。一生官職監南嶽，四海詩盟主玉山。經歲著書人少見，有時入郭俗争看。何因樵服供薪水，得附高名野史間。」對趙蕃疏食飲水之高節敬仰已極。稼軒蓋以趙蕃爲同調也。中間，其間，宋人多用於散文。《朱文公文集》卷二八《答趙帥論舉子倉事》：「似此之弊，不一而足，不但折支價錢而已。故中間甚不得已，而改爲三月一支之法。」

③「功名」二句，功名妙手，謂巧於仕宦。壯不如人，《左傳·僖公三十年》：「佚之狐言於鄭伯曰：『國危矣，若使燭之武見秦君，師必退。』公從之。辭曰：『臣之壯也，猶不如人，今老矣，

無能爲也已。』公曰：『吾不能早用子，今急而求子，是寡人之過也。然鄭亡，子亦有不利焉。』許之。」

④辛負鸕鷀杓，李白《襄陽歌》：「鸕鷀杓，鸚鵡杯，百年三萬六千日，一日須傾三百杯。」黄庭堅《戲答王子予送淩風菊二首》詩：「病來孤負鸕鷀杓，禪板蒲團入眼中。」《説郛》卷八〇《謝氏詩源》：「金母召羣仙宴於赤水，命謝長珠鼓拂雲之琴，舞驚波之曲。坐有碧金鸚鵡杯、白玉鸕鷀杓，杯乾則杓自挹，欲飲則杯自舉。故太白詩云『鸕鷀杓，鸚鵡杯』，非指廣南海螺杯杓也。」

⑤「待都」句，蘇軾《還舊居和夢歸白鶴山居作》詩：「夢與鄰翁言，憫然憐我衰。」

⑥「人間」五句，《論語·憲問》：「子曰：不逆詐，不億不信，抑亦先覺者是賢乎？」深雪裏一枝開，見本書卷一一《好事近·席上和王道夫賦元夕立春》詞（綵勝鬥華燈鬨）箋注。鄭谷《咸通十四年府試木向榮》詩：「庾嶺梅先覺，隋堤柳暗驚。」按：稼軒以紹熙五年罷官退歸上饒帶湖，而淳熙末趙蕃即因辭官不就奉祠玉山，右數語云云，蓋以去官之先後推奬趙蕃爲賢者也。

清平樂

呈趙昌甫。時僕以病止酒。昌甫日作詩數篇，末章及之〔一〕①

雲煙草樹②，山北山南雨。溪上行人相背去，惟有啼鴉一處。　門前萬斛春寒，梅花可噒摧殘③？使我長忘酒易，要君不作詩難。

【校】

〔一〕題，四卷本丁集「趙昌甫」作「昌父」，此從廣信書院本。另廣信書院本「日」、「章」俱闕，據四卷本補。

【箋注】

①題，右詞亦作於慶元三年初。稼軒之以病止酒，起於慶元二年春末，迄本年春初，尚猶未已。

②雲煙草樹，《太平廣記》卷三六《李清》條引《集異記》：「山川景象，雲煙草樹，宛非人世。」《詩人玉屑》卷一〇《不能變態》條引《丹陽集》：「僧祖可作詩多佳句。……然讀書不多，故變態少，觀其體格，亦不過雲烟草樹、山川鷗鳥而已，而徐師川極稱其詩，不知何也。」按：今本葛勝仲《丹陽集》此條未載。

③「門前」二句，趙蕃《章泉稿》卷一《梅花二首》詩：「我家繞屋碧玉椽，下有獨樹争嬋娟。平安無使信莫傳，疏枝冷蕊空淒然。」其《梅花用東坡惠州韻呈子進昆仲》詩亦有「欲拈墮蕊每攀樹，要看落影長開門」句，知其居所之門前有梅。可噍，同可煞，疑問詞，可能也。

又①

春宵睡重，夢裏還相送。枕畔起尋雙玉鳳②，半日才知是夢。　一從賣翠人還，又無音信經年③。却把淚來做水，流也流到伊邊④。

【箋注】

①題，右詞無題。據詞意，知爲留戀侍者之作。以詞有「春宵」云云，又知與呈趙昌甫之作爲同時。

②雙玉鳳，張祜《壽州裴中丞出柘枝》詩：「青娥十五柘枝人，玉鳳雙翹翠帽新。」玉鳳謂釵。

③「一從」二句，稼軒遣去歌者，爲慶元二年春間事，至此蓋已經年。賣翠人指何不詳。《建炎以來繫年要録》卷一八三：「紹興二十九年十二月己未，幹辦内東門司謝琢罷，日下押出門，以盜賣翠錢入己也。」《江湖後集》卷二〇載李龏《東家》詩：「東家買金鈿，西家買翠鈿。」疑即買賣翠鈿之類婦女飾物者也。

④「却把」二句，《花草稡編》卷六載無名氏《轉調賀聖朝》詞：「相思到了，不成模樣，收淚千行。把從前淚來做水，流也流到伊行。」

浣溪沙

瓢泉偶作〔一〕①

新葺茅簷次第成，青山恰對小窗橫②。去年曾共燕經營。　病怯杯盤甘止酒〔二〕，老依香火苦翻經③。夜來依舊管絃聲。

【校】

〔一〕題，四卷本丙集闕，此從廣信書院本。

〔二〕「怯」，廣信書院本作「却」，此據四卷本改。

【箋注】

①題，右詞爲慶元三年在瓢泉作。稼軒之止酒，起於慶元二年，而右詞當作於三年春。

②「新葺」二句，瓢泉在瓜山下，瓜山即詞中之青山。本卷《蘭陵王·賦一丘一壑》詞有「茅簷上，松月桂雲，脈脈石泉逗山腳」諸語。稼軒於瓢泉周圍面對瓜山亦葺有茅屋。次第，《詩詞曲語辭匯釋》謂略具規模。即指稼軒瓢泉茅屋之修建完工已經差不多。

③「病怯」二句，病怯杯盤，蘇軾《次韻樂著作送酒》詩：「少年多病怯杯觴，老去方知此味長。」依香火，秦觀《題法海平闍黎》詩：「因循移病依香火，寫得彌陀七萬言。」

南歌子

新開池，戲作①

散髮披襟處，浮瓜沉李杯〔一〕②。涓涓流水細侵階。鑿箇池兒唤箇月兒來。　畫棟頻搖動，紅蕖盡倒開〔二〕。鬥匀紅粉照香腮，有箇人人把做鏡兒猜〔三〕③。

【校】

〔一〕「杯」，《六十名家詞》本作「時」。

〔二〕「蕖」，四卷本丙集作「葵」，此從廣信書院本。

〔三〕「有箇」句，「人人」，《歷代詩餘》作「人兒」。「做」，《歷代詩餘》作「箇」。

【箋注】

①題，此新開池，疑即稼軒期思嶺下秋水堂前池沼，今鉛山當地人稱爲蛤蟆塘。右詞亦作於移居

五堡洲之後。

②「散髮」二句，散髮披襟處，《世説新語·德行》：「王平子、胡毋彦國諸人，皆以任放爲達。或有裸體者。」注引王隱《晉書》：「魏末，阮籍嗜酒荒放，露頭散髮，裸袒箕踞。其後貴游子弟阮瞻、王澄、謝鯤、胡毋輔之之徒，皆祖述於籍，謂得大道之本。故去巾幘，脱衣服，露醜惡，同禽獸。」同書卷上之下《文學》：「王逸少作會稽，初至，支道林在焉。……因論《莊子·逍遥遊》，支作數千言，才藻新奇，花爛映發。王遂披襟解帶，留連不能已。」柳永《過澗歇》詞：「月觀風亭，水邊石上，幸有散髮披襟處。」浮瓜沉李，《文選》卷四二曹丕《與朝歌令吴質書》：「高談娱心，哀箏順耳。馳騁北場，旅食南館。浮甘瓜於清泉，沉朱李於寒水。白日既匿，繼以朗月。」

③「鬥勻」二句，鬥，疑作亂解，胡亂也。人人，猶云人兒。

鷓鴣天

登一丘一壑偶成①

莫殢春光花下遊，便須準備落花愁②。百年雨打風吹却，萬事三平二滿休③。將擾擾，付悠悠，此生於世百無憂④。新愁次第相抛舍，要伴春歸天盡頭。

【箋注】

①題，右詞亦遷居鉛山未久之事，故次於效趙昌父賦一丘一壑之《鷓山溪》諸詞之後。

②「莫殢」二句，殢春，李鷹《對春》二首詩：「半陰半晴惱亂我，不禁春意惟殢春。」晁補之《金鳳鈎·送春》詞：「一簪華髮，少歡饒恨，無計殢春且住。」殢者，極困也。準備，謂安排也。落花愁，徐寅《依温飛卿華清宫二十二韻》詩：「重來芳草恨，往事落花愁。」

③「百年」二句，雨打風吹，吕本中《春日二首》詩：「要須及熱蘆灣去，莫看風吹雨打時。」三平二滿休，陳叔方《潁川語小》卷下：「俗言三平二滿，蓋三遇平，二遇滿，皆平穩得過之日。」《山谷集》卷八《四休居士詩》序：「太醫孫君昉字景初，爲士大夫發藥，多不受謝，自號四休居士。山谷問其説，四休笑曰：『粗茶淡飯飽即休，補破遮寒暖即休，三平二滿過即休，不貪不妬老即休。』山谷曰：『此安樂法也。』」

④百無憂，蘇軾《虔州八境圖八首》詩：「坐看奔湍繞石樓，使君高會百無憂。」

又①

石壁虚雲積漸高，溪聲繞屋幾週遭②。自從一雨花零落〔二〕，却愛微風草動摇。呼玉友，薦溪毛③，殷勤野老苦相邀〔二〕。杖藜忽避行人去，認是翁來却過橋。

【校】

〔一〕「落」，四卷本丙集作「亂」，此從廣信書院本。

〔二〕「苦」，《六十名家詞》本作「著」。

【箋注】

①題，右詞無題，據詞意，應爲移居期思之後所作，以季節相近，故次於「登一丘一壑」詞之後。

②「石壁」二句，積漸，逐漸累積。李覯《野意亭》詩：「晴來海色依稀辨，醉後鄉愁積漸微。」溪聲繞屋，蘇軾《寄吴德仁兼簡陳季常》詩：「門前罷稏十頃田，清溪繞屋花連天。」

③「呼玉」二句，玉友，張表臣《珊瑚鉤詩話》卷三：「近時以黄柑醖酒，號洞庭春色。以糯米藥麴作白醪，號玉友，皆奇絶者耳。」薦溪毛，《左傳·隱公三年》：「苟有明信，澗溪沼沚之毛，蘋蘩薀藻之菜，筐筥錡釜之器，潢汙行潦之水，可薦於鬼神，可羞於王公。」

臨江仙

昨日得家報，牡丹漸開，連日少雨多晴，常年未有。僕留龍安蕭寺，諸君亦不果來，豈牡丹留不住爲可恨耶？因取來韻，爲牡丹下一轉語〔一〕①

祇恐牡丹留不住，與春約束分明〔二〕。未開微雨半開晴。要花開定準，又更與花盟。魏紫朝來將進酒，玉盤盂樣先呈②。鞓紅似向舞腰横③。風流人不見，錦繡夜間行④。

【校】

〔一〕題，《六十名家詞》本「可」、「下」、「轉」字俱闕，此從廣信書院本。四卷本此詞闕。

〔二〕「春」，《六十名家詞》本作「君」。

【箋注】

①題，據「僕留龍安蕭寺」語，知右詞亦慶元三年春間所作。龍安院，已見前《玉樓春》詞（瘦筇倦作登高去闋）箋注。諸君，指居住永平諸友，如趙國興、傅巖叟等人。龍安院在永平東南。〔同治〕《鉛山縣志》卷五：「牡丹，羣花中推爲第一，錢思公謂爲花王。歐陽修花譜所載凡十數種，以

姚黄魏紫爲上。鉛人養此花者，向亦有平頭紫、水月白、玉樓春諸種，近日只多玉樓春，而紫色白色者難得。」據此可見鉛山向有種養牡丹風氣。下一轉語，轉語謂又一説。《宋名臣言行録》外集卷八《楊時》：「又不去頂門上下一轉語，而隨其後，屑屑與辨，使其説傳，則吾之説不行矣。」《景德傳燈録》、《五燈會元》用轉語處尤多。

②「魏紫」二句，魏紫，歐陽修《文忠集》卷七二《洛陽牡丹記》：「魏家花者，千葉肉紅花，出於魏相仁浦家。始樵者於壽安山中見之，斵以賣魏氏。……其後破亡，鬻其園，今普明寺後林池，乃其地。……花傳民家甚多，人有數其葉者，云至七百葉。」又《同狀元行老學士秉道先輩遊太平寺淨土院觀牡丹中有淡黄一朵特奇爲作》詩：「醉中眼纈自斕斑，天雨曼陀照玉盤。一朵淡黄微拂掠，鞓紅魏紫不須看。」《將進酒》，漢短簫鐃歌二十二曲之一。此用其字面語。玉盤盂，裴士淹《白牡丹》詩：「長安年少惜春殘，争認慈恩紫牡丹。別有玉盤乘露冷，無人起就月中看。」蘇軾《玉盤盂二首》詩序：「東武舊俗，每歲四月，大會於南禪資福兩寺，以芍藥供佛，而今歲最盛，凡七千餘朵，皆重跗累蕚，繁麗豐碩。中有白花，正圓如覆盂，其下十餘葉稍大，承之如盤，姿格絶異，獨出於七千朵之上，云得之於城北蘇氏園中，周宰相莒公之別業也。而其名俚甚，乃爲易之。」詩有句：「兩寺妝成寶纓絡，一枝争看玉盤盂。」

③「鞓紅」句，《洛陽牡丹記》：「鞓紅者，單葉深紅花，出青州，亦曰青州紅。故張僕射齊賢有第西京賢相坊，自青州以馲駝馱其種，遂傳洛中，其色類腰帶鞓，故謂之鞓紅。」

④「錦繡」句，見本書卷八《水龍吟·次年南澗用前韻爲僕壽》詞(玉皇殿閣微涼閿)箋注。

念奴嬌

和趙國興知録韻〔一〕①

爲沽美酒，過溪來，誰道幽人難致②。更覺元龍樓百尺，湖海平生豪氣③。自歎年來，看花索句，老不如人意。東風歸路，一川松竹如醉。　怎得身似莊周，夢中蝴蝶，花底人間世④。記取江頭三月暮，風雨不爲春計。萬斛愁來，金貂頭上，不抵銀瓶貴⑤。無多笑我，此篇聊當《賓戲》⑥。

【校】

〔一〕題，四卷本丙集無「知録」二字，此從廣信書院本。

【箋注】

①題，趙國興，已見《玉樓春》詞箋注。廣信書院本題稱之「知録」，應即〔雍正〕《江西通志》卷五〇所載趙善鄉之韶州參軍，亦即韶州録事參軍。然《通志》謂國興慶元五年方登第，如録參之官乃

其登第之後所除，則稼軒諸詞及本書卷二《和趙國興知録贈琴》詩題之知録，蓋後來編集時所追加。右詞亦當作於慶元三年春。

②「爲沽」三句，沽美酒，王安石《定林院昭文齋》詩：「苦勸道人沽美酒，不應無意引陶潛。」按：據陳文蔚《克齋集》諸詩，知趙國興寓居鉛山石井。卷一四有詩題爲《石井偶書呈同來者》，題下注：「趙國興書堂。」卷一六《上巳遊惠泉和趙國興韻》詩亦有「酒罷啜茶留石井，與餘隨月步江堤」句。又同卷《用趙國興梅韻自賦》詩有「西郊有客枕溪居，特爲孤芳小結廬」句。〔乾隆〕《鉛山縣志》卷一：「石井，縣北四里，巨石間有竇湧泉，匯爲井，上結巖覆之。」查石井在今永平鎮東北四里，東距鵝湖山亦四里。有小溪自山下發源，經石井西流入於鉛山河。然右詞既謂趙國興過溪來訪，則此溪非不知名小溪，當謂鉛山河是也。幽人難致，《劉峻集·東陽金華山棲志》：「近代江治中奮迅泥滓，王徵士高拔風塵，龍盤鳳棲，咸萃兹地。良由碧湍素石，可致幽人者哉？」

③「更覺」二句，元龍樓見本書卷六《水龍吟·登建康賞心亭》詞（楚天千里清秋闋）箋注。湖海平生豪氣，張孝祥《水調歌頭·和龐佑父》詞：「湖海平生豪氣，關塞如今風景，剪燭看吴鈎。」

④「怎得」三句，《莊子·齊物論》：「昔者莊周夢爲胡蝶，栩栩然胡蝶也。自喻適志與，不知周也。俄然覺，則蘧蘧然周也，不知周之夢爲胡蝶，與胡蝶之夢爲周與？周與胡蝶，則必有分矣。」《莊子》又有《人間世》篇。

⑤「萬斛」三句，萬斛愁，《庾開府集》卷一載佚文《愁賦》：「誰知一寸心，乃有萬斛愁。」金貂，《晉書》卷四九《阮孚傳》：「孚字遥集，其母即胡婢也。……初辟太傅府，遷騎兵，屬避亂渡江，元帝以爲安東參軍。蓬髮飲酒，不以王務嬰心。時帝既用申、韓以救世，而孚之徒未能棄也。雖然，不以事任處之。轉丞相從事中郎，終日酣縱，恒爲有司所按，帝每優容之。……遷黄門侍郎、散騎常侍，嘗以金貂换酒，復爲所司彈劾，帝宥之。」銀瓶，酒具。杜甫《少年行》：「馬上誰家白面郎，臨階下馬坐人牀。不通姓字粗豪甚，指點銀瓶索酒嘗。」

⑥「無多」二句，無多笑我，《漢書》卷七七《蓋寬饒傳》：「擢爲司隸校尉，刺舉無所回避，小大輒舉，所劾奏衆多。……公卿貴戚及郡國吏繇使至長安，皆恐懼，莫敢犯禁，京師爲清。平恩侯許伯入第，丞相御史將軍中二千石皆賀，寬饒不行。許伯請之，乃往，從西階上，東鄉特坐，許伯自酌曰：『蓋君後至。』寬饒曰：『無多酌我，我乃酒狂。』丞相魏侯笑曰：『次公醒而狂，何必酒也？』」賓戲，《文選》卷四五班固《答賓戲》序：「永平中爲郎，典校秘書，專篤志於儒學，以著述爲業。或譏以無功，又感東方朔、揚雄自喻以不遭蘇、張、范、蔡之時，曾不折之以正道，明君子之所守，故聊復應焉，其辭曰《賓戲》。」

木蘭花慢〔一〕　題上饒郡圃翠微樓①

舊時樓上客，愛把酒，對南山〔二〕②。笑白髮如今，天教放浪，來往其間。登樓更誰念我，却回頭西北望層欄。雲雨珠簾畫棟，笙歌霧鬢風鬟〔三〕③。近來堪入畫圖看④。父老願公歡。甚拄笏悠然，朝來爽氣⑤，正爾相關。難忘使君後日，便一花一草報平安⑥。與客攜壺且醉，雁飛秋影江寒⑦。

【校】

〔一〕調，廣信書院本闕「慢」字，據各本補。下兩闋同。

〔二〕「對」，四卷本丙集作「向」，此從廣信書院本。

〔三〕「風」，四卷本作「雲」。

【箋注】

①題，翠微樓，〔乾隆〕《廣信府志》卷五：「翠微樓，縣治南，宋慶元間知州趙伯瓚建，今廢。」按：同書卷三《公署》載：「廣信府署在廣信門內，唐乾元初始建，宋皇祐間圮於水，知州事張衡修葺。紹興間知州事何潤重建，劉子翼建儀門。淳熙間知州事王從、林枅相繼修葺。署中有翠微樓、中和、坐嘯、宣化、覽悟、西山諸亭，元末悉燬於兵。」據此，知翠微樓在郡城南門廣信門北之知州衙內。而宋代上饒縣治在州治城外。趙伯瓚，字廷瑞，慶元間守信州，見本書卷二《壽趙

守》詩箋注。右詞既首云「舊時樓上客」，則賦詞時當已移居鉛山，自應在慶元三年秋。

②「愛把」二句，韓愈《把酒》詩：「擾擾馳名者，誰能一日閑。我來無伴侣，把酒對南山。」按：右詞之南山，當指自翠微樓南望，面上饒江之南屏山。

③「雲雨」二句，雲雨珠簾畫棟，王勃《滕王閣》詩：「畫棟朝飛南浦雲，珠簾暮捲西山雨。」霧鬢風鬟，蘇軾《題毛女真》詩：「霧鬢風鬟木葉衣，山川良是昔人非。」

④「近來」句，《雲溪友議》卷上《真詩解》條：「濠梁人南楚材者，旅遊陳潁，歲久，潁守慕其儀範，將欲以子妻之。……其妻薛媛善書畫，妙屬文，知楚材不念糟糠之情，别倚絲蘿之勢，對鏡自圖其形，並詩四韻以寄之。……詩曰：『……恐君渾忘却，時展畫圖看。』」

⑤「甚拄」二句，見本卷《沁園春·靈山齊庵賦》詞（疊嶂西馳闋）箋注。甚，正也。

⑥報平安，見本書卷六《千秋歲·金陵壽史帥致道》詞（塞垣秋草闋）箋注。

⑦「與客」二句，見本書卷七《木蘭花慢·席上送張仲固帥興元》詞（漢中開漢業闋）箋注。

又

寄題吴克明廣文菊隱〔一〕①

路傍人怪問②：此隱者，姓陶不？甚黄菊如雲，朝吟暮醉，唤不回頭③。縱無酒成悵望，只東籬搔首亦風流④。與客朝餐一笑，落英飽便歸休⑤。古來堯舜有巢由，江海去悠悠⑥。待説與佳人，種成香草，莫怨靈修⑦。我無可無不可，意先生出處有如丘⑧。聞道問津人過，殺雞爲黍相留⑨。

【校】

〔一〕題，四卷本丙集作「題廣文克明菊隱」，此從廣信書院本。

【箋注】

①題，吴克明廣文菊隱，即吴中。本書卷二《吴克明廣文見和再用韻答之》詩有箋注，詳證其事跡。稱之爲廣文，亦不知其教授何地。而菊隱，則應爲吴中建昌軍新城縣舊居之園，《新城縣志》亦無考。右詞或慶元中所作，因次於題翠微樓詞之後。

②「路傍」句，杜甫《兵車行》：「道旁過者問行人，行人但云點行頻。」陳師道《寄鄧州杜侍郎》詩：「道傍過者怪相問，共言杜母真吾親。」

③唤不回頭，《漁隱叢話》前集卷五七《雪竇》條：「雪竇顯禪師，嘗作偈云：『三分光陰二早過，靈臺一點不揩磨。貪生逐日區區去，唤不回頭争奈何。』世人貪着愛境，以妄爲真，迷而弗返，讀

此偈者，宜如何哉？」

④「縱無」二句，見本卷《漢宫春·即事》詞（行李溪頭闋）並參卷八《水調歌頭·九日遊雲洞和韓南澗尚書韻》詞（今日復何日闋）箋注。

⑤「與客」二句，《楚辭·離騷》：「朝飲木蘭之墜露兮，夕餐秋菊之落英。」便歸休，鄭谷《送吏部曹郎中免官南歸》詩：「賢人知止足，中歲便歸休。」

⑥「古來」二句，《漢書》卷七二《鮑宣傳》：「堯舜在上，下有巢由。」按：《高士傳》卷上有巢父、許由傳，謂堯讓天下於許由，由以告巢父，巢父曰：「汝何不隱汝形，藏汝光？若非吾友也。」擊其膺而下之。由悵然不自得，乃過清泠之水，洗其耳，拭其目。江海去，曾鞏《人情》詩：「早晚抽簪江海去，笑將風月上扁舟。」釋道潛《次韻曾子開侍郎話别》詩：「抗論儀曹肯折旋，一麾江海去飄然。」

⑦「種成」二句，種成香草，張守《伯恭要賦薌林》詩：「遊遍雲山行樂耳，種成香草賦歸歟。」怨靈修，《楚辭·離騷》：「怨靈修之浩蕩兮，終不察乎民心。」靈修謂楚懷王。

⑧「我無」二句，我無可無不可，《論語·微子》：「子曰：不降其志，不辱其身，伯夷、叔齊與？謂柳下惠、少連，降志辱身矣。……我則異於是，無可無不可。」有如丘，《論語·公冶長》：「子曰：十室之邑，必有忠信如丘者焉，不如丘之好學也。」

⑨「聞道」二句，《論語·微子》：「長沮、桀溺耦而耕。孔子過之。使子路問津焉。」又：「子路從

而後，遇丈人，以杖荷蓧。子路問曰：『子見夫子乎？』丈人曰：『四體不勤，五穀不分，孰爲夫子？』植其杖而芸。子路拱而立，止子路宿，殺雞爲黍而食之。」

又

中秋飲酒將旦，客謂前人詩詞，有賦待月，無送月者，因用《天問》體賦①

可憐今夕月，向何處，去悠悠？是别有人間，那邊纔見，光影東頭〔一〕②？是天外空汗漫，但長風浩浩送中秋③？飛鏡無根誰繫？姮娥不嫁誰留〔二〕④？謂經海底問無由〔三〕，恍惚使人愁⑤。怕萬里長鯨，縱横觸破，玉殿瓊樓⑥。蝦蟆故堪浴水，問云何玉兔解沉浮⑦？若道都齊無恙，云何漸漸如鉤⑧？

【校】

〔一〕「影」，四印齋本作「景」，此從廣信書院本。

〔二〕「姮」，四卷本丙集作「嫦」。

〔三〕「經」，四卷本作「洋」。

【箋注】

①題，右詞賦送月，爲同調詞中最後一首，其前一首即寄吴中者，蓋止酒期結束之後所作，知必賦於慶元三年或其後，因次於此。前人待月之作，李白有《掛席江上待月有懷》詩，釋皎然有《遊溪待月》詩，獨孤及有《陪王員外北樓待月》詩，陸龜蒙有《中秋待月》詩，皆著明於題中，題中不及者，前人詩詞則甚多。客謂前人無送月詩，則不確。如許渾有《歲暮自廣江至新興往復中題峽山寺四首》詩：「南浦驚春至，西樓送月沉。」宋祁《江上送客》詩：「十里長皋五里亭，天涯送月淚緣纓。」胡宿《井桐》詩：「隔簾人不寐，又送月西傾。」類似詩句亦頗不少，客之見聞蓋不廣也。然詩題中著送月詩者的爲鮮見。《天問》體，王逸《楚辭章句》卷三：「屈原放逐，憂心愁悴，彷徨山澤，經歷陵陸，嗟號旻昊，仰天歎息。見楚有先王之廟，及公卿祠堂，圖畫天地山川神靈，琦瑋僪佹，及古賢聖怪物行事，周流罷倦，休息其下。仰見圖畫，因書其壁，呵而問之，以渫憤懣，舒瀉愁思。」

②「可憐」六句，此問月去向何方也。疑人間別有天地，月於此間落，而於彼處升也。地爲球形，月繞地球運行，此天體科學道理，八百餘年前人類尚未知曉，然而頗有先知先覺者提出感性疑問。如《文選》卷一九張華《勵志》詩：「太儀斡運，天迴地游。」李善注：「《河圖》曰：『……地常動不止，而人不知，譬如閉舟而行，不覺舟之運也。』」自稼軒作此詞後三百餘年，西方有哥白尼提出日心説（見其所著《天體運行論》），論證月球繞地球運行之原理。右詞六句，乃以感性認

知，對傳統地平説提出質疑，正如王國維於《人間詞話》中所云，乃「詞人想象，直悟月輪繞地之理，與科學家密合，可謂神悟」。可憐，本爲可愛，亦爲可惜，此言惜月之西沉也。

③「是天」二句，汗漫，見本書卷一《憶李白》詩、卷七《水調歌頭・和王正之右司吴江觀雪見寄》詞（造物故豪縱闋）箋注。長風浩浩，范成大《魚復浦泊舟望月出赤甲山山形斷缺如鼉龍坐而張頤月自缺中騰上山頂》詩：「長風浩浩挾之出，影落半江沉復翻。」

④「飛鏡」二句，飛鏡無根，李白《把酒問月》詩：「皎如飛鏡臨丹闕，緑煙滅盡清輝發。」王安石《客至當飲酒二首》詩：「客至當飲酒，日月無根株。」《能改齋漫録》卷一七《王輔道詞》條：「『日月無根天不老，浮生總被銷磨了。陌上紅塵常擾擾，昏復曉，一場大夢誰先覺。……』王寀輔道侍郎《漁家傲》詞也，歌之使人有遺世之意。」姮娥不嫁誰留，姮娥原爲后羿妻，私竊不死藥，飛升入月爲月精，故孤獨無偶也。《後漢書》卷二〇《天文志》注：「羿請無死之藥於西王母，姮娥竊之以奔月。將往，枚筮之於有黄。有黄筮之曰：『吉。翩翩歸妹，獨將西行。逢天晦芒，毋驚毋恐，後且大昌。』姮娥遂託身於月，是爲蟾蜍。」

⑤「謂經」二句，盧仝《月蝕》詩：「爛銀盤從海底出，出來照我草屋東。天色紺滑凝不流，冰光交貫寒曈曨。初疑白蓮花，浮出龍王宫。」恍惚，《漢魏六朝百三家集》卷一八蔡邕《琴賦》：「於是歌人恍惚以失曲，舞者亂節而忘形。」《後漢書》卷五八下《馮衍傳》注謂：「恍惚猶輕忽也。」

⑥「怕萬」三句，萬里長鯨，見本書卷六《摸魚兒・觀潮上葉丞相》詞（望飛來半空鷗鷺闋）箋注。玉

殿瓊樓，謂月。《酉陽雜俎》卷二《壺史》：「翟天師名乾祐，峽中人，……曾於江岸與弟子數十翫月。或曰：『此中竟何有？』翟笑曰：『可隨吾指觀。』弟子中兩人，見月規半天，樓殿金闕滿焉，數息間不復見。」

⑦「蝦蟆」二句，蝦蟆，《淮南子·精神訓》：「日中有踆烏，而月中有蟾蜍。」《埤雅》卷二《蟾蜍》：「蝦蟆，一名蟾蜍。」《藝文類聚》卷一傅咸《擬天問》：「月中何有？白兔擣藥，興福降祉。」「云何」句，問白兔何以能於水裏沉浮。

⑧「若道」二句，都齊無恙，謂蝦蟆與白兔浴水之後皆安全無事也。都齊，完全也。如鉤，駱賓王《翫初月》詩：「既能明似鏡，何用曲如鉤。」孫逖《夜到潤州》詩：「客行凡幾夜，新月再如鉤。」

永遇樂

檢校停雲新種杉松，戲作。時欲作親舊報書，紙筆偶爲大風吹去，末章因及之〔一〕①

投老空山，萬松手種②，政爾堪歎。何日成陰，吾年有幾？似見兒孫晚③。古來池館，雲煙草棘，長使後人悽斷〔二〕④。想當年良辰已恨，夜闌酒空人散⑤。停雲高處，誰知老子〔三〕，萬事不關心眼⑥？夢覺東窗，聊復爾耳〔四〕⑦，起欲題書簡。霎時風怒，倒翻筆硯。

天也只教吾嬾⑧。又何事催詩雨急〔五〕，片雲斗暗⑨？

【校】

〔一〕題，四卷本丙集「因」字闕，此從廣信書院本。

〔二〕「悽」，王詔校刊本、《六十名家詞》本、四印齋本作「淒」。

〔三〕「老」，《六十名家詞》本作「者」。

〔四〕「耳」，王詔校刊本、《六十名家詞》本、四印齋本作「爾」。

〔五〕「雨急」，廣信書院本原作「急雨」，此據四卷本改。

【箋注】

①題，停雲新種杉松，查稼軒作停雲堂，既在移居期思之後，而新種杉松，更應在堂之初成時。故當猶在慶元三年。今鉛山當地人士多以停雲堂在瓢泉背後之瓜山頂上，然瓜山從未出現稼軒詩詞中，更無瓜山種松竹之記載。本書卷二《書停雲堂壁》詩：「斜陽草舍迷歸路，却與牛羊作伴歸。」予於箋注中已指出：「瓜山近在咫尺，不當歸途迷路，賴牛羊引導方能回舍。」可知停雲堂既爲稼軒期思重要建築之一，其布局特點乃在分散於五堡洲之周圍。余於增訂《稼軒詞編年

箋注》時，於《玉樓春·隱湖戲作》詞（客來底事逢迎晚闋）箋注中指出：「稼軒所居瓢泉，即在鉛山縣東二十五里處，蓋與隱湖相鄰。此詞有『多方爲渴泉尋遍，何日成陰松種滿』二句，與前『停雲新種杉松』之《永遇樂》詞中『何日成陰』云云，所指正爲一事，因知停雲堂應爲稼軒在隱湖山上所葺造之建築。」此諸語不誤，故停雲堂仍應以在隱湖山爲是。

②「投老」二句，投老，到老也。《漢書》卷一〇六《循吏·仇覽傳》：「母守寡養孤，苦身投老。」王安石《呈陳和叔》詩：「後會縱多無此樂，山林投老一傷神。」《次張唐公韻》詩：「憶昨同追八馬蹄，約公投老此山棲。」萬松手種，蘇軾《寄題刁景純藏春塢》詩：「白首歸來種萬松，待看千尺舞霜風。」

③「何日」三句，白居易《栽松二首》詩：「小松未盈尺，心愛手自移。蒼然澗底色，雲濕煙霏霏。栽植我年晚，長成君性遲。如何過四十，種此數寸枝。得見成陰否，人生七十稀。」

④「雲煙」二句，蘇軾《予少年頗知種松手植數萬株皆中梁柱矣都梁山中見杜輿秀才求學其法戲贈二首》詩：「露宿泥行草棘中，十年春雨養髯龍。」悽斷，《北齊書》卷三《文襄紀》：「數日前，崔季舒無故於北宮門外，諸貴之前，讀鮑明遠詩曰：『將軍既下世，部曲亦罕存。』聲甚悽斷，淚不能已。」悽，同淒。

⑤夜闌酒空人散，楊无咎《蝶戀花》詞：「來往悠悠重記省，夜闌人散花移影。」徐鉉《江舍人宅筵上有妓唱和州韓舍人歌辭因以寄》詩：「深夜酒空筵欲散，向隅惆悵鬢堪斑。」

⑥「萬事」句，王維《酬張少府》詩：「晚年惟好静，萬事不關心。」王僧孺《夜愁示諸賓》詩：「誰知心眼亂，看朱忽成碧。」

⑦「夢覺」二句，東窗，陶淵明《停雲》詩：「有酒有酒，閑飲東窗。願言懷人，舟車靡從。」聊復爾耳，《世説新語·任誕》：「阮仲容步兵居道南，諸阮居道北。北阮皆富，南阮貧。七月七日，北阮盛曬衣，皆紗羅錦綺。仲容以竿掛大布犢鼻裈於中庭，人或怪之，答曰：『未能免俗，聊復爾耳。』」按：此稼軒效陶淵明之語也，故以東窗爲聊復爾耳也。

⑧吾嬾，黄庭堅《辱粹道兄弟寄書久不作報以長句謝不敏》詩：「病癖無堪吾嬾書，交親情分豈能疏。」

⑨「又何」二句，催詩雨，杜甫《陪諸貴公子丈八溝攜妓納涼晚際遇雨》詩：「片雲頭上黑，應是雨催詩。」斗，同陡，頓也。

聲聲慢

檃括淵明停雲詩〔一〕①

停雲靄靄，八表同昏，盡日時雨濛濛。搔首良朋，門前平陸成江。春醪湛湛獨撫，恨彌襟閑飲東窗。空延佇，恨舟車南北，欲往何從。　歎息東園佳樹，列初榮枝葉，再競春風。日月於征，安得促席從容。翩翻何處飛鳥〔二〕，息庭柯好語和同〔三〕②。當年事，問幾人親友似翁。

【校】

〔一〕「檃」，廣信書院本原作「隱」，此從四卷本丙集。

〔二〕「翻」，四卷本、王詔校刊本、《六十名家詞》本、四印齋本俱作「翩」，此從廣信書院本。

〔三〕「柯」，四卷本作「樹」。

【箋注】

①題，稼軒作停雲堂，檃括陶潛《停雲》詩，皆應爲慶元三年事。右詞除歇拍二句外，所用均《停雲》詩語。

②首句至此，《陶淵明集》卷一《停雲》詩小序：「停雲，思親友也。尊酒新湛，園列初榮。願言不從，歎息彌襟。」全詩四首云：「靄靄停雲，濛濛時雨。八表同昏，平路伊阻。靜寄東軒，春醪獨撫。良朋悠邈，搔首延佇。（其一）停雲靄靄，時雨濛濛。八表同昏，平陸成江。有酒有酒，閑飲東窗。願言懷人，舟車靡從。（其二）東園之樹，枝條再榮。競用新好，以招余情。人亦有言，日月於征。安得促席，説彼平生。（其三）翩翩飛鳥，息我庭柯。斂翮閑止，好聲相和。豈無他人，

念子實多。願言不獲，抱恨如何。（其四）」原《陶淵明集》於詩中多有小注，不知作於何人。「八表」二句後原注：「二句蓋寓飈回霧塞，陵遷谷變之意。」「競用」二句後原注：「謂相招以事新朝也。」稼軒賦此詞時，正當韓侂胄專權，故屢藉此詩以譏諷時政。吴則虞謂此詞「思舊日部曲之作」，非是也。

玉樓春

隱湖戲作①

客來底事逢迎晚，竹裏鳴禽尋未見②。日高猶苦聖賢中〔一〕，門外誰酣蠻觸戰③。多方爲渴泉尋徧〔二〕，何日成陰松種滿④。不辭長向水雲來，只怕頻頻魚鳥倦〔三〕。

【校】

〔一〕「中」，《六十名家詞》本作「心」，此從廣信書院本。

〔二〕「泉尋」，四卷本丁集作「尋泉」，此從廣信書院本。

〔三〕「頻頻」，四卷本作「頻繁」。

【箋注】

①題，〔同治〕《鉛山縣志》卷三：「隱湖山，縣東二十里崇義鄉。」隱湖今在鉛山稼軒鄉南十二里，距五堡洲約五六里。山下有泉水湧出，形成小溪，東流入於鉛山河。

②「客來」二句，底事，何事。竹裏鳴禽，謂婆餅焦也。釋道潛《千頃廨院觀司馬才仲遺墨次韻》詩：「濛濛春雨暗村橋，竹裏禽啼婆餅焦。」

③「日高」二句，聖賢中，見本卷《臨江仙·和葉仲洽賦羊桃》詞（憶醉三山芳樹下闋）箋注。《莊子·則陽》：「有國於蝸之左角者，曰觸氏。有國於蝸之右角者，曰蠻氏。時相與爭地而戰，伏屍數萬，逐北旬有五日而後反。」按：慶元三年前後，乃韓侂胄黨羽與趙汝愚、朱熹等理學門派鬥爭正酣之時，稼軒雖置身於雲水之間，而尚不忘世事也，故有此語。

④「多方」二句，稼軒自淳熙九年移居帶湖之後，至此十餘年間，爲渴尋泉，始終未歇。至此，於隱湖種松，而有「何日成陰」之歎。可參前《永遇樂》詞箋注。白居易《種柳三詠》詩：「白頭種松桂，早晚見成林。」

驀山溪　停雲竹徑初成①

小橋流水，欲下前溪去。喚取故人來〔一〕，伴先生風煙杖屨。行穿窈窕，時歷小崎嶇②。

斜帶水，半遮山，翠竹栽成路。一尊遐想，剩有淵明趣③：山上有停雲，看山下濛濛細雨④。野花啼鳥，不肯入詩來⑤，還一似，笑翁詩，自没安排處〔二〕。

【校】

〔一〕「取」，廣信書院本原作「起」，據四卷本丙集改。

〔二〕「自」，四卷本作「句」。

【箋注】

①題，停雲堂既在隱湖山上，而遍種松竹，事必在慶元三年，右詞栽竹初成事也。

②「行穿」二句，《陶淵明集》卷五《歸去來兮辭》：「既窈窕以尋壑，亦崎嶇而經丘。」

③「一尊」二句，《詩人玉屑》卷一三《詩人以來無此句》條：「荆公嘗言其詩有奇絶不可及之語。如『結廬在人境，而無車馬喧。問君何能爾，心遠地自偏。』由詩人以來，無此句也。然則淵明趣向不羣，詞彩精拔，晉宋之間，一人而已。」剩有，猶有。

④「看山」句，陶潛《停雲》詩：「靄靄停雲，濛濛時雨。」

⑤「野花」二句，野花啼鳥，陳摶《歸隱》詩：「攜取舊書歸舊隱，野花啼鳥一般春。」蘇軾《歸宜興留

題竹西寺》詩：「山寺歸來聞好語，野花啼鳥亦欣然。」入詩來，王安石《送程公闢得謝歸姑蘇》詩：「白傅林塘傳畫去，吴王花鳥入詩來。」

又①

畫堂簾捲，賀燕雙雙語。花柳一番春，倚東風彫紅鏤翠。草堂風月，還似舊家時②。歌扇底，舞裀邊，壽斝年年醉。　兵符傳壘，已涖葵丘戍③。兩手挽天河④，要一洗蠻煙瘴雨。貂蟬冠冕，應是出兜鍪⑤。餐五鼎，夢三刀，侯印黄金鑄⑥。

【箋注】

①題，右詞無題，僅見《詩淵》一書，爲他集所未見。據「夢三刀」及「蠻煙瘴雨」句，知爲稼軒在鉛山時爲某人居官廣南祝壽所作。以作年絶無可考，故次於同調詞賦停雲竹徑之後。

②「草堂」二句，謂鉛山草堂，猶如帶湖屏居時節。舊家時，舊時。柳永《小鎮西》詞：「久離缺夜，來魂夢裏，尤花殢雪。分明似舊家時節，正歡悦。」

③葵丘戍，《左傳·莊公八年》：「齊侯使連稱、管至父戍葵丘，瓜時而往，曰：『及瓜而代。』」

注：「葵丘，齊地。臨淄縣西有地名葵丘。」

④挽天河，見本書卷一一《賀新郎·三山雨中遊西湖有懷趙丞相經始》詞（翠浪吞平野闋）箋注。

⑤「貂蟬」二句，見本書卷七《破陣子·爲范南伯壽》詞（擲地劉郎玉斗闋）箋注。

⑥「餐五」三句，餐五鼎，《史記》卷一一二《平津侯主父列傳》：「主父曰：『臣結髮游學四十餘年，身不得遂，親不以爲子，昆弟不收，賓客棄我。我阨日久矣，且丈夫生不五鼎食，死即五鼎烹耳。吾日暮途遠，故倒行暴施之。』」夢三刀，《晉書》卷四二《王濬傳》：「濬夜夢懸三刀於卧屋梁上，須臾又益一刀。濬驚覺，意甚惡之。主簿李毅再拜，賀曰：『三刀爲州字，又益一者，明府其臨益州乎？』及賊張弘殺益州刺史皇甫晏，果遷濬爲益州刺史。」侯印黄金鑄，《漢書》卷一九上《百官公卿表》：「爵一級曰公士，……十九關内侯，二十徹侯，皆秦制，以賞功勞。徹侯，金印紫綬。避武帝諱曰通侯，或曰列侯。」

浣溪沙

種松，竹未成〔一〕①

草木於人也作疏，秋來咫尺異榮枯〔二〕②。空山歲晚孰華予〔三〕③。孤竹君窮猶抱節，赤松子嫩已生鬚〔四〕④。主人相愛肯留無。

【校】

〔一〕題，《六十名家詞》本「竹」字闕，此從廣信書院本。

〔二〕「異」，四卷本丙集作「共」。

〔三〕「歲晚」，四卷本作「晚翠」。

〔四〕「嫩」，《六十名家詞》本作「嬾」。

【箋注】

①題，此亦詠隱湖種松種竹事。據「秋來」句，知爲慶元三年秋作。

②「草木」二句，作疏，陳師道《寄黄充》詩：「不見動經月，來亦不須臾。人事已好乖，可復自作疏。」咫尺異榮枯，杜甫《自京赴奉先縣詠懷五百字》詩：「朱門酒肉臭，路有凍死骨。榮枯咫尺異，惆悵難再述。」

③「空山」句，《楚辭·九歌·山鬼》：「留靈修兮憺忘歸，歲既晏兮孰華予。」

④「孤竹」二句，孤竹君窮猶抱節，《史記》卷六一《伯夷列傳》：「伯夷、叔齊，孤竹君之二子也。」注引《括地志》：「孤竹古城在盧龍縣南十二里，殷時諸侯孤竹國也。」庾信《詠畫屏風詩二十五首》：「蒲低猶抱節，竹短未空心。」白居易《婦人苦》詩：「有如林中竹，忽被風吹折。一折不重

生，枯死猶抱節。」赤松子嫩已生鬚，《史記》卷五五《留侯世家》：「願棄人間事，欲從赤松子游耳。」《索隱》：「赤松子，神農時雨師，能入火自燒，崑崙山上隨風雨上下也。」按：生鬚，謂松已種成，而抱節，謂竹未活。然《驀山溪》詞已謂竹徑初成，必竹徑初栽時情景，及秋來按視，則所栽竹已枯死矣。

鷓鴣天

和章泉趙昌父①

萬事紛紛一笑中，淵明把菊對秋風②。細看爽氣今猶在，惟有南山一似翁③。　情味好，語言工，三賢高會古來同〔一〕④。誰知止酒停雲老，獨立斜陽數過鴻⑤。

【校】

〔一〕「會」，《六十名家詞》本作「致」，此從廣信書院本。

【箋注】

①題，右詞當爲慶元三年秋間作。章泉，〔雍正〕《江西通志》卷一一《廣信府·玉山縣》：「縣南有

仙巖，宋趙章泉以之名集。」（乾隆）《玉山縣志》卷二：「仙巖在八都。……釋氏就巖名澄心院。」同書卷一二：「澄心院一名仙巖寺，在招善鄉。」其下引韓祥《澄心院銘跋》：「仙巖澄心院，在章泉東十里，寶慶乙酉，住持僧宗英請於章泉先生，得銘焉。」按：玉山縣招善鄉在縣治東南，領六都至八都。所謂仙巖，應即金仙巖。據（嘉靖）《廣信府志》卷二，在玉山縣東南六十里。（同治）《玉山縣志》卷一：「章泉，在八都雙峰山下，趙蕃以爲號。」而八都在縣治東南，距城四十里。韓淲《澗泉集》卷一二有《次韻趙路分分寄昌甫》詩：「金仙寺下章泉山，幽討幽尋夢亦清。」章泉之具體位置，往所未詳，今據此可以考出，大致應在玉山縣東南，頗近永豐縣。戴復古《石屏詩集》卷二《玉山章泉本章氏所居趙昌甫遷居於此章泉之名遂顯》詩：「茲山自開闢，有此一泓泉。姓自章而立，名因趙以傳。源從番水出，地與瑞峰連。寄語山中友，臨流著數椽。」自注：「欲使結一亭於泉上。」

②「萬事」二句，萬事紛紛一笑中，王安石《柘岡》詩：「萬事紛紛只偶然，老來容易得新年。」蘇軾《和邵同年戲贈賈收秀才三首》詩：「傾蓋相歡一笑中，從來未省馬牛風。」淵明把菊，《學林》卷七《李瀚蒙求》條：「唐李瀚撰《蒙求》五百九十八句，每句著一人，每人著一事，非博學不能爲此。然其疵在於一人而分作二句。……既曰陶潛歸去，又曰淵明把菊。」朱松《答國鎮見迓之什》詩：「淵明把菊對清秋，醉裏詩豪萬象流。」

③「細看」二句，細看爽氣，西山爽氣用王徽之子猷典故，見本卷《沁園春・靈山齊庵賦》詞（疊嶂西

馳閾)箋注。南山,《漢書》卷六六《楊惲傳》:「惲,宰相子,少顯朝廷,一朝以晻昧語言見廢,内懷不服。報會宗書曰:『……田彼南山,蕪穢不治。種一頃豆,落而爲萁。人生行樂耳,須富貴何時?』」一似,頗似,好像。

④「三賢句」,三賢謂陶潛、王徽之、楊惲。高會,猶言高懷、高情。

⑤「誰知」二句,止酒停雲老,自謂。二句猶如自許風流不減陶、王、楊三人也。獨立斜陽數過鴻,蘇軾《縱筆三首》詩:「溪邊古路三叉口,獨立斜陽數過人。」

滿庭芳

和章泉趙昌父〔一〕①

西崦斜陽,東江流水,物華不爲人留②。錚然一葉〔二〕,天下已知秋③。屈指人間得意,問誰是騎鶴揚州④。君知我,從來雅興〔三〕,未老已滄洲⑤。無窮身外事,百年能幾,一醉都休⑥。恨兒曹抵死,謂我心憂⑦。况有溪山杖屨,阮籍輩須我來游⑧。還堪笑,機心早覺,海上有驚鷗⑨。

【校】

〔一〕題,四卷本丙集作「和昌父」,此從廣信書院本。

〔二〕「錚」，廣信書院本原作「琤」，此據四卷本改。

〔三〕「興」，四卷本作「意」。

【箋注】

①題，右詞或與前《鷓鴣天》詞爲同一時期所作。

②「西崦」三句，西崦，杜甫有《赤谷西崦人家》詩，《杜詩詳注》卷七引《地理志》：「秦州有崦嵫山，在赤谷之西，故曰西崦。」而林逋《翠微亭在金陵清涼寺》詩則有「旅懷何計是，西崦又斜暉」句，則以西崦爲西山也。東江，則謂信江，自玉山縣西入上饒而後入鉛山。不爲人留，陸游《春晚》詩：「社後燕如歸客至，春殘花不爲人留。」

③「錚然」二句，《淮南子·說山》：「以小明大，見一葉落，而知歲之將暮。睹瓶中之冰，而知天下之寒。」《漁隱叢話》前集卷三：「唐子西《語録》云：唐人有詩云：『山僧不解數甲子，一葉落知天下秋。』」韓愈《秋懷》詩：「霜風吹梧桐，衆葉著能乾。空堦一片下，琤若摧琅玕。」蘇軾《永遇樂·夜宿燕子樓夢盼盼因作此詞》：「寂莫無人見，沉沉三鼓，錚然一葉，黯黯夢雲驚斷。」

④「問誰」句，騎鶴揚州，見本書卷二《丙寅歲山間競傳諸將有下棘寺者》詩箋注。

⑤未老已滄洲，《梁書》卷二一《張充傳》載其致王儉書：「若乃飛竿釣渚，濯足滄洲。獨浪煙霞，

高卧風月。悠悠琴酒，岫遠誰來？」《南史》卷二六《袁粲傳》：「粲負才尚氣，愛好虛遠。雖位任隆重，不以事務經懷。獨步園林，詩酒自適。家居負郭，每杖策逍遥，當其意得，悠然忘反。……嘗作五言詩，言『訪跡雖中宇，循寄乃滄洲』，蓋其志也。」滄洲，江湖隱者所居。劉長卿《送張判官罷使東歸》詩：「白首辭知己，滄洲憶舊居。」

⑥「無窮」三句，無窮身外事，杜甫《絶句漫興九首》詩：「莫思身外無窮事，且盡生前有限杯。」百年能幾，杜甫《別唐十五誡因寄禮部賈侍郎》詩：「九載一相逢，百年能幾何。」韓愈《讀皇甫湜公安園池詩書其後》詩：「百年能幾時，君子不可閑。」一醉都休，張耒《送徐任》詩：「少年壯氣青雲上，投老生涯一醉休。」

⑦「恨兒」二句，抵死，總是，老是。謂我心憂，《詩·王風·黍離》：「彼黍離離，彼稷之苗。行邁靡靡，中心摇摇。知我者謂我心憂，不知我者謂我何求。」

⑧「阮籍」句，《晉書》卷四九《阮籍傳》：「阮籍字嗣宗，陳留尉氏人也。……籍容貌瓌傑，志氣宏放，傲然獨得，任性不羈。……或登臨山水，經日忘歸。博覽羣籍，尤好莊老，嗜酒能嘯，善彈琴，當其得意，忽忘形骸。」阮籍輩，謂竹林同遊者。可參本卷《水調歌頭·席上爲葉仲洽賦》詞（高馬勿捶面闋）箋注。

⑨「機心」二句，見本書卷六《水調歌頭·和王正之右司吴江觀雪見寄》詞（造物故豪縱闋）箋注。

臨江仙①

手撚黄花無意緒，等閑行盡回廊②。捲簾芳桂散餘香。枯荷難睡鴨，疏雨暗添塘〔一〕。　憶得舊時攜手處，如今水遠天長。羅巾浥淚別殘妝。舊歡新夢裏③，閑處却思量。

【校】

〔一〕「添」，廣信書院本原作「池」，據《六十名家詞》本改。

【箋注】

①題，右詞無題，據「等閑」句，知爲移居五堡洲之後所賦，下片「舊歡」云云，亦遣去歌者之語，因置於慶元三年。

②「手撚」二句，手撚黄花，舒亶《蝶戀花》詞：「深炷薰爐扃小院，手撚黄花，尚覺金猶淺。」行盡回廊，按：稼軒賦五堡洲所在秋水觀，有「秋水長廊水石間」語，見本書卷一三《鷓鴣天·吴子似過秋水》詞。等閑，尋常，隨意也。

③舊歡新夢，《北夢瑣言》卷八《張曙起小悼》條：「唐張禕侍郎朝望甚高，有愛姬早逝，悼念不已。因入朝未回，其猶子右補闕曙，才俊風流，因增大阮之悲。乃製《浣溪紗》，其詞曰：『枕障薰爐隔繡幃，二年終日兩相思。好風明月始應知。天上人間何處去？舊歡新夢覺來時。黄昏微雨畫簾垂。』」

鷓鴣天

寄葉仲洽①

是處移花是處開②，古今興廢幾池臺。背人翠羽偷魚去，抱蕊黄鬚趁蝶來③。掀老甕，撥新醅④，客來且盡兩三杯。日高盤饌供何晚，市遠魚鮭買未回⑤。

【箋注】

①題，葉仲洽已見。右詞既有「客來且盡兩三杯」句，必是止酒期結束之後所作。

②是處移花是處開，白居易《移牡丹栽》詩：「紅芳堪惜還堪恨，百處移將百處開。」是處，此處。此處花既開，而與之相對，則他處荒廢之池臺可見也。

③「背人」二句，翠羽偷魚，白居易《題王家莊臨水柳亭》詩：「翠羽偷魚入，紅腰學舞迴。」黄鬚趁

蝶，陳與義《清明二首》詩：「街頭女兒雙髻鴉，隨蜂趁蝶學夭邪。」黄鬚，蜂也，趁，逐也。

④「掀老」二句，白居易《長慶集》卷七〇《醉吟先生傳》：「吟罷自哂，揭甕撥醅，又引數杯，兀然而醉。既而醉復醒，醒復吟。」

⑤「日高」二句，杜甫《客至》詩：「盤飧市遠無兼味，尊酒家貧只舊醅。」稼軒所居期思五堡洲，北距詹家十二里，南距石塘五里，故有市遠之語。

踏莎行　和趙國興知録韻①

吾道悠悠，憂心悄悄②，最無聊處秋光到。西風林外有啼鴉，斜陽山下多衰草。　長憶南山，當年四老，塵埃也走咸陽道③。爲誰書到便幡然，至今此意無人曉④。

【箋注】

①題，右詞慶元中感慨時事之作也。

②「吾道」二句，吾道悠悠，杜甫《發秦州》詩：「大哉乾坤内，吾道長悠悠。」憂心悄悄，《詩·邶風·柏舟》：「憂心悄悄，愠于羣小。」悄悄，憂貌。《箋》：「羣小，衆小人在君側者。」

③「長憶」三句，《史記》卷五五《留侯世家》：「上欲廢太子，立戚夫人子趙王如意。大臣多諫爭，未能得堅决者也。呂后恐，不知所爲。人或謂呂后曰：『留侯善畫計策，上信用之。』呂后乃使建成侯呂澤劫留侯，曰：『君常爲上謀臣，今上欲易太子，君安得高枕而卧乎？』……留侯曰：『此難以口舌争也。顧上有不能致者，天下有四人，四人者，年老矣，皆以爲上慢侮人，故逃匿山中，義不爲漢臣。然上高此四人。今公誠能無愛金玉璧帛，令太子爲書，卑辭安車，因使辯士固請，宜來，來以爲客，時時從入朝，令上見之，則必異而問之，問之，上知此四人賢，則一助也。』於是呂后令呂澤使人奉太子書，卑辭厚禮，迎此四人。……漢十二年，上從擊破布軍歸，疾益甚，愈欲易太子。留侯諫，不聽。……及燕置酒，太子侍，四人從太子，年皆八十有餘，鬚眉皓白，衣冠甚偉。上怪之，問曰：『彼何爲者？』四人前對，各言名姓，曰東園公、甪里先生、綺里季、夏黄公。上乃大驚曰：『吾求公數歲，公辟逃我，今公何自從吾兒游乎？』四人皆曰：『陛下輕士善罵，臣等義不受辱，故恐而亡匿。竊聞太子爲人仁孝，恭敬愛士，天下莫不延頸欲爲太子死者，故臣等來耳。』上曰：『煩公幸卒調護太子。』……上起去，罷酒，竟不易太子者，留侯本招此四人之力也。」杜甫《兵車行》：「車轔轔，馬蕭蕭，行人弓箭各在腰。耶孃妻子走相送，塵埃不見咸陽橋。」莊南傑《傷哉行》：「車馳馬走咸陽道，石家舊宅空荒草。」

④「爲誰」二句，殷芸《小説》卷二載張良《與四皓書》，有云：「仰惟先生秉超世之殊操，身在六合之間，志淩造化之表。……蓋皇極須日月以揚光，后土待嶽瀆以導滯。而當聖世，鸞鳳林棲，不

翔乎太清；　騏驥嶽遁，不步於郊莽。非所以寧八荒而慰六合也。不及省侍，展布腹心，略寫至言，想料翻然，不猜其意。張良白。」按：　此書膚淺，非漢人語，然小説作者既爲南北朝人，則必其時之擬作也。而流傳後世，蓋謂張良以此書招致四皓也。故元稹作《四皓廟》詩，論議此事，可爲參考：　「四賢胡爲者，千載名氛氲。顯晦有遺跡，前後疑不倫。……漢業日已定，先生名亦振。不得爲濟世，宜哉爲隱淪。如何一朝起，屈作儲貳賓。安存孝惠帝，摧頹戚夫人。捨大以謀細，虬盤而蠖伸。惠帝竟不嗣，吕氏禍有因。雖懷安劉志，未若周與陳。皆落子房術，先生道何屯。出處貴明白，故吾今有云。」

水調歌頭　席上爲葉仲洽賦①

高馬勿捶面，千里事難量。長魚變化雲雨，無使寸鱗傷②。一壑一丘吾事，一斗一石皆醉③，風月幾千場。鬚作蝟毛磔④，筆作劍鋒長。　我憐君，癡絶似，顧長康⑤。綸巾羽扇顛倒，又似竹林狂⑥。解道澄江如練〔一〕，準備停雲堂上，千首買秋光⑦。怨調爲誰賦，一斛貯檳榔⑧。

【校】

〔一〕「澄」，廣信書院本原作「長」，此據四卷本丁集改。

【箋注】

①題，右詞亦慶元三年秋所賦。

②「高馬」四句，杜甫《三韻三篇》詩：「高馬勿捶面，長魚無損鱗。辱馬馬毛焦，困魚魚有神。君看磊落士，不肯易其身。」千里，謂千里馬也。寸鱗，小魚也。

③「一壑」二句，一壑一丘吾事，陳與義《山中》詩：「風流丘壑真吾事，籌策廟堂非所知。」李彌遜《題興教寺》詩：「一丘一壑真吾事，三沐三薰悟昨非。」餘見本卷《蘭陵王·賦一丘一壑》詞（一丘壑闋）箋注。一斗一石皆醉，見本卷《水龍吟·愛李延年歌淳于髡語合爲詞庶幾高唐神女洛神賦之意云》詞（昔時曾有佳人闋）箋注。

④「鬚作」句，《晉書》卷九八《桓温傳》：「温豪爽有風概，姿貌甚偉。面有七星，少與沛國劉惔善，惔嘗稱之曰：『温眼如紫石稜，鬚作蝟毛磔，孫仲謀、晉宣王之流亞也。』」

⑤「癡絶」二句，蘇軾《次韻韶守狄大夫見贈二首》詩：「才疏正類孔文舉，癡絶還同顧長康。」餘見本書卷八《水調歌頭·和信守鄭舜舉蔗庵韻》詞（萬事到白髮闋）箋注。

⑥「綸巾」二句，綸巾羽扇顛倒，《詩·齊風·東方未明》：「東方未明，顛倒衣裳。」周邦彦《隔浦蓮近拍·中山縣圃姑射亭避暑作》詞：「浮萍破處，簾花簷影，顛倒綸巾羽扇。」竹林狂，《世説新語·任誕》：「陳留阮籍、譙國嵇康、河内山濤三人，年皆相比，康年少亞之。預此契者，沛國劉伶、陳留阮咸、河内向秀、琅邪王戎七人，常集於竹林之下，肆意酣暢，故世謂竹林七賢。」賀鑄《送潘景仁之官嶺外兼寄桂林從叔》詩：「想見步兵應訪問，仲容無復竹林狂。」按：吴則虞注云：「東漢末及晉人皆不喜着公服，綸巾羽扇不僅武侯一人，顧榮羽扇，謝萬綸巾，皆然也。」

⑦「解道」三句，謝朓《晚登三山還望京邑》詩：「餘霞散成綺，澄江浄如練。」李白《金陵城西樓月下吟》詩：「解道澄江浄如練，令人長憶謝玄暉。」解道，即能道也。準備，安排也。

⑧「怨調」二句，怨調，岑參《秦筝歌送外甥蕭正歸京》詩：「汝不聞秦筝聲最苦，五色纏絃十三柱。怨調慢聲如欲語，一曲未終日移午。」一斛貯檳榔，《南史》卷一五《劉穆之傳》：「穆之少時家貧，誕節嗜酒食，不修拘檢。好往妻兄家乞食，多見辱，不以爲耻。其妻江嗣女，甚明識，每禁不令往。江氏後有慶會，屬令勿來。穆之猶往，食畢求檳榔，江氏兄弟戲之曰：『檳榔消食，君乃常饑，何忽須此？』妻復截髮市殽饌，爲其兄弟以餉穆之，自此不對穆之梳沐。及穆之爲丹陽尹，將召妻兄弟，妻泣而稽顙以致謝。穆之曰：『本不匿怨，無所致憂。』及至，醉，穆之乃令厨人以金柈貯檳榔一斛以進之。」

最高樓

聞前岡周氏旌表有期〔一〕①

君聽取：尺布尚堪縫，斗粟也堪舂。人間朋友猶能合，古來兄弟不相容②。《棣華》詩，悲二叔，弔周公③。長歎息脊令原上急，重歎息豆萁煎正泣，形則異，氣應同④。周家五世將軍後，前岡千載義居風〔二〕⑤。看明朝，丹鳳詔，紫泥封⑥。

【校】

〔一〕題，四卷本丙集「前岡」二字闕，此從廣信書院本。

〔二〕「岡」，四卷本作「江」。

【箋注】

①題，本書卷二有《題前岡周氏敬榮堂》詩，與右詞俱作於慶元四年旌表前岡周氏之前，故次於慶元三年諸詞之後。有關周氏義居及其旌表，皆見於詩注。

②「尺布」四句，《史記》卷一一八《淮南衡山列傳》：「淮南厲王長者，高祖少子也。……及孝文帝

初即位，淮南王自以爲最親，驕蹇，數不奉法。上以親故，常寬赦之。……當是時，薄太后及太子、諸大臣皆憚厲王。厲王以此歸國，益驕恣，不用漢法。出入稱警蹕，稱制，自爲法令，擬於天子。六年，令男子但等七十人與棘蒲侯柴武太子奇謀，以輂車四十乘反谷口，令人使閩、越、匈奴。事覺，治之，使使召淮南王。……袁盎諫上曰：『上素驕淮南王，弗爲置嚴傅相，以故至此。且淮南王爲人剛，今暴摧折之，臣恐卒逢霧露病死，陛下爲有殺弟之名，奈何？』上曰：『吾特苦之耳。』……乃不食死。……孝文十二年，民有作歌歌淮南厲王曰：『一尺布，尚可縫。一斗粟，尚可舂。兄弟二人，不能相容。』」

③「棣華」三句，《詩·小雅·常棣》：「常棣之華，鄂不韡韡。凡今之人，莫如兄弟」。《箋》：「周公弔二叔之不咸，而使兄弟之恩疏。召公爲作此詩而歌之，以親之。」按：管叔，周文王第三子，周公爲四子，蔡叔爲五子。

④「長歎」四句，脊令原上急，《詩·常棣》：「脊令在原，兄弟急難。每有良朋，況也永歎。」《傳》：「脊令，雝渠也。」《箋》：「雝渠水鳥，而今在原，失其常處，則飛則鳴，求其類，天性也。」豆萁煎正泣，《世説新語·文學》：「文帝嘗令東阿王七步中作詩，不成者行大法。應聲便爲詩曰：『煮豆持作羹，漉菽以爲汁。萁在釜下燃，豆在釜中泣。本自同根生，相煎何太急？』帝深有慚色。」氣應同，《周易·九五》：「子曰：同聲相應，同氣相求。」王弼《周易略例·明爻通變》：「同聲相應，高下不必均也。同氣相求，體質不必齊也。」

⑤「周家」二句，韓元吉《鉛山周氏義居記》：「有祠號將軍者，最其始祖也。」前岡，在鉛山舊治南七里，今稼軒鄉之烏林村。皆見《題前岡周氏敬榮堂》詩箋注。

⑥「丹鳳」二句，丹鳳詔，《事物紀原》卷二《鳳詔》：「後趙石季龍置戲馬觀，觀上安詔書，用五色紙銜於木鳳口而頒之。」紫泥封，《白孔六帖》卷三六《制誥》：「鳳詔，丹鳳封五色詔。紫泥，掛詔書。」

辛棄疾集編年箋注卷一三

按：本卷所收詞，共八十首。起慶元四年戊午（一一九八），迄慶元六年庚申（一二〇〇），寓居鉛山瓢泉期間所賦。

長短句

滿江紅

山居即事①

幾箇輕鷗，來點破一泓澄緑。更何處一雙鸂鶒，故來争浴②？細讀《離騒》還痛飲，飽看修竹何妨肉③。有飛泉日日供明珠，五千斛〔一〕④。春雨滿，秧新穀。閑日永，眠黄犢。看雲連麥隴，雪堆蠶簇⑤。若要足時今足矣，以爲未足何時足⑥。被野老相扶入東園，枇杷熟⑦。

【校】

〔一〕「五」，四卷本丙集作「三」。此從廣信書院本。

【箋注】

①題，右詞書山居所見，當在慶元四年春間所賦者。以慶元三年春尚在止酒，而右詞已有「痛飲」句也。

②「幾箇」四句，點破澄緑，蘇軾《曉至巴口迎子由》詩：「孤舟如鳧鷖，點破千頃碧。」故來争浴，杜甫《春水》詩：「已添無數鳥，争浴故相喧。」鸂鶒，《古今韻會舉要》卷四：「鸂，鸂鶒，水鳥。《埤雅》作溪鶒云。五色，尾如船柂，小於鴉，性食短狐。在山澤中，無復毒氣。淮賦云：『溪鶒尋邪而逐害，其宿若有敕令，故謂溪鳥，俗作鸂鶒。』」

③「細讀」二句，細讀《離騷》還痛飲，《世説新語·任誕》：「王孝伯言：『名士不必須奇才，但使常得無事，痛飲酒，熟讀《離騷》，便可稱名士。』」飽看修竹何妨肉，蘇軾《於潛僧緑筠軒》詩：「可使食無肉，不可居無竹。無肉令人瘦，無竹令人俗。」

④「有飛」二句，周紫芝《念奴嬌·秋月》詞：「此地人間何處有，難買明珠千斛。」此飛泉當指瓢泉。

⑤「看雲」二句，雲連麥隴，宋祁《過摩訶池二首》詩：「池邊不見帛闌船，麥隴連雲樹繞天。」蠶簇，供蠶作繭之具。王禎《農書》卷二〇：「簇，用蒿梢叢柴苫席等也。凡作簇，先立簇心，用長椽五莖，上撮一處繫定，外以蘆箔繳合，是爲簇心。仍周圍勻竪蒿梢布。」梅堯臣有《蠶簇》詩：「冰蠶三眠休，作繭當具簇。漢北取蓬蒿，江南藉茅竹。蒿疏無鬱浥，竹浄亦森束。競畏風雨寒，露置未如屋。」

⑥「若要」二句，《三國志・魏書》卷二七《王昶傳》：「其爲兄子及子作名字，皆依謙實，以見其意。……遂書戒之：『……夫富貴聲名，人情所樂，而君子或得而不處，何也？惡不由其道耳。患人知進而不知退，知欲而不知足，故有困辱之累，悔吝之咎。語曰：如不知足，則失所欲。故知足之足，常足矣。』」白居易《知足吟》：「自問此時心，不足何時足。」《類説》卷四七《遯齋閑覽・詩人以棄官爲高》條：「詩人類以棄官歸隱爲高。……王易簡公：『青山得去且歸去，官職有來還自來。』是豈能忘情於軒冕耶？嘗於壁間見人題云：『謀身待足何時足，未老得閑方是閑。』與所謂『一日觀除目，三年損道心』異矣。」

⑦枇杷熟，鄧深《仲春即事》詩：「嘲弄春晴禽鬥語，揄揚風色柳摇絲。麥苗含穗枇杷熟，却似江南四月時。」

又

壽趙茂嘉郎中。前章記兼濟倉事〔一〕①

我對君侯，怪長見兩眉陰德〔二〕。還夢見玉皇金闕〔三〕，姓名仙籍②。舊歲炊煙渾欲斷，被公扶起千人活③。算胸中除却五車書④，都無物。山左右，溪南北〔四〕；花遠近，雲朝夕。看風流杖屨，蒼髯如戟⑤。種柳已成陶令宅，散花更滿維摩室⑥。勸人間且住五千年，如金石⑦。

【校】

〔一〕題，四卷本丁集作「呈茂中，前章記廣濟倉事」，此從廣信書院本。

〔二〕「怪長」，四卷本作「長怪」。

〔三〕「還夢」句，四卷本「還夢見」作「更長夢」。《六十名家詞》本「皇」作「堂」。

〔四〕「山左」二句，四卷本作「溪左右，山南北」。

【箋注】

①題，趙茂嘉郎中，〔嘉靖〕《鉛山縣志》卷一一：「趙不遏字茂嘉，宋宗室之子。仕至直華文閣。嘗慕黄兼濟平糴之説，立兼濟倉於邑之天王寺左，州上其事，除直秘閣以旌之。」同書卷七又引徐元傑《羣賢堂贊》：「嘉遁趙公，公名不遏，字茂中。自幼有聲能文。登進士第，初爲清湘令，請以所增之秩封其母，孝廟褒而從之。居鄉無異韋布，不恃氣陵物，不屑意貨殖，訓子弟以禮法，勿撓寓邑。置兼濟倉，冬糴夏糶，糶直損於糴時。閭里德之，繪像勒石祠焉。慶元間，州狀其事於上，詔除直秘閣，以示旌異，繼升華文。年八十餘終於家。贊曰：孝之與誼，惟公獨全。燦燦褕霞，續續炊煙。賀白之文，間平之賢。天錫以壽，嘉遁丘園。」此《傳贊》又見《楳埜集》卷一一，文字以集所載校之。〔雍正〕《江西通志》卷五〇：「隆興元年癸未木待問榜，趙不遏，鉛山人，直華文閣。」按：《縣志》謂趙不遏字茂嘉，而徐元傑《傳贊》謂其字茂中。《宋會要輯稿·儀制》一〇之三七：「乾道二年三月九日，左從政郎趙不遁以進士舉出身，合轉兩官，乞以一官回授所生母尚氏，特依。」而《南軒集》卷三四《跋趙不遁壽昌堂記》：「不遁請以所遷官封其母，上方篤孝愛以錫天下，登聞賜可，是足爲人子之榮矣。」周必大《益國文忠公集》卷六〇《筠州判官廳記》：「官廨在麗樵内，蓋尚書郎趙不遁茂中營造於紹興之庚午，踰五十年敝。」此記爲嘉泰四年二月所作。據此，知趙不遏登第時名不遁，字茂中，後改名，並字亦易矣，遂以嘉遁爲號。趙不遏退歸鉛山之前仕歷，《淳熙嚴州圖經》卷一《知州題名》：「趙不遏，紹熙四年二月初五日

權知，五年六月初七日江西提刑。」《攻媿集》卷三九有《趙不遏江西提舉制》。其何時還鉛山無考，當在慶元初。其建兼濟倉事，（同治）《鉛山縣志》卷八：「兼濟倉在天王寺之左，直華文閣趙不遏所立。初慕兼濟平糴之意，以穀賤時糴，至明年穀貴，損價以出糴。淳熙十五年米始百斛，歲時增益，後至千斛。意欲自少至多，自近及遠，不爲立額。鄉人德之，慶元五年，狀其事於州，州以聞，詔除直秘閣，以慰父老德之之心。」《永樂大典》卷七五一四倉字韻引《廣信府永平志》趙不遏《兼濟倉文》：「夫兼濟倉者，因張乖崖垂警之言，慕黄兼濟平糴之意。肆爲此舉，初無妄心。始謀粗用於餘糧，逐歲遞增於百斛。從微至著，自邇及遐。庶窮民無艱食之憂，同此身有一飽之樂。大爲編秩，永紀章程。高厚實鑑於本情，毫髮靡容於失度。」據（同治）《鉛山縣志》卷一，天王寺在縣北一里。右詞稱趙爲郎中，未及其直秘閣事，知尚在慶元四年。

②「還夢」二句，《太平廣記》卷一《木公》條引《仙傳拾遺》：「木公亦云東王父，亦云東王公，蓋青陽之元氣，百物之先也。冠三維之冠，服九色雲霞之服，亦號玉皇君，居於雲房之間，以紫雲爲蓋，青雲爲城，仙童侍立，玉女散香。真僚仙官巨億萬計，各有所職，皆禀其命，而朝奉翼衛。故男女得道者，名籍所隸焉。」曹唐《小遊仙詩九十八首》：「外人欲壓長生籍，拜請飛瓊報玉皇。」

③「舊歲」二句，據《宋史》卷三七《寧宗紀》一，慶元二年三年連遇旱災，慶元二年五月，三年四月，皆以旱禱於天地宗廟社稷。而慶元四年正月，詔有司寬恤兩浙、江淮、荆湖、四川流民。可知「舊歲」云云，乃寫實也。千人活，《漢書》卷九八《元后傳》：「賀字翁孺，爲武帝繡衣御史，逐捕

魏郡羣盜堅盧等。黨與及吏畏懦逗遛當坐者，翁孺皆縱不誅。它部御史暴勝之等，奏殺二千石，誅千石以下及通行飲食坐連及者大部，至斬萬餘人。……翁孺以奉使不稱免，歎曰：『吾聞活千人有封子孫，吾所活者萬餘人，後世其興乎？』」

④五車書，見本書卷七《水調歌頭・和趙景明知縣韻》詞（官事未易了闋）箋注。

⑤「看風」二句，風流杖屨，釋道潛《喜不羣不疑見訪》詩：「山中爽氣知多少，半逐風流杖屨來。」蒼髯如戟，見本書卷九《滿江紅・送信守鄭舜舉被召》詞（湖海平生闋）箋注。

⑥「種柳」二句，種柳陶令宅，《陶淵明集》卷五《五柳先生傳》：「先生不知何許人也，亦不詳其姓字，宅邊有五柳樹，因以爲號焉。」此喻趙不遏之宅。散花維摩室，見本書卷一〇《江神子・聞蟬蛙戲作》詞（簟鋪湘竹帳籠沙闋）箋注。

⑦「勸人」二句，五千年，《雲笈七籤》卷七五《神仙鍊服雲母秘訣序》：「色青白多黑，名雲母，宜以冬服之，身輕，入火不灼，增壽五千年。」如金石，《古詩十九首》：「人生非金石，豈能長壽考。」白居易《寄楊六》詩：「唯君於我分，堅久如金石。」

南鄉子　慶前岡周氏旌表〔一〕①

無處着春光〔二〕，天上飛來詔十行②。父老歡呼童稚舞，前岡〔三〕，千載周家孝義鄉。

草木盡芬芳，更覺溪頭水也香。我道烏頭門側畔，諸郎，準備他年晝錦堂③。

【校】

〔一〕題，四卷本丙集「前岡」二字闕，此從廣信書院本。

〔二〕「春」，廣信書院本原作「風」，此據四卷本改。

〔三〕「岡」，四卷本作「江」。

【箋注】

①題，〔乾隆〕《鉛山縣志》卷七《士行》：「周欽若字彦恭，累世業儒。初有聲三舍間，不就禄仕，積書教子。欽若始願欲其伯仲同居而不異籍，自以身在季不得專，切以爲恨。逮病亟，索紙筆書字戒其四子曰：『吾平日教汝讀書，固不專於利禄，欲汝等知義以興薄俗爾。我病不瘳，汝等盡孝以事母，當以義協居，勿有異志。居舍雖小不足恥，田園雖寡不足慮，不能尊我訓是謂不孝也。不孝不忠，非吾子孫也。』卒後其妻虞氏守義如夫言。子曰藻曰芸曰苾曰芾，亦皆能孝如母言，守遺命同居。至慶元改元，三世矣。四年，州以狀聞，都司奏旌表門閭，長吏致禮，免本家差役，依初品官限田法，詔從之。」以上所記，大半皆出韓元吉《鉛山周氏義居記》，已見載於本書卷

二《題前岡周氏敬榮堂》詩箋注。韓記作於淳熙十三年二月。《縣志》「至慶元改元」以下，則所作補充者。據此並參右詞，知宋廷旌表，爲慶元四年春間事。

②「無處」二句，無處着春光，曹勛《題家園海棠小亭壁》詩：「萬點勻紅上海棠，小亭無處着春光。」天上飛來詔十行，韓愈《憶昨行和張十一》詩：「踐蛇茹蠱不擇死，忽有飛詔從天來。」蘇軾《次韻張昌言喜雨》詩：「遥聞争誦十行詔，無異親巡六尺輿。」

③「我道」三句，烏頭門，李誡《營造法式》卷二《烏頭門》條：「《唐六典》：『六品以上，仍通用烏頭大門。』唐上官儀《投壺經》：『第一箭入，謂之初箭，再入，謂之烏頭。』取門雙表之義。」同書卷六載：「烏頭門，其名有三，一曰烏頭大門，二曰表楬，三曰閥閲。今呼爲櫺星門。」《演繁録》卷一〇《旌表門閭》條：「石晉天福二年閏七月壬申，尚書户部奏李自倫義居七世，準敕旌表門閭。先有登州義門王仲昭，六代同居，其旌表有廳事步欄，前列屏，樹烏頭正門，閥閲一丈二尺，二柱相去一丈，柱端安瓦桶墨染，號爲烏頭，築雙闕一丈，在烏頭之南三丈七尺，夾街十有五步，槐柳成列。今舉此爲例，則令式不該。詔王仲昭正廳烏頭門等事不載令文，又無敕命，既非故事，難黷大倫，宜從令式，只表門閭於李自倫所居之前。」晝錦堂，《明一統志》卷二八《彰德府》：「晝錦堂，在府治北。宋韓琦以宰相判鄉郡，建於居第。歐陽修記，蔡襄書，碑刻尚存琦第。」晝錦喻富貴歸故鄉，如衣錦晝行也。

鷓鴣天

睡起即事①

水荇參差動緑波，一池蛇影噤羣蛙②。因風野鶴饑猶舞，積雨山梔病不花③。名利處，戰争多，門前蠻觸日干戈④。不知更有槐安國，夢覺南柯日未斜⑤。

【箋注】

①題，以下爲《鷓鴣天》詞六首。《稼軒詞編年箋注》增訂本此六詞後有編年云：「右《鷓鴣天》詞六首，詳詞意當均作於『慶元黨禁』時期，故滙録於此。韓侂胄於慶元元年貶逐趙汝愚之後，復於以後三四年間設置僞學籍，申嚴僞學之禁。稼軒於家居之際亦復爲言路彈擊。稼軒既反對韓黨之專擅，於黨争亦不能超然忘懷，故此數詞譏評時政，語多憤切。」此數語爲余當時所補寫，今猶以爲大旨無誤，故再録於慶元四年。

②「水荇」二句，水荇參差，《詩·周南·關雎》：「參差荇菜，左右流之。」陸璣《詩疏廣要》卷上之上《參差荇菜》條：「荇，一名接余。白莖，葉紫赤色。正圓，徑寸餘，浮在水上，根在水底，與水深淺等，大如釵股，上青下白，鬻其白莖，以苦酒浸之，肥美可案酒。……鄭注：『今水荇也，蔓

鋪水上。』」一池蛇影，即所謂新開池中之水荇，參差如蛇影，使池中羣蛙噤聲不鳴。

③山梔，《嘉泰會稽志》卷一七：「梔子諸花，少六出者，惟梔子花六出。陶貞白言：『梔子翦花六出，刻房七道，芬香特甚。相傳即西域薝蔔也。』今會稽有二種，一曰山梔，生山谷中，花瘦長，香尤奇絶。」

④「門前」句，鑾觸，見本卷《玉樓春·隱湖戲作》詞（客來底事逢迎晚闋）箋注。

⑤「不知」二句，見本書卷一一《水調歌頭·題永豐楊少遊提點一枝堂》詞（萬事幾時足闋）箋注。

又

自古高人最可嗟，只因疏嬾取名多①。居山一似庚桑楚，種樹真成郭橐駞②。　雲子飯，水精瓜〔一〕③，林間攜客更烹茶。君歸休矣吾忙甚，要看蜂兒趁晚衙〔二〕④。

【校】

〔一〕「子」，文淵閣本《四庫全書》之《稼軒詞》作「母」。「精」，四卷本丙集作「晶」。此從廣信書院本。

〔二〕「趁晚」，廣信書院本原作「晚趁」，此據四卷本改。

【箋注】

①「自古」二句，最可嗟，羅隱《臺城》詩：「潮平遠岸草侵沙，東晉衰來最可嗟。」疏嬾取名多，杜甫《寄張十二山人彪三十韻》詩：「疏嬾爲名誤，驅馳喪我真。」

②「居山」二句，居山似庚桑楚，《莊子·庚桑楚》：「老聃之役，有庚桑楚者，偏得老聃之道，以北居畏壘之山，其臣之畫然知者去之，其妾之挈然仁者遠之，擁腫之與居，鞅掌之爲使。居三年，畏壘大壤。畏壘之民相與言曰：『庚桑子之始來，吾洒然異之。今吾日計之而不足，歲計之而有餘，庶幾其聖人乎？子胡不相與尸而祝之，社而稷之乎？』」種樹成郭橐駞，柳宗元《河東集》卷一七《種樹郭橐駞傳》：「郭橐駞，不知始何名。病瘻，隆然伏行，有類橐駞者，故鄉人號之駞。駞聞之曰：『甚善，名我固當。』因捨其名，亦自謂橐駞云。其鄉曰豐樂鄉，在長安西。駞業種樹，凡長安豪富人，爲觀遊及賣果者，皆争迎取養，視駞所種樹，或移徙，無不活，且碩茂蚤實以蕃。他植者雖窺伺傚慕，莫能如也。有問之，對曰：『橐駞非能使木壽且孳也，以能順木之天，以致其性焉爾。』」

③「雲子」二句，杜甫《與鄠縣源大少府宴渼陂》詩：「應爲西陂好，金錢罄一餐。飯抄雲子白，瓜嚼水精寒。」

④「君歸」二句，君歸休，見本書卷八《醜奴兒》詞（此生自斷天休問闋）箋注。蜂兒趁晚衙，《埤雅》卷一〇《蜂》條：「蜂有兩衙應潮。其主之所在，衆蜂爲之旋繞如衛，誅罰徵令絶嚴，有君臣之

義。」趁晚衙，謂衆蜂晚歸巢景象。

又

有感

出處從來自不齊，後車方載太公歸①。誰知寂寞空山裏〔一〕，却有高人賦采薇〔二〕②。黄菊嫩，晚香枝，一般同是采花時。蜂兒辛苦多官府，蝴蝶花間自在飛③。

【校】

〔一〕「寂寞空山裏」，四卷本丁集作「孤竹夷齊子」，此從廣信書院本。

〔二〕「却有高人」，四卷本作「正向空山」。

【箋注】

①「出處」二句，出處從來自不齊，蘇軾《送歐陽主簿赴官韋城四首》詩：「出處年來恨不齊，一尊臨水記分攜。」後車方載太公歸，《史記》卷三二《齊太公世家》：「太公望吕尚者，東海上人。……本姓姜氏，從其封姓，故曰吕尚。吕尚蓋嘗窮困年老矣，以魚釣奸周西伯。……周西伯獵，果遇

太公於渭之陽，與語大説，曰：『自吾先君太公曰：當有聖人適周，周以興。子真是邪？吾太公望子久矣。』故號之曰太公望，載與俱歸，立爲師。」《詩·小雅·緜蠻》：「命彼後車，謂之載之。」《吕氏春秋·舉難》：「甯戚欲干齊桓公。……桓公聞之，撫其僕之手曰：『異哉之歌者，非常人也。』命後車載之。」

②「誰知」二句，寂寞空山，《江南餘載》卷下：「開寶末，長老法倫夢金陵兵火四起，有書生朗吟曰：『東上波流西上船，桃源未必有真仙。干戈滿目家何在，寂寞空山聞杜鵑。』」賦采薇，《史記》卷六一《伯夷列傳》：「伯夷、叔齊，孤竹君之二子也。……武王已平殷亂，天下宗周。而伯夷、叔齊恥之，義不食周粟，隱於首陽山，采薇而食之。及餓且死，作歌，其辭曰：『登彼西山兮，采其薇矣。以暴易暴兮，不知其非矣。神農、虞、夏忽焉没兮，我安適歸矣。於嗟徂兮，命之衰矣。』遂餓死於首陽山。」

③「蝴蝶」句，陳鵠《耆舊續聞》卷七載其嘉定十三年庚辰縉雲令林毅夫《贈英華詩集》一編，謂英華姓李，元豐間女子，其警句有《春日述懷二絶》云：「園林簇簇日暉暉，白蝶黄蜂自在飛。公子醉眠芳草岸，柳花片片點春衣。」

又

讀淵明詩不能去手，戲作小詞以送之

晚歲躬耕不怨貧，隻雞斗酒聚比鄰①。都無晉宋之間事，自是羲皇以上人②。千載後，百篇存，更無一字不清真③。若教王謝諸郎在，未抵柴桑陌上塵④。

【箋注】

①「晚歲」二句，躬耕不怨貧，陶潛《庚戌歲九月中於西田穫早稻》詩：「人生歸有道，衣食固其端。孰是都不營，而以求自安。開春理常業，歲功聊可觀。晨出肆微勤，日入負耒還。山中饒霜露，風氣亦先寒。田家豈不苦，弗獲辭此難。四體誠乃疲，庶無異患干。盥濯息簷下，斗酒散襟顏。遥遥沮溺心，千載乃相關。但願長如此，躬耕非所歎。」《癸卯歲始春懷古田舍二首》詩：「先師有遺訓，憂道不憂貧。」隻雞斗酒聚比鄰，陶潛《歸園田居六首》詩：「漉我新熟酒，隻雞招近局。」《雜詩十二首》：「得歡當作樂，斗酒聚比鄰。」《陶淵明集》卷首載蕭統《集序》有言：「有疑陶淵明詩篇篇有酒，吾觀其意不在酒，亦寄酒爲跡者也。……語時事則指而可想，論懷抱則曠而且真，加以貞志不休，安道苦節，不以躬耕爲恥，不以無財爲病，自非大賢篤志，與道汙隆，孰能如此乎？」

②「都無」二句，《稼軒詞編年箋注》釋此二句有云：「『都無』當作『倘無』解。陶淵明生於東晉末年，卒於劉宋初年。其時内多篡弑之禍，而北方則先後分處於十六國統治下。淵明《與子儼等疏》雖云『五六月中北窗下卧，遇涼風暫至，自謂是羲皇上人』，然於《擬古》詩中有『饑食首陽薇，渴飲易水流』句，於《讀山海經》十三首中有『精衛銜微木，將以填滄海』句，皆寓有憤世之意。蓋

晉宋之間既世局多故，亦殊不能全然與世相忘。故稼軒作此設詞，以爲若無晉宋之間事，則彼自是羲皇以上人耳。」所釋詞意甚確，然都無二字，釋爲疑問詞倘無，僅於此可通。蓋都無即全無，陶淵明並無晉、宋易代之事横亘在心，故可謂之羲皇以上人也。若用反詰語，謂其不能不關心世局，亦可也。本書卷一四另有《鷓鴣天·和趙晉臣敷文韻》詞，前二句即謂「緑鬢都無白髮侵，醉時拈筆越精神」，可與此同，其餘都無皆應作全無解也。

③「千載」三句，千載後，百篇存，《陶淵明集》存詩一百二十篇。清真，蘇軾《和飲酒二十首》詩：「道喪士失己，出語輒不情。江左風流人，醉中亦求名。淵明獨清真，談笑得此生。身如受風竹，掩冉衆葉驚。俯仰各有態，得酒詩自成。」

④「若教」二句，王謝諸郎，《南齊書》卷三三《王僧虔傳》：「此是烏衣諸郎坐處，我亦可試爲耳。」《景定建康志》卷一六：「烏衣巷在秦淮南，晉南渡，王謝諸名族居此，時謂其子弟爲烏衣諸郎。」《古今合璧事類備要》前集卷二六《王謝諸郎》條：「晉宋時，江左謂王謝子弟爲烏衣諸郎。」柴桑陌上塵，柴桑爲陶潛居地。《獨醒雜志》卷四：「江州德化縣楚城鄉，乃陶淵明所居之地也。詩中所謂柴桑者，宣和初，部刺史即其地立陶淵明祠。」陶潛《雜詩十二首》：「人生無根蔕，飄如陌上塵。」蘇軾《和歸田園居六首》詩：「昔我在廣陵，悵望柴桑陌。」

又

髮底青青無限春，落紅飛雪謾紛紛〔一〕①。黄花也伴秋光老，何似尊前見在身②？　書萬卷，筆如神③，眼看同輩上青雲④。箇中不許兒童會，只恐功名更逼人〔二〕⑤。

【校】

〔一〕「落」，《六十名家詞》本作「殘」，此從廣信書院本。

〔二〕「逼」，《六十名家詞》本作「過」。

【箋注】

①「髮底」二句，無限春，盧仝《人日立春》詩：「春度春歸無限春，今朝方始覺成人。」謾紛紛，王珪《王樟挽章恬齋》詩：「百年公論定，往事謾紛紛。」謾，同漫。

②何似尊前見在身，見本書卷一〇《沁園春·戊申歲奏邸忽騰報謂余以病掛冠因賦此》詞（老子平生閱）箋注。何似，何如。

③「書萬」二句，杜甫《奉贈韋左丞丈二十二韻》詩：「讀書破萬卷，下筆如有神。」

④「眼看」句，張元幹《隴頭泉》詞：「少年時壯懷，誰與重論？……百鎰黃金，一雙白璧，坐看同輩上青雲。」

⑤兒童會，此會爲會意也。

又　不寐①

老病那堪歲月侵，霎時光景值千金②。一生不負溪山債，百藥難治書史淫〔一〕③。　隨巧拙，任浮沉，人無同處面如心④。不妨舊事從頭記，要寫行藏入《笑林》⑤。

【校】

〔一〕「治」，王詔校刊本、《六十名家詞》本作「醫」，此從廣信書院本。

【箋注】

①題，此詞題爲不寐，殆長夜不眠，以抒再仕再歸幽憤之作，非寫不寐之意也。

②「老病」二句，歲月侵，宋祁《將道洛先寄太師文相公》詩：「兩鬢蓬飛歲月侵，牧還秘殿上恩深。」王安石《寄陳宣叔》詩：「忽驚歲月侵雙鬢，却喜山川共一杯。」光景值千金，蘇軾《春夜》詩：「春宵一刻值千金，花有清香月有陰。」

③書史淫，《晉書》卷五一《皇甫謐傳》：「居貧，躬自稼穡，帶經而農，遂博綜典籍百家之言，沉静寡欲。始有高尚之志，以著述爲務，自號玄晏先生。……耽翫典籍，忘寝與食，時人謂之書淫。」

④「人無」句，《左傳·襄公三十一年》：「子産曰：『人心之不同，如其面焉，吾豈敢謂子面如吾面乎？』」

⑤《笑林》，《隋書》卷三四《經籍志》三：「《笑林》三卷，後漢給事中邯鄲淳撰。」劉知幾《史通》卷八《書事》：「自魏、晉已降，著述多門。《語林》、《笑林》、《世説》、《俗説》，皆喜載嘲謔小辨，嗤鄙異聞，雖爲有識所譏，頗爲無知所悦，而斯風一扇，國史多同。」

又

戊午拜復職奉祠之命①

老退何曾説着官，今朝放罪上恩寬。便支香火真祠俸，更綴文書舊殿班②。扶病脚，洗衰顔，快從老病借衣冠。此身忘世渾容易，使世相忘却自難。

【箋注】

①題，戊午即慶元四年。復職奉祠，稼軒於紹熙五年秋七月罷知福州。以集英殿修撰主管建寧府武夷山沖佑觀。同年九月，以御史中丞謝深甫論列，降充秘閣修撰。慶元元年十月，又以御史中丞何澹論列，落職。二年九月，又罷武夷山沖佑觀宮觀。見本書所附《年譜》。至慶元四年之後，始因慶元三年十二月公布逆黨僞學籍，稼軒以非趙、朱一黨，未嘗在籍，故予復職奉祠。所復之職即詞中所及之集英殿修撰，而所奉之祠亦必武夷山沖佑觀也。

②「便支」二句，香火真祠俸，王安石《北山有懷》詩：「香火因緣寄北山，主恩投老更人間。」李壁《王荆公詩注》卷四二：「香火，謂領真祠。」更綴文書舊殿班，謂文書有貼職可書舊銜。綴，拾也。

賀新郎

題趙兼善龍圖東山園小魯亭〔一〕①

下馬東山路。恍臨風周情孔思②，悠然千古。寂寞東家丘何在，縹緲危亭小魯③。試重上巖巖高處④。更憶公歸西悲日，正濛濛陌上多零雨⑤。嗟費却，幾章句。謝公雅志還成趣〔二〕。記風流中年懷抱，長攜歌舞。政爾良難君臣事，晚聽秦箏聲苦⑥。快滿眼松篁千畝。把似未垂功名淚，算何如且作溪山主⑦。雙白鳥，又飛去⑧！

【校】

〔一〕題，四卷本丁集「龍圖」二字闕，此從廣信書院本。另，廣信書院本「園」字亦闕，據四卷本補。

〔二〕「公」，四卷本作「安」。

【箋注】

①題，趙兼善龍圖，即趙達夫。本書卷一〇《虞美人·送趙達夫》詞（一杯莫落他人後闋）有箋注。箋注引《絜齋集》卷一八《運判龍圖趙公墓志銘》至「直秘閣福建轉運判官。告老，進直敷文閣，與祠。再告老，陞龍圖閣致其事」而止，其間事歷及告老以後事歷，今再引如下：「通判湖州，守臨汀、嘉禾、吴興三郡，奉祠，起知道州，辭不赴。仍賦祠禄，擢提舉淮東常平茶鹽公事，直秘閣福建轉運判官。告老，進直敷文閣與祠，再告老。……守吴興時，忤時宰之親，遄歸故里，結亭二十有五。放懷巖壑，若將終身。彊而後起，名流多稱慕之。而誠齋楊公，知之最真，有契於心。爾時權姦妄開邊隙，公深言其不然，雖拂其意不恤也。非輕視軒冕，其能爾乎？有樓曰一經，有館曰東塾。子孫滿前，課以學業。……筋力尚彊，謝事而歸，優游自適者，十有三年，人生

真樂，何以尚此？嘉定十一年正月丁亥終於正寢，享年八十有五。」據考，趙達夫紹熙四年九月罷知湖州，見〔同治〕《湖州志》卷五。其復起提舉淮東、任福建運判皆在嘉泰以後，至開禧元年再次奉祠歸鉛山直至其去世。因知慶元之六年間趙達夫始終家居於鉛山。右詞既作年無考，故相宜次於慶元四年間。東山，〔乾隆〕《鉛山縣志》卷一：「東山，在縣東三里。翠微間有亭，紹熙五年縣尹蘇堅題曰僊遊。宋春陵守趙充夫治其地爲東園。」《趙公墓志銘》：「宜人孟氏，先公十有五年卒，葬於鉛山縣鵝湖鄉之東山。……諸孤奉其喪，合葬於宜人之墓。」

②「恍臨」句，《楚辭・九歌・少司命》：「望美人兮未來，臨風怳兮浩歌。」《沈約集・郊居賦》：「揚玉桴，握椒糈，恍臨風以浩唱，折瓊茅而延佇。」恍，失意也。《昌黎集》李漢序：「日光玉潔，周情孔思，千態萬貌。」按：所謂「周情孔思」，蓋賦東山園而思周公、孔子也。《詩・豳風・東山》序：「東山，周公東征也。周公東征，三年而歸，勞歸士大夫美之，故作是詩也。」《孟子・盡心》上：「孟子曰：『孔子登東山而小魯，登太山而小天下。』」

③「寂寞」二句，東家丘，《三國志・魏書》卷一一《邴原傳》注引原别傳：「及長，金玉其行。欲遠游學，詣安丘孫崧，崧辭曰：『君鄉里鄭君，君知之乎？』原答曰：『然。』崧曰：『鄭君學覽古今，博文彊識，鈎深致遠，誠學者之師模也。君乃舍之，躡屣千里，所謂以鄭爲東家丘者也。君似不知，而曰然者何？』原曰：『先生之説誠可謂苦藥良鍼矣，然猶未達僕之微趣也。人各有志，所規不同。故乃有登山而採玉者，有入海而採珠者，豈可謂登山者不知海之深，入海者不知

山之高哉？君謂僕以鄭爲東家丘，君以僕爲西家愚夫邪？』崧辭謝焉。」《六臣注文選》卷四一陳琳《爲曹洪與魏文帝書》「乃輕其家丘」句下引張銑注：「魯人不識孔丘聖人，乃云：『我東家丘者，吾知之矣。』言輕孔丘也。」《稼軒詞編年箋注》謂《孔子家語》有此事，其書實無記載。縹緲危亭，葉夢得《點絳唇・紹興乙卯登絶頂水亭》詞：「縹緲危亭，笑談獨在千峰上。」

④巖巖高處，《詩・魯頌・閟宮》：「泰山巖巖，魯邦所詹。」

⑤「更憶」二句，《詩・豳風・東山》：「我徂東山，慆慆不歸。我來自東，零雨其濛。我東曰歸，我心西悲。」《箋》：「我心則念西而悲。」

⑥「謝公」五句，《世説新語・排調》：「謝公在東山，朝命屢降而不動。後出爲桓宣武司馬，將發新亭，朝士咸出瞻送。高靈時爲中丞，亦往相祖。先時多少飲酒，因倚如醉。戲曰：『卿屢違朝旨，高卧東山，諸人每相與言：安石不肯出，將如蒼生何？今亦蒼生將如卿何？』謝笑而不答。」餘參本書卷六《念奴嬌・登建康賞心亭呈史留守致道》詞（我來弔古闋）。中年懷抱，見本書卷七《水調歌頭・淳熙己亥自湖北漕移湖南周總領王漕趙守置酒南樓席上留別》詞（折盡武昌柳闋）箋注。政爾良難，亦見《念奴嬌・登建康賞心亭呈史留守致道》詞（我來弔古闋）箋注。黄庭堅《戲答俞清老道人寒夜三首》詩：「有人夢超俗，去髮脱儒冠。平明視清鏡，政爾良獨難。」秦箏聲苦，岑參《秦箏歌送外甥蕭正歸京》詩：「汝不聞秦箏聲最苦，五色纏紘十三柱。」

⑦「把似」二句，把似，與其，假如。算，蓋。溪山主，蘇轍《送文與可知湖州》詩：「連持梁洋印，久

作溪山主。」

⑧「雙白」二句，《湘山野録》卷中：「輻入洛應書，果中選於甲科第二。方得意，狂放不還。攜一女僕曰青箱，所在疏縱。過華州之蒲城，其宰仍故人，亦醖藉之士，延留久之。一夕，盛暑追涼於縣樓，痛飲而寢，青箱侍之。是夕夢其妻出一詩，爲示怨頗深。詩曰：『楚水平如練，雙雙白鳥飛。』」張嵲《詠水上雙白鳥》詩：「夜雨山水清，朝暉浄崖壁。飛來雙白鳥，未省平生識。」題下自注：「如鵝大，古人謂之白雁。」

沁園春

和吴子似縣尉〔一〕①

我見君來，頓覺吾廬，溪山美哉！悵平生肝膽，都成楚越；只今膠漆，誰是陳雷②？搔首踟躕，愛而不見，要得詩來渴望梅③。還知否？快清風入手〔二〕④，日看千回。直須抖擻塵埃。人怪我柴門今始開⑤。向松間乍可，從他喝道；庭中切莫，踏破蒼苔⑥。豈有文章，謾勞車馬，待唤青芻白飯來⑦。君非我，任功名意氣，莫恁徘徊⑧。

【校】

〔一〕題，四卷本作「和吴尉子似」，此從廣信書院本。

〔二〕「快」，《六十名家詞》本作「怯」。

【箋注】

①題，吴子似縣尉，〔同治〕《饒州府志》卷一八《儒林》：「吴紹古，字子嗣，安仁人，陸象山門人。官承直郎、茶鹽幹辦。」〔乾隆〕《鉛山縣志》卷五《名宦》：「吴紹古字子嗣，鄱陽人。慶元五年任鉛山尉，多所建白。有史才，纂《永平志》，條分類舉，先民故實搜羅殆盡。建居養院以濟窮民及旅處之有疾阨者。」卷九《藝文》載趙蕃《劉之道祠記》：「鄱陽吴紹古子嗣來之明年，因諸生請，白於其長而復於學，涓良酌清，告成如禮。慶元五年也。」據此，知吴子似任鉛山縣尉，始於慶元四年，迄慶元六年。本卷《浪淘沙·送吴子似縣尉》詞（金玉舊情懷）有「來歲菊花開」語，以此推考，則其慶元四年來任，至六年九月任滿。而右詞應即其任縣尉之後來訪時所賦。

②「悵平」四句，肝膽都成楚越，《莊子·德充符》：「仲尼曰：『死生亦大矣，而不得與之變。雖天地覆墜，亦將不與之遺，審乎無假，而不與物遷。命物之化，而守其宗也。』常季曰：『何謂也？』仲尼曰：『自其異者視之，肝膽楚越也。自其同者視之，萬物皆一也。』」膠漆陳雷，《後漢書》卷一一一《獨行傳》：「陳重字景公，豫章宜春人也。少與同郡雷義爲友，俱學魯《詩》、顏氏《春秋》。太守張雲舉重孝廉，重以讓義，前後十餘通記，雲不聽。……雷義字仲公，豫章鄱陽人也。初爲郡功曹，嘗擢舉善人，不伐其功。……舉茂才，讓於陳重。刺史不聽。義遂佯狂被髮，

走不應命。鄉里爲之語曰：『膠漆自謂堅，不如雷與陳。』三府同時俱辟二人，義遂爲守灌謁者。」

③「搔首」三句，搔首踟躕，愛而不見，《詩・邶風・静女》：「静女其姝，俟我於城隅。愛而不見，搔首踟躕。」望梅，《世説新語・假譎》：「魏武行役，失汲道，軍皆渴。乃令曰：『前有大梅林，饒子，甘酸可以解渴。』士卒聞之，口皆出水，乘此得及前源。」

④「清風入手」，蘇軾《袁公濟和劉景文登介亭詩復次韻答之》詩：「昏昏墮醉夢，奈此六月溽。君詩如清風，吹我朝睡足。」餘參本書卷一一《臨江仙・和信守王道夫韻謝其爲壽》詞（記取年年爲壽客闋）箋注。

⑤「直須」二句，抖擻塵埃，蘇軾《子由在筠作東軒記……乃追次慎韻》詩：「君到高安幾日回，一時抖擻舊塵埃。」柴門今始開，杜甫《客至》詩：「舍南舍北皆春水，但見羣鷗日日來。花徑不曾緣客掃，蓬門今始爲君開。」

⑥「向松」四句，喝道，《説郛》卷七六李商隱《義山雜纂》：「殺風景：花間喝道、看花淚下、苔上鋪席。」踏破蒼苔，《東坡全集》卷一一《書馨公詩後》：「過加禄鎮南二十五里大許店，休馬於逆旅祁宗祥家，見壁上有幅紙，題詩云：『滿院秋光濃欲滴，老僧倚杖青松側。只怪高聲問不應，瞋余踏破蒼苔色。』其後題云：『滏水僧寶馨。』宗祥謂余：『此光、黄間狂僧也，年百三十，死於熙寧十年。既死，人有見之者。』宗祥言其異事甚多，作是詩以識之。馨公本名清戒，俗謂之

戒和尚云。」乍可，豈可。

⑦「豈有」三句，豈有文章，謾勞車馬，杜甫《有客》詩：「豈有文章驚海内，謾勞車馬駐江干。」青芻白飯，杜甫《入奏行贈西山檢察使竇侍御》詩：「江花未落還成都，肯訪浣花老翁無。爲君酤酒滿眼酤，與奴白飯馬青芻。」

⑧「君非」三句，《稼軒詞編年箋注》云：「謂子似當以立功名爲己志，不可如我之徘徊丘壑。恁，如此也。」

清平樂①

清詞索笑，莫厭銀杯小②。應是天孫新與巧③，剪恨裁愁句好。有人夢斷關河，小窗日飲亡何④。想見重簾不捲，淚痕滴盡湘娥。

【箋注】

①題，右詞無題，作年無考。據廣信書院本次第，亦應慶元中期所作。

②「清詞」二句，索笑，杜甫《舍弟觀赴藍田取妻子到江陵喜寄三首》詩：「歡劇提攜如意舞，喜多

行作白頭吟。巡簷索共梅花笑，冷蕊疏枝半不禁。」莫厭銀杯小，蘇軾《莫笑銀杯小答喬太博》詩：「請君莫笑銀杯小，爾來歲旱東海窄。」

③「應是」句，《初學記》卷一《天孫》條：「《漢書》曰：『河鼓大星上將，其北織女。織女，天女孫也。』」《柳河東集》卷一《乞巧文》：「臣竊聞天孫專巧於天，轇轕琁璣，經緯星辰，能成文章。」

④「小窗」句，日飲亡何，見本書卷九《減字木蘭花·宿僧房有作》詞（僧窗夜雨闋）箋注。

鷓鴣天　尋菊花無有，戲作①

掩鼻人間臭腐場②，古來惟有酒偏香〔一〕。自從來住雲煙畔〔二〕，直到而今歌舞忙。呼老伴③，共秋光，黄花何處避重陽〔三〕？要知爛熳開時節，直待西風一夜霜。

【校】

〔一〕「來」，王詔校刊本、《六十名家詞》本、四印齋本作「今」，此從廣信書院本。

〔二〕「來」，四卷本丙集作「歸」。

〔三〕「處」，四卷本作「事」。

【箋注】

①題，右詞及次韻一首，應均慶元四年秋間所作。

②「掩鼻」句，《孟子·離婁》下：「孟子曰：『西子蒙不潔，則人皆掩鼻而過之。』」《韓非子·内儲説》：「魏王遺荆王美人，荆王甚悦之。夫人鄭袖知王悦愛之也，亦悦愛之，甚於王。衣服玩好，擇其所欲爲之。……因謂新人曰：『王甚悦愛子，然惡子之鼻。子見王，常掩鼻，則王長幸子矣。』於是新人從之。每見王，常掩鼻。王謂夫人曰：『新人見寡人常掩鼻，何也？』對曰：『不己知也。』王强問之，對曰：『頃嘗言，惡聞王臭。』王怒曰：『劓之。』」《莊子·知北遊》：「故萬物一也，是其所美者爲神奇，其所惡者爲臭腐。」

③老伴，白居易《對琴待月》詩：「共琴爲老伴，與月有秋期。」蘇軾《真覺院有洛花花時不暇往四月十八日與劉景文同往賞枇杷》詩：「魏花非老伴，盧橘是鄉人。」皆言老來爲伴者。

又

席上吴子似諸友見和，再用韻答之〔一〕

翰墨諸公久擅場〔二〕①，胸中書傳許多香。都無絲竹銜杯樂〔三〕，却看龍蛇落筆忙〔四〕②。

閑意思，老風光，酒徒今有幾高陽③。黄花不怯西風冷〔五〕，只怕詩人兩鬢霜。

【校】

〔一〕題，四卷本丙集作「席上子似諸公和韻」，此從廣信書院本。

〔二〕「公」，四卷本作「君」。

〔三〕「都」，四卷本作「苦」。

〔四〕「看」，王詔校刊本、《六十名家詞》本、四印齋本作「有」。

〔五〕「西」，四卷本作「秋」。

【箋注】

①久擅場，釋皎然《五言因遊支硎寺寄邢端公》詩：「作用方開物，聲名久擅場。」曾鞏《孫少述示近詩兼仰高致》詩：「大句閎篇久擅場，一函初得勝琳琅。」

②「都無」二句，銜杯樂，杜甫《飲中八仙歌》：「左相日興費萬錢，飲如長鯨吸百川，銜杯樂聖稱世賢。」龍蛇落筆，蘇軾《是日偶至野人汪氏之居……仍用前韻》詩：「已聞龜策通神語，更看龍蛇落筆痕。」都無，全無也。

③「酒徒」句，見本書卷一二《沁園春・城中諸公載酒入山余不得以止酒爲解遂破戒一醉再用韻》詞（杯汝知乎闋）箋注。

菩薩蠻　晝眠秋水①

葛巾自向滄浪濯，朝來漉酒那堪着②。高樹莫鳴蟬③，晚涼秋水眠。　竹牀能幾尺，上有華胥國④。山上咽飛泉，夢中琴斷絃。

【箋注】

①題，此秋水，據詞中「山上咽飛泉」句，知即今石塘鄉五堡洲北之秋水觀，與稼軒鄉蔣家峒之瓢泉隔紫溪相對。飛泉，當在瓢泉所在之瓜山。右詞與以下《水調歌頭》二詞，作年皆莫考。核以廣信書院本各詞次第，皆慶元中期之作，故彙編於此。

②「葛巾」二句，《宋書》卷九三《陶潛傳》：「貴賤造之者，有酒輒設。……郡將候潛，值其酒熟，取頭上葛巾漉酒，畢，還復著之。」滄浪之水可以濯吾纓，見本書卷八《六幺令·再用前韻》詞（倒冠一笑閔）箋注。

③「高樹」句，《吴越春秋》卷三《夫差内傳》：「夫秋蟬登高樹，飲清露，隨風撝撓，長吟悲鳴，自以爲安。不知螳蜋超枝緣條，曳腰聳距而稷其形。」

④「竹牀」二句，文震亨《長物志》卷六《牀》條：「以宋元斷紋小漆牀爲第一。……永嘉、粤東有摺疊者，舟中攜置亦便。若竹牀及飄簷拔步、彩漆卍字回紋等式，俱俗。近有以柏木䂕細如竹者甚精，宜閨閣及小齋中。」華胥國，見本書卷六《聲聲慢·滁州旅次登奠枕樓作》詞（征埃成陣閱）箋注。

水調歌頭　醉吟①

四座且勿語，聽我醉中吟②。池塘春草未歇，高樹變鳴禽③。鴻雁初飛江上，蟋蟀還來牀下，時序百年心④。誰要卿料理？山水有清音⑤。　歡多少，歌長短，酒淺深。而今已不如昔，後定不如今⑥。閑處直須行樂，良夜更教秉燭，高會惜分陰⑦。白髮短如許，黄菊倩誰簪⑧？

【箋注】

①題，右詞爲集句體，亦慶元中期所賦。

②「四座」二句，四座且勿語，《古雜詩》：「四座且勿喧，願聽歌一言。」聽我醉中吟，杜荀鶴《與友

人對酒吟》：「憑君滿酌酒，聽我醉中吟。」

③「池塘」二句，謝靈運《登池上樓》詩：「池塘生春草，園柳變鳴禽。」

④「鴻雁」三句，鴻雁初飛江上，杜牧《九日齊山登高》詩：「江涵秋影雁初飛，與客攜壺上翠微。」蟋蟀還來牀下，《詩·豳風·七月流火》：「十月蟋蟀入我牀下。」時序百年心，杜甫《春日江村五首》詩：「乾坤萬里眼，時序百年心。」

⑤「誰要」二句，卿料理，見本書卷一二《沁園春·靈山齊庵賦》詞（疊嶂西馳闋）箋注。山水有清音，左思《招隱二首》詩：「非必絲與竹，山水有清音。」

⑥「而今」二句，白居易《東城尋春》詩：「今既不如昔，後當不如今。」

⑦「閑處」三句，須行樂，杜甫《曲江二首》詩：「細推物理須行樂，何用浮名絆此身。」秉燭，《古詩十九首》：「晝短苦夜長，何不秉燭遊。」惜分陰，《晉書》卷六六《陶侃傳》：「大禹聖者，乃惜寸陰。至於衆人，當惜分陰。豈可逸遊荒醉，生無益於時，死無聞於後？是自棄也。」

⑧「白髮」二句，杜甫《春望》詩：「白頭搔更短，渾欲不勝簪。」

又

賦松菊堂①

淵明最愛菊，三徑也栽松②。何人收拾，千載風味此山中？手把《離騷》讀遍，自掃落英餐罷，杖屨曉霜濃③。皎皎太獨立，更插萬芙蓉④。水潺湲，雲澒洞，石巃嵸⑤。素琴濁酒喚客，端有古人風⑥。却怪青山能巧，政爾横看成嶺，轉面已成峰⑦。詩句得活法，日月有新工⑧。

【箋注】

①題，松菊堂，稼軒著作中無跡象可考。僅據右詞所載，似即在瓜山之建築，則松菊堂必在瓜山。

②「淵明」二句，《陶淵明集》卷五《歸去來兮辭》：「三徑就荒，松菊猶存。」

③「手把」三句，把《離騷》讀，劉季孫《三高祠詠古三首》詩：「醒將《太玄》解，卧把《離騷》讀。」落英餐，《楚辭·離騷》：「朝飲木蘭之墜露兮，夕餐秋菊之落英。」曉霜濃，劉敞《九日龍華閣寄永叔》詩：「黄花欲落曉霜濃，極目秦川一望中。」

④「皎皎」二句，韓愈《奉酬盧給事雲夫四兄曲江荷花行見寄並呈上錢七兄閣老張十八助教》詩：「我今官閑得婆娑，問言何處芙蓉多。撑舟昆明度雲錦，腳敲兩舷叫吴歌。太白山高三百里，負雪崽崽插花裹。」范成大《次韻馬少伊郁舜舉寄示同游石湖詩卷七首》詩：「鏡面波光倒碧峰，半湖雲錦萬芙蓉。」二詩皆言山峰之倒影，插入水面萬芙蓉之中。稼軒詞中之太獨立者，亦言瓜山松菊堂。

⑤「雲湏」二句，雲湏洞，范成大《玉華樓夜醮》詩：「玉華仙宮居上頭，紫雲湏洞千柱浮。」湏洞，謂相連。石巃嵸，杜甫《王兵馬使二角鷹》詩：「悲臺蕭瑟石巃嵸，哀壑杈枒浩呼洶。」巃嵸，嵯峨貌。

⑥「素琴」二句，素琴濁酒，《文選》卷四三嵇康《與山巨源絶交書》：「今但願守陋巷，教養子孫，時與親舊叙闊，陳説平生。濁酒一杯，彈琴一曲，志願畢矣。」蘇軾《蔡景繁官舍小閣》詩：「素琴濁酒容一榻，落霞孤鶩共千里。」端有古人風，黄庭堅《寄晁元忠十首》詩：「著書蓬蒿底，端有古人風。」

⑦「却怪」三句，能巧，《詩詞曲語辭匯釋》：「能巧，猶云如許巧也。」《稼軒詞編年箋注》：「『能』同『恁』，猶云『如許』或『這樣』。」按：《史記》卷四七《孔子世家》：「良工能巧而不能爲順。」庚肩吾《詠美人看畫》詩：「欲知畫能巧，喚取真來映。」宋祁《詠史》詩：「生能巧作奏，死戒直如絃。」李之儀《和錦繡亭》詩：「山來已謂天能巧，春到方知地更靈。」以上之能巧，皆謂能够巧變，用能、可之本義。而二書以「如許」、「這樣」釋之，反致失其本義。蘇軾《題西林壁》詩：「横看成嶺側成峰，遠近高低各不同。不識廬山真面目，只緣身在此山中。」

⑧「詩句」二句，活法，《螢雪叢説》卷上《文章活法》條：「吕居仁嘗序江西宗派詩：『若言靈均自得之，忽然有入，然後惟意所出，萬變不窮，是名活法。』」劉克莊《後村先生大全集》卷九五《江西詩派序·吕紫微》：「紫微公作《夏均父集序》云：『學詩當識活法。所謂活法者，規矩備具，

而能出於規矩之外。變化不測，而亦不背於規矩也。是道也，蓋有定法而無定法，無定法而有定法。知是者則可以與語活法矣。』」有新工，黄庭堅《寄杜家父二首》詩：「徑欲題詩嫌浪許，杜郎覓句有新功。」

新荷葉

上巳日，吴子似謂古今無此詞，索賦〔一〕①

曲水流觴，賞心樂事良辰②。蘭蕙光風，轉頭天氣還新③。明眸皓齒，看江頭有女如雲④。折花歸去，綺羅陌上芳塵。能幾多春，試聽啼鳥殷勤。對景興懷〔二〕⑤，向來愛樂紛紛。且題醉墨，似蘭亭别叙時人。後之覽者，又將有感斯文⑥。

【校】

〔一〕題，四卷本丙集「吴」字闕，此從廣信書院本。

〔二〕「對景」，四卷本作「覽物」。

【箋注】

①題，慶元四年上巳，吴子似未抵鉛山，知此詞必慶元五年春所作。

②「曲水」二句，曲水流觴，吴均《續齊諧記》：「晉武帝問尚書郎摯虞仲治：『三月三日曲水，其義何旨？』答曰：『漢章帝時，平原徐肇以三月初生三女，至三日俱亡，一村以爲怪，乃相與至水濱盥洗，因流以濫觴，曲水之義，蓋自此矣。』帝曰：『若如所談，便非嘉事也。』尚書郎束皙進曰：『摯虞小生，不足以知此。臣請説其始。昔周公成洛邑，因流水泛酒，故《逸詩》云：羽觴隨波流。又秦昭王三月上巳，置酒河曲，見金人自河而出，奉水心劍，曰：令君制有西夏。及秦霸，諸侯乃因此處立爲曲水，二漢相緣，皆爲盛集。』」《漢魏六朝百三家集》卷五九王羲之《蘭亭集序》：「又有清流激湍，映帶左右，引以爲流觴曲水，列坐其次。」賞心樂事良辰，見本書《滿江紅·中秋》詞（美景良辰闋）箋注。

③「蘭蕙」二句，蘭蕙光風，《楚辭·招魂》：「光風轉蕙，泛崇蘭些。」王逸注：「光風謂雨已日出而風，草木有光也。轉摇也。」《楚辭補注》卷九引五臣注：「日光風氣，轉泛薄於蘭蕙之叢。」轉頭天氣還新，杜甫《麗人行》：「三月三日天氣新，長安水邊多麗人。」畢仲游《次十五里店寄交代楊十七判官》詩：「世事元無定，吾今得已多。轉頭新歲月，開眼舊山河。」

④「明眸」二句，明眸皓齒，杜甫《哀江頭》：「明眸皓齒今何在，血污遊魂歸不得。」有女如雲，《詩·鄭風·出其東門》：「出其東門，有女如雲。」

⑤興懷，《蘭亭集序》：「向之所欣，俛仰之間，已爲陳跡，猶不能不以之興懷。」

⑥「且題」四句，《蘭亭集序》：「後之視今，亦猶今之視昔。悲夫！故列叙時人，録其所述，雖世

殊事異，所以興懷，其致一也。後之覽者，亦將有感於斯文。」

又

徐思上巳乃子似生日，因改定〔一〕

曲水流觴，賞心樂事良辰。今幾千年，風流禊事如新。明眸皓齒，看江頭有女如雲。折花歸去，綺羅陌上芳塵。　絲竹紛紛，楊花飛鳥銜巾①。争似羣賢，茂林修竹蘭亭。一觴一詠，亦足以暢叙幽情②。清歡未了，不如留住青春。

【校】

〔一〕題，四卷本丁集「上巳」二字闕，「生日」作「生朝」，「因」下有「爲」字，此從廣信書院本。

【箋注】

①「楊花」句，杜甫《麗人行》：「楊花雪落覆白蘋，青鳥飛去銜紅巾。」

②「争似」四句，《蘭亭集序》：「永和九年，歲在癸丑，暮春之初，會於會稽山陰之蘭亭，修禊事也。羣賢畢至，少長咸集。此地有崇山峻嶺，茂林修竹。……雖無絲竹管絃之盛，一觴一詠，亦足以

暢叙幽情。」争似，怎似。

鷓鴣天 和吴子似山行韻〔一〕①

誰共春光管日華②，朱朱粉粉野蒿花。閑愁投老無多子，酒病而今較減些③。　山遠近，路横斜，正無聊處管絃譁。去年醉後猶能記，細數溪邊第幾家。

【校】

〔一〕題，四卷本丙集「吴」字闕，此從廣信書院本。

【箋注】

①題，右詞應爲慶元五年春所賦。

②「誰共」句，日華，日光也。謝朓《奉和隨王殿下》詩：「月陰洞野色，日華麗池光。」華、光對舉，華即光也。

③「閑愁」二句，無多子，《羅湖野録》卷二：「饒州薦福本禪師，……訪友謙公於建陽庵中，謙適舉

保寧頌五通仙人因緣曰：『無量刼來曾未悟，如何不動到其中。莫言佛法無多子，最苦瞿曇那一通。』」投老，到老。「閑愁」句言老來閑愁不多。較減些，言因酒致疾較舊日已減輕不少。

清平樂

書王德由主簿①

溪回沙淺，紅杏都開遍。鸂鶒不知春水暖②，猶傍垂楊春岸。　片帆千里輕船，行人想見欹眠。誰似先生高舉？一行白鷺青天③。

【箋注】

①題，王德由主簿，〔同治〕《鉛山縣志》卷一一載宋代鉛山縣主簿甚全，然兩宋王姓主簿僅有王嘉績、王恬、王友元三人，俱不載任職時間。《攻媿集》卷九三《純誠厚德元老之碑》載史浩紹熙五年卒，有孫女十五人，其第五者適修職郎新秀州華亭縣支鹽官王友元，與慶元間任鉛山縣主簿之王友元時間接近，王德由或即名友元者也。

②「鸂鶒」句，蘇軾《惠崇春江曉景二首》詩：「竹外桃花三兩枝，春江水暖鴨先知。」餘參本卷《滿江紅·山居即事》詞（幾箇輕鷗閑）箋注。

③「片帆」四句，杜甫《絶句四首》詩：「兩箇黄鸝鳴翠柳，一行白鷺上青天。窗含西嶺千秋雪，門泊東吴萬里船。」

沁園春

壽趙茂嘉郎中。時以置兼濟倉賑濟里中，除直秘閣〔一〕①

甲子相高，亥首曾疑，絳縣老人②。看長身玉立，鶴般風度；方頤鬚磔〔二〕，虎樣精神③。文爛卿雲，詩淩鮑謝，筆勢駸駸更右軍④。渾餘事，羡仙都夢覺，金闕名存⑤。門前父老忻忻。焕奎閣新褒詔語温⑥。記他年帷幄，須依日月；只今劍履，快上星辰⑦。人道陰功，天教多壽，看到貂蟬七葉孫⑧。君家裏，是幾枝丹桂，幾樹靈椿⑨？

【校】

〔一〕題，四卷本丁集「置」作「制置」，「賑濟里中」作「里中賑濟」，此從廣信書院本。《六十名家詞》本此題前有「用邴原事」四字。

〔二〕「磔」，廣信書院本作「傑」，此據四卷本改。

【箋注】

①題，右詞慶趙茂嘉七十三歲生日兼賀其除直秘閣。本卷《滿江紅·壽趙茂嘉郎中前章記兼濟倉事》詞（我對君侯闋）箋注已載其事跡及設兼濟倉事。〔同治〕《鉛山縣志》卷八：「兼濟倉在天王寺之左，直華文閣趙不遏所立。……慶元五年，狀其事於州，州以聞，詔除直秘閣，以慰父老德之之心。」今天王寺猶在永平鎮遐樂街，兼濟倉遺跡已無。右詞應即慶元五年所賦。

②「甲子」三句，《左傳·襄公三十年》：「三月癸未，晉悼夫人食輿人之城杞者。絳縣人或年長矣，無子，而往與於食。有與疑年，使之年，曰：『臣小人也，不知紀年。臣生之歲，正月甲子朔，四百有四十五甲子矣。其季於今，三之一也。』吏走問諸朝，師曠曰：『魯叔仲惠伯會郤成子於承匡之歲也。是歲也，狄伐魯，叔孫莊叔於是乎敗狄城鹹，獲長狄僑如及虺也、豹也，而皆以名其子，七十三年矣。』史趙曰：『亥有二首六身，下二如身，是其日數也。』士文伯曰：『然則二萬二千六百有六旬也。』」按：甲子相高，自言年長也。李劉《四六標準集》卷一四《代謝生日投詩》「某愧乏辰猷，空踰亥首」句下，孫雲翼箋云：「二亥字，二畫在上，三人在下，故以二爲首，以六爲身。下猶置也，如往也，除下亥上二畫，往置身傍二畫，爲二萬三六爲六千六百六旬，蓋此是老人所生至今日之數也。因亥畫似算法，故假之以爲言。而下如二字，亦用算法之義，蓋一甲子爲六十日，總之合有二萬六千六百日，其末之甲子，止得三分之一，故少四十日。」又按：亥之篆書，上爲二字，下爲三人字。

③「方頭」二句，鬅磔，見本書卷一二《水調歌頭·席上爲葉仲洽賦》詞（高馬勿捶面闋）箋注。虎樣精神，謂其精神如虎。

④「文爛」三句，文爛卿雲，《尚書大傳》卷一：「唐爲虞賓，至今衍於四海。成禹之變，時俊乂百工相和而歌卿雲。帝唱之曰：『卿雲爛兮，禮縵縵兮。日月光華，旦復旦兮。』」此處之卿雲，借指司馬相如長卿及揚雄子雲。詩淩鮑謝，鮑謝謂鮑照、謝朓。杜甫《遣興五首》詩：「吾憐孟浩然，短褐即長夜。賦詩何必多，往往淩鮑謝。」筆勢右軍，《晉書》卷八〇《王羲之傳》：「王羲之字逸少，司徒導之從子也。……尤善隸書，爲古今之冠。論者稱其筆勢，以爲飄若浮雲，矯若驚龍。……既拜護軍，又苦求宣城郡，不許，乃以爲右軍將軍、會稽内史。」駸駸，疾行也。

⑤「羨仙」二句，仙都夢，即鈞天夢，可參本書卷六《八聲甘州·壽建康帥胡長文給事》詞（把江山好處付來闋）箋注。金闕，按《十洲記》，蓬萊與方丈、瀛洲爲三神山，在渤海中，黄金白銀爲宫闕。

⑥「焕奎」句，焕奎閣，應爲趙茂嘉之閣，殆以制詞中語爲閣名也。

⑦「只今」二句，星辰劍履，見本書卷一〇《聲聲慢·送上饒黄倅秩滿赴調》詞（東南形勝闋）箋注。《宋史》卷一七〇《職官志》一〇有劍履上殿，爲六賜之一。

⑧「看到」句，左思《詠史詩八首》：「金張藉舊業，七葉珥漢貂。」

⑨「是幾」二句，《宋史》卷二六三《竇儀傳》：「竇儀字可象，薊州漁陽人。……父禹鈞，與兄禹錫，

皆以詞學名。……儀學問優博，風度峻整。弟儼、侃、偁、僖，皆相繼登科。馮道與禹鈞有舊，嘗贈詩，有『靈椿一株老，丹桂五枝芳』之句，縉紳多諷誦之。當時號爲竇氏五龍。」按：趙茂嘉兄弟六人相繼登第，故以此相譽。其詳，可參本書卷一四《洞仙歌·趙晉臣和李能伯韻屬余同和》詞（舊交貧賤閱）箋注。

水調歌頭

題吴子似縣尉瑱山經德堂。堂，陸象山所名也〔一〕①

喚起子陸子，經德問何如②？萬鍾於我何有③？不負古人書。聞道千章松桂，剩有四時柯葉，霜雪歲寒餘④。此是瑱山境，還似象山無⑤？　耕也餒，學也禄⑥，孔之徒。青衫畢竟升斗〔二〕，此意政關渠〔三〕⑦。天地清寧高下，日月東西寒暑，何用着工夫⑧？兩字君勿惜，借我榜吾廬。

【校】

〔一〕題，四卷本丁集「吴子似縣尉」作「子似」，此從廣信書院本。另廣信書院本「所名」作「取名」，則據四卷本改。

〔二〕「衫」，王詔校刊本、《六十名家詞》本、四印齋本作「山」。

〔三〕「政」，王詔校刊本、《六十名家詞》本、四印齋本作「頗」。

【箋注】

①題，瑱山經德堂，瑱山即玉真山。〔同治〕《饒州府志》卷二《安仁縣》：「玉真山，在縣治後，左右石趾如鉗，瞰臨錦江。頂有石壁，高數仞，石上有鐫字曰玉真，世傳仙人指書，今尚存。」經德堂，見本書卷二《玉真書院經德堂》詩箋注。此堂爲陸九淵所名。《象山集》卷一九《經德堂記》：「堂名取諸《孟子》：『經德不回，非以干祿也。』……雲錦吴生紹古，而來從余游，求名其讀書之堂。余既名而書之，且見其説，使歸而求之。《孟子》曰：『古之人修其天爵，而人爵從之。今之人修其天爵，以要人爵。既得人爵，而棄其天爵，則惑之甚者也。』……紹熙元年五月望日，象山翁記。」樓鑰《寄題吴紹古縣尉經德堂》詩：「問舍玉真下，讀書經德中。心期知共遠，臭味許誰同。吹笛夜涼月，舞雩春暮風。直須涵泳熟，毋負象山翁。」陸九淵字子静，撫州金溪人，南宋理學家，自號象山翁，學者稱象山先生。傳見《宋史》卷四三四《儒林》四。

②「喚起」二句，據《象山集》卷三六所附《年譜》，陸九淵卒於紹熙三年十二月十四日，至稼軒賦此詞時，殆已六七年之久，故有此二句云云。

③「萬鍾」句，《孟子·告子》上：「一簞食，一豆羹，得之則生，弗得則死。嘑爾而與之，行道之人弗受；蹴爾而與之，乞人不屑也。萬鍾則不辨禮義而受之，萬鍾於我何加焉？」

④「聞道」三句，陳文蔚《寄題吴子似所居二首·經德堂》：「堂前有松桂，年年長柯枝。生意不自已，何心論報施。請子對佳木，長哦經德詩。」

⑤象山，陸九淵《年譜》：「淳熙十四年丁未，先生四十九歲。……登貴溪應天山講學。初，門人彭興宗世昌，訪舊於貴溪應天山麓張氏，因登山遊覽，則陵高而谷邃，林茂而泉清。乃與諸張議結廬以迎先生講學，先生登而樂之，乃建精舍居焉。……淳熙十五年戊申，先生五十歲。……易應天山名爲象山。」（光緒）《江西通志》卷八二《貴溪縣》：「宋陸九淵嘗結廬講學於縣南八十里應天山，山形如象。紹定四年，江東提刑袁甫請於朝，遣上舍生洪陽祖改建三峰山下之徐巖。」

⑥「耕也」二句，《論語·衛靈公》：「子曰：『君子謀道不謀食。耕也，餒在其中矣；學也，禄在其中矣。君子憂道不憂貧。』」

⑦「青衫」二句，《經德堂記》於引《孟子》「古之人修其天爵」諸語之後又云：「後世發策决科，而高第可以文藝取，積資累考而大官可以歲月致，則又有不必修其天爵者矣。生其早辨而謹思之。」按：陸九淵以爲科舉功名無足輕重，然科名畢竟關係士子升斗之計，未可輕言也。青衫，宋代白衣學子，殿試唱名後賜緑服，即可於殿前易服也。《稼軒詞編年箋注》引《經德堂記》上述記載之後謂：「青衫二句當即隱括此段意旨而言。蓋謂陸氏之所致意者，爲科名之無足重輕也。」

⑧「天地」三句，天地清寧，《老子》：「天得一以清，地得一以寧。神得一以靈，谷得一以盈。萬物

得一以生，侯王得一以爲天下正。」日月東西，《禮記·哀公問》：「公曰：『敢問君子何貴乎天道也？』孔子對曰：『貴其不已，如日月東西，相從而不已也。』」按：陸象山於《經德堂記》中既謂功名無足輕重，而其本人乃科名出身，其弟子吴子似輩亦汲汲以功名爲念。可參本卷《雨中花慢·登新樓有懷趙昌甫徐斯遠韓仲止吴子似楊民瞻》詞。可知陸氏所言之非是。倒是天地日月等宇宙自然界變化之探索，非關自身生計，何必深下功夫哉？此數語皆針對象山之説而言。所謂「唤起子陸子，經德問何如」云云，蓋欲有所致疑而發問也。

哨遍

秋水觀①

蝸角鬥争，左觸右蠻，一戰連千里②。君試思，方寸此心微③。總虚空並包無際。喻此理，何言泰山毫末？從來天地一稊米④。嗟小大相形〔二〕，鳩鵬自樂，之二蟲又何知⑤？記跖行仁義孔丘非，更殤樂長年老彭悲⑥。火鼠論寒，冰蠶語熱，定誰同異⑦？噫。貴賤隨時，連城纔换一羊皮⑧。誰與齊萬物⑨？莊周吾夢見之。正商略遺篇，翩然顧笑，空堂夢覺題秋水。有客問洪河⑩，百川灌雨，涇流不辨涯涘。於是焉河伯欣然喜，以天下之美盡在己。渺滄溟望洋東視，逡巡向若驚歎，謂我非逢子。大方達觀之家未免，長見悠然笑耳〔二〕⑪。此堂之水幾何其〔三〕？但清溪一曲而已⑫。

【校】

〔一〕「小大」，四卷本丙集作「大小」，此從廣信書院本。

〔二〕「悠」，四卷本作「猶」。《莊子·逍遥遊》：「宋榮子猶然笑之。」

〔三〕「此」，四卷本作「北」。

【箋注】

①題，徐元杰《楳埜集》卷一一《稼軒辛公贊》：「所居有瓢泉、秋水，諫稿、詞集行於世。贊曰：……秋水瓢泉，清哉斯人。」〔同治〕《鉛山縣志》卷七《寺觀》：「秋水觀，在期思。」右詞有「空堂夢覺題秋水」句。按：稼軒所居五堡洲，爲鉛山河、紫溪所環繞。秋水觀應即在洲上，有廊橋横跨紫溪，與瓢泉相對。爲稼軒居第之重要建築。據次闋「試回頭五十九年非」語，乃知右詞及和詞均作於慶元五年稼軒六十歲時。

②「蝸角」三句，見本書卷一二《玉樓春·隱湖戲作》詞（客來底事逢迎晚閲）箋注。按：當稼軒於鉛山山中命名秋水觀時，正值慶元黨禁甚嚴之際。蠻觸鬥争，一戰連千里，蓋其時寫照。

③「方寸」句，《列子·仲尼》：「嘻，吾見子之心矣，方寸之地虚矣。」

④「何言」二句，《莊子·秋水》：「計中國之在海内，不似稊米之在太倉乎？……此其比萬物也，不似毫末之在於馬體乎？……由此觀之，又何以知毫末之足以定至細之倪，又何以知天地之足以窮至大之域？……以差觀之，因其所大而大之，則萬物莫不大；因其所小而小之，則萬物莫不小。知天地之爲稊米也，知毫末之爲丘山也，則差數覩矣。」《齊物論》：「天下莫大於秋毫之末，而太山爲小。」

⑤「鳩鵬」二句，《莊子·逍遥遊》：「鵬之徙於南冥也，水擊三千里，摶扶摇而上者九萬里。……蜩與鷽鳩笑之，曰：『我決起而飛，搶榆枋，時則不至，而控於地而已矣。奚以之九萬里而南爲？』適莽蒼者，三飡而反，腹猶果然；適百里者宿舂糧；適千里者三月聚糧。之二蟲又何知？」

⑥「記跖」二句，跖行仁義孔丘非，《莊子·盜跖》：「孔子與柳下季爲友。柳下季之弟名曰盜跖。盜跖從卒九千人，横行天下，侵暴諸侯。……萬民苦之。孔子謂柳下季曰：『……丘請爲先生往説之。』……盜跖大怒，曰：『丘來前！……今子修文武之道，掌天下之辯，以教後世。縫衣淺帶，矯言僞行，以迷惑天下之主，而欲求富貴焉。盜莫大於子，天下何故不謂子爲盜丘，而乃謂我爲盜跖？』」殤樂彭悲，《齊物論》：「莫壽乎殤子，而彭祖爲夭。」

⑦「火鼠」三句，火鼠論寒，《初學記》卷二〇《火鼠冰蠶》：「《魏志》：『景初二年二月，西域獻火

浣布。』東方朔《神異經》曰：『南荒之外有火山，晝夜火燃，火中有鼠，重百斤，毛長二尺餘，細如絲，可以作布。恒居火中，時時出外而白色，以水逐而沃之，乃死，取緝其毛，織以爲布。』冰蠶語熱，王子年《拾遺記》曰：『冰蠶，長十寸，有鱗角，以雪霜覆之，然後爲繭。其色五彩，織爲文錦，入水不濡，投火不燎。唐堯世，海人獻之，以爲黼黻。』」蘇軾《徐大正閑軒》詩：「冰蠶不知寒，火鼠不知暑。」同異，《莊子・齊物論》：「使同乎若者正之，既與若同矣，惡能正之？使同乎我者正之，既同乎我矣，惡能正之？使異乎我與若者正之，既異乎我與若矣，惡能正之？使同乎我與若者正之，既同乎我與若矣，惡能正之？」

⑧「貴賤」二句，貴賤隨時，《莊子・秋水》：「以道觀之，物無貴賤。以物觀之，自貴而相賤。以俗觀之，貴賤不在己。」連城換一羊皮，《史記》卷八一《廉頗藺相如列傳》：「趙惠文王時，得楚和氏璧，秦昭王聞之，使人遺趙王書，願以十五城請易璧。」《劉子・薦賢》：「夫連城之璧，瘞影荆山；夜光之珠，潛輝鬱浦。」《昌黎集》卷三六《送窮文》：「攜持琬琰，易一羊皮。飫於肥甘，慕彼糠糜。」按：琬琰即玉也。《文選》卷八司馬相如《上林賦》：「晁采琬琰，和氏出焉。」又，《史記》卷五《秦本紀》：「繆公聞百里傒賢，欲重贖之，恐楚人不與，乃使人謂楚曰：『吾媵臣百里傒在焉，請以五羖羊皮贖之。』楚人遂許與之。」

⑨齊萬物，《莊子》有《齊物論》。《莊子・秋水》：「萬物一齊，孰短孰長？」

⑩「有客」句，洪河，謂鉛山河與紫溪匯合於五堡洲南女城山，又分繞東西，於洲北再匯合，春夏水

流奔湧，故謂之洪河。

⑪「百川」句至此，《莊子·秋水》：「秋水時至，百川灌河，涇流之大，兩涘渚崖之間，不辨牛馬。於是焉河伯欣然自喜，以天下之美爲盡在己。順流而東行，至於北海，東面而視，不見水端，於是焉河伯始旋其面目，望洋向若而歎曰：『野語有之曰：聞道百，以爲莫己若者。我之謂也。且夫我嘗聞少仲尼之聞，而輕伯夷之義者，始吾弗信，今我睹子之難窮也，吾非至於子之門，則殆矣，吾長見笑於大方之家。』」河伯，河神馮夷。若，海神也。

⑫「此堂」二句，幾何其，《新唐書》卷九三《李勣傳》：「姊多病而勣且老，雖欲數進粥，尚幾何其？」猶言幾何也。按：此堂之水即觀前之水，所謂清溪一曲者，即指紫溪也。

又

用前韻

一壑自專，五柳笑人，晚乃歸田里①。問誰知，幾者動之微②。望飛鴻冥冥天際③。論妙理，濁醪正堪長醉，從今自釀躬耕米④。嗟美惡難齊，盈虛如代⑤，天耶何必人知。試回頭五十九年非⑥，似夢裏歡娱覺來悲⑦。夔乃憐蚿，穀亦亡羊，算來何異⑧？嘻。物諱窮時，豐狐文豹罪因皮⑨。富貴非吾願，皇皇乎欲何之〔二〕⑩？正萬籟都沉，月明中夜，心彌萬里清如水。却自覺神遊，歸來坐對，依稀淮岸江涘⑪。看一時魚鳥忘情喜，會我已忘機更忘己⑫。又何曾物我相視？非魚濠上遺意〔二〕，要是吾非子⑬。但教河伯休慚海若，小大均爲水耳〔三〕⑭。世間喜愠更何其，笑先生三仕三已⑮。

【校】

〔一〕「皇皇」，《六十名家詞》本作「遑遑」，此從廣信書院本。

〔二〕「魚濠上」，四卷本丙集作「會濠梁」。

〔三〕「小大」，王詔校刊本、《六十名家詞》本、四印齋本作「大小」。

【箋注】

①「一壑」三句，一壑自專，《莊子·秋水》：「且夫擅一壑之水，而跨跱埳井之樂，此亦至矣。」《釋文》：「擅，市戰反，專也。」陸雲《陸士龍集》卷一《逸民賦》序：「富與貴，人之所欲也。而古之逸民，或輕天下，細萬物，而欲專一丘之歡，擅一壑之美，豈不以身勝於宇宙而心恬於紛華者哉？」王安石《偶書》詩：「我亦暮年專一壑，每逢車馬便驚猜。」按：此一壑指紫溪，與瓜山相對者。五柳笑人，晚乃歸田里，笑人歸田晚之五柳指陶潛，以其門前有五柳樹，自爲號，作《五柳

先生傳》，見《陶淵明集》卷五。

②「幾者」句，《易·繫辭》：「幾者動之微，吉之先見者也。」注：「幾者，去無入有，理而无形，不可以名尋，不可以形覩者也。」

③「望飛」句，飛鴻冥冥，見本書卷八《水調歌頭·和信守鄭舜舉蔗庵韻》詞（萬事到白髮）箋注。

④「論妙」三句，妙理濁醪堪長醉，杜甫《晦日尋崔戢李封》詩：「濁醪有妙理，庶用慰沉浮。」自釀躬耕米，《晉書》卷九四《陶潛傳》：「不堪吏職，少日自解歸。州召主簿不就，躬耕自資，遂抱羸疾。復爲鎮軍建威參軍，謂親朋曰：『聊欲絃歌，以爲三徑之資，可乎？』執事者聞之，以爲彭澤令。在縣，公田悉令種秫穀，曰：『令吾常醉於酒，足矣。』妻子固請種秔，乃使一頃五十畝種秫，五十畝種秔。……義熙二年，解印去縣，乃賦《歸去來》。」

⑤「嗟美」二句，美惡難齊，《二程遺書》卷二上《元豐已未吕與叔東見二先生語》：「事有善有惡，皆天理也。天理中，物須有美惡，蓋物之不齊，物之情也。」盈虛如代，《東坡全集》卷三三《赤壁賦》：「蘇子曰：『客亦知夫水與月乎？逝者如斯，而未嘗往也；盈虛者如彼，而卒莫消長也。蓋將自其變者而觀之，則天地曾不能以一瞬；自其不變者而觀之，則物與我皆無盡也，而又何羨乎？』」《朱子語類》卷一三〇《自熙寧至靖康人物》：「或問：『東坡言，逝者如斯，而未嘗往也；盈虛者如代，而卒莫消長也。只是老子獨立而不改，周行而不殆之意否？』曰：『……既是逝者如斯，如何不往？盈虛如代，如何不消長？既不往來不消長，却是箇甚底物

事？』」

⑥「試回」句，《莊子·則陽》：「蘧伯玉行年六十而六十化，未嘗不始於是之，而卒詘之以非也。未知今之所謂是之，非五十九非也。」《寓言》篇亦有相同記載，惟蘧伯玉作孔子。

⑦「似夢」句，《莊子·逍遥遊》：「夢飲酒者，旦而哭泣；夢哭泣者，旦而田獵。方其夢也，不知其夢也。夢之中又占其夢焉，覺而後知其夢也。且有大覺，而後知此其大夢也。」按：稼軒句仿此。

⑧「夔乃」三句，夔乃憐蚿，《莊子·秋水》：「夔憐蚿，蚿憐蛇，蛇憐風，風憐目，目憐心。夔謂蚿曰：『吾以一足跉踔而行，予無如矣，今子之使萬足，獨奈何？』蚿曰：『不然。子不見夫唾者乎？噴則大者如珠，小者如霧，雜而下者不可勝數也。今予動吾天機，而不知其所以然。』」穀亦亡羊，《莊子·駢拇》：「臧與穀二人相與牧羊，而俱亡其羊。問臧奚事，則挾策讀書。問穀奚事，則博塞以遊。二人者，事業不同，其於亡羊均也。」算來，看來。

⑨「物諱」二句，諱窮，《莊子·秋水》：「孔子遊於匡，宋人圍之數匝，而絃歌不輟。子路入見，曰：『何夫子之娱也？』孔子曰：『來，吾語女。我諱窮久矣，而不免，命也。求通久矣，而不得，時也。』」豐狐文豹罪因皮，《莊子·山木》：「夫豐狐文豹，棲於山林，伏於巖穴，静也。夜行晝居，戒也。雖饑渴隱約，猶且胥疏於江湖之上而求食焉，定也。然且不免於罔羅機辟之患，是何罪之有哉？其皮爲之災也。」

⑩「富貴」二句，《陶淵明集》卷五《歸去來兮辭》：「已矣乎，寓形宇内復幾時，曷不委心任去留？胡爲乎遑遑兮欲何之？富貴非吾願，帝鄉不可期。」

⑪依稀淮岸江涘，《莊子·秋水》：「秋水時至，百川灌河，涇流之大，兩涘渚涯之間，不辨牛馬。」又：「今爾出於崖涘，觀於大海。」《釋文》：「涘，涯也。……崖，又作涯，亦作厓。」

⑫「看一」二句，魚鳥忘情，《侯鯖録》卷二：「潁昌西湖辰江亭，成公作詩云：『緑鴨東陂已可憐，更因雲竇注新泉。鑿開魚鳥忘情地，展盡江湖極目天。向夕舊灘都浸月，過空新樹便留煙。使君直欲稱漁叟，願賜閑州不記年。』」忘機更忘己，見本書卷七《水調歌頭·和王正之右司吴江觀雪見寄》詞（造物故豪縱闋）箋注。

⑬「非魚」二句，見本書卷八《滿江紅·遊南巖和范廓之韻》詞（笑拍洪崖闋）箋注。

⑭「但教」二句，《莊子·秋水》一篇，大半爲河伯與海若之對話。稼軒以爲秋水之旨，即所謂小大均爲水耳。

⑮「世間」二句，《論語·公冶長》：「令尹子文三仕爲令尹，無喜色。三已之，無愠色。」按：稼軒平生仕宦至此已兩次罷黜，雖非三仕三已，其失而不憂之意已概見矣。吴則虞謂此二句「正指當年帥贛、帥湘、帥閩三仕，却爲王藺、黄艾、何澹所彈劾而三次落職」。所言非是。

六州歌頭

屬得疾，暴甚，醫者莫曉其狀。小愈，困卧無聊，戲作以自釋①

晨來問疾，有鶴止庭隅②。吾語汝③：只三事，太愁余，病難扶。手種青松樹，礙梅塢，妨花徑，纔數尺，如人立，却須鋤。其一。秋水堂前，曲沼明於鏡，可燭眉鬚④。被山頭急雨，耕壟灌泥塗。誰使吾廬，映污渠〔一〕⑤？其二。歎青山好，簷外竹，遮欲盡，有還無？删竹去，吾乍可，食無魚，愛扶疏⑥。又欲爲山計，千百慮，累吾軀。其三〔二〕。凡病此，吾過矣，子奚如〔三〕⑦？口不能言臆對：雖盧扁藥石難除⑧。有要言妙道，事見《七發》〔四〕⑨。往問北山愚，庶有瘳乎⑩？

【校】

〔一〕「映污渠」，以下分上下片，從四卷本丙集，廣信書院本四疊。

〔二〕「其一」、「其二」、「其三」，此小注廣信書院本俱闕，此據四卷本補。

〔三〕「如」，《六十名家詞》本作「知」。

〔四〕小注，四卷本原在詞末，此從廣信書院本。

【箋注】

①題，右詞效《鵩鳥賦》體爲詞，如韓愈、柳宗元所作寓言。據前後相關各詞推考，應作於慶元五年秋。

②「晨來」二句，《文選》卷一三賈誼《鵩鳥賦》並序：「誼爲長沙王傅三年，有鵩鳥飛入誼舍，止於坐隅。鵩似鴞，不祥鳥也。誼既以謫居長沙，長沙卑濕，誼自傷悼，以爲壽不得長，迺爲賦以自廣。其辭曰：單閼之歲兮，四月孟夏。庚子日斜兮，鵩集予舍。止於坐隅兮，貌甚閑暇。異物來萃兮，私怪其故。發書占之兮，讖言其度，曰野鳥入室兮，主人將去。請問於鵩兮，予去何之？」蘇軾《鶴歎》詩：「園中有鶴馴可呼，我欲呼之立坐隅。鶴有難色側睨予，豈欲臆對如鵩乎？」

③吾語汝，《論語・陽貨》：「子曰：『由，汝聞六言六蔽矣乎？』對曰：『未也。』曰：『居，吾語汝。』」

④「秋水」三句，秋水堂，在今稼軒鄉即詹家南十一里橫畈，南距瓢泉一里餘。據考，橫畈期思嶺下已圮之吴氏宗祠即稼軒秋水堂遺址，因其廳柱舊有楹聯，謂「立祠由古跡脈接花園問此地名稱閣老」，而當地人即稱稼軒爲辛閣老。右詞有「青山」、「曲沼」諸語，知非在紫溪、鉛山河匯合處之五堡洲中，則秋水堂與秋水觀，蓋非一處也。曲沼明於鏡，劉禹錫《奉和中書崔舍人八月十五日夜玩月二十韻》詩：「曲沼疑瑶鏡，通衢若象筵。」此詞曲沼，應即稼軒新開之池，後世稱之爲

蛤蟆塘者，在期思嶺下。

⑤映污渠，韓愈《符讀書城南》詩：「二十漸乖張，清溝映污渠。」

⑥「刪竹」四句，蔡襄《題僧希元禪隱堂》詩：「刪竹減庭翠，煮茶生野香。」乍可，寧可。食無魚，見本書卷七《滿江紅》詞（漢水東流闋）箋注。蘇軾《於潛僧緑筠軒》詩：「可使食無肉，不可居無竹。」

⑦「吾過」二句，吾過矣，《禮記・檀弓》：「子夏喪其子而喪其明。曾子弔之，曰：『吾聞之也，朋友喪明則哭之。』曾子哭，子夏亦哭，曰：『天乎，予之無罪也！』曾子怒曰：『商，女何無罪也？吾與女事夫子於洙泗之間，退而老於西河之上，使西河之民疑女於夫子，爾罪一也。喪爾親，使民未有聞焉，爾罪二也。喪爾子，喪爾明，爾罪三也。而曰女何無罪與？』子夏投其杖而拜曰：『吾過矣，吾過矣。吾離羣而索居亦已久矣。』」子奚如，《史記》卷七六《平原君虞卿列傳》：「趙王召虞卿曰：『寡人使平陽君爲媾於秦，秦已内鄭朱矣，卿以爲奚如？』」奚如，何如。

⑧「口不」二句，口不能言臆對，《鵩鳥賦》：「請問於鵩兮，予去何之？吉乎告我，凶言其災，淹速之度兮，語予其期。鵩迺歎息，舉首奮翼。口不能言，請對以臆。」餘參蘇軾《鶴歎》詩。盧扁，《史記》卷一〇五《扁鵲倉公列傳》：「扁鵲者，渤海郡鄭人也。……扁鵲過齊，齊桓侯客之，入朝，見曰：『君有疾在腠理，不治將深。』桓侯曰：『寡人無疾。』……後五日，扁鵲復見，望見桓

侯而退走。桓侯使人問其故，扁鵲曰：『疾之居腠理也，湯熨之所及也。在血脈，鍼石之所及也。其在腸胃，酒醪之所及也。其在骨髓，雖司命無奈之何，今在骨髓，臣是以無請也。』後五日，桓侯體病，使人召扁鵲，扁鵲已逃去，桓侯遂死。」《正義》引《黄帝八十一難》序云：「秦越人與軒轅時扁鵲相類，仍號之爲扁鵲。又家於盧國，因命之曰盧醫也。」

⑨「有要」句及小注，《文選》卷三四枚乘《七發》：「客曰：『今太子之病，可無藥石針刺灸療而已，可以要言妙道説而去也。』」

⑩「往問」二句，北山愚，前予增訂《稼軒詞編年箋注》時，嘗注：「疑即《北山移文》中之北山之友，因其不能如周顒取悦於世，故稱之爲北山愚。」此注或是，當非指《列子·湯問》中挖山不止之北山愚公也。庶有瘳乎，《莊子·人間世》：「回嘗聞之夫子曰：『治國去之，亂國就之，醫門多疾，願以所聞思其則，庶幾其國有瘳乎？』」

添字浣溪沙

病起，獨坐停雲〔一〕①

彊欲加餐竟未佳，只宜長伴病僧齋②。心似風吹香篆過，也無灰③。山上朝來雲出岫〔二〕④，隨風一去未曾回。次第前村行雨了，合歸來⑤。

【校】

〔一〕題，四卷本丙集作「賦清虚」，此從廣信書院本。

〔二〕「上」，廣信書院本原作「下」，此據四卷本改。

【箋注】

①題，右詞亦慶元中期所作，殆病愈坐停雲堂之作。以《六州歌頭》詞賦疾小愈自釋，故次於其後。

②「彊欲」二句，彊欲加餐，《後漢書》卷六七《桓榮傳》：「今蒙下列，不敢有辭，願君慎疾加餐，重愛玉體。」伴僧齋，王建《贈溪翁》詩：「伴僧齋過夏，中酒卧經旬。」白居易《詠閑》詩：「朝眠因客起，午飯伴僧齋。」

③「心似」二句，歇後語，謂未灰心也。

④「山上」句，《陶淵明集》卷五《歸去來兮辭》：「雲無心以出岫，鳥倦飛而知還。」

⑤「次第」二句，次第，《詩詞曲語辭匯釋》謂「望其光景」。又解云：「望其光景，雲到前村行雨事畢，應得歸來也。次第字與合字相應。」不確。《稼軒詞編年箋注》釋云：「此處應爲『待到』之意。」稍近原意。按：此處謂山上雲雖出岫，然被風吹去，一往不歸。故假設其前村行雨之後，或當歸來。則此次第，可作相繼，或作也許解也。

水調歌頭

趙昌父七月望日用東坡韻叙太白、東坡事見寄，過相褒借，且有秋水之約。八月十四日，余卧病博山寺中，因用韻爲謝，兼寄吴子似〔一〕①

我志在寥闊，疇昔夢登天②。摩挲素月〔二〕③，人世俛仰已千年。有客驂鸞並鳳〔三〕，云遇青山赤壁〔四〕，相約上高寒④。酌酒援北斗，我亦蝨其間⑤。少歌曰⑥：神甚放，形則眠。鴻鵠一再高舉，天地睹方圓⑦。欲重歌兮夢覺，推枕惘然獨念〔五〕，人事底虧全⑧？有美人可語，秋水隔嬋娟〔六〕⑨。

【校】

〔一〕題，四卷本丁集「兼寄吴子似」作「兼簡子似」，此從廣信書院本。而「余」字原闕，據四卷本補。《六十名家詞》本題作「趙昌父用東坡韻叙太白東坡事見寄過相褒借因用韻爲謝兼寄吴子似」。

〔二〕「月」，《六十名家詞》本作「用」。

〔三〕「驂鸞並鳳」，四卷本「鸞」作「麟」，《六十名家詞》本「並」作「翳」。

〔四〕「云」，《六十名家詞》本作「雲」。

〔五〕「惘」，《六十名家詞》本作「惆」。

〔六〕「嬋」，四卷本作「娟」。

【箋注】

①題，此七月望，應即慶元五年七月十五日也。東坡韻，謂《水調歌頭·丙辰中秋歡飲達旦大醉作此篇兼懷子由》詞（明月幾時有闋）。太白、東坡事，謂李白、蘇軾問青天、登青天事。秋水，當指五堡洲之秋水觀。博山寺已見。趙蕃原詞無可考。

②「我志」二句，我志在寥闊，李白《古風五十九首》：「我志在删述，垂輝映千春。」《宣州謝朓樓餞別校書叔雲》詩：「俱懷逸興壯思飛，欲上青天攬明月。」《遊敬亭寄崔侍御》詩：「獨立窺浮雲，其心在寥廓。」疇昔夢登天，《楚辭·九章·惜誦》：「昔余夢登天兮，魂中道而無杭。」《雲仙雜記》卷一《搔首問青天》條引《搔首集》：「李白登華山落雁峰，曰：『此山最高，呼吸之氣，想通天帝座矣。恨不攜謝朓驚人詩來，搔首問青天耳。』」寥闊，即寥廓，以避寧宗嫌名，故改闊。

③「摩挲」句，李白《鳴皋歌奉餞從翁清歸五崖山居》詩：「昨憶鳴皋夢裏還，手弄素月清潭間。」

④「有客」三句，有客驂鸞並鳳，《漢魏六朝百三家集》卷八五江淹《別賦》：「駕鶴上漢，驂鸞騰天。」

暫遊萬里，少別千年。」有客，謂趙蕃也。云遇青山赤壁，青山爲李白墓所在，赤壁則謂蘇軾所賦，指代李、蘇二人也。上高寒，蘇軾原詞：「我欲乘風歸去，又恐瓊樓玉宇，高處不勝寒。」

⑤「酌酒」二句，酌酒援北斗，《楚辭・九歌・東君》：「操余弧兮反淪降，援北斗兮酌桂漿。」蝨其間，韓愈《瀧吏》詩：「得無蝨其間，不武亦不文。」

⑥少歌曰，《楚辭・九歌・抽思》：「少歌曰：與美人抽怨兮，並日夜而無正。」洪興祖《楚辭補注》卷四：「《荀子》曰：『其小歌也。』……此章有少歌，有倡有亂，少歌之不足，則又發其意而爲倡，獨倡而無與和也，則總理一賦之終，以爲亂辭云爾。」

⑦「鴻鵠」二句，《楚辭補注》卷一一賈誼《惜誓》：「黄鵠之一舉兮，知山川之紆曲；再舉兮，睹天地之圜方。」

⑧「欲重」三句，夢覺，蘇軾《水龍吟》詞，題云：「閭丘大夫孝直公顯，嘗守黄州，作棲霞樓，爲郡中勝絶。元豐五年，予謫居於黄。正月十七日，夢扁舟渡江，中流回望，樓中歌樂雜作，舟中人言：『公顯方會客也。』覺而異之，乃作此詞。公顯時已致仕在蘇州。」推枕惘然，此詞下片：「推枕惘然不見，但空江月明千里。」「人事」句，蘇軾原詞：「人有悲歡離合，月有陰晴圓缺，此事古難全。」底，何也。

⑨「有美」二句，美人隔秋水，杜甫《寄韓諫議》詩：「美人娟娟隔秋水，濯足洞庭望八荒。」按：稼軒時卧病永豐縣西之博山寺中，而吴紹古則在鉛山，隔永豐溪而相望，故有此語。

蘭陵王

己未八月二十日夜，夢有人以石研屏見饟者，其色如玉，光潤可愛。中有一牛，磨角作鬥狀，云：「湘潭里中有張其姓者，多力善鬥，號張難敵。一日，與人搏，偶敗，忿赴河而死。居三日，其家人來視之，浮水上，則牛耳。自後併水之山，往往有此石，或得之，里中輒不利。」夢中異之，爲作詩數百言，大抵皆取古之怨憤變化異物等事，覺而忘其言。後三日，賦詞以識其異①

恨之極，恨極銷磨不得。萇弘事人道後來，其血三年化爲碧②。鄭人緩也泣：吾父，攻儒助墨。十年夢沉痛化余，秋柏之間既爲實③。

相思重相憶。被怨結中腸，潛動精魄。望夫江上巖巖立④。嗟一念中變，後期長絶。君看啓母憤所激，又俄頃爲石⑤。

難敵。最多力。甚一忿沉淵，精氣爲物，依然困鬥牛磨角。便影入山骨⑥，至今雕琢。尋思人世，只合化，夢中蝶⑦。

【箋注】

①題，己未，慶元五年也。右詞記此年八月二十日夢境也。《稼軒詞編年箋注》原於此詞箋注之後附録沈曾植等人三條記事，現録之如下：「（一）沈曾植《稼軒長短句小箋》云：『蘭陵王己未八月二十日。按己未爲慶元五年，是時侂胄方嚴僞學之禁，趙忠簡卒於貶所。萇弘血碧，儒墨相爭，託意甚微，非偶然涉筆也。』（二）夏承燾教授云：『此詞首片用二男事，次片用二女事，疑有微意。』（三）梁啓超編《稼軒年譜》釋此詞云：『詞文恢詭冤憤，蓋借以攄其積年胸中磈磊不平之氣。』」沈文見於《詞學季刊》一卷二號。予曩於增訂《箋注》時補證云：「此詞上中片用萇弘、鄭人緩，望夫婦、啓母四人變化之事。萇弘化碧玉，玉自石出；緩化秋柏之實，實石音同；望夫婦、啓母皆化爲石。四例取證古來怨憤變化爲石之事。下片以張難敵雖鬥敗，化爲石而仍作困鬥之狀，贊揚張難敵抵死不屈之精神。則此記夢詞亦託意甚微，藉以抒胸中激憤之氣耳。」今猶以爲諸語尚無不妥，故録用之。石研屏，又作石硯屏，趙希鵠《洞天清禄·研屏辨·山谷烏石硯屏》條：「古有研屏。或銘硯，多鐫於硯之底與側，自東坡、山谷始作硯屏，既勒銘於硯，又刻於屏，以表而出之。山谷有烏石研石屏，今在婺州義烏一士夫家。」即石製硯屏風也。歐陽修《文忠集》卷六五《月石硯屏歌序》：「張景山在虢州時，命治石橋。小版一石，中有月形，石色紫而月白。月中有樹，森森然。其文黑而枝葉老勁，雖世之工畫者不能爲，蓋奇物也。景山南謫，留以遺予。」

②「萇弘」二句，萇弘、血化爲碧，《莊子·外物》：「萇弘死於蜀，藏其血，三年而化爲碧。」《莊子集解》卷七引成玄英注：「萇弘放歸蜀，自恨忠而遭譖，刳腸而死。蜀人感之，以匱盛其血，三年而化爲碧玉。」《吕氏春秋·孝行覽》：「萇弘死，藏其血，三年而爲碧。」按：《史記》卷二八《封禪書》：「萇弘以方事周靈王，諸侯莫朝周，周力少，萇弘乃明鬼神事，設射狸首。狸首者，諸侯之不來者，依物怪，欲以致諸侯。諸侯不從，而晉人執殺萇弘。」與各書事不同。

③「鄭人」五句，《莊子·列禦寇》：「鄭人緩也，呻吟裘氏之地，祇三年而緩爲儒。河潤九里，澤及三族。使其弟墨。儒墨相與辯，其父助翟。十年而緩自殺，其父夢之，曰：『使而子爲墨者，予也。闔胡嘗視其良？既爲秋柏之實矣。』」郭象注：「使其弟墨，謂使緩弟翟成墨也。緩怨其父之助弟，故感激自殺，死而見夢，謂己既能自化爲儒，又化弟令墨，弟由己化而不能順己，己以良師而便怨死，精誠之至，故爲秋柏之實。……言何不試視緩墓上，已化爲秋柏之實。」《莊子集解》卷八注：「緩見夢其父，言弟之爲墨，是我之力。何不試視我冢上，所種秋柏已結實矣。冤魂告語，深致其怨。」

④「被怨」三句，結中腸，阮籍《詠懷》詩：「傾城迷下蔡，容華結中腸。」望夫石，〔乾隆〕《鉛山縣志》卷二：「望夫石，在分水山西，白鶴山之巔。相傳有婦望夫不歸，化爲石。」《二程遺書》卷一八：「若望夫石，只是臨江山有石如人形者，今天下凡江邊有石者，皆呼爲望夫石。」王建《望夫

石》詩：「望夫處，江悠悠。化爲石，不回頭。山頭日日風復雨，行人歸來石應語。」

⑤「君看」二句，啓母、爲石，《漢書》卷六《武帝紀》：「元封元年冬十月……行幸緱氏，詔曰：『朕用事華山，至於中嶽，獲駮麃，見夏后啓母石。』」注：「啓生而母化爲石。……啓，夏禹子也，其母塗山氏女也。禹治鴻水，通轘轅山，化爲熊，謂塗山氏曰：『欲餉，聞鼓聲乃來。』禹跳石，誤中鼓，塗山氏往見，禹方作熊，慚而去。至嵩高山下，化爲石。方生啓，禹曰：『歸我子。』石破北方而啓生。事見《淮南子》。」

⑥山骨，山石。張華《博物志》卷一：「地以名山爲輔佐，石爲之骨。」劉師服《石鼎聯句》：「巧匠斵山骨，刳中事煎烹。」蘇軾《佛日山榮長老方丈五絶》詩：「不堪土肉埋山骨，未放蒼龍浴渥注。」《寄怪石石斛與魯元翰》詩：「山骨裁方斛，江珍拾淺瀨。」

⑦夢中蝶，見本書卷一〇《沁園春·期思舊呼奇獅或云碁師皆非也……作〈沁園春〉以證之》詞（有美人兮闋）箋注。

西江月 木樨①

金粟如來出世，蕊宫仙子乘風②。清香一袖意無窮，洗盡塵緣千種。長爲西風作主，更居明月光中。十分秋意與玲瓏，拚却今宵無夢③。

【箋注】

①題，右詞詠木樨，與以下題「遣興」之同調詞，據廣信書院本次第，皆爲慶元中期作，故附次於慶元五年秋間諸作之後。

②「金粟」二句，金粟如來，李白《答湖州迦葉司馬問白是何人》詩：「湖州司馬何須問，金粟如來是後身。」《李太白集注》卷一九楊齊賢注：「《五色綫淨名經義鈔》：『梵語維摩詰，此云淨名，般揭之子。母名離垢，妻名金機，男名善思，女名月上。過去成佛，號金粟如來。』」《文選》卷五九王巾《頭陀寺碑》：「金粟來儀，文殊戾止。」李善注：「《發跡經》曰：『淨名大士，是往古金粟如來。』」按：金粟如來起義甚早，而以金粟比木樨桂花，則起義甚晚。王洋《東牟集》卷五《谹父出示趙倅木犀詩次韻》詩，似爲詩文首以金粟比木樨者，其詩有云：「漢宮明豔塗嬌額，仙鼎珍丹散漉籭。好趁燈花同報喜，黃間金粟正相宜。」蕊宮仙子，向子諲《滿庭芳·巖桂薌林改張元功所作》詞：「水邊一笑，十里得清香。疑是蕊宮仙子，新妝就嬌額塗黃。」《李太白集分類補注》卷一九《至陵陽山登天柱石酬韓侍御見招隱黃山》詩：「朗詠《紫霞》篇，請開蕊珠宮。」注：「《紫霞》篇即《黃庭內景經》也。《經》曰：『上清紫霞虛皇前太上大道玉宸君，閑居蕊珠。』……《升三天秘要經》云：『仙宮中有寥陽之殿，蕊珠之闕。』」

③「十分」二句，十分，完全、特别。言秋意與月中桂也。拚却，捨却。二句言通宵賞月，故美夢可棄也。

又

遣興

醉裏且貪歡笑，要愁那得工夫。近來始覺古人書，信着全無是處①。　昨夜松邊醉倒，問松「我醉何如」？只疑松動要來扶，以手推松曰「去」②。

【箋注】

①「近來」二句，《孟子·盡心》下：「盡信書則不如無書。吾於《武成》，取二三策而已矣。仁人無敵於天下，以至仁伐至不仁，而何其血之流杵也？」王令《送僧自總》詩：「雖有可寶資，終以無用捐。吾觀古人書，蓋亦不但然。」

②「只疑」二句，《漢書》卷七二《龔勝傳》：「後歲餘，丞相王嘉上書，薦故廷尉梁相等。尚書劾奏嘉言事恣意迷國，罔上不道，下將軍中朝者議。左將軍公孫禄、司隸鮑宣、光禄大夫孔光等十四人皆以爲嘉應迷國不道法。勝獨書議，……明旦復會，左將軍禄問勝：『君議亡所據，今奏當

上，宜何從？』勝曰：『將軍以勝議不可者，通劾之。』博士夏侯常見勝應禄不和，起至勝前，謂曰：『宜如奏所言。』勝以手推常，曰：『去。』」王安石《自遣》詩：「閉户欲推愁，愁終不肯去。」

玉樓春

樂令謂衛玠：「人未嘗夢搗虀餐鐵杵，乘車入鼠穴。」以謂世無是事故也。余謂世無是事而有是理。樂所謂無，猶云有也。戲作數語以明之〔一〕①

有無一理誰差别②，樂令區區猶未達〔二〕。事言無處未嘗無，試把所無憑理説。　伯夷饑采西山蕨③，何異搗虀餐杵鐵。仲尼去衛又之陳④，此是乘車穿鼠穴〔三〕。

【校】

〔一〕題，四卷本丁集「云」作「之」，「謂世無是事故也余」八字，《六十名家詞》本闕。此從廣信書院本。

〔二〕「猶」，四卷本作「渾」。

〔三〕「穿」，四卷本作「入」。

【箋注】

①題，《世説新語·文學》：「衛玠總角時，問樂令夢，樂云：『是想。』衛曰：『形神所不接而夢，豈是想邪？』樂云：『因也。未嘗夢乘車入鼠穴，擣虀噉鐵杵，皆無想無因故也。』」樂廣字彦輔，南陽淯陽人，嘗補元城令，故稱樂令。《晉書》卷四三有傳。稼軒讀書至此有感，遂作此詞，以作年無考，姑附於不信古人書之《西江月·遣興》詞之後。

②「有無」句，誰，有何。

③「伯夷」句，見本書卷一三《鷓鴣天·有感》詞（出處從來自不齊闋）箋注。

④「仲尼」句，《史記》卷四七《孔子世家》：「居衛月餘，靈公與夫人同車，宦者雍渠參乘出，使孔子爲次乘，招摇市過之。孔子曰：『吾未見好德如好色者也。』於是醜之，去衛。過曹，是歲魯定公卒，孔子去曹適宋。與弟子習禮大樹下，宋司馬桓魋欲殺孔子，拔其樹，孔子去。……孔子遂至陳，主於司城貞子家。」

賀新郎

題傅巖叟悠然閣①

路入門前柳。到君家悠然細説，淵明重九②。歲晚淒其無諸葛〔一〕，惟有黄花入手③。更風雨東籬依舊。陡頓南山高如許〔二〕，是先生拄杖歸來後④。山不記，何年有？　是中不減康廬秀〔三〕⑤。倩西風爲君喚起〔四〕，翁能來否？鳥倦飛還平林去，雲自無心出岫〔五〕⑥。剩準備新詩幾首⑦。欲辨忘言當年意，慨遥遥我去羲農久⑧。天下事，可無酒⑨！

【校】

〔一〕「歲晚」，廣信書院本原作「晚歲」，此據四卷本丁集改。

〔二〕「陡頓」，四卷本作「斗頓」，《六十名家詞》本作「頻顧」。

〔三〕「康」，文淵閣《四庫全書》本作「匡」。

〔四〕「君」，《六十名家詞》本作「吾」。

〔五〕「自」，四卷本作「肯」。

【箋注】

①題，傅巖叟悠然閣，傅巖叟居址在縣南。陳文蔚《克齋集》卷一〇《傅講書生祠堂記》：「霑其惠與得其平者，豈止鄉鄰而已哉？人感之深，即其所居之側玉虛道宫闢室，肖容而表敬焉。」據

〔乾隆〕《鉛山縣志》卷一五，玉虛觀在縣南七里，原名宗華觀，治平二年改此名。因知傅巖叟居處亦當在觀之前。查今鉛山縣永平鎮南四里有傅家山，應即巖叟同宗君用之山園，而以下《念奴嬌》詞（是誰調護閿）有「我向東鄰曾醉裏，喚起詩家二老」語，是則巖叟所居，即在傅家山之東，亦即永平南。悠然閣，巖叟用陶淵明詩意所建。《克齋集》卷一四有《題傅巖叟悠然閣三章章八句》詩，詩云：「悠然君之見，不與凡見同。正似東籬下，山忽在眼中。誰昔夜登閣，歌罷飲亦終。怳若有真契，可知不可窮。（其一）悠然閣之名，名從見中起。長哦好仁詩，高山勤仰止。意與口俱到，握井真得水。嗟哉世間人，穿鑿求義理。（其二）悠然君之心，非古亦非今。忘言猶有詩，無絃安用琴。淵明此時意，千載無知音。但見登閣時，山高白雲深。（其三）」小注：「巖叟命名時，予適同登閣，故首章及之。」此三詩爲嘉泰元年作。《克齋集》卷一四至卷一七爲詩，其詩分古詩律詩體裁分別編年。此三首在慶元六年《送吴子似歸鄱陽》詩之後，《白鹿洞謁先生祠堂》詩之前（此詩稱朱熹爲先師，殆在慶元六年三月朱熹去世之後，爲嘉泰間所作無疑）。詩中追憶巖叟悠然閣建成邀其同登情節，可以考知其建閣時間及稼軒題詞時間，必皆在慶元五年秋。

②「路入」三句，路入門前柳，陶潛所居門前有五柳樹。悠然，陶詩「采菊東籬下，悠然見南山」，此其《飲酒二十首》詩句。淵明重九，《昭明太子集》卷四《陶淵明傳》：「九月九日，出宅邊菊叢中，坐久之，滿手把菊。忽值弘送酒至，即便就酌，醉而歸。」

③「歲晚」二句，淒其無諸葛，杜甫《晚登瀼上堂》詩：「淒其望吕葛，不復夢周孔。」黄庭堅《宿舊彭澤懷陶令》詩：「歲晚以字行，更始號元亮。淒其望諸葛，骯髒猶漢相。」按：稼軒晚年，頗不以諸葛亮行事爲是。淳熙十五年作《賀新郎·送陳同父》詞尚有「把酒長亭説，看淵明風流酷似，卧龍諸葛」句，以爲諸葛未出茅廬前風流猶似淵明也。此則謂「惟有黄花入手」，則恢復中原屢戰無功之諸葛已不在其心中占據位置矣。入手，在手。朱灣《奉使設宴戲擲籠籌》詩：「一朝權入手，看取令行時。」

④「陡頓」二句，陡頓，突然。南山，廬山也。陶淵明所居柴桑，在江州西南，廬山在其東南，故曰南山。高如許，張繼《明德宫》詩：「摩雲觀閣高如許，長對河流出斷山。」拄杖歸來，指陶潛去彭澤令而歸。按：此處稱頌陶淵明之歸去來也。

⑤康廬，廬山即匡山，又名匡廬。宋人以太祖趙匡胤名諱故，往往稱爲康廬。「是中」句指傳家山。

⑥「鳥倦」二句，見本卷《添字浣溪沙·病起獨坐停雲》詞（彊欲加餐竟未佳闋）箋注。

⑦「剩準」句，見本書卷八《滿江紅·送李正之提刑入蜀》詞（蜀道登天闋）箋注。剩，多也。

⑧「欲辨」二句，陶潛《飲酒二十首》詩：「此中有真意，欲辨已忘言。」又：「羲農去我久，舉世少復真。汲汲魯中叟，彌縫使其淳。鳳鳥雖不至，禮樂暫得新。……終日馳車走，不見所問津。若復不快飲，空負頭上巾。」

⑨可無酒，可，豈可，不可也。《北史》卷三三《李元忠傳》：「每言：『寧無食，不可使我無酒。』」

又

用前韻再賦

肘後俄生柳①。歎人生不如意事，十常八九②。右手淋浪才有用，閑却持螯左手③。謾贏得傷今感舊。投閣先生惟寂寞，笑是非不了身前後④。持此語，問烏有⑤。青山幸自重重秀。問新來蕭蕭木落，頗堪秋否⑥？總被西風都瘦損，依舊千巖萬岫。把萬事無言搔首。翁比渠儂人誰好？是我常與我周旋久。寧作我，一杯酒⑦。

【箋注】

①「肘後」句，《莊子·至樂》：「支離叔與滑介叔觀於冥伯之丘，崐崘之虚，黄帝之所休。俄而柳生其左肘，其意蹷蹷然惡之。支離叔曰：『子惡之乎？』滑介叔曰：『亡，予何惡？生者假借也，假之而生，生者塵垢也，死生爲晝夜，且吾與子觀化，而化及我，我又何惡焉？』」柳與瘤同音，借字也。

②「歎人」二句，見本書卷六《滿江紅·贛州席上呈太守陳季陵侍郎》詞（落日蒼茫闋）箋注。

③「右手」二句，《晉書》卷四九《畢卓傳》：「卓嘗謂人曰：『得酒滿數百斛船，四時甘味置兩頭，

右手持酒杯，左手持蟹螯，拍浮酒船中，便足了一生矣。』」餘參本書卷八《水調歌頭·湯朝美司諫見和用韻爲謝》詞（白日射金闕闋）箋注所引《世説新語》（《世説》謂「一手持蟹螯，一手持酒杯」）。

④「投閣」二句，投閣先生惟寂寞，《漢書》卷八七下《揚雄傳》：「王莽時，劉歆、甄豐皆爲上公。莽既以符命自立，即位之後，欲絶其原，以神前事，而豐子尋、歆子棻復獻之，莽誅豐父子，投棻四裔。辭所連及，便收不請。時雄校書天禄閣上，治獄事使者來，欲收雄，雄恐不能自免，乃從閣上自投下，幾死。莽聞之，曰：『雄素不與事，何故在此？』間請問其故，乃劉棻嘗從雄學作奇字，雄不知情，有詔勿問。然京師爲之語曰：『惟寂寞，自投閣。爰清静，作符命。』」注：「以雄《解嘲》之言譏之也。」是非不了知身前後，按：對揚雄之評價，至南宋之世，聚訟不已。今人鄭騫有《成府談詞》云：「晦庵《綱目》固稱子雲爲『莽大夫』者也。南宋以前，對於子雲之印象與南宋以後不同。南宋以前每以子雲與孟軻、荀卿並提，其後則貶者衆矣。此種不同見解，大抵始於紫陽編《綱目》之時，故稼軒《賀新郎》云：『投閣先生惟寂寞，笑是非不了身前後。』予往者注稼軒詞未及此意，補正時須提出。」（見《詞學》第十輯）

⑤問烏有，烏有先生，見本書卷一二《水調歌頭·將遷新居不成有感戲作》詞（我亦卜居進闋）箋注。

⑥蕭蕭木落，杜甫《登高》詩：「無邊落木蕭蕭下，不盡長江滚滚來。萬里悲秋常作客，百年多病

獨登臺。」

⑦「翁比」四句，渠儂，見本書卷一〇《賀新郎·同父見和再用韻答之》詞（老大那堪説闋）箋注。「我常與我周旋，寧作我」，見本書卷八《鷓鴣天·博山寺作》詞（不向長安路上行闋）箋注。

水調歌頭

賦傅巖叟悠然閣①

歲歲有黄菊，千載一東籬。悠然政須兩字，長笑退之詩②。自古此山元有③，何事當時纔見，此意有誰知？君起更斟酒，我醉不須辭。　回首處，雲正出，鳥倦飛④。重來樓上，一句端的與君期⑤。都把軒窗寫遍，更使兒童誦得，《歸去來兮辭》。萬卷有時用，植杖且耘耔⑥。

【箋注】

①題，右詞題雖與《賀新郎》詞同，然據詞中「重來」一語，知爲稼軒再登閣時所賦，與前詞非一日事，然相去亦必不甚遠也。

②「悠然」二句，韓愈《秋懷詩十一首》詠菊云：「鮮鮮霜中菊，既晚何用好。揚揚弄芳蝶，爾生還

不早。運窮兩值遇，婉孌死相保。西風蟄龍蛇，衆木日凋槁。由來命分爾，泯滅豈足道。」

③自古此山元有，《晉書》卷三四《羊祜傳》：「祜樂山水，每風景必造峴山，置酒言詠，終日不倦。嘗慨然歎息，顧謂從事中郎鄒湛等曰：『自有宇宙，便有此山。由來賢達勝士，登此遠望，如我與卿者多矣，皆湮滅無聞，使人悲傷。如百歲後有知魂魄，猶應登此也。』湛曰：『公德冠四海，道嗣前哲，令聞令望，必與此山俱傳。至若湛輩，乃當如公言耳。』」

④「回首」三句，見本卷《添字浣溪沙·病起獨坐停雲》詞（彊欲加餐竟未佳闋）箋注。可參前《賀新郎·題傅巖叟悠然閣》詞（路入門前柳闋）。

⑤「一句」句，此「一句」，即下文之「歸去來兮」。與君期，謂與君約也。《韓非子·内儲説》：「叔向之讒萇弘也，爲書曰：『萇弘謂叔向曰：子爲我謂晉君，所與君期者，時可矣，何不亟以兵來？』因佯遺其書周君之庭，而亟去行。周以萇弘爲賣周也，乃誅萇弘而殺之。」端的，見本書卷六《水調歌頭·壽趙漕介庵》詞（千里渥洼種闋）箋注。

⑥「萬卷」二句，萬卷有時用，杜甫《奉贈韋左丞丈二十二韻》詩：「讀書破萬卷，下筆如有神。」王勃《王子安集》卷二《採蓮賦》：「蓮有藕兮藕有枝，才有用兮用有時。」徐鉉《騎省集》卷一九《送武進龔明府之官序》：「才不才在我，用不用有時。」植杖且耘耔，《陶淵明集》卷五《歸去來兮辭》：「懷良辰以孤往，或植杖而耘耔。」

念奴嬌

賦傅巖叟香月堂兩梅〔一〕①

未須草草，賦梅花②，多少騷人詞客。總被西湖林處士，不肯分留風月。疏影横斜，暗香浮動，把斷春消息〔二〕③。試將花品〔三〕，細參今古人物〔四〕。　看取香月堂前，歲寒相對，楚兩龔之潔④。自與詩家成一種，不係南昌仙籍⑤。怕是當年，香山老子，姓白來江國⑥。謫仙人字，太白還又名白⑦。

【校】

〔一〕題，四卷本丙集作「賦梅花」，此從廣信書院本。

〔二〕「把斷」，四卷本闕。

〔三〕「試將」，四卷本作「尚餘」。

〔四〕「細參」，四卷本作「未忝」。

【箋注】

①題，傅巖叟香月堂兩梅，《克齋集》卷一四有詩題爲：「徐天錫歸自玉山，昌甫以三詩送之。後二篇有及予與徐子融、傅巖叟之意，且託其轉寄，答其意以謝之。」其詩第二首云：「曾共傅巖孫，同坐傅巖石。紀游未抄寄，雙梅解相憶。天涯思美人，折花陡岑寂。所幸柱上題，如新未陳跡。」小注：「雙梅在巖叟家香月堂，清古可愛。昌甫每與稼軒同領略之，柱爲稼軒題。」按：據此詩在集中編序，知作詩時已在稼軒身後。其後有一詩爲《壬申老人生旦》，壬申爲嘉定五年，可知。自「天涯思美人」句以下，皆追憶稼軒語。慶元五年冬下距嘉定元年以後，有八九年之久，故有「如新未陳跡」語。香月堂兩梅僅見於此。

②「未須」二句，蘇軾《和秦太虛梅花》詩：「西湖處士骨應槁，只有此詩君壓倒。東坡先生心已灰，爲愛君詩被花惱。……萬里春隨逐客來，十年花送佳人老。去年花開我已病，今年對花還草草。」

③「總被」五句，西湖林處士，林逋也。《宋史》卷四五七《隱逸・林逋傳》：「林逋字君復，杭州錢塘人。少孤力學，不爲章句。性恬淡，好古，弗趨榮利。家貧，衣食不足，晏如也。初放遊江淮間，久之，歸杭州，結廬西湖之孤山，二十年足不及城市。真宗聞其名，賜粟帛，詔長吏歲時勞問。……既卒，州爲上聞，仁宗嗟悼，賜謚和靖先生，賻粟帛。逋善行書，喜爲詩，其詞澄浹峭特，多奇句。」其《山園小梅二首》詩：「衆芳搖落獨暄妍，占盡風情向小園。疏影橫斜水清淺，

暗香浮動月黄昏。」毛滂《六月二十日舍賈耘老溪居……過情戲作一首奉報》詩：「别寄釣魚船上曲，要留風月伴煙蓑。」把斷，截斷。《稼軒詞編年箋注》謂作把攬解。黄庭堅《題高節亭邊山礬花二首》詩：「高節亭邊竹已空，山礬獨自倚春風。二三名士開顔笑，把斷花光水不通。」《朱子語類》卷一〇《學》四：「關了門，閉了户，把斷了四路頭。此正讀書時也。」

④「歲寒」二句，松竹梅號稱歲寒三友，則香月堂前與梅相對者應即松竹也。楚兩龔之潔，《漢書》卷七二《兩龔傳》：「兩龔皆楚人也。勝字君賓，舍字君倩，二人相友，並著名節，故世謂之楚兩龔。」《揚子法言·問明》：「楚兩龔之潔，其清矣乎！」此以松竹比兩龔之潔。

⑤「自與」二句，不係南昌仙籍，《漢書》卷六七《梅福傳》：「梅福字子真，九江壽春人也。……爲郡文學，補南昌尉，後去官歸壽春。數因縣道上言變事，求假軺傳，詣行在所，條對急政。……福居家常以讀書養性爲事，至元始中，王莽顓政，福一朝棄妻子，去九江，至今傳以爲仙。」此二句言梅自爲詩人所鍾情，與關心世務之梅福，及後來成仙之梅福者皆非同類也。

⑥「香山」二句，《舊唐書》卷一六六《白居易傳》：「會昌中，請罷太子少傅，以刑部尚書致仕。與香山僧如滿結香火社，每肩輿往來，白衣鳩杖，自稱香山居士。」按：據《明一統志》卷二九，香山寺在河南府洛陽香城西南龍門。白居易嘗於元和十年貶江州司馬。「來江國」指此。

⑦「謫仙」二句，李白字太白，賀知章嘗謂其爲謫仙人，見《新唐書》卷二〇二《文藝》中《李白傳》。此詞歇拍五句，既引李白、白居易姓名字號，可知香月堂二梅皆白梅，故用此以切其白與香也。

又

余既爲傅巖叟兩梅賦詞，傅君用席上有請云：「家有四古梅，今百年矣，未有以品題，乞援香月堂例。」欣然許之，且用前篇體制戲賦〔一〕①

是誰調護，歲寒枝？都把蒼苔封了②。茆舍疏籬江上路，清夜月高山小③。摸索應知，曹劉沈謝，何況霜天曉④！芬芳一世，料君長被花惱⑤。惆悵立馬行人，一枝最愛，竹外横斜好⑥。我向東鄰曾醉裏，唤起詩家二老⑦。拄杖而今，婆娑雪裏，又識商山皓⑧。請君置酒，看渠與我傾倒。

【校】

〔一〕題，「以」，《六十名家詞》本作「一」，此從廣信書院本。

【箋注】

①題，右詞與賦傅巖叟香月堂兩梅詞爲同時所作。傅君用，除稼軒詞外，未見記載。據以下《賀新郎·題傅君用山園》詞，知即傅家山主，而傅巖叟乃居其東。

②「是誰」三句，是誰調護，《史記》卷五五《留侯世家》：「及燕，置酒，太子侍，四人從太子，年皆八十有餘，鬚眉皓白，衣冠甚偉。上怪之，問曰：『彼何爲者？』四人前對，各言名姓，曰東園公、角里先生、綺里季、夏黄公。……上曰：『煩公幸卒調護太子。』」《集解》：「調護，猶營護也。」按：此以四皓喻四梅。蒼苔封，劉滄《經無可舊居兼傷賈島》詩：「落葉墮巢禽自出，蒼苔封砌竹成竿。」

③「茆舍」二句，江上路，此江應指流經永平之鉛山河。清夜月高山小，《東坡全集》卷三三《後赤壁賦》：「江流有聲，斷岸千尺。山高月小，水落石出。」

④「摸索」三句，劉餗《隋唐嘉話》卷中：「許敬宗性輕傲，見人多忘之。或謂其不聰，曰：『卿自難記，若遇何、劉、沈、謝，暗中摸索著，亦可識。』」杜甫《蘇端薛復筵簡薛華醉歌》：「何劉沈謝力未工，才兼鮑照愁絶倒。」《杜詩詳注》卷四注：「《梁書》：『何遜文章與劉孝綽並見重於世。』世祖謂著編論之云：『詩多而能者沈約，少而能者謝朓、何遜。』《何氏語林》：『永明末，盛爲文章。吴興沈休文、陳郡謝玄暉，瑯琊王元長，以氣類相推轂。』」據此知何劉沈謝當指南朝之何遜、劉孝綽、沈約、謝朓。而稼軒未查原書，誤記何劉爲曹劉，殆誤南朝之何遜、劉孝綽爲曹魏之曹植、劉楨也。霜天曉，蘇軾《念奴嬌·嶺南太守閭丘公顯致仕居姑蘇……》詞：「爲使君洗盡蠻風瘴雨，作霜天曉。」按：此喻四古梅。既謂暗中摸索應知，自不必言霜天已曉。

⑤被花惱，杜甫《江畔獨步尋花七絶句》詩：「江上被花惱不徹，無處告訴只顛狂。」

⑥「惆悵」三句，蘇軾《和秦太虚梅花》詩：「西湖處士骨應槁，只有此詩君壓倒。東坡先生心已灰，爲愛君詩被花惱。多情立馬待黄昏，殘雪消遲月出早。江頭千樹春欲闇，竹外一枝斜更好。」

⑦「我向」二句，東鄰，謂傅巖叟。《克齋集》卷一二《先君竹林居士壙記》：「不肖孤文蔚泣血書，雙溪傅爲棟篆蓋並書諱。」（乾隆）《鉛山縣志》卷一：「雙溪二水，發閩界，循鳶山流入善政鄉。山回溪合，風氣攸止。」又：「黄蘗水，源自雲際，會於葛水，東北達於桐木之水，匯爲雙溪，而北入於河口。」又：「紫溪水北流，注於桐木之水。復北流，會葛水、横溪、響水，西合黄蘗水，繞於縣北，達於河口。」按：黄蘗水於永平西北匯入鉛山河，因於上游納葛水（源於葛仙山），又稱葛水。而横溪乃流經陳家寨之水，於永平東匯入鉛山河，故稱葛水、横溪二水名雙溪。傅巖叟所居，在傅家山東，葛水、横溪二水間，故自稱雙溪人。詩家二老，指稼軒賦香月堂雙梅，曾以李白、白居易相擬。

⑧商山皓，即商山四老。《高士傳》卷中《四皓》條：「四皓者，皆河内軹人也，或在汲。一曰東園公，二曰角里先生，三曰綺里季，四曰夏黄公，皆修道潔己，非義不動。秦始皇時，見秦政虐，乃退入藍田山，……共入商洛，隱地肺山，以待天下定。及秦敗，漢高聞而徵之，不至。」按：此以四皓擬傅君用家四古梅，梅蓋亦白色也。

滿江紅

和傅巖叟香月韻①

半山佳句，最好是吹香隔屋②。又還怪冰霜側畔，蜂兒成簇。更把香來薰了月，却教影去斜侵竹。似神清骨冷住西湖，何由俗③？　根老大，穿坤軸。枝夭嫋，蟠龍斛④。快酒兵長俊，詩壇高築⑤。一再人來風味惡，兩三杯後花緣熟。記五更聯句失彌明，龍銜燭⑥。

【箋注】

①題，右詞或與《念奴嬌·賦傅巖叟香月堂兩梅》詞同時所賦。

②「半山」二句，王安石《金陵即事三首》詩：「水際柴門一半開，小橋分路入青苔。背人照影無窮柳，隔屋吹香併是梅。」李壁《王荆公詩注》卷四《題半山寺壁二首》題下注：「半山報寧禪寺，公故宅也。由東門至蔣山，此爲半道，故以半山爲名，其地亦名白塘。」

③「似神」二句，住西湖，謂林逋也。何由俗，蘇軾《書林逋詩後》：「先生可是絶俗人，神清骨冷無由俗。」

④坤軸，龍斛，李德裕《會昌一品集》别集卷二《大孤山賦》：「未若根連坤軸，終古而長存；跡寄夜川，負之而不去。」《補注杜詩》卷九《南池》詩：「安知有蒼池，萬頃浸坤軸。」注引張華《博物志》：「地下有四柱，廣十萬里，地有三千六百軸，互相牽也。」龍斛，疑即「龍文百斛」之縮寫。韓愈《病中贈張十八》詩：「龍文百斛鼎，筆力可獨扛。」此當指梅樹枝幹蟠繞狀。

⑤「快酒」二句，蘇軾《景貺履常屢有詩督叔弼季默唱和已許諾矣復以此句挑之》詩：「君家文律冠西京，旋築詩壇按酒兵。」酒兵，可參本書卷八《江神子·和人韻》詞（梨花着雨晚來晴閿）箋注。長俊，疑即俊邁出衆意。

⑥「記五」二句，五更聯句失彌明，《昌黎集》卷二一《石鼎聯句詩序》：「道士倚牆睡，鼻息如雷鳴，二子怛然失色，不敢喘。斯須，曙鼓鼕鼕，二子亦困，遂坐睡。及覺，日已上，驚顧，覓道士不見，即問童奴，奴曰：『天且明，道士起出門，若將便旋然。奴怪久不返，即出，到門覓，無有也。』二子驚惋自責，若有失者。間遂詣余言，余不能識其何道士也，嘗聞有隱君子彌明，豈其人耶？」龍銜燭，《楚辭·天問》：「日安不到，燭龍何照？」王逸注：「言天之西北，有幽冥無日之國，有龍銜燭而照之。」

最高樓

客有敗棋者，代賦梅〔一〕①

花知否？花一似何郎，又似沈東陽②。瘦稜稜地天然白，冷清清地許多香。笑東君，還又向〔二〕，北枝忙③。

着一陣霎時間底雪，更一箇缺些兒底月〔三〕④。山下路，水邊牆。風流怕有人知處〔四〕，影兒守定竹旁厢。且饒他，桃李趁〔五〕，少年場⑤。

【校】

〔一〕題，《中興絶妙詞選》卷三作「梅花」，此從廣信書院本。

〔二〕「向」，《中興絶妙詞選》作「趁」。

〔三〕「更」，《中興絶妙詞選》、《全芳備祖》前集卷一作「着」。

〔四〕「風流」，《中興絶妙詞選》、《全芳備祖》作「清香」。

〔五〕「影兒」三句，《中興絶妙詞選》作「蒼松側畔竹旁厢，怎禁他，桃與李」。

【箋注】

①題，右賦梅詞作年本無考，據次首答趙晉臣詞，知爲慶元六年春間所作。

②「花一」二句，何郎，何晏也。《歷代賦彙》卷一二四宋璟《梅花賦》：「若夫瓊英綴雪，絳萼著霜。儼如傅粉，是謂何郎。」《世説新語·容止》：「何平叔美姿儀，面至白。魏明帝疑其傅粉，正夏月，與熱湯餅，既噉，大汗出，以朱衣自拭，色轉皎然。」注引《魏略》：「晏性自喜，動静粉帛不去手，行步顧影。」沈東陽，沈約。李商隱《韓冬郎即席爲詩相送一座盡驚……因成二絶寄酬兼呈畏之員外》詩：「爲憑何遜休聯句，瘦盡東陽姓沈人。」自注：「沈東陽約，嘗謂何遜曰：『吾每讀卿詩，一日三復，終未能到。』余雖無東陽之才，而有東陽之瘦矣。」《有懷在蒙飛卿》詩：「哀同庾開府，瘦極沈尚書。」按：《南史》卷五七《沈約傳》謂約以隆昌元年除吏部郎，出爲東陽太守。故稱沈東陽。

③北枝忙，《白孔六帖》卷九九《梅》：「南枝，大庾嶺上梅，南枝落，北枝開。」

④「着一」二句，着一陣，即下一陣子。更，加也。

⑤「且饒」三句，此三句如以意斷句，則應爲：「且饒他桃李，趁少年場。」且饒，任憑也。謂休管桃李豔麗也。趁少年場，謂趁此少年時光也。趁有追逐之意。

又

用韻答趙晉臣敷文〔一〕①

花好處，不趁緑衣郎，縞袂立斜陽②。面皮兒上因誰白，骨頭兒裏幾多香？儘饒他，心似鐵③，也須忙。

甚喚得雪來白倒雪，更喚得月來香殺月〔二〕。誰立馬，更窺牆④？將軍止渴山南畔，相公調鼎殿東厢⑤。忒高才，經濟地，戰争場⑥。

【校】

〔一〕題，四卷本乙集作「答晉臣」，此從廣信書院本。

〔二〕「更」，王詔校刊本、《六十名家詞》本、四印齋本作「便」。

【箋注】

①題，趙晉臣敷文事跡，已見本書卷二《和趙晉臣糟蟹》詩箋注。趙氏慶元五年尚在江西轉運判官任上。則其歸鉛山，最早亦當在是年底。《夷堅三志》壬卷六《滕王閣火》條：「慶元四年七月二十六日夜，細民家失火，延燒其處，俄頃，煙火不可向邇，一院片瓦不全。滕王閣外廡遂罹鬱

攸之害。趙不迂晉臣以漕使兼府事，出次城頭，遥望西山，焚香禱於旌陽真君。西風方熾，忽焉反東，火隨以息。」《明一統名勝志·江西》卷一《南昌府》：「樂園即宋漕司花圃，紹興中轉運判官趙奇符創，後運副汪召嗣、余應求相繼增築。至慶元五年秘閣趙不迂榜以今名。」〔乾隆〕《鉛山縣志》卷六：「趙不迂，士礽四子，紹興二十四年甲戌張孝祥榜第四甲，終中奉大夫直敷文閣。」右詞當作於慶元六年初。

②「不趁」二句，不趁緑衣郎，趁，同襯。謂不依靠緑葉扶持。縞袂立斜陽，蘇軾《次韻楊公濟奉議梅花十首》詩：「月黑林間逢縞袂，霸陵醉尉誤誰何。」

③心似鐵，皮日休《文藪》卷一《桃花賦序》：「余常慕宋廣平之爲相，貞姿勁質，剛態毅狀，疑其鐵腸石心，不解吐婉媚辭。然覩其文，而有《梅花賦》，清便富豔，得南朝徐庾體，殊不類其爲人也。」蘇軾《章質夫寄惠崔徽真》詩：「爲君援筆賦梅花，未害廣平心似鐵。」

④「誰立」二句，立馬，蘇軾《和秦太虛梅花》詩：「多情立馬待黄昏，殘雪消遲月出早。」窺牆，《藝文類聚》卷一八宋玉《登徒子好色賦》：「臣東家子，增之一分則太長，減之一分則太短；著粉太白，施朱太赤。眉如翠羽，肌如白雪，腰如束素，齒如含貝。嫣然一笑，惑陽城，迷下蔡。然此女登牆窺臣三年，至今未許也。」

⑤「將軍」二句，將軍止渴，見本卷《沁園春·和吴子似縣尉》詞（我見君來閿）箋注。相公調鼎，見本書卷七《西河·送錢仲耕自江西漕移守婺州》詞（西江水閿）箋注。

⑥「忒高」三句，忒，太也。經濟，謂經國濟世。戰争，此指相與争鬥也。

永遇樂

賦梅雪①

怪底寒梅，一枝雪裏，直恁愁絶〔一〕②。問訊無言，依稀似妒，天上飛英白。江山一夜〔二〕，瓊瑶萬頃，此段如何妒得③。細看來風流添得，自家越樣標格④。　晚來樓上〔三〕，對花臨鏡，學作半妝宮額〔四〕⑤。着意争妍，那知却有，人妒花顏色。無情休問，許多般事，且自訪梅踏雪。待行過溪橋夜半，更邀素月。

【校】

〔一〕「直」，王詔校刊本、《六十名家詞》本作「只」，此從廣信書院本。

〔二〕「山」，王詔校刊本、《六十名家詞》本作「上」。

〔三〕「晚」，四卷本丁集作「曉」。

〔四〕「宮」，廣信書院本、王詔校刊本、《六十名家詞》本闕，此據四卷本補。

【箋注】

①題，右詞賦梅雪，作年無考。據廣信書院本次第，在《送茂嘉十二弟赴調》詞之前，因次於此。

②「怪底」三句，怪底，怪此也。直恁，直如此也。

③「此段」句，南北朝多言此段。《南史》卷四二《齊高帝諸子傳》：「其年葬簡皇后，使製哀策，文理哀切。帝謂武林侯蕭諮曰：『此段莊陵萬事零落，唯哀册尚有典刑。』」《梁書》卷三九《羊侃傳》：「詔以爲大軍司馬。高祖謂侃曰：『軍司馬廢來已久，此段爲卿置之。』」此段大致可解作此間。宋人文字，用於情感或事物者，大都作此等、此種解。

④越樣，猶言分外，格外。黄庭堅《兩同心》詞：「一笑千金，越樣情深。曾共結合歡羅帶，終願效比翼紋禽。」趙長卿《水調歌頭·中秋》詞：「姮娥此際底事，越樣好精神。」

⑤半妝宮額，《南史》卷一二《后妃傳》：「元帝徐妃諱昭佩，東海郯人也。……妃無容質，不見禮，帝三二年一入房。妃以帝眇一目，每知帝將至，必爲半面妝以俟，帝見則大怒而出。」

又

戲賦辛字，送茂嘉十二弟赴調〔一〕①

烈日秋霜，忠肝義膽，千載家譜②。得姓何年？細參辛字，一笑君聽取。艱辛做就，悲辛滋味，總是辛酸辛苦。更十分向人辛辣，椒桂搗殘堪吐③。世間應有，芳甘濃美，不到吾家門户。比着兒曹，纍纍却有，金印光垂組④。付君此事，從今直上，休憶對牀風雨⑤。但贏得鞾紋縐面，記余戲語⑥。

【校】

〔一〕題，四卷本丁集「茂嘉」二字闕，「調」作「都」，此據廣信書院本。

【箋注】

①題，辛茂嘉應即名勣者。《宋故資政殿學士左通議大夫致仕東萊縣開國侯贈左光禄大夫辛公墓志銘》：「男種學，右承議郎。孫助，將仕郎。勵，登仕郎。劼，通仕郎。勸，將仕郎。勴，勴，勣。」其中，「助」即「勣」之誤識。《菱湖辛氏族譜·肇周大夫甲公後遷居隴西源流之圖》於辛次膺孫輩中列辛勣，然無小傳，僅著爲「種學公長子」。按：《重修玉篇》卷七謂「勣，子亦切，功也」。通作績。唐有李勣，《舊唐書》卷六七《李勣傳》不著其字，僅於傳贊中有「功以懋賞，震主則危」語，《新唐書》卷九三《李勣傳》則直謂「李勣字茂功」。茂與懋亦互通。故知辛茂嘉名勣，自有前代先例在，無可疑也。《咸淳臨安志》卷五一《仁和縣令》載有辛勣，列於何洪、趙時逢、趙

善諲、趙善僎之後，鄭域、謝庭玉、趙希醇、李仁方、陳晐、姚師虎之前。其中姚師虎嘉定五年爲令，見《臨安志》卷五六「嘉定五年仁和縣姚師虎築屋廟左」之記載，疑辛勷之爲仁和令，事在嘉泰三年之前。而《閩中金石略》卷七載晉江縣清源山宋人題名九段，其中瑞像巖題名是：「廬陵胡仲方、温陵林廣叔、高密趙東武、萊陽辛懋嘉，慶元三年二月中休來遊。」周必大《益國文忠公集》卷三〇《資政殿學士贈通奉大夫胡忠簡公神道碑》（即胡銓碑）作於紹熙三年，謂其孫胡椝「文林郎，監泉州市舶務」。胡椝字仲方，其所任泉州市舶，或爲待闕之職務。因知胡椝到任，當在其後，故能於慶元三年二月尚在任内。而辛茂嘉既題名於晉江，則必爲泉州之提舉福建市舶司屬官，如幹辦公事之類。其在任當在慶元三年至五年之間。既去任，而歸饒州浮梁，又自浮梁前往行在所赴調，其間當經鉛山，而其時則應在慶元六年初，因次右詞於此。

②「烈日」三句，烈日秋霜，《新唐書》卷一五三《段顔傳贊》：「雖千五百歲，其英烈言言，如嚴霜烈日，可畏而仰哉！」仲并《浮山集》卷八《上宰相啓》：「烏府抗章，議論悉關於國體；金華勸講，敷陳允契於上心。烈日秋霜，威名共仰。」千載家譜，《菱湖辛氏族譜》卷首載有《肇周大夫甲公後遷居隴西源流之圖》，據傳爲稼軒所手編，列各支分派系圖，至此當已完成，故可與辛茂嘉共觀之也。

③「更十」二句，辛辣，椒桂搗殘，蘇軾有《次韻曾子開從駕二首》詩，其前一詩押辛字韻。又有《再和》詩：「眼花錯莫鬢霜匀，病馬羸騶只自塵。奉引拾遺叨侍從，思歸少傅羨朱陳。衰年壯觀

空驚目，巉韻清詩苦鬥新。最後數篇君莫厭，擣殘椒桂有餘辛。」按：曾子開名肇，曾鞏、曾布之幼弟，見《宋史》卷三一九《曾鞏傳》所附。《稼軒詞編年箋注》謂「曾布有《從駕》詩二首」，以曾子開爲曾布，大誤。陳巖肖《庚溪詩話》卷下：「元祐間，東坡與曾子開肇同居兩省，扈從車駕赴宣光殿。子開有詩，其略曰：『鼎湖弓劍仙遊遠，渭水衣冠輦路新。』又曰：『階除翠色迷宫草，殿閣清陰老禁槐。』詩語亦佳。坡兩和其斷句辛字韻，皆工。……而《西清詩話》遂改其句云：『讀罷君詩何所似，擣殘椒桂有餘辛。』以謂坡譏唱，首多辣氣，此何理也？坡爲人慷慨，疾惡亦時見於詩，有古人規諷體，然亦詎肯效閭閻以鄙語相詈哉？」按：《西清詩話》，蔡絛撰，右條所引原文，見《類説》卷五七、《漁隱叢話》前集卷三九。十分，全是。

④「比着」三句，纍纍，金印，見本書卷一〇《瑞鶴仙・壽上饒倅洪莘之》詞（黄金堆到斗闕）箋注。兒曹，兒輩，謂當時得勢之權貴。比着，比方。

⑤「休憶」句，《野客叢書》卷一〇《夜雨對牀》條：「人多以夜雨對牀爲兄弟事用，如東坡與子由詩引此，蓋祖韋蘇州《示元真元常》詩『寧知風雨夜，復此對牀眠』之句也。然韋又有詩《贈令狐士曹》曰：『秋簷滴滴對牀寢，山路迢迢聯騎行。』則是當時對牀夜雨，不特兄弟爲然，於朋友亦然。」《考古質疑》卷四：「對牀聽雨，二蘇兄弟酬答多用之。坡有《東府雨中别子由》詩曰：『對牀定悠悠，夜雨空蕭瑟。』《初秋寄子由》云：『雪堂風雨夜，已作對牀聲。』《在鄭别子由》云：『寒燈相對記疇昔，夜雨何時聽蕭瑟。』《在御史獄》云：『他年夜雨獨傷神。』《李公擇故

居》詩：『對牀老兄弟，夜雨聽竹屋。』又《初秋子由與坡相從彭城賦》詩云：『逍遥堂後千章木，長送中宵風雨聲。』『誤喜對牀尋舊約，不知飄泊在彭城。』又子由《使遼在神水館》云：『夜雨從來對榻眠，兹行萬里隔冰天。』子由《舟次磁湖》云：『夜深魂夢先飛去，風雨對牀聞曉鐘。』此其兄弟所賦也，故後人多以爲兄弟事。」按：蘇轍《逍遥堂會宿詩引》：「轍幼從子瞻讀書，未嘗一日相舍。既壯，將遊宦四方，讀韋蘇州詩，至『安知風雨夜，復此對床眠』，惻然感之，乃相約早退爲閑居之樂。故子瞻始爲鳳翔幕府，留詩爲别，曰：『夜雨何時聽蕭瑟。』其後子瞻通守餘杭，復移守膠西，而轍滯留於淮陽、濟南，不見者七年。熙寧十年二月，始復會於澶、濮之間，相從來徐，留百餘日。時宿於逍遥堂，追感前約，爲二小詩記之。」

⑥鞾紋皺面：歐陽修《歸田録》卷下：「京師諸司庫務，皆由三司舉官監掌，而權貴之家子弟親戚，因緣請託，不可勝數。爲三司使者，常以爲患。田元均爲人寬厚長者，其在三司深厭干請者，雖不肯從，然不欲峻拒之，每温顔强笑以遣之。嘗謂人曰：『作三司使數年，强笑多矣，直笑得面似鞾皮。』士大夫聞者，傳以爲笑，然皆服其德量也。」按：面似鞾皮，謂皺紋多也。

鷓鴣天

壽吴子似縣尉，時攝事城中〔一〕①

上巳風光好放懷，故人猶未看花回〔二〕②。茂林映帶誰家竹，曲水流傳第幾杯③？摘錦繡，寫瓊瓌④，長年富貴屬多才。要知此日生男好，曾有周公祓禊來⑤。

【校】

〔一〕題，四卷本丁集「吴」、「縣尉」三字闕，此從廣信書院本。

〔二〕「故人」，四卷本作「憶君」。

【箋注】

①題，吴子似生日既在上巳，右詞又謂其「攝事城中」，其事則當在慶元五、六年之交。其攝縣令爲時既久，故有修圖經、修亭堠諸事，見以下《破陣子·硤石道中有懷吴子似縣尉》詞（宿麥畦中雉鷕鬮）。而右詞應即慶元六年三月所作。

②「故人」句，看花回，見本書卷六《新荷葉·和趙德莊韻》詞（人已歸來闋）箋注。此似指吴子似按視縣境未歸。

③「茂林」二句，見前《新荷葉·上巳日吴子似謂古今無此詞索賦》詞（曲水流觴闋）箋注。

④瓊瓌，見本書卷七《水調歌頭·和趙景明知縣韻》詞（官事未易了闋）箋注。

⑤「曾有」句，《事物紀原》卷一〇《流杯》：「束晳對晉武帝問曲水事，曰：『周公卜成洛邑，因流

水以泛酒，故逸詩曰：『羽觴隨流。』晉以來三月三日曲水流杯，即其始也。』《隋大業記》：『煬帝大修水飾，以小舟行觴。及唐豪貴作池亭，引水爲之也。』」

又

過硤石，用韻答吴子似〔一〕①

歎息頻年廩未高，新詞空賀此丘遭②。遥知醉帽時時落，見説吟鞭步步摇③。乾玉唾，秃錐毛，只今明月費招邀④。最憐烏鵲南飛句，不解風流見二喬⑤。

【校】

〔一〕題，四卷本丁集作「硤石用前韻答子似」，此從廣信書院本。

【箋注】

①題，硤石，〔乾隆〕《鉛山縣志》卷一：「峽石，縣西二十里，兩崖對峙，蒼翠壁立，中有水石，疑爲仙境。」〔同治〕《鉛山縣志》卷三：「嵩口，硤石源、暖水塘水由右來會。」按：鉛山楊村河水北流，於永平鎮北入鉛山河。其經楊村北嵩口許家村，硤石源水自東來會，硤石，應即在合水源

西，地處永平西南。

②「歎息」二句，廩未高，《詩·周頌·豐年》：「豐年多黍多稌，亦有高廩。萬億及秭，爲酒爲醴。烝畀祖妣，以洽百禮。」蘇軾《東坡八首》詩：「崎嶇草棘中，欲刮一寸毛。喟焉釋耒歎，我廩何時高。」賀此丘遭，柳宗元《河東集》卷二九《鈷鉧潭西小丘記》：「噫，以兹丘之勝，致之灃鎬鄠杜，則貴游之士争買者，日增千金而愈不可得。今棄是州也，農夫漁父過而陋之，賈四百，連歲不能售。而我與深源克己，獨喜得之，是其果有遭乎？書於石，所以賀兹丘之遭也。」按：稼軒慶元四年奉祠，頻年以來，僅領半俸，故雖愛硤石之風月，奈無力買此，惟賦此詞，空賀兹丘之遭也。

③「遥知」二句，醉帽，郭祥正《登王知白秀才跋賢亭呈同遊余萬二君》詩：「余君酒量辭斗筲，醉帽墮地垂鬖髾。」吟鞭摇，文同《又五言》詩：「吟鞭摇嶺月，倦枕拂溪雲。」醉帽吟鞭，猶言醉人之帽，詩人之鞭。

④「乾玉」三句，玉唾，戰國時即有玉唾盂，見《西京雜記》卷六。《拾遺記》卷七載魏文帝美人薛靈芸以玉唾壺承淚。宋人蓋用作潤筆具。黄庭堅《次韻錢穆父贈松扇》詩：「銀鉤玉唾明璽紙，松箑輕涼並送似。」《和答外舅孫莘老》詩：「尚憐費諫紙，玉唾灑新句。」明月費招邀，李白《月下獨酌》詩：「舉杯邀明月，對影成三人。」

⑤「最憐」二句，烏鵲南飛句，曹操《短歌行》：「月明星稀，烏鵲南飛。」不解見二喬，杜牧《赤壁》

詩：「東風不與周郎便，銅雀春深鎖二喬。」按：曹操雖有「烏鵲南飛」之詩，惜其終不能得見二喬也。二喬，可參本書卷一二《菩薩蠻·贈周國輔侍人》詞（畫樓影蘸清溪水闋）箋注。

又

吴子似過秋水①

秋水長廊水石間，有誰來共聽潺潺〔一〕。羡君人物東西晉，分我詩名大小山②。窮自樂，嬾方閑〔二〕，人間路窄酒杯寬。看君不了癡兒事，又似風流靖長官③。

【校】

〔一〕「潺潺」，四卷本丁集作「潺湲」，此從廣信書院本。

〔二〕「嬾」，廣信書院本原作「晚」，此據四卷本改。

【箋注】

①題，此秋水，應即在五堡洲之秋水觀。其廊橋横跨紫溪之上。右詞亦慶元六年作。

②「羡君」二句，人物東西晉，吴坰《五總志》：「元章既灑落不羣，而冠服多用古制。張大亨嘉甫

贊其像曰：『衣冠唐制度，人物晉風流。』議者以爲實録。」詩名大小山，王逸《楚辭章句》卷一二：「《招隱士》者，淮南小山之所作也。昔淮南王安，博雅好古，招懷天下俊偉之士，自八公之徒，咸慕其德而歸其仁，各竭才智，著作篇章，分造辭賦，以類相從。故或稱小山，或稱大山，其義猶詩有小雅大雅也。」羅隱《春日投錢塘元帥尚父》詩：「望高漢相東西閣，名重淮王大小山。」黄庭堅《答余洪範二首》詩：「道在東西祖，詩如大小山。」

③「看君」二句，不了癡兒事，見本書卷七《水調歌頭·和趙景明知縣韻》詞（官事未易了閿）箋注。靖長官，蘇軾《送范景仁遊洛中》詩：「試與劉夫子，重尋靖長官。」注：「劉几云：『曾見人嵩山幽絶處，眼光如猫，意其爲靖長官也。』」查慎行《蘇詩補注》卷一五：「曾慥《集仙傳》云：『應靖不知何許人，唐僖宗時爲登封令，既而棄官學道，遂仙去，隱其姓，而以名顯，故世謂之靖長官。元祐中，劉几嘗遇於嵩高山中。』又張師正《括異志》：『静長官，真定人，登明經第一，一旦棄妻子，游名山，數年不歸。洛下有靳襲者，於其家常設一榻，枕褥甚潔，云以待静長官。静今隱嵩少間，歲或一再至，靳氏以神仙事之。』靖與静，未知孰是。」

破陣子

硤石道中有懷吴子似縣尉〔一〕①

宿麥畦中雉鷕，柔桑陌上蠶生〔二〕②。騎火須防花月暗，玉唾長攜綵筆行③。隔牆人笑聲。

莫説弓刀事業，依然詩酒功名。千載圖中今古事，萬石溪頭長短亭。小塘風浪平。

時修圖經，築亭堠〔三〕④。

【校】

〔一〕「吴」、「縣尉」，四卷本丙集俱闕，此從廣信書院本。

〔二〕「鷺」、「柔桑」，王詔校刊本、《六十名家詞》本、四印齋本俱作「雉雊」、「桑葉」。

〔三〕小注，四卷本無。

【箋注】

①題，此亦慶元六年過硤石所賦。

②「宿麥」二句，宿麥雉鷺，《爾雅翼》卷一《麥》：「麥比他穀獨隔歲種，故號宿麥。」《詩·邶風·匏有苦葉》：「有瀰濟盈，有鷺雉鳴。」《傳》：「鷺，嶋雉聲也。」柔桑陌上蠶生，蔡襄《四月清明西湖》詩：「芳草堤邊裙帶短，柔桑陌上髻鬟高。」餘參本書《鷓鴣天》（陌上柔桑破嫩芽閲）箋注。

③「騎火」二句，騎火，韓愈《桃林夜賀晉公》詩：「西來騎火照山紅，夜宿桃林臘月中。」玉唾，見前《鷓鴣天·過硤石用韻答吴子似》詞（歎息頻年廪未高閲）箋注。

④「千載」二句及小注，吴紹古撰有《永平志》。此圖經即指《永平志》。《克齋集》卷一四《送吴子似歸鄱陽》詩：「讀書亭中不草草，永平人物入深討。」自注：「子似著《永平志》。」今《永樂大典》各卷尚殘存《廣信府永平志》文字十數條，〔嘉靖〕《廣信府志》亦引該志四條，應即其所撰之書。修亭堠事未詳。〔乾隆〕《鉛山縣志》卷一《山川》載吴紹古爲石城洞、石龍洞、玉壺泉諸名勝命名，知其在任期間，頗有所作爲，惜其築亭修堠等業績無考也。

菩薩蠻

題雲巖①

游人占却巖中屋，白雲只在簷頭宿〔一〕②。嘑鳥苦相催③，夜深歸去來〔二〕。　　松篁通一徑，噤嗲山花冷④。今古幾千年，西鄉小有天⑤。

【校】

〔一〕「在」，四卷本丙集作「向」，此從廣信書院本。

〔二〕「嘑鳥」二句，四卷本作「誰解探玲瓏，青山十里空」。按：據鉛山縣人考察得知，雲巖之中另有洞穴，極爲深邃，「十里空」云云，蓋紀實也。

【箋注】

①題，雲巖，（乾隆）《鉛山縣志》卷一：「雲巖，縣西十八里峙嵩山之前，松徑數百步，始至其巔。兩崖崚嶒皆怪石，有蛟螭盤屈狀。其上天窗寶蓋，不可形模。地勢漸高，道人爲橋爲堂爲殿，皆因其次第。一穴可容百人，嘗陰陰若雲氣，滃然而興，則斯須雨降，巖以是得名，遂爲禱祀之所。有疊石室甚隘，相傳初有異物，以黄泥封之，與道人爲界。」按：雲巖在今鉛山葛仙山鄉陳家塢村，與硤石道很近。故稼軒此二詞，當與硤石二詞同時所作。

②白雲只在簷頭宿，陶潛《擬古九首》詩：「青松夾路生，白雲宿簷端。」李白《尋陽紫極宫感秋作》詩：「白雲南山來，就我簷下宿。」洪芻《再次洪上人雲巢韻》詩：「要須青山頂上行，去伴白雲簷下宿。」按：蘇軾有《和李太白》詩，其叙中引李白《尋陽紫極宫感秋》詩，其中即有上引二句。而《稼軒詞編年箋注》乃以所引詩句爲蘇軾所作，實誤。

③「唬鳥」句，黄公度《正月晦日寄宋永兄》詩：「寒東幽花如有待，風延啼鳥苦相催。」

④噤嘐，或作噤滲，寒戰也。蘇舜欽《頂破二山》詩：「夜堂人噤滲，陰壁風颼飅。」

⑤小有天，杜甫《秦州雜詩二十首》：「萬古仇池穴，潛通小有天。」《補注杜詩》卷二〇引《茅君傳》：「大天之内有元中洞三十六所，第一王屋山之洞，周回萬里，名曰小有清虚之天。」

行香子　雲巖道中①

雲岫如簪，野漲挼藍②。向春闌緑醒紅酣。青裙縞袂，兩兩三三③。把麯生禪，玉版局〔一〕，一時參④。

拄杖彎環，過眼嵌巖。岸輕烏白髮鬖鬖⑤。他年來種，萬桂千杉。聽小綿蠻，新格磔，舊呢喃⑥。

【校】

〔一〕「局」，四卷本丙集作「句」，此從廣信書院本。

【箋注】

①題，右雲巖道中詞，當與題雲巖之《菩薩蠻》同時所作。陳文蔚《克齋集》卷一七《巖叟用前韻相留踐雲巖之約和韻以謝》詩：「屢陪軒騎過横溪，每想雲巖望眼西。酬約再尋山下路，賦詩留與石間題。」其首句下有注：「横溪，往雲巖路。」按：右横溪，即流經陳家寨西横溪之水，與焦水合流北入於鉛山河。横溪路，自横溪至嵩山雲巖，即雲巖道。

②野漲挼藍，白居易《春池上戲贈李郎中》詩：「滿池春水何人愛，唯我迴看指似君。直似挼藍新汁色，與君南宅染羅裙。」野漲，春之漲水。

③「青裙」二句，青裙縞袂，見本書卷九《鷓鴣天·春日即事題毛村酒壚》詞（春入平原薺菜花闋）箋注。兩兩三三，柳永《夜半樂》詞：「岸邊兩兩三三，浣紗遊女。」

④「把麯」三句，麯生，見本書卷九《菩薩蠻·送曹君之莊所》詞（人間歲月堂堂去闋）箋注。玉版局，釋惠洪《冷齋夜話》卷七《東坡戲作偈語》條：「東坡自海南至虔上，以水涸不可舟，逗留月餘。……又嘗要劉器之，同參玉版和尚。器之每倦山行，聞見玉版，欣然從之。至廉泉寺，燒笋而食，器之覺笋味勝，問此笋何名，東坡曰：『即玉版也。此老師善説法，要能令人得禪悦之味。』於是器之乃悟其戲，爲大笑。東坡亦悦，作偈曰：『叢林真百丈，嗣法有横枝。不怕石頭路，來參玉版師。聊憑柏樹子，與問籜龍兒。瓦礫猶能説，此君那不知。』」《歷代詩餘》卷一一五引《古今詞話》：「子瞻有二韻事，見於《行香子》。秦、黄、張、晁爲蘇門四學士，每來必命取密雲龍供茶，家人以此記之。廖明略晚登東坡之門，公大奇之。一日，又命取密雲龍，家人謂是四學士，窺之，則廖明略也。坡爲賦《行香子》一闋。又嘗約劉器之參玉版和尚，至廉泉寺，燒笋而食，劉問之，東坡指笋曰：『此玉版僧最善説法，使人得禪悦味。』遂有『麯生禪，玉版局，一時參』之句，亦《行香子》也。」按：稼軒此三句只言酒與笋，其詞調雖亦《行香子》，然非東坡所作。《古今詞話》以爲東坡詞，誤也。

⑤「拄杖」三句，彎環，王令《寄孫莘老》詩：「溪流渺彎環，山勢屹抱臨。」張耒《夏日七首》詩：「野水彎環夏木森，清蟬晚噪碧雲深。」嵌巖，《李太白集》卷一《明堂賦》：「寥惚恍以洞啓，呼嵌巖而傍分。」王琦注：「《韻會》：『嵌巖，山險貌。』」岸輕烏，王安石《次吴氏女子韻二首》詩：「孫陵西曲岸烏紗，知汝淒涼正憶家。」釋道潛《次韻周開祖大夫泛湖見訪》詩：「高岸烏紗來静院，倒揮白羽傍層欄。」岸，上推。上推紗帽則可見鬖鬖白髮。

⑥「聽小」三句，綿蠻，《詩・小雅・緜蠻》：「緜蠻黄鳥，止於丘阿。」格磔，《埤雅》卷七《鷓鴣》：「《本草》曰：『鷓鴣形似母雞，鳴云鉤輈格磔。』」呢喃，燕子語。

水調歌頭

即席和金華杜仲高韻，並壽諸友，惟釂乃佳耳①

萬事一杯酒，長歎復長歌。杜陵有客，剛賦「雲外築婆娑」②。須信功名兒輩，誰識年來心事？古井不生波③。種種看余髮，積雪就中多④。　二三子，問丹桂，倩素娥⑤。平生螢雪，男兒無奈五車何⑥。看取長安得意，莫恨春風看盡，花柳自蹉跎⑦。今夕且歡笑，明月鏡新磨。

【箋注】

①題，杜仲高曾於淳熙十五年冬來上饒訪稼軒，稼軒爲作《賀新郎》詞。已見本書《賀新郎·用前韻贈金華杜仲高》詞（細把君詩説闋）箋注。慶元六年春，杜叔高來訪稼軒，本書卷二有《同杜叔高祝集觀天保庵瀑布主人留飲兩日且約牡丹之飲》詩，題下自注「庚申歲二月二十八日也」，可以爲證。而杜仲高或亦一同來訪，雖無明確記載，然據廣信書院本次第，右詞即稼軒寓居期思時期之作無疑。因編置於此次和叔高諸詞之前。釂，音醮，盡爵也。

②「杜陵」二句，杜陵客指仲高，切杜姓也。雲外築婆娑，或係杜仲高原句。疑指山上之建築，如停雲堂等。剛，才。

③「誰識」二句，蘇軾《臂痛謁告作三絶句示四君子》詩：「心有何求遣病安，年來古井不生瀾。」《出都來陳所乘船上有題小詩八首不知何人作有感余心者聊爲和之》詩：「年來煩惱盡，古井無由波。」孟郊《列女操》：「波瀾誓不起，妾心井中水。」

④「種種」二句，種種，見本書卷七《水調歌頭·淳熙丁酉自江陵移帥隆興到官之三月被召》詞（我飲不須勸闋）箋注。就中，此中，言白髮。

⑤「二三」三句，二三子，《禮記·檀弓》上：「孔子與門人立，拱而尚右，二三子亦皆尚右。」問丹桂，宋人以登科爲折桂。據《新唐書》卷四五《選舉志》，唐代以五月頒格於州縣，應格選人十月會於省。則州縣選舉亦必在八月舉行，正桂子飄香時節也。故《紺珠集》卷一二《摭遺》載：

「諫議大夫致仕竇禹鈞有子五人：儀、儼、侃、偁、僖，俱以進士及第，俱歷顯仕，俱著清望。儀、儼尤擅文名於時。馮道贈詩云：『燕山竇十郎，教子有義方。靈椿一株老，丹桂五枝芳。』故號曰竇氏五龍。」至宋，則鄉試在八月，而禮部試則在明年一月矣。素娥，嫦娥也。以月中有桂，故倩嫦娥作答。

⑥「平生」二句，螢雪，《晉書》卷八三《車胤傳》：「家貧，不常得油。夏月則練囊盛數十螢火以照書，以夜繼日焉。」《南史》卷五七《孫伯翳傳》：「孫伯翳，太原人。……父康，起部郎。貧，常映雪讀書，清介，交游不雜。」五車，杜甫《柏學士茅屋》詩：「富貴必從勤苦得，男兒須讀五車書。」餘參本書卷七《水調歌頭·和趙景明知縣韻》詞(官事未易了閱)箋注。

⑦「看取」三句，《唐詩紀事》卷三五《孟郊》條：「郊下第詩曰：『棄置復棄置，情如刀劍傷。』又再下第詩曰：『兩度長安陌，空將淚見花。』而後及第，有詩曰：『昔日齷齪不足誇，今朝放蕩思無涯。青春得意馬蹄疾，一日看盡長安花。』一日之間，花即看盡，何其速也？果不達。」按：明年即秋試之年，故此三句勸仲高應試。

浣溪沙

偕杜叔高、吴子似宿山寺，戲作(一)①

花向今朝粉面匀，柳因何事翠眉顰②？東風吹雨細於塵③。自笑好山如好色，只今懷樹更懷人④。閑愁閑恨一番新。

【校】

〔一〕題，四卷本丙集「杜」、「吴」二字俱闕，此從廣信書院本。

【箋注】

①題，杜叔高名斿，杜氏五兄弟之三也。〔光緒〕《蘭溪縣志》卷五：「杜汝霖字仁翁，紫溪鄉人，從安定胡瑗學，善古文，甚爲李公擇所稱。孫陵克傳家學，有子五：……叔高名斿，嘗問道於朱子、辛棄疾諸人。朱子時遺書啓迪之。博學而困於知遇，故陸游贈詩有云『文章一字無人識，胸次徒勞萬卷蟠』語。端平初，以布衣召入館閣校勘，年已八十有奇。陳亮嘗稱其詩：『如干戈森立，有吞虎食牛之氣，而左右發春妍以輝映。』又云：『仲高之詞，叔高之詩，皆入能品，非獨一門之盛，亦可謂一代之豪矣。』」《南宋館閣續録》卷九《秘閣校勘·紹定以後》：「杜斿字叔高，婺州人。六年十一月，以布衣特補迪功郎差充。端平元年七月，與在外合入差遣。」稼軒詩《同杜叔高祝集觀天保庵瀑布主人留飲兩日且約牡丹之飲》，題下自注：「庚申歲二月二十八日也。」庚申即慶元六年，可知本年二月，杜叔高來訪，右詞即其來訪同遊時所賦。

②「花向」二句，粉面勻，郭印《和榮安中道中見梅》詩：「春來無奈客愁新，一破衰顔粉面勻。」翠眉顰，羅隱《秋齋後》詩：「浮碧山光冷，月明露點勻。渚蓮丹臉恨，堤柳翠眉顰。」花向，向，偏愛也。

③「東風」句，劉長卿《硤石遇雨宴前主簿從兄子英宅》詩：「硤石雲漠漠，東風吹雨來。」姚合《寄李羣玉》詩：「石脂稀勝乳，玉粉細於塵。」

④「自笑」二句，好山如好色，《論語·子罕》：「子曰：『吾未見好德如好色者也。』」蘇軾《自徑山回得呂察推詩用其韻招之宿湖上》詩：「多君貴公子，愛山如愛色。」懷樹更懷人，《南史》卷一《宋高祖紀》：「永初元年夏六月丁卯，皇帝即位於南郊。……封晉帝爲零陵王。……詔曰：『夫微禹之感，歎深後昆。愛人懷樹，猶或勿翦。雖在異代，義無廢絶。』」《文選》卷三六傅亮《爲宋公修楚元王墓教》：「夫愛人懷樹，甘棠且猶勿翦。」李善注引《風俗通》：「召公出爲二伯，止甘棠樹之下，聽訟决獄，後人思其德美，愛其樹而不敢伐也。」按：此所謂更懷人，疑杜仲高也。仲高蓋因事早歸。

又

歌串如珠箇箇勻①，被花勾引笑和顰。向來驚動畫梁塵②。莫倚笙歌多樂事，相看紅紫又抛人③。舊巢還有燕泥新④。

【箋注】

①「歌串」句，白居易《寄明州于駙馬使君三絶句》詩：「何郎小妓歌喉好，嚴老呼爲一串珠。」自注：「嚴尚書與于駙馬詩云：『莫損歌喉一串珠。』」

②「向來」句，《太平御覽》卷五七二引劉向《別録》：「漢興已來，善歌者魯人虞公，發聲清哀，響動梁塵。受學者莫能及也。」于仲文《侍宴東宫應令》詩：「絃調寶瑟曲，歌動畫梁塵。」向來，適來，又來。

③抛人，李商隱《景陽宫井雙桐》詩：「今日繁紅櫻，抛人占長簟。」《李義山詩集注》卷二下注：「今惟見紅櫻之繁，任人攤簟其下焉。」晏殊《玉樓春》詞：「緑楊芳草長亭路，年少抛人容易去。」

④燕泥新，裴度《夏日對雨》詩：「簷疏蛛網重，池濕燕泥新。」

又

父老争言雨水匀，眉頭不似去年顰。殷勤謝却甑中塵①。　啼鳥有時能勸客，小桃無賴已撩人。梨花也作白頭新②。

【箋注】

①「殷勤」句，《後漢書》卷一一一《獨行・范冉傳》：「范冉字史雲，陳留外黄人也。少爲縣小吏。……桓帝時，以冉爲萊蕪長，遭母憂，不到官。……遭黨人禁錮，遂推鹿車，載妻子，捃拾自資。……結草室而居焉，所止單陋，有時絶粒。窮居自若，言貌無改。閭里歌之，曰：『甑中生塵范史雲，釜中生魚范萊蕪。』」

②白頭新，《漢書》卷五一《鄒陽傳》：「語曰：『有白頭如新，傾蓋如故。』」黄庭堅《次韻奉答文少激推官紀贈二首》詩：「今日相看清眼舊，他年肯作白頭新。」

錦帳春

席上和杜叔高韻〔一〕

春色難留，酒杯常淺。更舊恨新愁相間〔二〕。五更風，千里夢〔三〕，看飛紅幾片，這般庭院①。　幾許風流，幾般嬌嬾。問相見何如不見②？燕飛忙，鶯語亂，恨重簾不捲，翠屏平遠。

【校】

〔一〕題，廣信書院本「韻」字闕，此據四卷本丙集補。王詔校刊本、《六十名家詞》本作「杜叔高席上」。

〔二〕「更」，四卷本、《花草粹編》卷一二作「把」。

〔三〕「千」，廣信書院本作「十」，此據四卷本改。

【箋注】

①「五更」四句，五更風，王建《宮詞一百首》詩：「樹頭樹底覓殘紅，一片西飛一片東。自是桃花貪結子，錯教人恨五更風。」千里夢，元稹《雪天》詩：「故鄉千里夢，往事萬重悲。」

②「問相」句，司馬光《西江月》詞：「相見争如不見，有情還似無情。笙歌散後酒微醒，深院月明人静。」此恨別語也。

婆羅門引

別杜叔高。叔高長於楚辭〔一〕①

落花時節，杜鵑聲裏送君歸。未消文字湘纍②，只怕蛟龍雲雨，後會渺難期③。更何人念我，老大傷悲④？已而已而⑤。算此意，只君知。記取岐亭買酒，雲洞題詩⑥。争如不見，纔相見便有別離時⑦。千里月兩地相思。

【校】

〔一〕題，四卷本丙集「杜」字闕，此從廣信書院本。

【箋注】

①題，右送杜叔高歸金華詞，據首句，知爲慶元六年三月事。以下各送別詞及相關諸作，均爲此一時期所賦。

②「未消」句，湘纍，見本書卷九《蝶戀花·月下醉書雨巖石浪》詞（九畹芳菲蘭佩好闋）箋注。杜叔高長於《楚辭》，故謂未受《楚辭》文字之累。

③「只怕」二句，蛟龍雲雨，《三國志·吳書》卷九《周瑜傳》：「劉備以左將軍領荆州牧，治公安。備詣京見權，瑜上疏曰：『劉備以梟雄之姿，而有關羽、張飛熊虎之將，必非久屈爲人用者。愚謂大計宜徙備置吳，盛爲築宫室，多其美女玩好，以娛其耳目。……今猥割土地以資業之，聚此三人，俱在疆場，恐蛟龍得雲雨，終非池中物也。』」後會渺難期，徐鉉《又題白鷺洲江鷗送陳君》詩：「天涯後會渺難期，從此又應添白髭。」

④老大傷悲，古詩《長歌行》：「少壯不努力，老大徒傷悲。」

⑤已而已而，《論語·微子》：「楚狂接輿，歌而過孔子，曰：『鳳兮鳳兮，何德之衰？往者不可諫，來者猶可追。已而已而，今之從政者殆而。』」

⑥「記取」二句，岐亭，信上地名無考。按：此岐亭應在鉛山或上饒，非他地如黄州之岐亭。蘇軾《岐亭五首》詩：「三年黄州城，飲酒但飲濕。我如更揀擇，一醉豈易得。……定應好事人，千石供李白。」雲洞，在上饒西三十里，見本書卷八《水調歌頭·九日遊雲洞和韓南澗尚書韻》詞（今日復何日闋）箋注。

⑦「争如」二句，見前《錦帳春·席上和杜叔高韻》詞（春色難留闋）箋注。

又

用韻别郭逢道①

緑陰啼鳥，《陽關》未徹早催歸。歌珠悽斷纍纍②，回首海山何處，千里共襟期③。歎高山流水，絃斷堪悲④。　中心悵而。似風雨，落花知⑤。更擬停雲君去，細和陶詩⑥。見君何日，待瓊林宴罷醉歸時。人争看寶馬來思⑦。

【箋注】

①題，郭逢道，本書卷二有《和郭逢道韻七絶》二首，其第二首「細思丹桂是天香」句，亦勸其應試。其字籍事歷皆無考，或即從杜叔高同來訪者。

②「歌珠」句，《尚書・樂記》：「故歌者上如抗，下如隊，曲如折，止如槀木。倨中矩，句中鉤，纍纍乎端如貫珠。」元稹《長慶集》卷二七有《善歌如貫珠賦》。

③「回首」二句，海山何處，見本書卷一一《臨江仙・和信守王道夫韻謝其爲壽時僕作閩憲》詞（記取年年爲壽客闋）箋注。共襟期，杜甫《醉時歌》：「日糴太倉五升米，時赴鄭老同襟期。」

④「歎高」二句，高山流水，《列子・湯問》：「伯牙善鼓琴，鍾子期善聽。伯牙鼓琴，志在登高山，鍾子期曰：『善哉，峩峩兮若泰山。』志在流水，鍾子期曰：『善哉，洋洋兮若江河。』伯牙所念，鍾子期必得之。伯牙游於泰山之陰，卒逢暴雨，止於巖下，心悲，乃援琴而鼓之。初爲霖雨之操，更造崩山之音，曲每奏，鍾子期輒窮其趣。伯牙乃舍琴而歎曰：『善哉善哉，子之聽夫志！想象猶吾心也，吾於何逃聲哉？』」絃斷，見本書卷六《新荷葉・再和前韻》詞（春色如愁闋）箋注。

⑤「中心」三句，中心悵而，陶潛《榮木》詩：「人生若寄，顦顇有時。靜言孔念，中心悵而。」風雨落花知，孟浩然《春曉》詩：「夜來風雨聲，花落知多少。」

⑥細和陶詩，黄庭堅《跋子瞻和陶詩》：「子瞻謫嶺南，時宰欲殺之。飽喫惠州飯，細和淵明詩。」

⑦「待瓊」二句，瓊林宴罷醉歸時，王世禎《分甘餘話》卷二：「今新進士賜燕謂之瓊林宴。瓊林，宋京城四御苑之一。《石林燕語》：『瓊林苑，……進士聞喜燕亦在焉。』……猶唐之題名雁塔也。」《東京夢華録》卷七《駕幸瓊林苑》：「瓊林苑在順天門大街，面北，與金明池相對。」寶馬來思，據《錢塘遺事》卷一〇《置狀元局》條，南宋賜聞喜宴於貢院，宴畢退，進士皆簪花乘馬而歸。故有寶馬云云。《詩・小雅・采薇》：「今我來思，雨雪霏霏。」

又

用韻答傅先之。時傅先之宰龍泉歸〔一〕①

龍泉佳處，種花滿縣却東歸②。腰間玉若金纍。須信功名富貴，長與少年期③。悵高山流水，古調今悲④。　卧龍暫而。算天上，有人知。最好五十學《易》⑤，三百篇《詩》。男兒事業看一日，須有致君時。端的了休更尋思〔二〕⑥。

【校】

〔一〕題，四卷本丁集作「用韻答先之」，此從廣信書院本。

〔二〕「更」，廣信書院本原作「便」，此據四卷本改。

【箋注】

①題，傅先之，〔同治〕《鉛山縣志》卷一二《選舉》：「淳熙八年辛丑黄由榜，傅兆，字先之，城北人，湖州通判。」〔乾隆〕《龍泉縣志》卷七《知縣》：「慶元年，傅兆、史宗之。」卷八《政績》：「傅兆，上饒人，慶元初知縣。爲民備荒，出所得俸錢六十萬有奇，會歲豐穀賤，盡以博糴，爲米三百餘斛，置倉別貯。俟農事方殷，舊穀將没，則如其價以出之，至秋復斂，名其倉曰勸儲，擇邑之有行誼者司之。歲率爲常，民懷其惠。」此龍泉爲處州龍泉縣。按：據詞題及首句，傅兆自龍泉歸鉛山，當在賦此詞之前不久。慶元共六年，如其慶元二年知龍泉縣，任滿亦應在慶元四年。右詞既爲次送別杜叔高者，最早亦必在慶元六年春末。因知《縣志》所謂慶元初知縣，或爲再任，傅兆知龍泉縣當至慶元五年也。

②「種花」句，見本書卷七《水調歌頭·和趙景明知縣韻》詞（官事未易了闋）箋注。

③「腰間」三句，腰間玉，謂玉具劍，蘇軾《武昌銅劍歌》：「君不見淩煙功臣長九尺，腰間玉具高拄頤。」金纍，謂金印，見本書卷一〇《瑞鶴仙·壽上饒倅洪莘之時攝郡事且將赴漕舉》詞（黄金堆到斗闋）箋注。長與少年期，《北齊書》卷三《文襄帝紀》：「三年，入輔朝政，加領軍左右京畿大都督。時人雖聞器識，猶以少年期之。」

④「悵高」二句，見前闋箋注。

⑤「最好」句，《論語·述而》：「子曰：『加我數年，五十以學《易》，可以無大過矣。』」

⑥「男兒」三句，男兒事業，杜牧《醉贈薛道封》詩：「男兒事業知公有，賣與明君直幾錢。」貫休《送盧舍人三首》詩：「一曰勸君不用登峴首山，讀羊祜碑，男兒事業須自奇。」致君時，見本書卷六《水調歌頭》詞（落日古城角闋）箋注。端的了，了，明白。

又

用韻答趙晉臣敷文①

不堪鶗鴂，早教百草放春歸②。江頭愁殺吾纍。却覺君侯雅句，千載共心期③。便留春甚樂，樂了須悲。瓊而素而。被花惱④，只鶯知。正要千鍾角酒，五字裁詩⑤。江東日暮，道繡斧人去未多時⑥。還又要玉殿論思⑦。

【箋注】

①題，右詞亦慶元六年晚春所作。

②「不堪」二句，不堪鶗鴂、百草，見本書卷六《新荷葉·再和前韻》詞（春色如愁闋）箋注。放春歸，李光《留春》詩：「秉燭更期尋勝侶，不教容易放春歸。」

③「江頭」三句，吾纍，不以罪死曰纍，此作吾輩解。共心期，梁武帝《詠笛》詩：「可謂寫自歡，方

與心期共。」朱熹《詠巖桂二首》詩：「攀援香滿袖，歎息共心期。」

④「瓊而」二句，瓊而素而，《詩·齊風·著》：「俟我於著乎而，充耳以素乎而，尚之以瓊華乎而。」據毛詩《疏》，知此三句乃寫士人迎親，妻見夫之衣飾。素即玉，充耳之物。瓊華即美石，服飾也。被花惱，見本卷《念奴嬌·余既爲傅巖叟兩梅賦詞》（是誰調護闋）箋注。

⑤「正要」二句，千鍾角酒，《孔叢子·儒服》：「平原君與子高飲，强子高酒，曰：『昔有遺諺：堯舜千鍾，孔子百觚，子路嗑嗑，尚飲十榼。』古之聖賢無不能飲也，吾子何辭焉？」裁詩，杜甫《江亭》詩：「故林歸未得，排悶强裁詩。」

⑥「江東」二句，江東日暮，杜甫《春日憶李白》詩：「渭北春天樹，江東日暮雲。」繡斧人去，謂趙不迂任諸路提刑尚在不久之前。繡斧，見本書卷七《水調歌頭·淳熙己亥自湖北漕移湖南周總領王漕趙守置酒南樓席上留別》詞（折盡武昌柳闋）箋注。宋代提刑持節，即漢代繡衣使者持斧之遺制。查《容齋四筆》卷二《志文不可冗》條：「東坡爲張文定公作墓志銘，有答其子厚之一書。……坡帖藏梁氏竹齋，趙晉臣鐫石於湖南憲司楚觀。」《克齋集》卷一四《送趙進臣持閩憲節》詩：「湘江之水碧悠悠，使君昔日曾徘徊。於今八州復延頸，洗冤澤物須公來。」而福州鼓山有趙不迂題詩一首，落款：「古汴趙晉臣將男鄭、孫濤、漶，拉徐錫之、江會之來遊，賦以是詩，慶元三禩中伏休務日。」知慶元三年趙不迂正在福建提刑任上。

⑦玉殿論思，蘇軾《次韻蔣穎叔》詩：「豈敢便爲雞黍約，玉堂金殿要論思。」

上西平 送杜叔高

恨如新，新恨了，又重新。看天上多少浮雲。江南好景，落花時節又逢君①。夜來風雨，春歸似欲留人。　尊如海，人如玉，詩如錦，筆如神。更能幾字盡殷勤〔一〕②。江天日暮，何時重與細論文③。緑楊陰裏，聽《陽關》門掩黄昏。

【校】

〔一〕「更」，廣信書院本及王詔校刊本、四印齋本闕，此據《六十名家詞》本補。

【箋注】

①「江南」二句，杜甫《江南逢李龜年》詩：「正是江南好風景，落花時節又逢君。」

②盡殷勤，陶潛《與殷晉安别》詩：「遊好非久長，一遇盡殷勤。信宿酬清話，益復知爲親。」

③「江天」二句，杜甫《春日憶李白》詩：「渭北春天樹，江東日暮雲。何時一尊酒，重與細論文。」

浣溪沙

别杜叔高

這裏裁詩話别離，那邊應是望歸期。人言心急馬行遲①。　去雁無憑傳錦字，春泥抵死污人衣。海棠過了有荼蘼②。

【箋注】

①馬行遲，李嘉祐《與從弟正字從兄兵曹宴集林園》詩：「去路歸程仍待月，垂韁不控馬行遲。」

②「海棠」句，張耒《東園》詩：「一時桃李事已畢，猶有荼蘼數朵在。」洪适《鷓鴣天·席上賞牡丹用景裴韻》詞：「海棠過後荼蘼發，堪歎人間不再生。」

玉蝴蝶

追别杜仲高〔一〕①

古道行人來去，香紅滿樹〔二〕，風雨殘花②。望斷青山，高處都被雲遮。客重來風流觴詠，春已去光景桑麻③。苦無多，一條垂柳，兩箇啼鴉。　人家。疏疏翠竹，陰陰綠樹，淺淺寒沙。醉兀籃輿，夜來豪飲太狂些④。到如今都齊醒却⑤，只依舊無奈愁何。試聽呵，寒食近也，且住爲佳⑥。

【校】

〔一〕題，四卷本丙集「仲」作「叔」，此從廣信書院本。

〔二〕「紅滿」，《六十名家詞》本作「滿紅」。

【箋注】

①題，杜仲高，右詞四卷本丙集作杜叔高。《朱文公文集》卷六〇《與杜叔高書》：「辛丈相會，想極款曲。今日如此人物豈易可得？」然不知叔高何時來上饒晤會稼軒。而杜仲高則於淳熙十五年底來上饒相訪，稼軒以和陳亮之《賀新郎》詞贈之。右詞有「客重來」一語，應是杜仲高於慶元六年再次來訪也。且此次來訪，殆同杜叔高偕來，故仍以廣信書院本爲準，回改爲杜仲高。終以廣信書院本爲甚可信也。

②「古道」三句，古道行人，劉禹錫《荆門道懷古》詩：「馬嘶古道行人歇，麥秀空城野雉飛。」香紅滿樹，顧況《春懷》詩：「園鶯啼已倦，樹樹隕香紅。」《能改齋漫録》卷一六《御詞》條：「徽宗天

才甚高，於詩文外，尤工長短句。嘗爲《探春令》云：『簾旌微動，峭寒天氣，龍池冰泮。杏花笑吐香紅淺，又還是，春將半。』」風雨殘花，張孝祥《菩薩蠻·回文》詞：「晚花殘雨風簾捲，捲簾風雨殘花晚。」

③「春已」句，光景桑麻，王安石《出郊》詩：「風日有情無處著，初回光景到桑麻。」

④「醉兀」二句，醉兀籃輿，蘇軾《自雷適廉宿於興廉村淨行院》詩：「晨登一葉舟，醉兀十里溪。」《通雅》卷三五：「筍輿，編輿也。晉以來謂之籃輿。或曰擔子，猶兜子也。」太狂些，太有些張狂。

⑤都齊醒却，完全酒醒。

⑥「寒食」二句，見本書《霜天曉角·旅興》詞（吴頭楚尾闋）箋注。

又

杜仲高書來戒酒，用韻〔一〕①

貴賤偶然渾似，隨風簾幌〔二〕，籬落飛花②。空使兒曹，馬上羞面頻遮③。向空江誰捐玉珮，寄離恨應折疏麻④。暮雲多，佳人何處，數盡歸鴉⑤。　儂家。生涯蠟屐，功名破甑，交友摶沙⑥。往日曾論，淵明似勝卧龍些。算從來人生行樂〔三〕，休更說日飲亡何〔四〕⑦。快斟呵，裁詩未穩，得酒良佳。

【校】

〔一〕題，四卷本丙集「仲」作「叔」，此從廣信書院本。

〔二〕「幌」，廣信書院本作「幕」，此從四卷本改。

〔三〕「算」，四卷本作「記」。

〔四〕「更説」，四卷本作「更問」，《六十名家詞》本作「便説」。

【箋注】

①題，杜仲高別去之後有書來，以止酒爲勸。故再賦此詞。

②「貴賤」三句，《南史》卷五七《范縝傳》：「嘗侍子良，子良精信釋教，而縝盛稱無佛。子良問曰：『君不信因果，何得富貴貧賤？』縝答曰：『人生如樹花同發，隨風而墮。自有拂簾幌墜於茵席之上，自有關籬牆落於糞溷之中。墜茵席者，殿下是也。落糞溷者，下官是也。貴賤雖復殊途，因果竟在何處？』子良不能屈。」

③羞面頻遮，《南齊書》卷三六《劉祥傳》：「劉祥字顯徵，東莞莒人也。……祥少好文學，性韻剛

疏，輕言肆行，不避高下。司徒褚淵入朝，以腰扇鄣日，祥從側過，曰：『作如此舉止，羞面見人，扇鄣何益？』淵曰：『寒士不遜。』祥曰：『不能殺袁劉，安得免寒士。』」

④「向空」二句，捐玉珮，《楚辭・九歌・湘君》：「捐余玦兮江中，遺余佩兮醴浦。」參見本書卷八《賀新郎・賦水仙》詞（雲卧衣裳冷闋）箋注。折疏麻，《九歌・大司命》：「折疏麻兮瑶華，將以遺兮離居。」

⑤「暮雲」三句，暮雲、佳人，見本書卷一二《蘭陵王・賦一丘一壑》詞（一丘壑闋）箋注。數盡歸鴉，蘇轍《南齋獨坐》詩：「往還真斷絶，一一數歸鴉。」李新《徐安叟郊居》詩：「衰草綴珠看曉露，暮天飛墨數歸鴉。」

⑥儂家，生涯蠟屐，見本書卷七《滿江紅・江行簡楊濟翁周顯先》詞（過眼溪山闋）箋注。功名破甑，《後漢書》卷九八《孟敏傳》：「孟敏字叔達，鉅鹿楊氏人也。客居太原，荷甑墮地，不顧而去。林宗見而問其意，對曰：『甑已破矣，視之何益？』林宗以此異之。」蘇軾《與周長官李秀才遊徑山二君先以詩見寄次其韻二首》詩：「功名一破甑，棄置何用顧。」交友摶沙，見本書卷一二《臨江仙・諸葛元亮席上見和再用韻》詞（夜雨南堂新瓦響闋）箋注。

⑦日飲亡何，見本書卷九《減字木蘭花・宿僧房有作》詞（僧窗夜雨闋）箋注。

武陵春〔一〕①

桃李風前多嫵媚，楊柳更温柔②。喚取笙歌爛漫遊，且莫管閑愁。　好趁晴時連夜賞〔二〕，雨便一春休。草草杯盤不要收，纔曉又扶頭〔三〕③。

【校】

〔一〕題，王詔校刊本、《六十名家詞》本、四印齋本作「春興」，此從廣信書院本無題。

〔二〕「晴時」，四卷本丙集作「春晴」。

〔三〕「曉又」，四卷本作「曉便」，王詔校刊本、《六十名家詞》本、四印齋本作「晚又」。

【箋注】

①題，右詞無題，然所述季節皆春末景象，後一首「心急馬行遲」且與《浣溪沙·别杜叔高》詞中「這裏裁詩話别離，那邊應是望歸期。人言心急馬行遲」語合，因知爲同時所作。故均次於此。

②「桃李」二句，桃李風前，鄒浩《次韻答端夫約春遊》詩：「分如松柏老相看，桃李風前共歲寒。」

楊柳温柔，本書卷一二《添字浣溪沙・用前韻謝傅巖叟饋名花鮮蕈》詞：「楊柳温柔是故鄉，紛紛蜂蝶去年場。」

③「草草」二句，草草杯盤，彭汝礪《寄廣漢》詩：「草草杯盤渾自足，笑談只欠布袍翁。」王安石《示長安君》詩：「草草杯盤供笑語，昏昏燈火話平生。」扶頭，見本書卷一一《西江月・三山作》詞（貪數明朝重九闋）箋注。

又

走去走來三百里，五日以爲期。六日歸時已是疑，應是望多時①。　鞭箇馬兒歸去也，心急馬行遲。不免相煩喜鵲兒，先報那人知②。

【箋注】

①「走去」四句，上饒至婺州爲三百五十里，此謂之三百里，應即二杜之歸程也。《詩・小雅・采緑》：「五日爲期，六日不詹。」詹，至也。

②「不免」二句，《容齋續筆》卷三《烏鵲鳴》條：「白樂天在江州，答元郎中楊員外喜烏見寄，曰：

『南宮鴛鴦地，何忽烏來止。故人錦帳郎，聞烏笑相視。疑烏報消息，望我歸鄉里。我歸應待烏頭白，慚愧元郎誤歡喜。』然則鵲言固不善，而烏亦能報喜也。」那人，指閨中人。

感皇恩

讀《莊子》，聞朱晦庵即世〔一〕①

案上數編書，非《莊》即《老》。會説忘言始知道②。萬言千句，不自能忘堪笑〔二〕。今朝梅雨霽〔三〕③，青天好〔四〕。　一壑一丘，輕衫短帽④。白髮多時故人少。子雲何在，應有《玄經》遺草⑤。江河流日夜，何時了⑥？

【校】

〔一〕題，四卷本丙集作「讀莊子有所思」，此從廣信書院本。按：必丙集刊刻之時，黨禁未解，故避晦庵即世事。至稼軒重編全集時始復其原題。

〔二〕「不自」，四卷本作「自不」。

〔三〕「今朝」，四卷本作「朝來」。

〔四〕「天」，四卷本作「青」。

【箋注】

①題，朱晦庵即世，《朱子年譜》卷四下：「慶元六年庚申，七十一歲，三月甲子先生卒。冬十一月壬申，葬於建陽縣唐石里之大林谷。」《宋史》稼軒本傳云：「熹殁，僞學禁方嚴，門生故舊，至無送葬者，棄疾爲文往哭之。」按：甲子爲三月九日，右詞有「今朝梅雨霽」語，蓋稼軒得知朱熹去世，已至四、五月梅雨季節矣。

②「會説」句，《莊子·外物》：「言者所以在意，得意而忘言。吾安得夫忘言之人，而與之言哉？」《列禦寇》：「莊子曰：『知道易，勿言難。知而不言，所以之天也。知而言之，所以之人也。』」

③「今朝」句，《歲時廣記》卷二《送梅雨》條：「《埤雅》：『今江湘二浙，四、五月間梅欲黄落，則水潤土溽，柱礎皆汗，蒸鬱成雨，謂之梅雨。自江以南，三月雨謂之迎梅，五月雨謂之送梅。』」

④輕衫短帽，周邦彦《南鄉子》詞：「誰信歸來須及早？長亭，短帽輕衫走馬迎。」

⑤「子雲」二句，《漢書》卷八七下《揚雄傳》：「實好古而樂道，其意欲求文章成名於後世。以爲經莫大於《易》，故作《太玄》，傳莫大於《論語》，作《法言》。」按：揚子雲《太玄》經及《法言》皆完成於生前，求遺書於身後者，乃司馬相如，非揚雄也。然相如爲文學家，故仍以子雲比擬。

⑥「江河」二句，謝朓《暫使下都夜發新林至京邑贈西府同僚》詩：「大江流日夜，客心悲未央。」杜甫《戲爲六絶句》詩：「爾曹身與名俱滅，不廢江河萬古流。」何時了，謂江河日夜流，何嘗有停

止之時，喻朱熹之學術必將萬古不朽。

南鄉子

送趙國宜赴高安户曹。趙乃茂嘉之子。茂嘉嘗爲高安幕官，題詩甚多〔一〕①

日日老萊衣，更解風流蠟鳳嬉②。膝上放教文度去，須知，要使人看玉樹枝③。剩記乃翁詩，緑水紅蓮覓舊題④。歸騎春衫花滿路，相期，來歲流觴曲水時。

【校】

〔一〕題，四卷本丁集作「送筠州趙司户。茂中之子。茂中嘗爲筠州幕官，題詩甚多」。此從廣信書院本。《六十名家詞》本作「送趙國宜赴高安户曹」。

【箋注】

①題，趙國宜，名善郜，〔同治〕《鉛山縣志》卷一二《選舉》：「寶慶二年丙戌，王曾龍榜，趙善郜字國宜，叢桂坊人，宣教郎崇安知縣，祀羣賢堂，有傳。」同書卷一五《名臣》：「趙善郜，寶慶二年

以宣教郎知崇安縣事。政尚嚴明，人號趙鐵面。紹定間汀州寇亂，邑當孔道，供億軍需，不擾而辦，民甚德之，祀羣賢堂。」高安，筠州郡名。《輿地紀勝》卷二七《江南西路》：「瑞州，高安郡，紹興十三年賜郡名高安。……唐即縣地置靖州，……又改爲筠州。……寶慶初，以州名犯今御諱，改爲瑞州。」户曹即户曹參軍，又稱户掾。陳文蔚《克齋集》卷一七《送趙國宜赴筠州户掾》詩：「苦無多路旅程寬，正是江南緑打團。欲濕征衫梅雨細，不成客夢麥秋寒。官閑詩可頻搜句，親近書宜月問安。自笑無才愧之子，明時君禄詎能干。」此詩在集中列置於慶元六年《庚申清明日子融出遊寄示十絶以長句謝之》詩之後，嘉泰元年《和茂嘉郎中催梅》詩之前，知爲慶元六年四月梅雨季節所賦。稼軒右詞亦必作於同時。

②「日日」二句，老萊衣，《初學記》卷一七引《孝子傳》：「老萊子至孝，奉二親，行年七十，著五綵褊襴衣，弄鶵鳥於親側。」蠟鳳嬉，《南齊書》卷三三《王僧虔傳》：「王僧虔，琅邪臨沂人也。……父曇首，右光禄大夫。曇首兄弟集會諸子孫，弘子僧達下地跳戲。僧虔年數歲，獨正坐採蠟燭珠爲鳳凰。弘曰：『此兒終當爲長者。』」解，能。

③「膝上」三句，膝上放教文度去，《世説新語·方正》：「王文度爲桓公長史時，桓爲兒求王女，王許洛藍田。既還，藍田愛念文度，雖長大，猶抱著膝上。文度因言桓求己女婚，藍田大怒，排文度下膝，曰：『惡見文度。』」王文度即王坦之，藍田乃其父王述。玉樹枝，《世説新語·言語》：「謝太傅問諸子侄：『子弟亦何預人事，而正欲使其佳？』諸人莫有言者，車騎答曰：『譬如芝

蘭玉樹，欲使其生於階庭耳。』」車騎指謝玄。

④「緑水」句，見本書卷一〇《水調歌頭》詞（簪履競晴晝闋）箋注。

浣溪沙

壽内子①

壽酒同斟喜有餘，朱顔却對白髭鬚②。兩人百歲恰乘除③。　婚嫁剩添兒女拜，平安頻拆外家書④。年年堂上壽星圖⑤。

【箋注】

①題，内子，稼軒平生三娶，其續娶之范氏當卒於慶元二年。右詞《稼軒詞編年箋注》置於淳熙十六年，以爲詞中「兩人百歲恰乘除」句，意指夫妻二人均爲五十。此已一改舊版箋注謂稼軒夫妻年齡差在十歲左右之判斷（舊版編年置於紹熙五年稼軒五十五歲時），其實，對「乘除」字義之理解，還應以舊版「截長補短」爲是，作夫妻同年之判斷當失所依附。另據本詞對「婚嫁剩添兒女拜」句之考證，此詞必爲稼軒壽其三娶之夫人林氏之作，其賦詞時間姑定爲慶元六年夏，或不中不遠矣。

②「壽酒」二句，據「壽酒同斟」語，疑稼軒與其夫人之生日或同在五月，壽酒同斟，喜慶有餘，故有此語。慶元六年，稼軒年六十一，與「白髭鬚」語合。蓋人之衰白，由雙鬢開始，然後才是鬚眉。稼軒四十九歲所作《沁園春·戊申歲奏邸忽騰報謂余以病掛冠因賦此》詞有「況白頭能幾，定應獨往」語，可以證知其頭鬚盡白，當在六十歲前後。而夫人年齡尚不到四十，謂之朱顏，不爲過分也。

③「兩人」句，百歲恰乘除，《宋會要輯稿·食貨》六之二八：「淳熙十三年十一月十五日，湖廣總領趙彦逾、京西安撫高夔、運判兼提刑提舉劉敦義言：……本路極邊土曠，民力未裕，開耕鹵莽。計一歲一畝所收，以高下相乘除，不過六七斗。」此宋人所言之乘除，當作截長補短解，與加減並同。故《會要》謂「一歲一畝所收，平均六七斗」，此以總數除以單位畝數所得。而稼軒雖未言夫妻平均年齡爲五十，却言合計年齡爲一百，此以年齡相加而言，可知其中之「乘除」，亦應以截長補短爲是。唐宋人用乘除一詞者雖甚多，然大都與得失相聯，如蘇軾《東坡全集》卷七九《與文與可書》有云：「老兄既不計較，但乍失爲郡之樂，而有桂玉之困，又却不見使者嘴面，得失相乘除，亦略相當也。」即多指多少、大小、得失等相差別之事物，一旦達觀對待，二者便相互抵銷。因之，增訂版中右句作兩人同齡無差別之解釋，似不允當。

④「婚嫁」二句，剩添，多添，屢添。兒女拜，按：稼軒九子二女，除一子早夭外，餘八子中，前二子爲其南歸前由趙氏夫人所生，至慶元間，年齡已爲四十歲上下（第二子辛秬生於紹興二十九

年）、不但有子，且已生孫。而其第三子辛秬，生於淳熙八年，至此年二十歲，當已娶妻。而其長女辛稏，乃稼軒所作《清平樂・爲兒鐵柱作》詞下片所云潭妹者（當生於淳熙六、七兩年稼軒居官湖南潭州時，爲辛秬之姊），至此年約爲二十二歲，紹熙間稼軒居官閩地時即許嫁帥幕陳成父。其次女辛穮，即後來嫁與稼軒續娶夫人范氏之兄范如山之子范炎者。范炎年齡雖無確考，然據其仕歷有關情節推算，約生於淳熙五年前後（詳可參拙撰《辛棄疾研究叢稿》，研究出版社），則稼軒次女之出嫁，最晚亦必在慶元間（以上考證皆據《菱湖辛氏族譜》，可參本書所附《年譜》）。右詞上片自言稼軒夫妻之年齡差，頗有自矜之意。而下片言兒女之拜，有「屢添」之語。因知「平安」句之「頻拆外家書」，非指林氏之家書，乃二女與二婿之家書也。

⑤壽星圖：《天中記》卷二《壽星圖》條：「嘉祐八年冬十一月，京師有道人遊卜於市，莫知所從來。貌體古怪，不與常類，飲酒無算，未嘗覺醉，都人士異之。相與諠傳，好事者潛圖其狀。後近侍達帝，引見，賜酒一石，飲及七斗。次日，司天臺奏壽星臨帝座。忽失道人所在，仁宗嘉歎久之。閱世之所寫《壽星圖》，不知其幾。不過俯龜狎鶴，松柏參錯，粉飾鮮麗而已。仁宗時天下熙熙，無物不春，宜乎壽星遊戲人間，躬見於帝也。」

玉樓春　效白樂天體①

少年才把笙歌餞，夏日非長秋夜短〔一〕②。因他老病不相饒，把好心情都做嬾。故人別後書來勸，乍可停杯彊喫飯③。云何相見酒邊時〔二〕，却道達人須飲滿〔三〕！

【校】

〔一〕「秋」，《六十名家詞》本作「愁」，此從廣信書院本。

〔二〕「見」，四卷本丁集作「遇」。

〔三〕「飲」，四印齋本作「引」。

【箋注】

①題，右詞題效白居易詩體，而下片有「故人別後書來勸，乍可停杯彊喫飯」語，與《玉蝴蝶》詞「杜仲高書來戒酒用韻」之題相合，知即慶元六年夏追述杜仲高之語也。

②「少年」二句，才，剛也。此二句言少年時節剛一把盞，即沉醉其中，恨夏日不長，秋日更短。

③「乍可」句，此故人相勸語，乍可，即寧可。

又　用韻答葉仲洽〔一〕

狂歌擊碎村醪醆，欲舞還憐衫袖短①。心如溪上釣磯閑〔二〕，身似道旁官堠嬾〔三〕。　山中有酒提壺勸，好語憐君堪鮓飯〔四〕②。至今有句落人間，渭水秋風黃葉滿〔五〕③。諺云：「饞如鵶子，嬾如堠子。」〔六〕④

【校】

〔一〕題，四卷本丁集作「用韻呈仲洽」，此從廣信書院本。

〔二〕「心」，四卷本作「身」。

〔三〕「身」，四卷本作「心」。

〔四〕「憐」，四卷本作「多」。

〔五〕「秋」，四卷本作「西」。

〔六〕小注，四卷本闕。

【箋注】

①「狂歌」二句，狂歌擊碎，謝薖《詠二疏》詩：「壯心雖在逼桑榆，長歌擊碎玉唾壺。」欲舞憐衫袖短，《韓非子・五蠹》：「鄙諺曰：『長袖善舞，多錢善賈。』此言多資之易爲工也。」

②「山中」二句，提壺勸，見本書卷一二《沁園春・城中諸公載酒入山余不得以止酒爲解遂破戒一醉再用韻》詞（杯汝知乎闋）箋注。鮓飯，《釋名》卷四：「鮓，菹也，以鹽米釀之，如菹熟而食之也。」按：《白孔六帖》卷一八《寄鮓》條引《吴録》：「孟仁字恭武，本名宗，爲監魚池司馬。自結網捕魚，作鮓寄母。母還之，曰：『汝爲魚官，以鮓寄母，非避嫌疑也。』」則鮓本魚菹也，雜於米飯中，故稱鮓飯。「堪鮓飯」，應爲葉仲洽相勸語也。憐，愛也。

③「渭水」句，賈島《憶江上吴處士》詩：「秋風吹渭水，落葉滿長安。」《唐摭言》卷一一：「賈閬仙名島，元和中，元白尚輕淺，島獨變格入僻，以矯浮豔。雖行坐寢食，吟詠不輟。常跨驢張蓋，横截天衢。時秋風正厲，黄葉可掃，島忽吟曰：『落葉滿長安。』志重其衝口直致，求之一聯，杳不可得，不知身之所從也。」

④小注，鷂子，王夫之《詩經稗疏》卷二：「隼則似鷹而小，……今人但呼爲鷂子。擊鳥必準，故水準之準，从隼。」堠子，韓愈《路傍堠》詩：「堆堆路傍堠，一雙復一隻。迎我出秦關，送我入楚澤。」程大昌《考古編》卷七《後山用僧句意》：「吴僧《錢塘白塔院》詩曰：『到江吴地盡，隔岸越山高。』陳後山《詩話》鄙其語不文，曰：『是分界堠子耳。』」

又

用韻答吴子似縣尉〔一〕

君如九醖臺黏醆，我似茅柴風味短①。幾時秋水美人來，長恐扁舟乘興懶②。高懷自飲無人勸，馬有青芻奴白飯③。向來珠履玉簪人，頗覺斗量車載滿④。

【校】

〔一〕題，四卷本丁集作「用韻答子似」，此從廣信書院本。

【箋注】

①「君如」二句，九醖臺黏醆，《西京雜記》卷一：「漢制，宗廟八月飲酎，用九醖、太牢。皇帝侍祠，以正月旦作酒，八月成名，曰酎，一曰九醖，一名醇酎。」《野客叢書》卷三《唐時酒味》條：「三山老人云：『唐人好飲甜酒，殆不可曉。』……僕謂唐人以酒比飴蜜者，大率謂醇乎醇者耳，非謂好飲甜酒也。且以樂天詩驗之曰：『甕頭竹葉經春熟，如餳氣味緑黏臺。』曰：『春攜酒客過，緑餳黏盞杓。』」按：白居易二詩題爲《薔薇正開春酒初熟因招劉十九張大夫崔二十四同飲》、

《同諸客攜酒早看櫻桃花》。茅柴風味，《學齋佔畢》卷三《酒價緋魚》條：「客有戲噱者，曰：『太白謂美酒耳，恐杜老不擇飲而醉村店，壓茅柴耳。』坐皆大笑，然亦近理也。」吳聿《觀林詩話》：「東坡『幾思壓茅柴，禁網日夜急。』蓋世號市沽爲茅柴，以其易著易遇。周美成詩云：『冬曦如村釀，奇溫止須臾。行行正須此，戀戀忽已無。』非慣飲茅柴，不能爲此語也。」

②「幾時」二句，秋水美人，杜甫《寄韓諫議》詩：「美人娟娟隔秋水，濯足洞庭望八荒。」扁舟乘興，見本書卷八《鷓鴣天·用前韻和趙文鼎提舉賦雪》詞（莫上扁舟訪剡溪闋）箋注。

③「馬有」句，見本卷《沁園春·和吳子似縣尉》詞（我見君來闋）箋注。

④「向來」二句，珠履玉簪人，《史記》卷七八《春申君列傳》：「春申君客三千餘人，其上客皆躡珠履。」《隋書》卷一二《禮儀志》：「王公則服之，通天冠加金博山，附蟬十二首，施珠翠，黑介幘，玉簪，導絳紗袍。」斗量車載，《三國志·吳書》卷二《孫權傳》注引《吳書》：「又曰：『吳如大夫者幾人？』咨曰：『聰明特達者，八九十人，如臣之比，車載斗量，不可勝數。』」咨者，趙咨也。

生查子

簡吳子似縣尉〔一〕①

高人千丈崖，太古儲冰雪〔二〕。六月火雲時②，一見森毛髮。俗人如盜泉，照影都昏濁〔三〕。高處掛吾瓢，不飲吾寧渴③。

【校】

〔一〕題，四卷本丁集作「簡子似」，此從廣信書院本。

〔二〕「太」，四卷本作「千」。

〔三〕「都」，《六十名家詞》本、四印齋本作「成」。

【箋注】

①題，右詞當作於慶元六年夏。

②六月火雲，王禹偁《堂前井》詩：「一杯冰溜滿，六月火雲生。」黄庭堅《戲和文潛謝穆父松扇》詩：「張侯哦詩松韻寒，六月火雲蒸肉山。」

③「俗人」四句，盗泉，《文選》卷二八陸機《猛虎行》：「渴不飲盗泉水，熱不息惡木陰。」注引《尸子》：「孔子至於勝母，暮矣而不宿；過於盗泉，渴矣而不飲，惡其名也。」掛瓢，見本書卷九《水龍吟·題瓢泉》詞（稼軒何必長貧閿）箋注。

賀新郎

題傅君用山園〔一〕①

曾與東山約。爲儵魚從容分得，清泉一勺②。堪笑高人讀書處，多少松窗竹閣，甚長被遊人占却③。萬卷何言達時用，士方窮早去聲。與人同樂〔二〕④。新種得，幾花藥⑤。山頭怪石蹲秋鶚。俯人間塵埃野馬，孤撑高攫⑥。拄杖危亭扶未到，已覺雲生兩腳⑦。更換却朝來毛髮⑧。此地千年曾物化，莫呼猿且自多招鶴⑨。吾亦有，一丘壑。

【校】

〔一〕題，四卷本丁集「傅」字闕，此從廣信書院本。

〔二〕小注，廣信書院本原闕，此據四卷本補。

【箋注】

①題，傅君用山園，即永平鎮西南傅家山。〔乾隆〕《鉛山縣志》卷一五：「龍泉庵，在一都傅家山，淳祐間置。」右詞當作於慶元六年秋。

②「曾與」三句，東山約，稼軒於慶元中曾爲趙達夫東山園賦同調詞，有「把似渠垂功名淚，算何如且作溪山主」語，即與達夫約，同居於山間，樂爲溪山之主。此再及其事。儵魚從容，《莊子·秋水》：「莊子與惠子遊於濠梁之上，莊子曰：『儵魚出游從容，是魚樂也。』惠子曰：『子非魚，安知魚之樂？』莊子曰：『子非我，安知我不知魚之樂？』」

③「堪笑」三句，高人讀書，蘇軾《遊道場山何山》詩：「高人讀書夜達旦，至今山鶴鳴夜半。」甚，何，怎麽。

④早與人同樂，《晉書》卷七九《謝安傳》：「安雖放情丘壑，然每游賞，必以妓女從。既累辟不就，簡文帝時爲相，曰：『安石既與人同樂，必不得不與人同憂，召之必至。』」早，本已。

⑤「新種」二句，錢起有詩題《山居新種花藥與道士同遊賦詩》。

⑥「俯人」二句，塵埃野馬，見本書卷一〇《水龍吟·盤園任帥子嚴掛冠得請取執政書中語以高風名其堂》詞（斷崖千丈孤松閡）箋注。孤撐，韓愈《南山》詩：「孤撐有巉絶，海浴褰鵬噣。」《城南聯句一百五十韻》詩：「摧扤饒孤撐，囚飛黏網動。」高攫，《文選》卷四四陳琳《檄吴將校部曲文》：「夫鷙鳥之擊，先高攫，鷙之勢也。」

⑦雲生兩脚，王十朋《中秋賞月蓬萊閣呈同官》詩：「雲生脚底蛟龍卧，影落人間鼓角催。」

⑧「更換」句，《論衡·書虚》：「顔淵與孔子俱上魯泰山，孔子東南望，吴閶門外有繫白馬，引顔淵

指以示之，曰：『若見吴閶門乎？』顔淵曰：『見之。』孔子曰：『門外何有？』曰：『有如繫練之狀。』孔子撫其目而正之，因與俱下。下而顔淵髮白齒落，遂以病死。」高適《同觀陳十六史興碑》詩：「我來觀雅製，慷慨變毛髮。」

⑨「莫呼」句，鶴怨猿驚，見本書卷七《沁園春・帶湖新居將成》詞（三徑初成闋）箋注。

又

用韻題趙晋臣敷文積翠巖，余謂當築陂於其前〔一〕①

拄杖重來約。對東風洞庭張樂〔二〕，滿空簫勺②。巨海拔犀頭角出，來向此山高閣〔三〕③。尚依舊争前又却〔四〕。老我傷懷登臨際，問何方可以平哀樂④。唯是酒〔五〕，萬金藥⑤。

勸君且作横空鶚⑥。便休論人間腥腐〔六〕，紛紛烏攫⑦。九萬里風斯在下，翻覆雲頭雨脚⑧。快直上崑崙濯髮〔七〕。好卧長虹陂十里〔八〕，是誰言聽取雙黄鶴⑨。推翠影〔九〕，浸雲壑。

【校】

〔一〕題，四卷本丁集「謂當」二字作「欲令」，此從廣信書院本。

〔二〕「對」，廣信書院本原作「到」，此據四卷本改。

〔三〕「來向此」，廣信書院本原作「東向北」，此據四卷本改。王詔校刊本、《六十名家詞》本、四印齋本作「東向北」。

〔四〕「依舊争前又却」，四卷本作「兩兩三三前却」。

〔五〕「是酒」，四卷本作「酒是」。

〔六〕「便」，王詔校刊本、《六十名家詞》本、四印齋本作「更」。

〔七〕「快」，四卷本作「更」。

〔八〕「十」，《六十名家詞》本作「千」。

〔九〕「推」，王詔校刊本、《六十名家詞》本、四印齋本作「擕」。

【箋注】

①題，積翠巖，〔乾隆〕《鉛山縣志》卷一：「觀音石，縣西三里，一名七寶山，又名積翠巖，即古之楊梅山。洞中石壁上有石如佛指，因名觀音石。下有平坑，石竅中膽泉湧出，山故多銅，宋人嘗於此採焉。先是，南唐於此置銅場，故名銅寶山。今山崩，銅無所出。按《方輿記》，積翠巖五峰相對，東循斷玉峽二十餘步，有石屹立，名擎天柱，即狀元峰。又一巖天成兩竇，如日月相對，名合璧，上建九仙臺，履之如憑虛御空。其右有雲壑及藏雲洞、玉麒麟，餘可名者尚多。慶元六年，

趙不迂闢土建佛堂，自下望之，如在五雲縹緲間。後得拄杖泉，亦足用。」按：　積翠巖在今永平鎮西，羣山環抱，尚存舊貌。擎天柱已毀於上世紀。

②「對東」二句，洞庭張樂，見本書卷九《水龍吟・題雨巖》詞（補陀大士虛空闋）箋注。簫勺，《漢書》卷二二《禮樂志》：「《安世房中歌》十七章，其詩曰：『……行樂交逆，簫勺羣慝。』」注：「簫，舜樂也。勺，周樂也。言以樂征伐也。」

③「巨海」二句，拔犀，《新唐書》卷一七九《賈餗傳》：「未始遺拔犀之角，擢象之齒。」釋道潛《與神智師話別》詩：「紛紛論議場，頭角出羣雄。」按：　此句似指擎天柱。此山高閣，當指趙不迂經營之建築。

④「老我」二句，傷懷登臨，杜甫《登樓》詩：「花近高樓傷客心，萬方多難此登臨。」平哀樂之方，據下句，當指藥方，不是方位。

⑤萬金藥，黃庭堅《寄李次翁》詩：「世緣心已死，儻得萬金藥。」

⑥橫空鶚，强至《贈杜諮秘校》詩：「氣直橫秋鶚，文雄絶漢鵬。」

⑦「紛紛」句，《漢書》卷八九《循吏・黃霸傳》：「嘗欲有所司察，擇長年廉吏遣行，屬令周密。吏出，不敢舍郵亭，食於道旁，烏攫其肉。民有欲詣府口言事者，適見之。霸與語道此。後日，吏還謁霸，霸見迎勞之，曰：『甚苦，食於道旁，乃爲烏所盜肉。』吏大驚。」

⑧「九萬」二句，九萬里風斯在下，見本書卷九《水調歌頭・慶韓南澗尚書七十》詞（上古八千歲闋）

箋注。翻覆雲頭雨脚，杜甫《貧交行》：「翻手作雲覆手雨，紛紛輕薄何須數。」韓拙《山水純全集·論雲霧煙靄嵐光風雨雪霧》條：「風雖無跡，而草木衣帶之形，雲頭雨脚之勢，無少逆也。」

⑨「好卧」二句，《漢書》卷八四《翟方進傳》：「初，汝南舊有鴻隙大陂，郡以爲饒。成帝時，關東數水，陂溢爲害。方進爲相，與御史大夫孔光，共遣掾行視，以爲決去陂水，其地肥美，省隄防費，而無水憂。遂奏罷之。及翟氏滅，鄉里歸惡，言方進請陂下良田不得，而奏罷陂云。王莽時，常枯旱，郡中追怨方進，童謡曰：『壞陂誰？翟子威。飯我豆食羹芋魁。反乎覆，陂當復。誰云者，兩黄鵠。』」注：「託言有神來告之。」按：黄鵠，即黄鶴。謂告民陂當復者，兩黄鶴也。

又

韓仲止判院山中見訪，席上用前韻①

聽我三章約。用《世説》語。有談功談名者舞，談經深酌②。作賦相如親滌器，識字子雲投閣③。算枉把精神費却④。此會不如公榮者，莫呼來政爾妨人樂⑤。醫俗士，苦無藥⑥。

當年衆鳥看孤鶚。意飄然横空直把，曹呑劉攫⑦。老我山中誰來伴〔一〕，須信窮愁有脚⑧。似剪盡還生僧髮。自斷此生天休問，倩何人説與乘軒鶴⑨？吾有志，在丘壑〔二〕。

【校】

〔一〕「來」，《六十名家詞》本作「是」，此從廣信書院本。

〔二〕「丘」，四卷本丁集作「溝」。

【箋注】

①題，韓仲止判院，名淲。韓元吉子，自號澗泉，與趙蕃同以詩稱，人謂之信上二泉。戴復古《石屏詩集》卷四《哭澗泉韓仲止二首》詩：「雅志不同俗，休官二十年。隱居溪上宅，清酌澗中泉。慷慨傷時事，凄涼絶筆篇。三篇遺稿在，當並史書傳。（其一）忍貧長傲世，風節似君稀。死後女方嫁，峽中兒未歸。門人集詩稿，故卒服麻衣。澗上梅花發，吟魂何處飛？（其二）」自注：「聞時事驚心，得疾而死。作所以桃源人、所以商山人、所以鹿門人三詩，此絶筆之詩也。」《東南紀聞》卷一：「韓淲字仲止，上饒人，南澗尚書之子。以蔭補京官，清苦自持。史相當國，羅致之，不少屈。一爲京局，終身不出，人但以韓判院稱。南澗晚年有宅一區，伏臘粗給。至仲止，貧益甚，客至不能具胡床，只木杌子而已。長沙吴某得廣東憲，還至京，擁迓吏甚盛，道候仲止，立馬久之。廳事閴寂無人，未幾，一老嫗啓户出，吏亟以刺狀授之，抵於地，徑入去。吴慚退，訪樟丘文卿，亦故舊也，色尚未和。……次日，吴專狀遣吏送酒錢若干，仲止出問，曰：『你官人交割了也？』吏錯愕曰：『本官方拜見，自此却去上任。』仲止作色云：『便是近來官員，不曾

到任，先打動公使庫物色，韓某一生不會受此錢。』使吏領賫去，其清節如此。」劉克莊《後村先生大全集》卷九七《趙庭原詩序》亦盛稱韓淲高節：「上饒郡爲過江文獻所聚，南澗、方齋之文，稼軒之詞皆名世。至章泉、澗泉又各以其詩號爲大家數。然世之所以共尊翊二公，帖然無異論者，豈真以其詩哉？其人皆唾涕榮利，老死閑退，槁而不可榮，貧而不可賄，有陶長官、劉遺民之風，雖無詩亦傳，況其詩自妙絶一世乎？」查韓淲以蔭補官，紹熙末年，供職行在太平惠民藥局，《澗泉集》卷一五有詩，題爲「慶元庚申二月，藥局書滿。七月還澗上」。又《三月下旬藥局書滿》詩，有「賣藥居吴市，人猶識姓名。自驚無遁志，誰信有浮榮」句。右詞以「判院」相稱。方大琮《鐵庵集》卷三五有《判院方公孺人鄭氏壙志》，載方大琮之祖父方萬改授行在太平惠民和劑局，命下而卒，而題則以判院相稱。知所謂判院，應即指判惠民藥局而言。而周文璞《方泉詩集》卷三《送澗泉》詩，亦有「長安賣藥市，堇堇十載强」句。十載所指即自紹熙至慶元六年之十年間。右詞蓋韓淲慶元六年庚申秋自行在還信上訪稼軒於期思山間所作。

②「聽我」三句及小注，「三章約」，《世説新語·排調》：「魏長齊雅有體量，而才學非所經。初宦當出，虞存嘲之曰：『與卿約法三章：談者死，文筆者刑，商略抵罪。』魏怡然而笑，無忤於色。」按：《史記》卷八《高祖本紀》：「上召諸縣父老豪傑曰：『父老苦秦苛法久矣，誹謗者族，偶語者棄市。吾與諸侯約，先入關者王之，吾當王關中，與父老約法三章耳。殺人者死，傷人及盗抵罪。』」《兩朝綱目備要》卷四：「慶元二年二月丙辰，禁省闈習僞學。知貢舉葉翥、倪思、劉德

秀上言：『僞學之魁，以匹夫竊人主之柄，鼓動天下，故文風未能丕變。乞將《語録》之類盡行除毁。』是科取士，稍涉義理，悉見黜落。《六經》、《語》、《孟》、《中庸》、《大學》之書，爲世大禁矣。」按：稼軒當慶元黨禁時期，爲時所忌，故絶口不言功名，此又言談經深酌，蓋於此深致譴責耳。

③「作賦」二句，作賦相如，見本書卷一〇《念奴嬌·瓢泉酒酣和東坡韻》詞（倘來軒冕閿）箋注。識字子雲，見本卷《賀新郎·用前韻再賦》詞（肘後俄生柳閿）箋注。杜甫《醉時歌》：「相如逸才親滌器，子雲識字終投閣。」

④把精神費却，《漢書》卷八七《揚雄傳》：「歷覽者玆年矣，而殊不寤，亶費精神於此，而煩學者於彼。」按：此有客責難揚雄著《太玄》太艱深之語，見揚雄《解難》文。李白《古風五十九首》：「一曲斐然子，雕蟲喪天真。棘刺造沐猴，三年費精神。」

⑤「此會」二句，此會不如公榮者，《世説新語·簡傲》：「王戎弱冠詣阮籍，時劉公榮在坐，阮謂王曰：『偶有二斗美酒，當與君共飲。彼公榮者無預焉。』二人交觴酬酢，公榮遂不得一杯，而言語談戲，三人無異。或有問之者，阮答曰：『勝公榮者不得不與飲酒，不如公榮者不可不與飲酒，惟公榮可不與飲酒。』」妨人樂，《世説新語·排調》：「嵇、阮、山、劉在竹林酣飲，王戎後往。步兵曰：『俗物已復來敗人意。』王笑曰：『卿輩意亦復可敗邪？』」《晉書》卷四九《向秀傳》：「雅好老莊之學。莊周著内外數十篇，歷世方士雖有觀者，莫適論其旨統也。秀乃爲之隱解，發

明奇趣，振起玄風。……始，秀欲注，嵇康曰：『此書詎復須注？正是妨人作樂耳。』」

⑥「醫俗」二句，蘇軾《於潛僧緑筠軒》詩：「人瘦尚可肥，士俗不可醫。」苦無藥，《孫公談圃》卷上：「晁堯民端仁嘗得冷疾，苦無藥可治，惟日中炙背，遂愈。」

⑦「當年」三句，衆鳥看孤鶚，《後漢書》卷一一〇《文苑·禰衡傳》：「禰衡字正平，平原般人也。少有才辯，而氣尚剛傲，好矯時慢物。……善魯國孔融及弘農楊修，常稱曰：『大兒孔文舉，小兒楊德祖，餘子碌碌，莫足數也。』融亦深愛其才。衡始弱冠，而融年四十，遂與爲交友，上疏薦之曰：『……鷙鳥累伯，不如一鶚。使衡立朝，必有可觀。』」其後載孔融薦於曹操，而衡素相輕疾，借擊鼓裸身而辱之。操懷忿，以其才名不欲殺之，送劉表。復侮慢表，表亦不能容，以江夏太守黄祖性急，送衡與之，遂爲黄祖所殺。横空直把曹吞劉攫，即指其辱慢曹操及劉表而言。黄庭堅《再次韻四首》詩：「聖功典學形歌頌，更覺曹劉不足吞。」《山谷内集詩注》卷七：「曹植、劉楨皆魏文帝時文士。元稹作老杜墓銘序曰：『言奪蘇李，氣吞曹劉。』」按：唐宋人之「氣吞曹劉」，所指爲曹植、劉楨，稼軒借用以指曹操、劉表。

⑧「須信」句，《開元天寶遺事》卷四《有腳陽春》條：「宋璟愛民恤物，朝野歸美，人咸謂璟爲有腳陽春，言所至之處，如陽春煦物也。」

⑨「自斷」二句，自斷此生天休問，杜甫《曲江三章章五句》：「自斷此生休問天，杜曲幸有桑麻田。」乘軒鶴，《左傳·閔公二年》：「冬十二月，狄人伐衛。衛懿公好鶴，鶴有乘軒者。將戰，國

人受甲者皆曰：『使鶴。鶴實有禄位，余焉能戰？』」

【附録】

張鎡功甫和詞

賀新郎　次辛稼軒韻寄呈

邂逅非專約。記當年林堂對竹，豔歌春酌。一笑乘鸞明月影，餘事丹青麟閣。待宇宙長繩穿却。念我中原空有夢，渺風塵萬里迷長樂。愁易老，欠靈藥。　別來幾度霜天鶚。厭紛紛呑腥啄腐，狗偷烏攫。東晉風流兼慷慨，公自陽春有脚。妙悟處不存毫髮。何日相從雲水去，看精神峭緊芝田鶴。書壯語，遍巖壑。（《南湖集》卷一〇）

夜游宮

苦俗客①

幾箇相知可喜，才廝見說山說水②。顛倒爛熟只這是。怎奈向〔一〕③，一回說，一回美。　有箇尖新底④，說底話非名即利〔二〕。說得口乾罪過你〔三〕⑤。且不罪，俺略起，去洗耳⑥。

【校】

〔一〕「向」，王詔校刊本、《六十名家詞》本、四印齋本作「何」，此從廣信書院本。

〔二〕「即」，王詔校刊本、《六十名家詞》本作「非」。

〔三〕「得」，王詔校刊本、《六十名家詞》本、四印齋本作「的」。

【箋注】

①題，右詞作於慶元六年秋，恰稼軒爲俗客所擾之時，見於詞章者，有《生查子·簡子似》之高人俗人相對而言，又有《賀新郎·韓仲止判院山中見訪》之醫俗士語，因知右詞必與二詞同時所作。

②「才斷」句，才斷見即才相見。

③怎奈向，怎奈何。秦觀《八六子》詞：「怎奈向歡娱漸隨流水，素絃聲斷，翠綃香減。」李之儀《鵲橋仙》詞：「庾郎知有幾多愁？怎奈向，月明今夜！」

④尖新底，即某個見解新穎者。

⑤罪過你，《五燈會元》卷一一《南院慧顒禪師》：「師却喝曰：『你既惡發，我也惡發。近前來，我也没量罪過，你也没量罪過，瞎漢參堂去。』」按：罪過你，意即得罪你。下文「且不罪」，意即且不責過你。

⑥洗耳，《高士傳》卷上《許由》：「許由字武仲，陽城槐里人也。爲人據義履方，邪席不坐，邪饍不食，後隱於沛澤之中。堯讓天下於許由。……堯又召爲九州長，由不欲聞之，洗耳於潁水濱。時其友巢父牽犢欲飲之，見由洗耳，問其故，對曰：『堯欲召我爲九州長，惡聞其聲，是故洗耳。』」略起，稍起，暫起。

雨中花慢

登新樓，有懷趙昌甫、徐斯遠、韓仲止、吴子似、楊民瞻〔一〕①

舊雨常來，今雨不來，佳人偃蹇誰留②？幸山中芋栗，今歲全收③。貧賤交情落落，古今吾道悠悠④。怪新來却見，文《反離騷》〔二〕，詩《發秦州》⑤。功名只道，無之不樂，那知有更堪憂。怎奈向兒曹抵死，唤不回頭⑥！石卧山前認虎，蟻喧牀下聞牛⑦。爲誰西望。憑欄一餉，却下層樓⑧。

【校】

〔一〕題，四卷本丙集「趙」、「徐」、「韓」、「吴」、「楊」字俱闕，此從廣信書院本。

〔二〕「反」，《六十名家詞》本作「友」。

【箋注】

①題，新樓，此新樓似在五堡洲中。趙昌甫以下皆信上諸友。右詞既及韓仲止，則必作於慶元六年七月韓淲自行在還信上之後。

②「舊雨」三句，舊雨、今雨，《杜工部集》卷二五《秋述》：「秋，杜子卧病長安旅次，多雨生魚，青苔及榻。常時車馬之客，舊，雨來，今，雨不來。」偃蹇誰留，《楚辭·離騷》：「余乃下望瑶臺之偃蹇兮，見有娀之佚女。」偃蹇，謂瑶臺之高峻。同書《九歌·湘君》：「君不行兮夷猶，蹇誰留兮中洲。」

③「幸山」二句，杜甫《南鄰》詩：「錦里先生烏角巾，園收芋栗未全貧。」

④「貧賤」二句，貧賤交情，見本書卷一二《臨江仙·諸葛元亮見和再用韻》詞（夜雨南堂新瓦響闋）箋注。吾道悠悠，杜甫《發秦州》詩：「大哉乾坤内，吾道長悠悠。」

⑤「怪新」三句，文《反離騷》，《漢書》卷八七上《揚雄傳》：「先是時，蜀有司馬相如，作賦甚弘麗温雅，雄心壯之，每作賦，常擬之以爲式。又怪屈原文過相如，至不容，作《離騷》，自投江而死。悲其文，讀之未嘗不流涕也。以爲君子得時則大行，不得時則龍蛇，遇不遇命也，何必湛身哉！乃作書，往往摭《離騷》文而反之，自岷山投諸江流，以弔屈原，名曰《反離騷》。」詩《發秦州》，杜甫有《發秦州》詩，自注：「乾元二年，自秦州赴同谷縣紀行。」魯訔《杜工部詩年譜》：「二年己亥，公年四十八，春留東都。……史云：關輔饑，輒棄官去，客秦州，貧，採橡栗自給。有《秦州

二十首》曰：『滿目悲生事，因人作遠遊。遲迴度隴怯，浩蕩及關愁。』……冬十月，《發秦州》曰：『我衰更嬾拙，生事不自謀。無食思樂土，無衣思南州。』」按：自慶元黨禁以來，士之素無行者，或爲生計所迫，或爲名利所誘，變節投靠韓侂胄者多有之。故此以「文反《離騷》」、「詩發秦州」爲喻。

⑥「怎奈」二句，怎奈向，已見前《夜游宫·苦俗客》詞（幾箇相知可喜闋）箋注。抵死，到底，總是，終歸。喚不回頭，《漁隱叢話》前集卷五七《雪竇》條：「雪竇顯禪師嘗作偈云：『三分光陰二早過，靈臺一點不揩磨。貪生逐日區區去，喚不回頭争奈何。』世人貪着愛境，以妄爲真，迷而弗返，讀此偈者，宜如何哉？」

⑦「石卧」二句，石卧山前認虎，《史記》卷一〇九《李將軍列傳》：「廣出獵，見草中石，以爲虎而射之，中石没鏃，視之石也。」蟻喧牀下聞牛，《世説新語·紕漏》：「殷仲堪父病虚悸，聞牀下蟻動，謂是牛鬥。」

⑧「爲誰」三句，西望，《左傳·成公十三年》：「及君之嗣也，我君景公，引領西望，曰：『庶撫我乎？』」按：及君指秦桓公，我君景公則晉景公。一餉，即一時也。

又

吴子似見和，再用韻爲别〔一〕①

馬上三年，醉帽吟鞭〔二〕，錦囊詩卷長留②。悵溪山舊管，風月新收③。明便關河杳杳，去應日月悠悠④。笑千篇索價，未抵蒲桃，五斗涼州⑤。　停雲老子，有酒盈尊，琴書端可銷憂〔三〕⑥。渾未解傾身一飽〔四〕，淅米矛頭⑦。心似傷弓塞雁〔五〕，身如喘月吴牛⑧。曉天涼夜〔六〕，月明誰伴，吹笛南樓⑨？

【校】

〔一〕題，四卷本丁集「吴」字闕，此從廣信書院本。

〔二〕「鞭」，廣信書院本原作「鞍」，此據四卷本改。

〔三〕「銷」，《六十名家詞》本作「消」。

〔四〕「解」，四卷本作「辨」。

〔五〕「塞」，廣信書院本原作「寒」，此據四卷本改。

〔六〕「曉天涼夜」，四卷本作「晚天涼也」。

【箋注】

①題，吴子似縣尉任滿，應在慶元六年秋八月，右詞略作於其前。

②「錦囊」句，錦囊，見本書卷八《江神子・和人韻》詞（梨花着雨晚來晴闋）箋注。杜甫《送孔巢父謝病歸遊江東兼呈李白》詩：「詩卷長留天地間，釣竿欲拂珊瑚樹。」

③「悵溪」二句，黄庭堅《贈李輔聖》詩：「舊管新收幾妝鏡，流行坎止一虚舟。」任淵《山谷内集詩注》卷一五：「舊管、新收，本吏文書中語，山谷取用，所謂以俗爲雅也。」

④「明便」二句，明便，魏晉間語，明日便之簡文也。《晉書》卷八二《習鑿齒傳》：「鑿齒曰：『君幾誤死。君嘗聞前知星宿，有不覆之義乎？此以戲君，以錢供道中資，是聽君去耳。』星人大喜，明便詣温别，温問去意，以鑿齒言答温。」《法帖釋文考異》卷三《晉王凝之書》：「八月廿九日，告庾氏女，明便授衣，感逝悲歎，念增遠思。」日月悠悠，《詩・邶風・雄雉》：「瞻彼日月，悠悠我思。」

⑤「笑千」三句，輯本《三輔决録》卷二：「平陵孟佗字伯郎，靈帝時中常侍張讓專朝，讓監奴典任家計，孟佗盡以家財賂讓家奴，共結親厚。積年，衆奴心慚，問佗所欲。……後以葡萄酒一斗遺讓，即拜凉州刺史。」《三國志・魏書》卷二《明帝紀》：「新城太守孟達反，詔驃騎將軍司馬宣王討之。」注引《三輔决録》：「佗又以蒲桃酒一斛遺讓，即拜凉州刺史。」孟達，即孟佗子。按：一斛爲十斗。此録或謂一斗或謂一斛，稼軒取一斛。杜甫《飲中八仙歌》有「李白斗酒詩百篇」

句。稼軒謂千篇詩價即能换酒十斗，亦即一斛。孟佗可以一斛酒换凉州刺史，而吾輩之詩，不抵其半五斗耳，正堪笑也。

⑥「停雲」三句，有酒盈尊，琴書銷憂，《陶淵明集》卷五《歸去來兮辭》：「三徑就荒，松菊猶存。攜幼入室，有酒盈尊。引壺觴以自酌，眄庭柯以怡顔。……悦親戚之情話，樂琴書以消憂。」停雲老，陶潛有《停雲》詩，亦自謂也。

⑦「渾未」二句，傾身一飽，陶潛《飲酒二十首》詩：「此行誰使然，似爲饑所驅。傾身營一飽，少許便有餘。」未解，未能也。淅米矛頭，《世説新語·排調》：「桓南郡與殷荆州語次，因共作了語。顧愷之曰：『火燒平原無遺燎。』桓曰：『白布纏棺竪旒旐。』殷曰：『投魚深淵放飛鳥。』次復作危語，桓曰：『矛頭淅米劍頭炊。』殷曰：『百歲老翁攀枯枝。』」

⑧「心似」二句，傷弓塞雁，見本書卷七《沁園春·帶湖新居將成》詞（三徑初成闋）箋注。《晉書》卷一一二《苻生載記》：「傷弓之鳥，落於虚發。」喘月吴牛，《世説新語·言語》：「滿奮畏風，在晉武帝坐，北窗作琉璃屏，實密似疏。奮有難色，帝笑之。奮答曰：『臣猶吴牛，見月而喘。』」

⑨「曉天」三句，見本書卷一一《瑞鶴仙·南劍雙溪樓》詞（片帆何太急闋）箋注。

浪淘沙

送吴子似縣尉〔一〕①

金玉舊情懷，風月追陪，扁舟千里興佳哉！不似子猷行半路，却櫂船回②。　來歲菊花開，記我清杯。西風雁過瑱山臺③，把似倩他書不到，好與同來④。

【校】

〔一〕題，四卷本乙集作「送子似」，此從廣信書院本。

【箋注】

①題，《克齋集》卷一四《送吴子似歸鄱陽》詩：「憶昔舟泊雲錦溪，溪上故人知爲誰。讀書亭中不草草，永平人物入深討（子似著《永平志》）。生平藉甚梅子真，我乃晚遇情相親。古人事業貴悠久，歸歟訪我同門友（謂姜叔權也）。」

②「扁舟」三句，見本書卷八《鷓鴣天·用前韻和趙文鼎提舉賦雪》詞（莫上扁舟訪剡溪闋）箋注。

③瑱山臺，〔乾隆〕《安仁縣志》卷七：「玉真臺，在縣治後，進士柳敬德寓此讀書，刻玉真臺三字於

石壁。」餘參本卷《水調歌頭・題吴子似縣尉瑱山經德堂》詞（唤起子陸子閔）箋注。

④「把似」二句，《詩詞曲語辭匯釋》解云：「此戲言假如倩雁傳書而書不到，則君但記着，於雁來時俱來可也。」把似，假如。好，可也。

江神子 別吴子似，末章寄潘德久〔一〕①

看君人物漢西都。過吾廬，笑談初，便説公卿，元自要通儒。一自梅花開了後，長怕説，賦歸歟②。

而今別恨滿江湖。怎消除〔二〕，算何如？杖屨當時，聞早放教疏③。今代故交新貴後，渾不寄，數行書④。

【校】

〔一〕題，四卷本丁集「吴」字闕，此從廣信書院本。「章」字廣信書院本原闕，據四卷本補。

〔二〕「消」，四卷本作「銷」。

【箋注】

①題，潘德久，〔弘治〕《温州府志》卷一〇：「潘檉字德久，永嘉人。……父文虎，右科第一。檉以父任補右職，繼參戎幕。召試爲閤門舍人。久之，授福建兵馬鈐轄卒。……永嘉言唐詩自檉始。」〔光緒〕《永嘉縣志》卷一七《文苑》：「潘檉字德久，號轉庵。父文虎，右科第一。……檉年十五六，詩律已就，下筆立成，永嘉言詩者多宗之。讀書評文，得古文深處。舉進士不第，用父任右職。繼參戎幕。召試，爲閤門舍人，授福建兵馬鈐轄。其《題釣臺》云：『但得諸公依日月，不妨老子卧林丘。』爲人傳誦。嘗從使節出疆，有北征往來所賦，聲名藉甚。有《轉庵集》。」按：潘檉詩名藉甚，時陳傅良、許及之、袁説友、陸游、葉適、陳造、姜特立、姜夔等人皆與之唱和。

②「一自」三句，慶元六年爲吴子似在鉛山縣尉任第三年，故「怕説賦歸歟」。《論語·公冶長》：「子在陳，曰：『歸與歸與！吾黨之小子狂簡，斐然成章，不知所以裁之。』」

③「怎消」四句，聞早，《詩詞曲語辭匯釋》解云：「言横豎别恨難除，不如趁早疏子似之杖屨也。」按：杖屨溪山者，乃稼軒，非吴子似也。聞早，及早。放同教，皆有使之義。蘇軾《送楊奉禮》詩：「更誰哀老子，令得放疏慵。」《滿庭芳》詞：「且趁閑身未老，儘放我些子疏狂。」右四句意爲：此别恨既無法消除，則不如在子似與我杖屨同遊之時，及早疏遠爲好。

④「今代」三句，故交新貴，蘇軾《醉落魄·蘇州閶門留别》詞：「蒼頭華髮，故山歸計何時决。舊

交新貴音書絶，惟有佳人，猶作殷勤别。」不寄數行書，杜甫《寄高三十五詹事》詩：「相看過半百，不寄一行書。」按：《宋會要輯稿·職官》三四之一〇載：「嘉泰元年十二月二十六日，詔今後召試閤門舍人，必擇右科前名之士，及照已降指揮履歷考任應格，方許與郡。……至是，臣僚繳奏閤門舍人戴炬、潘樫不顧格法，僥求郡寄，復有是命。」因知潘樫除閤門舍人，必在慶元間。而故人新貴之後，全不寄上幾行書信，亦必慶元末年事。

念奴嬌

重九席上①

龍山何處？記當年高會，重陽佳節②。誰與老兵供一笑，落帽參軍華髮③。莫倚忘懷，西風也解〔一〕，點檢尊前客④。淒涼今古，眼中三兩飛蝶⑤。須信采菊東籬⑥，高情千載〔二〕，只有陶彭澤。愛説琴中如得趣，絃上何勞聲切⑦？試把空杯〔三〕，翁還肯道：何必杯中物⑧？臨風一笑，請翁同醉今夕。

【校】

〔一〕「解」，四卷本丁集作「會」，此從廣信書院本。

〔二〕「高情千載」，《六十名家詞》本作「千載之上」。

〔三〕「杯」，《六十名家詞》本作「林」。

【箋注】

①題，右詞未著確切作年。下闋用同韻答傅先之詞，爲其通判吴興之前，因次此詞於慶元六年秋。

②「龍山」三句，龍山高會，見本書卷七《沁園春·送趙景明知縣東歸再用前韻》詞（佇立瀟湘閿）箋注。龍山在江陵城西北，桓温九日登高，孟嘉落帽處。

③「誰與」二句，老兵謂桓温。《晉書》卷七九《謝奕傳》：「奕字無奕，……與桓温善，温辟爲安西司馬，猶推布衣好。在温坐，岸幘笑詠，無異常日。桓温曰『我方外司馬』。奕每因酒，無復朝廷禮。常逼温飲，温走入南康主門避之。主曰：『君若無狂司馬，我何由得相見？』奕遂攜酒就聽事，引温一兵帥共飲，曰：『失一老兵，得一老兵，亦何所怪？』温不之責。」落帽參軍，謂孟嘉。誰與，誰爲也。按：此二句言當西風吹墮孟嘉帽時，露出華髮，爲温所嘲笑。

④「莫倚」三句，莫倚，休倚仗。杜甫《寄題杜二錦江野亭》詩：「莫倚善題鸚鵡賦，何須不著鵕鸃冠。」也解，也能。點檢，檢查，挑選也。謂西風也能從席上衆人中檢選可戲弄之客。蘇軾《常潤道中有懷錢塘寄述古五首》詩：「世上功名何日是，尊前點檢幾人非。」

⑤「淒涼」二句，羅大經《鶴林玉露》甲編卷一：「桓温雄猛蓋一時，賓僚相從燕賞，豈應有失禮於前者？孟嘉落帽，恐如禰正平褻服摻撾嫚侮曹瞞之意。陶淵明，嘉之甥也，爲嘉作傳，稱其在朝仗正順，門無雜賓，則嘉亦一時之望，乃肯從温，何也？温嘗從容謂曰：『人不可無勢，我乃能駕馭卿。』亦頗有相靳之意。辛幼安九日詞云：『誰與老兵供一笑？落帽參軍華髮。莫倚忘懷，西風也解，點檢尊前客。淒涼今古，眼中三兩飛蝶。』意謂嘉不當從温，故西風落其帽以貶之，若免冠然。」然《輿地紀勝》卷六五《荆湖北路·江陵府》載：「落帽臺，孟嘉落帽之所，見龍山下。又胡榘《落帽記》曰：『萬年固嘉士，然所事非其人，風伯爲之免冠耳。』」萬年，孟嘉字。大經所言本此。胡榘，胡銓孫，年輩略晚於稼軒者。

⑥「須信」句，須信，須知。陶潛《飲酒二十首》詩：「採菊東籬下，悠然見南山。」

⑦「愛説」二句，見本書卷六《新荷葉·再和前韻》詞（春色如愁闋）箋注。愛説，喜言，樂言。

⑧「試把」三句，把空杯，蘇軾《和飲酒二十首》詩：「偶得酒中趣，空杯亦常持。」杯中物，見本書卷九《滿江紅·送信守鄭舜舉被召》詞（湖海平生闋）箋注。翁，陶淵明也。

又

用韻答傅先之提舉〔一〕①

君詩好處，似鄒魯儒家，還有奇節②。下筆如神彊押韻〔二〕，遺恨都無毫髮③。炙手炎來，掉頭冷去，無限長安客④。丁寧黄菊，未消勾引蜂蝶。天上絳闕清都，聽君歸去⑤。我自癯山澤⑥。人道君才剛百鍊，美玉都成泥切⑦。我愛風流，醉中傾倒〔三〕，丘壑胸中物⑧。一杯相屬，莫孤風月今夕⑨。

【校】

〔一〕「提舉」，四卷本丁集無此二字，此從廣信書院本。

〔二〕「押」，四卷本作「壓」。

〔三〕「傾」，四卷本作「顛」。

【箋注】

①題，傅先之提舉，傅兆於慶元間方宰龍泉縣歸鉛山，其通判湖州，最早在慶元六年底。《嘉泰吴興志》卷首有傅兆於嘉泰元年臘月所作序。其任提舉不知爲何年事，廣信書院本之提舉，必後來編集所追加。

②「似鄒」二句，《史記》卷五四《蕭相國世家》：「蕭相國何於秦時爲刀筆吏，碌碌未有奇節。」按：當慶元末年，僞學禁正嚴之際，稼軒却於此大贊鄒魯儒家之奇節，着語乃不顧時忌如此。

③「下筆」二句，下筆如神彊押韻，杜甫《奉贈韋左丞丈二十二韻》詩：「甫昔少年日，早充觀國賓。讀書破萬卷，下筆如有神。」《南史》卷二二《王筠傳》：「筠又嘗爲詩呈約，約即報書歎詠，以爲後進擅美。筠又能用彊韻，每公宴並作，辭必妍靡。」蘇軾《追作淮口遇風詩戲用其韻》詩：「君看押彊韻，已勝郊與島。」遺恨無毫髮，杜甫《敬贈鄭諫議十韻》詩：「毫髮無遺憾，波瀾獨老成。」

④「炙手」三句，炙手炎來，《新唐書》卷一六〇《崔鉉傳》：「宣宗初，擢河中節度使，以御史大夫召用。會昌故官輔政，進尚書左僕射兼門下侍郎，封博陵郡公。鉉所善者，鄭魯、楊紹復、段瓌、薛蒙，頗參議論，時語曰：『鄭、楊、段、薛，炙手可熱。欲得命通，魯、紹、瓌、蒙。』」掉頭，《莊子·在宥》：「雲將曰：『天氣不和，地氣鬱結。六氣不調，四時不節。今我願合六氣之精，以育羣生，爲之奈何？』鴻蒙拊脾雀躍，掉頭曰：『吾弗知，吾弗知。』」秦觀《雪浪石》詩：「漢庭卿士如雲屯，結綬彈冠朝至尊。登高履危足在外，神色不變惟伯昏。金華掉頭不肯住，乞身欲老江南村。」無限，無數。長安客，謂求功名者。

⑤「天上」二句，絳闕清都，《册府元龜》卷一七二：「許紹初仕隋爲夷陵郡通守，後遣使歸國，拜陝州刺史，封安陸郡公。帝與紹有舊，因下詔曰：『……爰自荆門，馳心絳闕。覽此忠至，彌以慰懷。』」清都，已見本書卷六《水調歌頭·壽趙漕介庵》詞(千里渥洼種闋)箋注。聽，聽憑。

⑥「我自」句，《史記》卷一一七《司馬相如列傳》：「天子既美子虚之事，相如見上好仙道，因曰：

『上林之事，未足美也，尚有靡者，臣嘗爲《大人賦》。未就，請具而奏之。』相如以爲列仙之傳居山澤間，形容甚臞，此非帝王之仙意也，乃遂就《大人賦》。」

⑦「人道」二句，剛百鍊，《埤雅》卷四《貂》條：「因以金璫飾首，前插貂尾，至漢因焉，加以附蟬爲文，侍中插左，常侍插右。應劭《漢官儀》云：『金取堅剛百鍊而不耗，蟬取居高飲露而不食，貂取内勁捍而外温潤，其色紫蔚而不耀。』」劉琨《重贈盧諶一首》詩：「何意百鍊剛，化爲繞指柔。」美玉都成泥切，《海内十洲記》：「流洲在西海中，地方三千里，去東岸十九萬里。上多山川積石，名爲昆吾。冶其石成鐵作劍，光明洞照如水精狀，割玉物如切泥。」

⑧「丘壑」句，厲霆《大有堂》詩：「胸中元自有丘壑，盞裏何妨對聖賢。」黄庭堅《題子瞻枯木》詩：「胸中元自有丘壑，故作老木蟠風霜。」

⑨「一杯」二句，一杯相屬，韓愈《八月十五夜贈張功曹》詩：「沙平水息聲影絶，一杯相屬君當歌。」風月今夕，《南史》卷六〇《徐勉傳》：「勉居選官，彝倫有序。既閑尺牘，兼善辭令。雖文案填積，坐客充滿，應對如流，手不停筆。又該綜百氏，皆避其諱。嘗與門人夜集，客有虞暠求詹事五官，勉正色答云：『今夕止可談風月，不宜及公事。』故時人服其無私。」